U0110036

王韜小說三書研究

本書探討王韜《遯窟讕言》、《淞隱漫錄》、《淞濱瑣話》之成書、內容、特色，與在古典小說史上的價值。

游秀雲◎著

目　次

王韜
小說三書研究

序

　　這本論文終將付梓了。1997 年 6 月完成博士論文《元明短篇傳奇小說研究》之後，隨即進入銘傳應用中文系任教，也展開下一個階段的學術生涯。繼宋元明傳奇小說後，以清代傳奇小說為研究課題。備課、授課之暇，開始搜閱清代傳奇小說。清傳奇篇數甚多，從《聊齋誌異》入手，蒲氏一家即超越唐傳奇，更遑論尚有其他傳奇小說家。轉思鎖定一家，其餘只好割愛。清代文言小說以《聊齋》寫得最好，尤其是傳奇小說，讀來讓人欲罷不能；然而論《聊齋》者眾，學術上不差我去探討。清末文言小說家輩出，其中王韜最令我感到好奇；史哲學術領域討論地沸沸揚揚，唯獨在文學小說中冷冷清清。

　　1998 年 6 月李師田意自美返台，為莉芬學姐的博士論文口試，住在東海大學柳作梅老師的家中。師徒二人閒話家常之餘，說起研究王韜小說的計畫，恩師大表贊同，讓我彷彿吃了顆定心丸。老師提及雅玲學姐原來有意論此，要我向她請教。後來雅玲學姐把相關資料，包括老師的書，全都送給了我，十分感謝她的傾囊相助。

　　王韜除了小說，著作甚多，涵蓋的領域很廣；如果沒有參加祐生研究基金會，論述的視角應該會很狹隘。在基金

會中，深受林俊興董事長的栽培，他讓我與培臣加入全方位之旅，增廣見識；親自坐鎮蟲洞讀書會，每週讀六本書，窺探知識的全貌；鼓勵我們洞悉國家社會的需求，勇於提出策論，培養膽識。還有黃晉英秘書長帶領我參加大學特組、潛鋒特組，參與綜合知識的討論與應用；寫作上字斟句酌，一遍遍刪改校訂，都使我獲益匪淺。也謝謝所有參與讀書會的報告者，讓我領受不同的知識饗宴。

　　在學術研究上，金榮華老師孜孜不倦，把握要旨的精神，使我不致淹沒在眾多王韜資料中。在教學上，感謝銘傳陳德昭院長、徐亞萍主任的幫助與體諒，讓我可以安心地研究。外子培臣一路相隨，才能很幸福地敲打鍵盤，投入學術。愛兒子游的乖巧貼心，更是我積極完成這本論文的動力。

　　最後，謹將本書獻給　恩師李田意教授，感謝他引領我走入小說研究之路。

2006.8.5 秀雲識于松山醋齋

第一章　緒論

　　王韜（1828~1897），在近代政治思想、教育、社會、新聞、經濟、文學、史學、與中西文化交流上，皆有其地位。他的三本文言小說集：《遯窟讕言》、《淞隱漫錄》、《淞濱瑣話》，史家皆以《聊齋》續書視之，忽略其在近代小說史之重要性，與對晚清小說的影響。探討王韜小說三書，除可補充王韜之研究，亦能瞭解晚清小說之發展，與中國文言小說的脈絡。

第一節　研究王韜之層面

　　研究王韜的專著，從黃文江、林國輝〈王韜研究述評〉之統計，至 1993 年約有一百七十多種[1]。1993 年之後，據筆者考察，從 1994 至 2005 年，又有超過六十篇以上的論文發表。綜觀前賢之成果，可歸納為五個方面：一、對王韜作品的整理、點校與出版。二、生平事跡的考訂。三、變法思想的闡述。四、辦報與影響。五、文學與史學。

---

[1]　林國輝、黃文江撰，〈王韜研究述評附研究書目及補篇〉（林啟彥、黃文江主編，《王韜與近代世界》，香港：教育圖書公司，2000 年初版），頁 491~533。

一、作品整理與出版

　　王韜雖以政論聞名，然以小說集《遯窟讕言》、《淞隱漫錄》、《淞濱瑣話》之出版為多。雜記《漫游隨錄》、《扶桑游記》、《甕牖餘談》、《瀛壖雜誌》，《眉珠庵憶語》、《瑤臺小錄》、《海陬冶游錄》、《花國劇談》等書，則收入叢書中出刊為多。

　　王韜書信、日記、序跋、文錄之點校、再版者，如 1987 年方行、湯志鈞《王韜日記》（1858~1860、1862），1996 年吳桂龍《蘅華館日記》（1855.8.13~10.10）[2]。《弢園文錄外編》收錄改革變法、序跋之文，是研究王韜思想之史料，整理與選注者有：1959 年汪北平、劉林，1994 年楚流、書進、鳳雷選注本，1998 年陳恒、方銀兒評注本，1998 年李天綱編校本，等等。

　　有些策論、政論或社論，王韜生前未付梓，因報刊、檔案重刊而被保留者；例如 1983 年之《吳煦檔案選編》，有王韜報告吳煦的書信，詳述偵察太平軍之軍情。「申報」收錄王韜於「循環日報」、「華字日報」發表之政論；「萬國公報」有他晚年發表的文章。王韜所作序跋、題記，散見他書者，如〈水滸傳序〉、〈西游記序〉、〈古今名人畫稿序〉[3]、〈草木子跋〉，〈草木子題記〉五則[4]、〈浮生六記跋〉，等等皆是。

---

[2]　吳桂龍整理，〈王韜蘅華館日記（咸豐五年七月一日—八月三十日）〉（史林，1996 年 3 期），頁 53~59。

[3]　王韜輯（序），《古今名人畫稿》（台北：文史哲出版社，影印上海鴻寶齋光緒十七年（1891）石印本，1973 年 11 月，影印初版）。

[4]　葉世傑（明），明正德丙子（十一年）葉溥福州刊本，王韜批校並手

　　此外，編繹之書重刊者，如《火器略說》；《春秋朔閏至日考》、《春秋日食辨正》、《春秋朔至表》，收入《續修四庫全書》之中。

二、生平傳記、交誼、行事

（一）年表、年譜、評傳

　　王韜之傳略見於：易宗夔述《新世說》、恒慕義（A.W.Hummel）《清代名人傳略》、費行簡《近代名人小傳》〈文苑〉、蔡冠洛《清代七百名人傳》等書。

　　王韜五十三歲時曾撰〈弢園老民自傳〉，自述行跡；其後學者編纂年譜、年表不少。例如，王漢章《天南遯叟年譜初稿》[5]，述王韜就學、交游、著述、上書清廷等事；末附王韜《弢園著述總目》、及引用書目。1941 年紅樹〈王韜年譜〉、1943 年剛克〈弢園先生年表〉、1978 年趙天儀〈王韜年表〉，陸續開啟王韜生平之研究。至 1994 年張志春《王韜年譜》、1999 年孫邦華〈王韜年譜〉[6]，為後學提供更完備的生平資料。

　　在評論王韜一生上，如 1979 年熊秉純《王韜研究》；1990 年忻平《王韜評傳》，附〈王氏世系圖〉、〈王韜名

書題記 5 則，藏於台北故宮博物院。

[5] 來新夏，《近三百年來人物年譜知見錄》（上海：人民出版社，1983 年 4 月，一版），頁 224：「《天南遯叟年譜》，王漢章編，稿本，共 57 葉，半葉十行。」

[6] 孫邦華選編，《弢園老民自傳》，〈附錄：王韜年譜〉（江蘇：人民出版社，199 年 3 月，一版），頁 198~215。

號錄〉、〈王韜著作目錄及版本〉；1993 年張海林《王韜
評傳》，附〈王韜社會關係一覽表〉、〈循環日報論文目錄
一覽表〉、〈上海格致書院考課題錄〉，可供研究近代史、
新聞史、教育史之參考。

（二）事蹟與交誼

　　對王韜事蹟之研究，首推 1936 年吳靜山〈王韜事跡考
略〉，考證詳實，指正不少誤謬。其後陸續有學者對王韜之
名號與卒年、生平、著作，提出考辯；例如，王爾敏〈王韜
生活的一面——風流至性〉、忻平〈從王韜的名號觀其坎坷
曲折的一生〉、徐光摩〈王韜的卒年〉、李景光〈王韜究竟
卒於何時〉，等等。

　　在研究王韜生平事蹟上，自 1930 年代開始，著墨最多
的是：王韜是否上書太平天國？例如，1934 年羅爾綱〈上
太平軍書的黃畹考〉、謝興堯〈王韜上書太平天國事跡考〉、
1962 年羅香林〈王韜與太平天國〉、1982 年吳申元〈王韜
非黃畹考〉、1985 年楊其民〈王韜上書太平軍考辨〉、1988
年渡琢磨〈王韜の太平天國への上書問題について〉、1998
年成曉軍、劉蘭肖〈王韜上書太平天國新議〉，等等。

　　論王韜交友、行跡之專文，如洪萬生〈王韜日記中的李
善蘭〉、李志剛〈從王韜晚年五札探其與李雅各牧師的交
往〉、蘇精〈王韜的基督教洗禮〉、李景光〈王韜到過俄國
嗎？〉、林啟彥〈王韜與香港〉，等等。王韜交友甚廣，尚
有其他舉足輕重的文友；如蔣敦復、鄭觀應、郭友松、姚燮
等人，論其交誼應有助於瞭解當時的文學活動。

三、改革思想

較早評論王韜改革思想的專著，為 1974 年柯文（Paul）《在傳統與現代性之間：王韜與晚清改革》，柯文認為從代際變化的觀點而言，王韜甚至比孫中山要新。其後則有 1980 年李在光《王韜維新思想之研究》、1981 年莫寧西《王韜的變法思想研究》、1981 年姚海奇《王韜的政治思想》，等等。

隨著中國大陸改革開放，近來對王韜的改革思想，又再度引起學者極大的興趣。政治思想如朱維錚、李天綱，〈清學史：王韜與天下一道論〉（1995）、朱健華〈「治中以馭外」：王韜改良思想的主旨〉（1996）、張海林〈王韜的「天下觀」與改革思想〉（2000），等等。教育思想如 1994 年陳玉峰、高仁立〈王韜與上海格致書院〉，1997 年張海林〈論王韜的教育實踐〉，2000 年葉國洪〈王韜的辦學思想—變通、致用、通識與解難〉，等等。足見王韜洞察世勢，指陳津梁的成就。

四、辦報

王韜在香港創辦循環日報，使其在中國報刊史上，佔有一席之地。例如，1933 年白瑞華《1800~1912 年的中國報紙》、1936 年林語堂《中國報刊和輿論史》、1956 年方漢奇《中國近代報刊史》、1964 年戈公振《中國報學史》、1966 年曾虛白《中國新聞史》、1978 年賴光臨《中國新聞傳播史》、1998 年卓南生《中國近代報業發展史（1815~1874）》，皆將王韜寫入新聞史中。

單篇專論王韜報學成就者，如 1956 年方漢奇〈中國歷史第一個報刊評論家〉、1973 高伯雨〈王韜與循環日報〉、莊練〈第一個在香港辦報的王韜其人〉、1984 年西里喜行〈王韜と循環日報について〉、1991 年夏良才〈王韜的近代輿論意義和循環日報的創辦〉、1996 年曾建雄〈論王韜和對報刊政論的貢獻〉；2000 年 Natascha Vittinghoff（費南山）著、姜嘉榮譯〈遁窟廢民：香港報業先鋒—王韜〉、李谷城〈王韜與香港近代報業〉，等等，可看出對王韜辦報之肯定與推崇。

五、文學與史學

在王韜的文學成就上，雖從小說、報導文學、遊記散文、詩歌、文學綜論等方面探討之；然與前四類相較，討論者較少。例如，在小說研究上，唯 1991 年陳建生〈論王韜和他的淞濱瑣話〉、2003 年黨月異《王韜文言小說研究》、2004 年凌宏發《王韜小說研究》等。

其他文類，如 1958 年謝無量〈王韜－清末變法論之首創者及中國報導文學之先驅者〉。1961 年增田涉〈眉球庵憶語〉，論其詩作。1981 年陳復興〈王韜和扶桑遊記〉，闡明《扶桑遊記》記遊日本的價值。綜論文學者，如 1982 年陳汝衡〈王韜和他的文學事業〉。2000 年李齊芳〈王韜的文學與經學〉；簡介王韜六百餘首詩、筆記小說、新聞、經學、注經、校經，等文學創作。

　　王韜隨麥士都、理雅各、偉烈亞力等人，翻譯聖經與五經；論其翻譯成就者，如 1987 年賴光臨〈談王韜的翻譯事功〉、2000 年童元方〈論王韜在上海的翻譯工作〉。1989 年陳玉剛將王韜寫入《中國翻譯文學史稿》。

　　學者論王韜史觀與史學較晚，例如 1993 年王也揚〈論王韜的史觀及史學〉、1994 年忻平〈王韜與近代中國的法國史研究〉、1997 年王守正〈王韜的「道器說」及對近代中國史前途的認識〉、1998 年高美芸《王韜及其史學思想研究》、2000 年黃文江〈王韜史著中的現代世界〉、忻平〈王韜的史著及其史學理論〉，等等。

　　統觀前賢之研究，可分成三期：1949 年之前、1949~1980 年、1980 以後。1949 年以前，以研究王韜的生平事蹟、編撰年表年譜為主；其中是否曾上書太平天國，與遊日意涵，是中日學者探討之重心。1949~1980 年間，研究王韜者，以台、港的學者為多；1980 年代大陸改革開放之後，大陸學者才陸續發表。

　　綜上所述，可知研究王韜者，以生平事跡的考訂，變法思想的闡述，辦報之影響為多。文學是作家生活經驗與情思的表徵，文學研究有助於瞭解王韜的內心世界。除小說外，王韜尚有詩作六百多首，亦值得深究。

第二節　王韜小說的評價

　　王韜小說被寫入文學史甚早，1923 年魯迅《中國小說史略》〈第二十二篇清之擬晉唐小說及其支流〉，即提及《遯窟讕言》、《淞隱漫錄》、《淞濱瑣話》。但晚清小說與近代文學史中，則多未論及王韜小說。

　　王韜小說寫不進近代文學史，原因有二。首先，他的小說以文言寫成，置於清代文言小說史中，被歸為仿蒲松齡《聊齋志異》之續作。例如：

> **魯迅《中國小說史略》**：迨長洲王韜作《遯窟讕言》（同治元年成）、《淞隱漫錄》（光緒初成）、《淞濱瑣話》（光緒十三年序）各十二卷，……其筆致又純為聊齋者流，一時傳布頗廣，然所記載，則已狐鬼漸稀，而煙花粉黛之事盛矣。[7]

> **楊子堅《新編中國古代小說史》**：（王韜《遯窟讕言》《淞隱漫錄》）正如魯迅所說，蒲派末流『狐鬼漸稀，而煙花粉黛之事盛矣』。[8]

> **韓秋白、顧青《中國小說史》**：從嘉慶以至清末，在《聊齋志異》的帶動下問世的文言小說一直源源不

---

[7] 魯迅，《中國小說史略》，〈第二十二篇清之擬晉唐小說及其支流〉（台灣：谷風出版社），頁 218。

[8] 楊子堅，《新編中國古代小說史》，〈第十章清代文言短篇小說〉（南京大學出版社，1990 年 6 月，一版），頁 268。

絕。……其中最好的作品是王韜的幾部小說和宣鼎的
《夜雨秋燈錄》。[9]

張俊《清代小說史》：三部文言小說集，各十二卷，
實是「聊齋型」的殿軍之作。……共收錄三百零三篇。
體式和寫法刻意模仿《聊齋志異》[10]。

以上大抵皆宗魯迅所論，認為王韜小說是清末仿《聊齋志異》
續書中，較好的作品之一。因視為《聊齋》續書，故輕忽其
在晚清小說的歷史意義。即如唐富齡《文言小說高峰的回
歸—聊齋志異縱橫研究》所說：「晚清宣鼎《夜雨秋燈錄》、
王韜《遯窟讕言》、《淞隱漫錄》、《淞濱瑣話》等，雖各
有自己的時代特點和藝術追求，但在藻繪派小說中畢竟已是
強弩之末，難於開拓新局了。」[11]承認王韜小說有其時代特
點，卻又視為《聊齋》藻繪派之末流。

事實上，王韜不喜歡續書，以其評《紅樓夢》續書為例：

咸豐八年（1858）九月廿九日辛丑，（遊杭州）舟中
無事，閱《紅樓夢補》。……噫！《石頭記》一書，
本屬子虛烏有，而曲曲寫來，自能使有情人閱之墮淚，
實由於筆妙意妙也。後來續者，如畫蛇添足，均無可
觀，如《後紅樓夢》、《紅樓復夢》、《綺樓重夢》、

9　韓秋白、顧青，《中國小說史》（台北：文津出版社，1995 年 6 月，
　　初版），頁 108。
10　張俊、沈治鈞，《清代小說史》（浙江：古籍出版社，1997 年 6 月，
　　一版），頁。
11　唐富齡，《文言小說高峰的回歸—聊齋志異縱橫研究》（武漢大學出
　　版社，1990 年 7 月，一版），頁 358~359。

《紅樓圓夢》、《紅樓夢補》，皆浪費筆墨，適為多事而已。[12]

視《紅樓夢》續書為畫蛇添足，浪費筆墨之作；應不會以《聊齋》續書，做為創作標竿，徒寫二百多篇小說。雖然他曾期以蒲松齡之繼者自許：

前後三書，凡數十卷。使蒲君留仙見之，必欣然把臂入林曰：『子突過我矣。《聊齋》之後，有替人哉！』雖然，余之筆墨，何足及留仙萬一？（《淞濱瑣語》〈自序〉）

事實上，這只是他促銷小說的廣告詞而已。

第二個原因，前賢論晚清小說的範圍，都較王韜的時代為後；例如，阿英（錢杏邨）《晚清小說史》（1902~1911）、康來新《晚清小說理論研究》（1839~1911）、時萌《晚清小說》（1900~1911）、李瑞騰《晚清文學思想論》（1894~1911）、陳燕《清末民初的文學思潮》（1872~1916）、邱茂生《晚清小說理論發展試論》（1894~1911）、黃錦珠《晚清小說觀念之轉變》（1895~1911；1902~1911 為重心），等等。林佩慧《晚清（1840~1911）戲劇小說繫年目及統計分析》，卻是以阿英之 1901~1911 年為限。王韜小說自然就寫不進晚清小說史中；他是晚清小說的推進者之一，卻被忽視，甚為可惜。

---

[12] 王韜著、方行、湯志鈞整理，《王韜日記》（1858~1860、1862）（北京：中華書局，1987 年 7 月，一版），頁 29。

此外，如顏廷亮《晚清小說理論》、劉德隆〈1872年—晚清小說的開端〉，以1872年申報創刊文學雜誌「瀛寰瑣記」，刊登小說〈昕夕閒談〉，為晚清小說之始；然亦未將王韜小說納入。唯陳則光《中國近代文學史》[13]，論始變時期的小說，言及王韜。

即使如此，仍有少數評論者，予王韜小說較中肯的評價：

> （《淞隱漫錄》）體式、寫法、語言它都和《聊齋》大不相同。[14]
>
> 《淞隱漫錄》二種，學法《聊齋志異》，只是形似，精神迴異。「寫的多為男女豔情，似是後來鴛鴦蝴蝶派小說的濫觴」（湖南版《明清文言小說選》按語）。[15]
>
> 不少作品都從縱斷面入手，著意寫好人命運的變化，因此具有時間跨度、情節曲折多變、描繪精細、文筆酣暢、內容豐富的特點。[16]

如前節所述，專論王韜小說者不多。即如，黨月異《王韜文言小說研究》，僅以全球化視角，探討王韜小說的意涵；凌宏發《王韜小說研究》，針對創作來源、主題、小說觀念等，加以探討。二者雖有創見，然未全面；特別是在小說寫作技

---

[13] 陳則光，《中國近代文學史》（中山大學出版，1987年3月，出版）。

[14] 侯忠義、劉世林，《中國文言小說史稿》（北京大學出版社，1993年2月，一版），頁259。

[15] 徐君慧，《中國小說史》（廣西：教育出版社，1991年12月，一版），頁369。

[16] 王火清譯注，《清代文言小說選譯·前言》（成都：巴蜀書社，1991年10月，一版），頁14~15。

巧的部分，關於王韜創作歷程、文體選擇、寫作特色、佳篇
引介、優缺點等，尚未觸及。但大抵他們提出了王韜小說的
複雜性：

> 王韜是一位站在歷史轉折關頭的文人，他既有深厚的
> 國學基礎，又對西方文化有深入的研究，他希望中國
> 改革求新，師夷制夷，卻又把一切希望寄托于皇帝的
> 變法。[17]

王韜小說的複雜性，在於身處晚清東、西文化交會之際；
既受儒家思想的涵養，又接觸西方基督教文化。異於傳統
文人的特殊際遇，使其文言小說在主題與技巧上，呈現特
殊的風格。

第三節　研究動機與本書架構

筆者曾以宋元明傳奇小說為題，考察唐代以降傳奇小說
的演變；先後完成《宋代傳奇小說研究》、《元明短篇傳奇
小說研究》。降至清代，傳奇小說家輩出，小說篇數超越前
代；以蒲松齡《聊齋志異》為例，全書 491 篇，其中傳奇小
說就有 160 餘篇。更何況蒲松齡以下，傳奇小說家仍有和邦
額《夜譚隨錄》、宣鼎《夜雨秋燈錄》、王韜《淞隱漫錄》，
等等。因此，要統觀清代傳奇小說，實屬不易。

---

[17] 陳建生，〈論王韜和他的淞濱瑣話〉（明清小說研究，1991 年第 1 期），
頁 216。

　　選擇王韜小說做為研究清代傳奇小說的開端，除了王韜在近代史上的重要性之外；從文言小說發展的軌跡來看，王韜是銜接古代小說與現代小說的界面。小說中有清末通商口岸文人生活的縮影，西方事物的描寫；亦有傳統貞烈觀、宿命觀、果報觀的反映，與才子佳人、俠士、青樓女子的身影。王韜小說不僅是近代的一小頁拼圖，也以豐富多樣的小說人物，生動的故事情境，呈現了清代晚期的歷史樣貌。

　　其次，晚清出版業隨著傳教士刊印宣傳品，與辦報而日盛。王韜發表《淞隱漫錄》、《淞濱瑣話》於點石齋畫報，使之成為最早的報人小說家。因小說發表於報刊，故事情節多朝向通俗性發展，揉合愛情想像、社會教化、神異奇蹟；使讀者在娛樂消遣之餘，獲得心理慰藉，與情感渲洩。這是歷代傳奇小說家所沒有的發表途徑與創作歷程。

　　最後，王韜小說三書，兼具筆記與傳奇二體；《遁窟讕言》以筆記小說為多，《淞隱漫錄》與《淞濱瑣話》則以傳奇小說為主。筆記小說言簡意賅，數百字即能交待故事，勾勒人物形象；傳奇小說敘述細膩，情節曲折，對話生動，往往上千言。從中國古典小說的演進來看，唐宋傳奇雖繼魏晉筆記以發展；唐宋以降，筆記與傳奇並陳，然筆記小說多於傳奇小說。王韜三書的創作歷程，反映了文言小說從筆記的粗陳梗概，到傳奇委曲細緻的過程。

　　在本書架構方面，首敘王韜生平著作與小說觀，做為論述王韜小說的基礎。其次，為了凸顯王韜創作小說之進程，與各小說集的特色；將在第三、四、五章中，分論三本小說集的成書經過、題材傾向、主題思想、寫作技巧。最後，綜述王韜小說之特色、成就與價值。

王韜 小說三書研究

第二章 王韜生平與小說

　　王韜生處晚清內亂頻仍，列強欺凌，人心苟安的時代。因科舉不第與遭太平天國之禍，離鄉踏上中西文化交流的前線——上海與香港；開擴視野，見遊英、法、日。這些際遇，不僅使之成為近代思想家，更成為創作小說的靈感與素材。

第一節　王韜生平事蹟

　　王韜一生可分為四個階段：第一階段是 1828~1849 年，成長於傳統師塾教育，參加科考。第二階段是 1849~1862 年，科考不第，至上海墨海書館擔任中文翻譯。第三階段為 1862~1884 年，被清廷通緝，南逃香港，歐遊、辦報、訪日。第四階段是 1884~1897 年，重回上海，辦學至卒。

一、家學與科舉之路（1828~1849）

　　王韜（1828~1897），江蘇蘇州城外長洲之甫里人；有時他在作品中題鄉名為「南武、吳郡」，如《蘅華館日記》題「南武王瀚蘭今」，《弢園文錄外編》卷 7 題「吳郡王韜无晦」。

生於道光八年十月初四日戌時（1828.11.10），排行老四[1]。王韜的曾祖為鵬翀[2]，祖科進，父昌桂，母親朱氏。原名利賓，乳名蘭瀛[3]，登科後改名瀚，南逃香港後改名韜。字蘭傿號子九，登科後改字嬾今。一字仲衡，號蘭卿、蘭君、蘭今、仲弢、子潛、子詮、紫詮、紫衲、無晦、弢園。另有別號甚多：蘅華館主、甫里逸民、松濱遁客、淞北玉魷生、滬北賓萌、淞北逸民、華髯居士、天南遯叟、天南懶叟、遯窟廢民、弢園老民、無晦崇光、瀛洲釣徒、泰東詩漁、歐西詞客、歐西經師、懺痴菴主、歇浦散人、紅豆詞人、王留山人、淞隱廬遯叟、吳下老饕、蘪蕪外史、蔔林居士、友崎山人、鑱紅子、良臙詞客，等等。字號別名至少有七十個，其中韜、弢、遯、逸、逋、無晦等，皆有隱匿高蹈，韜光養晦之意。王韜之名號出處，參見附錄二：〈王韜字號別名出處一覽表〉。

九歲受父親王昌桂的教導，「畢讀群經，旁涉諸史。維說無不該貫，一生學業悉基於此。」[4]不久，父親外出設館，

---

[1] 王韜、孫邦華選編，《弢園老民自傳》（江蘇：人民出版社，1999 年 3 月，一版），頁 1：自敘譜系，上有三兄，俱以痘殤；下有一弟利貞，染煙癖，死時僅 27 歲。又據趙烈文《能靜居日記》（台北：學生書局據趙氏手稿影印，1965 年 12 月初版，第 1 冊），頁 614。

[2] 王韜家族世系圖譜，參見姚海奇《王韜的政治思想》（台北：文鏡文化事業有限公司，1981 年 9 月，出版），第二章〈王韜略傳〉，頁 11。

[3] 王韜，《漫游隨錄》（湖南：人民出版社，1982 年 12 月，一版），卷 1〈白門訪豔〉，頁 46：「鄰舫中有相識者，笑謂餘曰：『阿蘭坐擁兩美，豔福真不淺哉！』蓋余小字蘭瀛也。」

[4] 王韜，《蘅華館詩錄》（清光緒六年（1880），香港印務總局鉛印），卷 3〈哭舍弟諮卿〉，頁 4。

故就學於長洲縣青夢山館。老師顧惺以詩聞名[5]，帶領學生廣泛閱讀；王韜得以飽覽經書、小學音韻、二十二史、野乘裨史、山經輿記、詩賦文集、傳奇小說等。博涉多聞，奠定寫作小說的基礎。

十六歲王韜赴鹿城應縣試，主考官為楊耕堂大令，見其文擊節嘆賞[6]，補博士弟子員。十八歲應試昆山[7]，主考官為江蘇學政使張芾，稱王韜之文有奇氣[8]，得一等第三名，入縣學；改名利賓為瀚，字懶今。

1846 年王昌桂應邀到上海擔任翻譯經書的工作，王韜代父職於錦溪教書。是年秋七月在南京應鄉試[9]，此試不第，讓他走入與傳統仕途完全不同的道路。鄉試不中之因，概為考前尋花問柳，荒廢學業所致：「丙午（1846）之秋，載酒尋花，留連匝月。」[10]科舉不中的挫折，立下通察古今之變，貢獻於世之志：

> 十八歲入邑庠，十九試京兆。一擊不中，遂薄功名而弗事。於是閉門息影，屏棄帖括，肆力於經史，思欲

---

[5] 顧惺，字日瞿，著有《滌盒詩鈔》。王韜受其啟發頗多，從書信中可見情誼。如《王弢園尺牘》（台北：廣文書局，出版），卷上〈答顧滌盒明經詩〉，頁 1。

[6] 同註 3，王韜，《漫游隨錄》卷 1〈登山延眺〉，頁 40~41。

[7] 同註 1，王韜著、孫邦華選編，《弢園老民自傳》，頁 1：「十八歲以第一入縣學。」

[8] 王韜，《甕牖餘談》（湖南：岳麓出版社，1988 年 5 月，一版），卷 1，〈張小浦中丞師殉難〉，頁 2。

[9] 同註 3，王韜，《漫游隨錄》，卷 1〈白下傳書〉，頁 41。

[10] 同註 5，王韜，《王弢園尺牘》，卷上〈與邱翁〉，頁 30。

上抉聖賢之精微，下悉古今之繁變，期以讀書十年，
然後出而用世。[11]

二、上海時期（1849~1862）

（一）協助譯經

科舉不第，王韜搭上東西文化交流的第一班列車，上海
便是接觸西方基督教文明的前哨站。道光廿六年（1846），
父親王昌桂到上海擔任助譯聖經，而非傳統落第文人之教書
授徒。據蘇精〈王韜的基督教洗禮〉，引用「倫敦傳道會華
中檔案」的資料，麥都思向倫敦教會報告王韜的來歷時，言
及王昌桂參與譯經之事：

> 上述中文老師（指王韜）在過去六年中受雇翻譯聖經，
> 他的父親開始此項工作，已協助完成代表本新約至羅
> 馬人書，因學識廣博，贏得「活字典」（a walking
> library）之譽，卻堅持儒家思想，自稱生為孔子門徒，
> 死亦如之。[12]

王昌桂字肯堂，又字雲亭，幼有神童之譽，九歲遍讀十三經，
擅經學。未能中舉，初以授徒自給。因家貧至上海助洋人譯
經，頗受肯定，有活字典之稱，足見學識廣博。父子在西風

---

[11] 同註5，王韜，《王弢園尺牘》，卷上〈與英國理雅各學士〉，頁37。
[12] 蘇精，〈王韜的基督教洗禮〉，收在林啟彥、黃文江主編《王韜與近
代世界》，香港教育圖書公司，2000年，初版，439頁。

東漸之始，受雇於傳教士，在當時傳統觀念中，總不是什麼光彩的事。所以，王韜很少提及父受雇於洋人之事，只說父親是「飢驅作客」、「授經」：

> 丁未（1847）仲夏，先君子飢驅作客，小住滬北。戊甲（1848）正月，余以省親來游。……時西士麥都思主持「墨海書館」，以活字板機器印書，竟謂創見，余特往訪之。……與麥君同在一處者，曰美魏茶，曰雒頡，曰慕維廉，曰艾約瑟，咸識中國語言文字。[13]
> 余始游滬城，道光戊甲春間也。其時先君子授經北關外。留滬三宿。[14]

因此學者多誤認為王昌桂是到上海教書[15]。

　　道光廿八年（1848）春天，王韜到上海探視在倫敦傳教會（The London Missionary Society）工作的父親，並見到了英國傳教士麥都思（Dr Walter Henry Medhurst,1796-1857）[16]，

---

[13] 同註3，王韜，《漫遊隨錄》，卷1〈黃浦帆檣〉，頁50-51。

[14] 王韜，《瀛壖雜志》（湖南：岳麓出版社，1988年5月，一版），卷5〈滬城感事詩四章〉，頁160。

[15] 如忻平，《王韜評傳》：「1846年，王昌桂應邀到上海設館授徒。」（上海：華東師範大學出版社，1990年4月，一版），頁8。又如呂實強〈王韜〉：「道光二十七年（1847年），他父親到上海教書。」（王壽南主編，《中國歷代思想家十八》，台北：臺灣商務印書館，1999年8月，更新版），頁134。

[16] 麥都思是最早隨馬禮遜（Robert Morrison）東來的新教教士之一。曾於1815年至1821年，在麻六甲創辦第一份中文月報《察世俗每月統紀傳》（Chinese Monthly Magazine）。1829年編譯東西比較史《東西史記和合》。鴉片戰爭後於香港編中文月刊《遐邇貫珍》（Chinese Serial），1843年至上海建立墨海書館。

參觀創立於 1843 年的墨海書館（London Missionary Society's Press）；還認識了幾位來華不久的教士，如 1846 年來華的慕維廉（William Muirhead,1822-1900）、雒頡（Elihu Doty）、1849 年來華的外國傳教士艾約瑟（Joseph Edkins,1823-1905）、1846 年來華的美魏茶（William Charles Miline,1815~1863），等等。

這是他第一次接觸西方文化、科技、傳教士，埋下日後與接觸西學的種子。在上海住了三天，敏銳的王韜已察覺清廷面對西人叩關，已無力招架，感慨寫下《滬城感事詩》：

> 海上潮聲日夜流，浮雲廢壘古今愁。重洋門戶關全局，
> 萬頃風濤接上游。浩蕩東南開互市，轉輸西北供徵求。
> 朝廷自為蒼生計，竟出和戎第一籌。[17]

道光廿九年六月，父親去世。這年夏天，家鄉豪雨不斷，王韜〈苦雨詩〉：「徹夜沉沉簷溜懸，偏災何意厄今年。無田亦自愁饑餓，米價朝來已倍前。」[18]苦於饑饉，九月接續父親在墨海書館的譯經工作：

> 己酉（1849）大水，硯田亦有惡歲。六月先君子見背，
> 余不得已彙筆海上。……余自己酉九月來上海，迄壬
> 戌（1862）閏八月，凡十有四年。[19]

---

[17] 同註 14，王韜，《瀛壖雜志》·卷 5〈滬城感事詩四章〉，頁 160。

[18] 見王韜，《蘅華廬日記》（1849），收在《蘅華館雜錄》，清道光咸豐間手稿本，第 2 冊，卷 2，頁 3。

[19] 同註 3，《漫游隨錄》，卷 1〈黃浦帆檣〉，頁 52~53。

> 老民欲窺其象緯輿圖諸學，遂往適館授書焉，顧荏苒
> 至一十有三年，則非其志也。[20]

不管迫於家計，或欲窺象西方緯輿圖諸學，他在墨海書館的
工作，一直做到同治元年（1862）。這十四年間，除了曾幾
次返鄉探親，和短期外出遊覽[21]，他都在上海幫助麥都思翻
譯《新約》聖經，及協助傳教士偉烈亞力（Alexander Wylie,
1815-1887）、艾約瑟等，翻譯西方科學書籍、講授中文。

王韜迫於家貧，睽違故里，屈身譯書謀食。初至上海時，
桎梏同楚囚，閉置如新婦。又常舉債，典衣買酒，過節時仍
為債主討債所逼：

> （咸豐二年八月）十三日，……余逋負甚多，時近中
> 秋，索者紛至，即欲築九成臺逃債，亦不可得，真為
> 悶絕。……二十一日己亥，午後至長生庫中，以布衣
> 質錢，立俟良久，足為之疲。[22]

由寄左樞詩中，可見其苦悶：

> 君家好兄弟，與我最相親。離亂逢知己，艱難見性真，
> 兵戈橫南北，天地正風塵。同有飄零感，栖栖到海濱。

---

[20] 同註1，王韜，《弢園老民自傳》，頁2。
[21] 如同註3，《漫游隨錄》，卷1〈莫厘攬勝〉，頁53：「咸豐甲寅（1854）
  八月二十六日，天氣新涼。西士麥、慕二君，約同作洞庭之行。」又
  卷1〈西泠放棹〉，頁55：「余久慕武林山水之勝，塵躅羈遲，未遑
  遠涉。咸豐戊午（1858）九月二十日，游興忽發，買舟啟行。」
[22] 王韜，《茗薌寮日記》（1852），收在《蘅華館雜錄》，清道光咸豐
  間手稿本，第4冊，藏於中央研究院傅斯年圖書館善本書室。

名父須承業，偏親尚在堂。倉皇走吳越，豐稔念江
鄉。何處無兵甲？當秋足稻粱。好為天下重，且復
繫離觴。[23]

王韜為洋人譯經，保守之士認為他有玷清操；衛道之士，肆
其妄譚，加以醜詆[24]。兼以坐耗壯年，距功名之業愈遠[25]，故
譯經工作甚苦。再加上為西洋教士翻譯，難以更動文字：

雖有殊才異能，橫出儔類，亦不足觀也已。刪訂文字，
皆係所主裁斷。韜雖秉筆，僅觀厥成。彼邦人士，拘
文牽義。其詞詰曲鄙俚，即使尼山復生，亦不能加以
筆削。[26]

又如美魏茶描述譯聖經的景況，可知漢文導師沒有發言權：

我們每天集中討論，先讀一段《聖經》和祈禱文，然
後逐字逐句翻譯。每位傳教士都有發言和修改譯文的
機會，以使譯文更盡人意。……有幾位傳教士帶著有
用的土著漢文導師或工作助手。[27]

---

[23] 二首贈左樞之詩，皆作於辛酉（1861）冬初。收在同註14，王韜，《瀛
壖雜志》卷5，頁131。

[24] 同註5，王韜《王弢園尺牘》，〈奉朱雪泉舅氏〉，頁27~28。

[25] 王韜雖絕意仕進，仍數度參加科考，如同註3，《漫游隨錄》，卷1〈登
山延眺〉，頁40~41：「自後每赴試必登山。」

[26] 同註5，王韜，《王弢園尺牘》，〈與所親楊茂才〉，頁10。

[27] 熊月之主編，《上海通史—晚清文化》（上海人民出版社，1999年9
月），第六卷，頁122。

即使為洋人譯書面臨社會壓力，然而隨著把家人接來上海，又與傳教士們建立友誼，也很快地調適了。過去王韜曾勸受雇於洋人的朋友，量時度勢，去夷者之居，以保持名節[28]；而今他不僅與夷居，並成為基督徒。1854 年 8 月 26 日，據倫敦會〈第 61 屆傳教大會報告〉，王韜以王蘭卿之名，受洗為基督徒[29]。王韜唯在《蘅華館雜錄》〈蘅華館日記〉，記述參與教會活動；如到會堂聽英人說法、受主餐，未言及受洗一事。但在倫敦會積極向中國傳教之際，王韜參與譯聖經，應難拒絕教士們的邀約。即使受洗，對傳統多神信仰的中國人而言，並不會產生宗教上的困擾。

在上海時期所交的朋友，有不少是助譯西方科學書籍，影響近代中國科學舉足輕重者；例如通算能文的管嗣復（？~1860），譯醫書《西醫略論》、《內科新說》、《婦嬰新說》。數學家李善蘭（1811~1882），譯《續幾何原本》、《談天》、《代數學》、《代微積拾級》、《重學》、《植物學》等書。通天算之學的張福僖（？~1862），著有《慧星考》、《日月交食考》，與艾約瑟合譯《光論》[30]。華蘅芳（1833~1902）譯有《代數學》、《微積溯源》、《防海新論》等書。深知機械原理的徐壽（1818~1884），咸豐初至墨海書館向李善蘭請教，譯有《防海新論》《汽機發軔》

---

[28] 同註5，王韜，《王弢園尺牘》，〈與友人〉，頁9。
[29] 據柯文著，雷頤、羅檢秋譯，《在傳統與現代之間—王韜與晚清改革》（南京：江蘇人民出版社，1998年第1版），頁22。
[30] 王韜與管嗣復、李善蘭、張福僖之交誼，皆可見同註14，《瀛壖雜志》，卷4、5，頁127~128、152~154、198。

等十餘部書。文學家蔣敦復（1808~1867），為慕維廉助譯《大英國志》。龔自珍之子龔橙，曾任威妥瑪翻譯[31]，等等。王韜除了譯書之外，常與他們在酒樓中喝酒、吟詩、狎妓，談論時勢，盱衡國情。

這些較早與洋人接觸的文人，在清廷討伐太平軍與推展洋務運動中，施展長才；紛紛成為徐有壬、曾國藩（1824~1890）、李鴻章（1823~1901）幕僚。例如，同治初李善蘭至曾國藩幕中[32]，同治七年擔任天文館總教習。華蘅芳亦任曾國藩幕客，同治初年延入廣方言館。徐壽於 1862 年應曾國藩之召，赴安慶軍械所研製輪船，1867 年與子建寅（1845~1901）到上海襄辦江南製造局。王韜非如李善蘭之專數學，管嗣復通醫書，張福僖之精天文曆算；卻因太平天國之禍，成為中西文化交流的通才與近代思想家。

（二）偵賊遭譏

1850 年夏天，王韜把母親、弟弟、及妻女都接到上海；至上海不到十日，結褵四年的妻子楊保艾即亡[33]。第二年，王韜續絃，娶了林謙晉養女林琳。爾後林氏伴著他潦倒漂泊，為他持家，校閱書籍，直至終老。

---

[31] 王韜與華蘅芳、徐壽、蔣敦復、龔自珍之交誼，皆可見同註 14，《瀛壖雜志》卷 4、5，頁 128、132、149~150。

[32] 同註 14，王韜，《瀛壖雜志》，卷 4〈李善蘭〉，頁 128：「同治初元，曾滌生（國藩）相國開兩江，征至幕中。」

[33] 同註 5，王韜《王弢園尺牘》，〈奉顧滌菴師〉，頁 12：「中秋卜築三楹，絜細君偕來斯土，原欲得家庭團聚之樂，而慰旅人寂寞也，不料至未十日，遽更斯變。」

　　1851 年太平天國起義於廣西，清軍損兵折將，連遭挫
敗。太平軍揮師北上，進入湖南，沿著長江直下武昌、漢陽。
王韜曾述太平天國之亂的局勢：

> 浙西赭寇，蟻聚蜂屯，以勢揆之，必不能久。今者城
> 無宿儲，畝無餘糧，但當堅壁清野。積日曠時，則彼
> 進退失據，情窮勢促，渙散之形立見。[34]
> 赭寇雲擾，蒼生鼎沸，臨安一隅，紛然瓦解。雖旋踵
> 收復，而民物塗炭。花本灰燼，剩水殘山，不堪寓目。
> 屬有人心，能無感憤，怫鬱之懷，良不可任。[35]

咸豐三年（1853）三月十九日，太平軍攻佔金陵；第二年王
韜與麥都思、慕維廉作洞庭之游，見到淪陷區的景況：

> 咸豐甲寅（1854）八月二十六日，天氣新涼。西士
> 麥、慕二君，約同作洞庭之行。申杪解纜，舟經大
> 東門外，天色將暝，見敗壁頹垣，蒼涼滿目，城堞
> 上人鬖髮華顯。時城為紅巾所踞，城外廬舍悉被官
> 軍焚毀。從浦中遙矚，其蔽盡撤；而賊亦得見官軍，
> 先為之備。[36]

太平軍勢如破竹，清廷八旗、綠營連連敗退，百姓流離失所；
王韜見敗壁頹垣，蒼涼滿目之景況，感觸甚深。因此，太平
軍佔領金陵後，王韜思出奇計以平賊，發憤抑鬱，幾乎致死。

---

[34] 同註5，王韜《王弢園尺牘》，〈與周公執少尉〉，頁33。
[35] 同註5，王韜《王弢園尺牘》，〈與冀孝拱上舍〉，頁33。
[36] 同註3，王韜，《漫遊隨錄》，卷1〈莫厘攬勝〉，頁53。

終於在咸豐八年（1858）上書江蘇巡撫徐有壬，提出「御戎、弭盜、和戎」等主張，至 1859 年共上十餘事[37]，頗獲徐有壬採納。可惜的是，咸豐九年，徐有壬在蘇州被太平軍殺害；王韜參與除賊之心，更加堅定。

咸豐十年五月，王韜為洋人助譯、傳教的身份，可在淪陷區觀察太平軍的舉動。故投身軍旅，為清軍偵察太平軍與洋人，隨時報告予江蘇巡撫吳煦（1809~1873）；又秘密督辦諸鄉團練，促紳富捐獻，陳述攻賊之法[38]。直至七月，王韜都受吳煦重用[39]，亦有所功績[40]。從《吳煦檔案選編》中，王韜予吳煦的最後一封信，約略可知他潛回蘇州偵賊，洞悉太平軍首領陳坤書、劉肇均等人不和，正可以用反間計[41]。

王韜身入敵陣，偵賊獻計；但奇計未成，即遭誣陷：

> 庚辛之間，戎馬俳張，風塵傾洞。江浙盡陷於賊，幾無一片乾淨土。跳身海上，志圖殺賊以自效。奇計未就，謗書已來。不得已，避地粵中。[42]
>
> 庚辛之間，赭寇雲擾，蒼生鼎沸。切同仇之志，深故

---

[37] 同註 1，王韜，〈弢園老民自傳〉，頁 3。

[38] 見太平天國歷史博物館編，《吳煦檔案選編》（江蘇：人民出版社，1983 年出版），〈王瀚呈賊情略論〉、〈王瀚上書吳煦略陳管見〉、〈王瀚上書吳煦續陳管見十條〉，等十餘則。

[39] 王韜並未如忻平，《王韜評傳》所言，因上書曾國藩，而遭吳煦忌恨。同註 15，頁 58。

[40] 同註 38，《吳煦檔案選編》，七月十一日〈王瀚上吳煦稟〉，頁 401~402：「陳常密約義民起事，生擒賊 13 名。」

[41] 同註 38，《吳煦檔案選編》，〈王瀚上吳煦稟〉，頁 412~414。

[42] 同註 5，王韜《王弢園尺牘》，卷上，〈與田理荃大令〉，頁 57。

國之悲。竊不自揣，以一二策獻之當道，不謂忌者中以蜚語，懂而獲免。[43]

同治元年正月初四（1862.2.2），一封署名「黃畹蘭卿」的信，上書予蘇福省守將逢天義劉肇均。建議忠王李秀成緩攻上海，先攻打長江上游，以免與洋人衝突。此信落入清軍手中，經薛煥呈與李鴻章、曾國藩與同治皇帝。同治帝在三月二十七日下令通緝拿「黃畹」：

> 惟逆黨黃畹為賊畫策，欲與洋人通好，於軍務殊有關繫。閱該逆稟內於洋人，多醜詆之詞。業經薛煥飭令吳煦，告知英法領事，破其奸謀。仍著薛煥會商曾國藩、李鴻章，妥為辦理。至該逆所稱派撥黨與赴洋涇濱潛往，並勾結游民作內應，計殊凶狡，並著李鴻章、薛煥嚴密防範。黃畹是否見匿上海，或竄赴他處？著曾國藩等迅速查拿！毋任漏網。[44]

「黃畹蘭卿」是否為王韜？學者們的看法紛歧[45]。然而重要

---

[43] 同註5，王韜《王弢園尺牘》，卷上，〈答伍觀宸郎中〉頁57-58。又〈擬上合肥相國〉，頁72：「妄不自量，以二三策獻當事，指陳所及，動觸忌諱，橫被口語，中以奇禍。」

[44] 王先謙（清），《東華續錄》（上海古籍出版社，續修四庫全書，據上海圖書館藏清刻本影印），卷7〈同治七〉，元年三月己酉上諭。379冊，頁209。

[45] 認為王韜以「黃畹蘭卿」之名上書太平天國者：如謝興堯〈王韜上書太平天國考〉、羅爾綱〈上太平天國書的黃畹考〉、忻平《王韜評傳》、呂實強〈王韜〉等。認為王韜非上書者有：吳靜山《上海研究資料》、楊其民〈王韜上書太平軍考辨〉，等等。

的是，清廷認定它就是王韜結交太平軍的證據，王韜也確有「殺賊而結賊」的行動：

> 所謂置身豺狼近，殺賊先結賊者也。豈料敗壞決裂，至於如此，舉世不諒，聽之而已。嗟乎，方事孔棘，誰為吾策？惟足下咨嗟籌畫於急難之間，歷半載如一日。[46]

> 《蘅華館雜錄》卷3〈南行〉：「置身豺狼近，殺賊先結賊。陳平縱反間，彼自翦羽翼，密已團鄉兵，聯絡盡材僑，人寡搗賊虛，發遲俟賊隙。謂將制賊命，反正在頃刻，豈料讒謗興。……」（頁13）

> 《蘅華館雜錄》卷3〈述衰〉：「儒生報國苦無術，欲縱奇聞先結賊，彼反覆者稱梟雄，即假其手翦羽翼。此意未先白上官，誠死謀洩身難完。翼入虎穴得虎子，謗書倉卒來無端，我未殺一賊人殺我。……」（頁14）

信被清廷查獲，有可能是太平軍的反間計；或是當權者欲嫁禍予他的手法，王韜曾對親友自訴：

> 當路勢位烜赫，固無難指龜而成鼈，淆素以訛緇，欲戮一細民，亦何求而不得。[47]

> 辛酉（1861）冬杪，母病在里，倉卒奔視。旋以兵阻，雪窖冰天，道途梗絕。韜里去吳門尚四十里，蓋皆民居，而非賊窟，固滬蘇之通道也。壬（1862）春方擬

---

[46] 同註5，王韜《王弢園尺牘》，卷上，〈與徐子書〉，頁37。
[47] 同註5，王韜《王弢園尺牘》，卷上，〈與醒逋〉，頁34。

> 回滬，忽聞官軍緝獲賊書，指為韜作。當事不察，竟
> 論通賊。忌毀者眾，百喙莫明。然而韜竟冒危往滬者，
> 誠以區區之心，可白無他。蓋進甘蒙隕首之誅，而退
> 不甘附賊之罪；退則可緩死，進則必無一生。而韜竟
> 舍生取死者，其志亦斷可識已。（《王韜園尺牘》卷
> 上〈與英國理雅各學士〉）

事實上，王韜回鄉乃為偵賊，對理雅各解釋為回鄉探母，即
因擔任情報工作，無法言明。王韜在小說中對太平軍以「赭
寇」、「髮逆」、「粵匪」、「紅巾」、「粵逆」稱之，即
能顯現他對太平軍的立場。

　　王韜受通緝時，正在蘇州。同治元年四月十五日，偷偷
回到墨海書館，受傳教士慕維廉與英國領事麥都華的保護，
躲藏一百三十五天[48]。此時他仍憂心時局，仿杜牧〈罪言〉、
蘇洵〈權書〉，撰《臆談》四十四篇，冀望上書當事，以拯
救國難[49]。所幸，麥都思之子麥都華掩護王韜期間，致函香
港英華書院的院長理雅各，為他安排了南走香港的計畫。從
此，王韜轉入更廣闊的世界，真正接觸西方。

三、南走香港（1862~1884）

　　太平軍攻佔長江下游時，上海緊臨戰火，許多人無法謀
生。本欲離開上海的王韜，「以蜚語之猝來，遂長征而不顧。

---

[48] 同註5，王韜《王弢園尺牘》，卷上，〈與醒逋〉，頁34。

[49] 王韜，《弢園文錄外編》（上海古籍出版社，續修四庫全書，1558冊，
據天津圖書館藏清光緒九年鉛印本），卷12，頁681。

於是乎乘長風，破巨浪，揚舲乎香海。」[50]同治元年閏八月十有一日[51]，在麥華陀的安排下，化裝搭乘「魯納號」郵舶啟行，倉卒登程：

> 庚辛（1860~1861）之間，江浙淪陷，時局愈危，世事益棘，滬上一隅，風鶴頻警。初秋，老母棄養。余硯田久涸，本思餬口於遠方；兼以天讒司命，語禍切身，文字之祟，中或有鬼，不得已蹈海至粵，附「魯納」輪船啟行。[52]

船行經福州、廈門，八月十八日抵達香港[53]。初至南土，讓他覺得「風土瘠惡，人民椎魯，語音侏離，不能悉辨。自憐問訊無從，幾致進退失據。」[54]所幸有理雅各，得以授餐適館。從此，決心潛心晦跡，隱耀韜光，改名為「韜」。

香港的生活飲食起居，初不適應，生活重心都在工作：

> 終日獨坐，絕無酬對。所供飲食，尤難下箸。飯皆成顆，堅粒哽喉。魚尚留鱗，銳芒螫舌。肉初沸以出湯，腥聞撲鼻。蔬旋瀹而入饌，生色刺眸。既臭味之差池，亦酸鹹之異嗜。[55]

至香港一隅，蕞爾絕島，其俗素以操贏取奇為尚，而

---

[50] 同註3，王韜《漫游隨錄》，〈自序〉，頁30。

[51] 同註5，王韜《王弢園尺牘》，卷上，〈寄楊醒逋〉，頁35。

[52] 同註3，王韜，《漫游隨錄》，卷1〈香海羈蹤〉，頁58。

[53] 同註5，王韜，《王弢園尺牘》，卷上〈寄楊醒逋〉，頁35。

[54] 同註5，王韜，《王弢園尺牘》，卷上〈寄楊醒逋〉，頁35。

[55] 同註5，王韜，《王弢園尺牘》，卷上〈寄楊醒逋〉，頁35。

自放於禮法，錐刀之徒，逐利而至，豈有雅流在其間哉，地不足游，人不足語，校書之外，閉戶日多。[56]

同治元年（1862）冬天，王韜將妻女託友人送來，一家團聚。

（一）助譯五經與歐遊

王韜在香港協助倫敦佈道會（London Missionary Society）教士理雅各（James Legge, 1815-1897）[57]，翻譯經書。理氏擔任英華書院（Ying Hua College）院長，在王韜到香港之前，已譯完四書。王韜之助譯自《尚書》始，後續譯《詩經》、《春秋》、《周易》、《禮記》等書。完成《尚書》之後，理雅各回到英國；不久，邀請王韜到英國繼續佐譯：

> 余至香海，與西儒理君雅各譯「十三經」。旋理君以事返國，臨行約余往游泰西，佐輯群書。丁卯（1867）冬，書來招余，遂行。香海諸君餞余于杏花酒樓，排日為歡。十一月二十日，附公司輪舶啟行，已正展輪。[58]

1867 年至 1870 年間，王韜不僅於英國助譯《詩經》、《春秋左氏傳》與《禮記》，並遊歷英、法等國。譯經之旅，開啟王韜對西方的觀察，見識到異於中國傳統文化的各種制度，思想為之一變，奠定日後提出自強變法的基礎。

56　同註 5，王韜，《王弢園尺牘》，卷上〈寄穗垣寓公〉，頁 35。
57　理雅各為英國漢學家，著有《中國人關於鬼神的概念》、《孔子的學說和生平》、《孟子的學說和生平》、《中國的宗教：儒教和道教評述及其同基督教比較》等。
58　同註 3，王韜，《漫遊隨錄》，卷 1〈新埠停橈〉，頁 65~66。

同治六年十一月廿日（1867.12.05）王韜動身搭船前往
英國。船途行經新加坡、檳榔嶼、蘇門答臘、馬來西亞、印
度、錫蘭、亞丁、開羅、義大利，歷四十餘日，抵法國馬賽、
里昂；游覽巴黎之後，抵達倫敦[59]。當他抵法埠馬塞里，眼
界頓開，認為幾若別一宇宙；逮至倫敦，又似別一洞天[60]。
在巴黎認識法國漢學家蓮儒[61]，見識到「波素拿書庫」所藏
中國典籍竟有三萬冊，且經史子集略備。

　　從倫敦抵達蘇格蘭後，住在克來克曼尼省（Clackmanan
Shire）杜拉村（Dallar）理雅各家中。譯經之外，王韜與理
雅各和湛約翰（Chalmers,John,1825~1899）等人同遊英、法
之博物館、劇院、畫館書樓、名山勝景；兩訪英京倫敦，三
游蘇格蘭愛丁堡。更受牛津大學邀請講學，登上報章：

> 余初至英，講學于惡斯佛大書院。……好事者詢余所
> 臨，先一日刊諸日報，照像者願勿取值。相識者迎余
> 至家，盛設宴會，招集賓朋，懸旗于屋頂，示有遠客
> 至，以為榮，且志喜也。凡此皆以余至獨先，而罕見
> 中華文士故也。[62]

---

[59] 王韜歐遊路線，參見同註3，王韜，《漫游隨錄》，〈自序〉，
頁 30~31；卷 1〈新埠停橈〉，頁 65~78；〈道經法境〉，
頁 81；卷 2〈玻璃巨室〉，頁 101。
[60] 同註3，王韜《漫遊隨錄》，卷 1〈玻璃巨室〉，頁 101。
[61] 儒蓮原籍猶太，譯儒釋各經，風行于世。同註3，王韜《漫遊隨錄》，
卷 2〈巴黎勝概〉頁 83；卷 2〈法京古跡〉，頁 87。
[62] 同註3，王韜，《漫游隨錄》，〈自序〉，頁 31。

「惡斯佛大書院」（Oxford University）即牛津大學。王韜以華語講學，論中外相通之始，「是時，一堂聽者，無不鼓掌蹈足，同聲稱贊，墙壁為震。」[63]報刊宣傳與演說成功，更使他受邀參加文教活動。例如，為英國國立圖書館題詞作序，書法被視為墨寶[64]；在蘇格蘭亨達利教堂吟唱中國詩文：

> 理君邀余詣會堂，宣講孔孟之道凡兩夕，來聽者男女畢集。將畢，諸女士欲聽中國詩文，余為之吟白傅〈琵琶行〉并李華〈吊古戰場文〉。音調抑揚宛轉，高抗激昂。聽者無不擊節嘆賞，謂幾如金石和聲風雲變色。此一役也，蘇京士女無不知有孔孟之道者。[65]

王韜近三年譯經之旅，漸漸通曉西方事物：火車、電報局、西方科學、教育與風俗文化，矯正了對西方的成見。雖因游覽之奇、山水之勝、詩文之娛、朋友之緣而自豪，幾忘其身在海外，與南逃香港之厄[66]。然最在意的仍是何時重回上海，何時能報國：

> 七年孤負故鄉春，到眼風光客里新。兩戒山川分北極，一洲疆域限南輪。殊方花月離人淚，異國衣冠獨客身。何日淞濱容小隱？柴門歸臥穩垂綸。[67]
>
> 九萬滄溟擲此身，誰鄰海外一逋臣。形容不覺隨年改，

---

[63] 同註3，王韜，《漫遊隨錄》，卷2〈倫敦小憩〉，頁99。

[64] 同註3，王韜，《漫遊隨錄》，卷3〈游蹤類志〉，頁151。

[65] 同註3，王韜，《漫遊隨錄》，卷3〈英土歸帆〉，頁159。

[66] 同註3，王韜，《漫遊隨錄》，卷2〈暢遊靈囿〉，頁126。

[67] 同註3，王韜，《漫遊隨錄》，卷3〈英土歸帆〉，頁157。

面目翻嫌非我真。尚戴頭顱思報國，猶餘肝膽肯輸入？昂藏七尺終何用，空對斜矄獨愴神。[68]

在蘇格蘭待了兩年半，理雅各重回香港講學時，王韜便結束這段歐遊。同治九年（1870）一月初五，王韜由杜拉啟程，返回香港，續助譯經。

（二）創辦「循環日報」

同治十年（1872），理雅各受聘皇仁書院院長，譯書遂告中止。王韜自行創業，與友人黃勝合資購買英華書院之印刷機器，成立中華印務總局；經營代客印書、廣告、海報、文件，出售活板字、書籍、藥品等[69]。早在墨海書館與麥都思等人譯聖經開始，即熟悉出版印刷、報章寫作[70]。例如，1857~1858 年參與墨海書館之華文報刊「六合叢談」；1870 自歐返港後，為「華字日報」撰稿。長年累積的報刊經驗，與歐遊後提倡變法救國的使命感，加強了他自辦報紙的決心。同治十二年十二月十八日（1874.2.4）「循環日報」創刊[71]，自任主筆，女婿錢昕伯[72]是他的得力

---

[68] 同註3，王韜，《漫遊隨錄》，卷 2〈倫敦小憩〉，頁 98。

[69] 卓南生，《中國近代報業發展史》（台北：正中書局，1998 年 4 月，台初版），第 9 章，頁 231。

[70] 參見同註14，《瀛壖雜志》，卷 6〈新聞紙〉，頁 201。

[71] 「循環日報」創刊時間，學者看法不同：如忻平，〈王韜與循環日報〉：「1874 年 1 月 5 日創刊於香港。」（華東師大學報，1987 年第 6 期，頁 59）又如卓南生親見大英圖書館所藏創刊第二號，為同治十二年十二月十九日（1874.2.5），據以推斷創刊時間為同治十二年十二月十八日（1874.2.4）。

助手。次年，王韜亦擔任「近事編錄」（1864）撰稿人與
編輯。

　　王韜以「天南遯叟」等筆名，在循環日報介紹西方政治、
經濟、科學，宣揚變法改革，分析國際時局；此報成為清臣
欲瞭解西方事物的重要媒介。據羅香林收藏王韜致丁日昌親
筆函，曾託人匯款予王韜，要求訂閱「循環日報」[73]。它也
是中國人自辦成功的最早中文報紙[74]，在中國新聞史上佔有
一席之地。

（三）受邀訪日

　　同治九年（1870），王韜從英國回到香港之後，撰寫《法
國志略》、《普法戰紀》等書。其中《普法戰紀》傳入日本
後，對正在展開明治維新，急需瞭解西方世界的日人而言，
具參考價值。如岡千仞〈扶桑游記跋〉所言：「《普法戰紀》
傳於我邦，讀之者始知有紫銓先生。之以卓識偉論，鼓舞一
世風痺，實為當世偉人矣。」[75]王韜的其他著作，如《甕牖
餘談》、《遯窟讕言》，也傳入日本[76]。

---

[72] 錢徵，字昕伯，自號「霧裏看花客」，娶王韜女兒王婉。曾任上海「申
　　報」總編輯。王韜曾稱其詩文「體裁峻洁」。見《扶桑游記》（湖南：
　　人民出版社，1982年12月，一版），卷上，頁179。

[73] 同註71，忻平，〈王韜與循環日報〉，頁64。

[74] 同註69，卓南生，《中國近代報業發展史》，第九章〈中國人自辦成
　　功的最早中文日報──〔循環日報〕〉，頁212~241。

[75] 同註72，王韜，《扶桑游記》，岡千仞跋，頁315。

[76] 如本多訥言嘗讀王韜《甕牖餘談》、《遯窟讕言》等書。同註72，《扶
　　桑游記》，卷上，頁199。

　　所以，在日本報知社新聞主筆栗本鋤雲、重野安繹的邀
請下，展開東瀛之游。此外，王韜亦欲一睹日本維新之狀：
「邇來與泰西通商，其法一變，前之所謂世外桃源可以避秦
者，今秦人反從而問津焉。」[77]

　　光緒五年閏三月初八，徐潤、盛宣懷為他送行，三月初
九（1879.4.23）[78]，搭船前往日本。在日本停留近四個月，
除遊覽名勝古蹟外，並接受日本學者、文士、官員，及中國
駐日公使、使事署人員的款待。例如，文學家龜谷行、東京
圖書館館長岡千仞、維新藩士中村正直、《清史攬要》作者
增田貢、《清史逸話》作者本多正訥、報知社社長藤田茂吉、
清廷駐日公使何如璋、副使張斯桂、神戶領事廖錫恩、參贊
黃遵憲、翻譯楊星垣等人。「壺觴之會，文字之飲，殆無虛
日。」如替藤野海南《蘇子瞻文集》寫跋文；竭三日之力，
為改宮島誠一刪改《粟香詩鈔》。友人知其愛好醇酒美人，
為他招妓伴遊；如在神戶時，季方曾找位年約十六、七歲的
阿朵[79]。

　　四個月之後（1879.9.1），王韜結束日本長琦、神戶、
大阪、京都、橫濱之旅，回到上海，稍作停留；見到唐景星、
徐雨之，並陪港督燕制軍觀戲[80]。此時王韜已是聞名東瀛，
博通西方事務與國際局勢的文士。

---

[77] 同註72，王韜，《扶桑游記》，〈自序〉，頁171。
[78] 同註72，王韜，《扶桑游記》，卷上，頁178。
[79] 王韜在日本行跡，見同註72，《扶桑游記》，自序，頁172、183、231、299。
[80] 同註72，王韜，《扶桑游記》，卷下，頁310。

四、重回上海（1884~1897）

　　王韜從日本返程時（1879），曾駐足上海；光緒八年（1882），亦曾回甫里省親[81]，並在上海小住；可見清廷對王韜之緝，已漸淡忘。由於王韜之政論，與游英日之經歷，許多洋務大臣上至曾國藩、李鴻章、丁日昌，下至府道省縣官員，均欲與之往來；例如，1871 年王韜《普法戰紀》出版後，曾國藩曾想羅致他入兩江總督幕府。光緒十年（1884），經馬建忠、丁日昌、盛宣懷等人斡旋，在李鴻章默許下，王韜得以重回闊別二十二年的上海。

　　移家重回上海後，居於淞北。起初，擔任「申報」編輯，為該報撰文。1885 年，創辦弢園書局，以木刻活字刊印書籍。又發表時論於「萬國公報」[82]；從 1890 年至 1896 年 6 月，幾乎每期都有他評論時事的文章。

　　1886 年王韜應唐廷樞、傅蘭雅（John Fryer, 1839-1913）等人之聘，任格致書院[83]（The Chinese Polytechnic Institute and Reading Room，1874~1914）監院，掌管院務；兩年後因博通中西，被董事會推舉為院長。格致書院的發起人、董事，有許多是他在墨海書館時期的友人；例如，創辦人麥華

---

[81] 同註3，王韜，《漫遊隨錄》，卷 1〈保聖聽松〉，頁 40：「余自壬午（1882）、乙酉、丁亥三年三度還鄉。」

[82] 萬國公報由林樂知（Young J. Allen,1836~1906）創辦，王韜的友人艾約瑟、慕維廉等，都是主要撰稿人。

[83] 格致書院創於 1874 年，由英領事麥華陀（Sir Walter Henry Medhurst，1823~1885）倡辦，教士傅蘭雅、偉烈亞力，徐壽與子徐建寅，實業鉅子唐廷樞等共同發起。立院宗旨欲使中國士商深悉西國人事。招收百位學生，教授科學知識與技術，並研討國計民生。

陀為麥都思之子，華蘅芳任書院董事；友人徐壽總管院務，直到 1887 年逝世。

接任院長後，王韜與傅蘭雅設計考課，聘請官員士紳命題、評獎；如直隸總督李鴻章、兩江總督曾國荃、尚書盛宣懷、台灣布政使邵友濂、留心時務的薛福成與鄭觀應等人。論文競賽之考課，分成季課（1886~1894）與特課（1889~1893），除了書院學生，各省都可參加。因此，王韜將重科技教育的學校，變成為研究西藝、討論時務的書院；又將歷次課藝題目、命題人姓名、優秀卷、評閱人之眉批，逐年匯集，編成《格致書院課藝》（1887~1896）；可做為西學東漸之際，知識份子熟悉西學程度的參考。此外，亦聘請中外學者來院講學，也為書院籌募經費[84]，晚年將精力投注教育上。

光緒二十年（1894），廣學會舉辦論文競賽，向直隸、江蘇、浙江、福建、廣東五省徵文，王韜為主要審定人之一。同年，　國父孫中山先生擬赴天津上書李鴻章，陳述變法富強方略；經過上海時，在鄭觀應家中，見到王韜，相談甚歡，並為他修訂〈上李鴻章〉。王韜致函李鴻章得力幕友羅豐祿，設法為　國父引見；並修訂上書文字，推荐至「萬國公報」發表[85]。雖然　國父沒見到李鴻章，失望地回到檀香山，轉

---

[84] 王韜，《弢園尺牘續鈔》，〈與盛杏蓀觀察〉，光緒十五年（1889）排印本，中央研究院近史所郭廷以圖書館，縮影資料。

[85] 陳少白口述、許師慎筆記，《興中會革命史要》（台北：中央文物供應社，1935 年 1 月），頁 7~8。馮自由《革命逸史》（北京：中華書局，1981 年 6 月，一版），第三集〈興中會初期孫總理之友好及同志〉，鄭官應、王韜，頁 7、17~18；第四集〈興中會會員人名事跡考〉，孫

思以革命救亡圖存。然而，王韜的政論與考課，不僅影響戊戌變法，也深深觸動了孫中山[86]，成為改革的先導[87]。

　　光緒廿三年四月廿三日（1897.5.24），王韜卒於上海[88]，年七十。總觀王韜一生，少年時志銳氣壯[89]，中年南逃奔波，晚年辦學抒論。雖因「遁跡海南，俯仰感慨，舉其郁郁不得於內者，托之於聲色豪華。」[90]喜歡青樓醇酒，甚至吸食鴉片。然身處清末最積弱不振的時代，王韜總能掌握每一次歷史機緣，面對時局，吸收新知後，與時而變；成為晚清的政論家、文學家，近代新聞的創始人、西學在中國傳播的推進者。

文，頁24。

[86] 王韜對孫中山的影響，參見 Key-ray Chong 著、黃天牧譯，〈王韜與孫逸仙〉（中山社會科學譯粹，第2卷第4期），頁181。

[87] 孫會文，〈鄭觀應〉，收在中華文化復興運動總會、王壽南主編，《中國歷代思想家》（十八）（臺灣：商務印書館，1999年8月，更新版一刷），頁259。」

[88] 有關王韜卒時，參見吳靜山據蔡爾康《鑄鐵庵讀書應事隨筆稿本》在〈王韜事跡考略〉一文中稱：「光緒二十三年丁酉，七十歲。夏四月卒于城西草堂。」邱煒萲《菽園贅談》卷7〈王紫詮有二〉：「後閱滬報，知君於丁酉四月廿三日卒於滬寓。」李景光，〈王韜究竟卒於何時〉（文學遺產，1986年第3期），頁114。鄔國義，〈王韜卒年月日再考證〉（華東師範大學學報，35卷5期，2004年9月），頁113。

[89] 同註5，王韜，《王弢園尺牘》，〈奉顧滌盒師〉，頁26~27：「憶在弱冠，志銳氣壯，自以為可奮迅雲霄，凌轢堂奧。講學則摧鋒折角，譚詩則祧宋宗唐。」

[90] 同註72，《扶桑游記》，岡千仞，〈扶桑游記跋〉，頁314。

第二節 著作等身

王韜一生著作等身，創作頗盛之因有三：首先，他具有積極求知的精神。例如，讀書時「皆欲討流溯源，窮其旨趣。」[91] 其次，接觸西方傳教士，遊歷英、法、日，見識較廣。最後，則是具抒發己見的膽識。不論是在國家圖存、經濟民生等議題，或小至個人的內心感懷，都能自我抒發。可惜許多作品，或因無資出版，或因戰亂、火災[92]，所能見者已非全貌。王韜五十三歲之〈弢園老民自傳〉所錄，已有26種。1889年六十二歲時，〈弢園著述總目〉載已刻書目12種、未刻書目24種。

據吳靜山〈王韜事跡考略〉統計，王韜六十歲時約有四十種著作[93]；忻平考訂已刊書目40種，未刊書目18種，流傳至日本書目20種[94]。今據中央研究院傅斯年圖書館、近史所郭以廷圖書館等各地所藏統計，約有三十多種。除小說外，約可分為詩文集、史地、經學、編譯之書等五類。

---

[91] 王韜，《蘅華館詩錄》，自序，清光緒六年（1880）香港印務總局鉛印，頁4。

[92] 如光緒七年（1881），王韜中華印務總局曾遭祝融肆虐，排印著作付之一炬。

[93] 吳靜山，〈王韜事跡考略〉，收在上海通訊社編，《上海研究資料》（上海書店，1936年出版），頁686~689。

[94] 同註15，忻平，《王韜評傳》，頁241~251。

一、詩歌文集

1、《蘅華館雜錄》：內容有道光二十九年（1849）《苕花廬日志》、咸豐二年（1852）《茗鄉寮日記》、咸豐二～三年《瀛壖雜記》、咸豐三年（1853）《滬城聞見錄》、咸豐四～五年《蘅花館日記》、《蘅華館印譜》、《夏日閨中雜詠》、《石經考文》。中央研究院歷史語言研究所傅斯年圖書館，存有手稿本。

2、《蘅華館詩錄》：據王韜〈重訂蘅華館詩錄後序〉所載，此集歷兩次編訂。光緒六年（1880）編於香港，將1879 年以前的詩作分成 5 卷，543 首詩，印於香港印務總局。十年之後（1890），重編於滬北淞隱廬，重訂為 6 卷[95]，收詩作 629 首。

另有題名「王利賓著」《畹香僊館遣愁編詩集》1 卷，今存中央研究院歷史語言研究所傅斯年圖書館。此詩集乃道光二十七年（1847），王韜二十歲左右的詩作，集中諸詩亦多收入《蘅華館詩錄》中。

黃遵憲嘗稱王韜詩，一洗時人齷齪氣：「凡意中之所欲言，筆皆隨之宛轉屈曲，夭矯靈變而無不達。古人中惟蘇長公、袁子才有此快事，然其身世之所經、耳目之所見，奇奇怪怪皆不及吾子遠甚也。」[96]稱《蘅華館詩錄》為「才人

---

[95] 王韜著，李天綱編校，《弢園文新編》，〈弢園著述總目〉，收入錢鍾書主編，中國近代學術名著叢書（香港：三聯書局，1998 年 7 月，一版），頁 374：「所採之詩，迄己卯年（1879）而止。自庚辰至己丑（1889），十年之中，又得三卷，擬重為編入，以俟將來。」

[96] 何槐昌、丁紅，〈黃遵憲致王韜（紫銓）信九通〉（華東師範

之詩，只千古而無對也。」友人孫澄之：「仲弢於學無所不通，於詩無體不工。五律多深穩，七律多清秀，五古兼參選體，七古縱橫跌宕。是瓣香於杜陵老者，每讀一過，輒為擊節。」[97]可見王韜之詩才。

3、《眉珠盦詞鈔》4 卷：王韜詞集。據〈弢園著述總目〉「未刻書目」：1875 年尊聞閣主人美查，將此收入申報館《四溟瑣記》第一卷[98]。

4、《弢園文錄外編》：光緒八年（1882），王韜選錄「循環日報」之時論，共 12 卷。堪稱中國近代思潮與變法維新之最早文獻，梁啟超之政論文，即王韜政論之延續。另有《弢園文錄》8 卷，又名《弢園文錄內編》，為王韜早年言性理學術之文，好友林昌彝曾為之序[99]，1861 年溺於水，已佚[100]。

5、《弢園尺牘》：光緒二年（1876）刊行，初為 8 卷；光緒十二年（1886），補為 12 卷。1889 年又有《弢園尺牘續鈔》6 卷[101]，今中央研究院近史所郭廷以圖書館有藏本。

大學學報，1984 年第 4 期），頁 74。

[97] 王韜，《蘅華館詩錄》，所收諸友〈詩評〉，清光緒六年（1880），弢園叢書本，頁 2。

[98] 同註95，王韜著，李天綱編校，《弢園文新編》，頁 386。

[99] 同註8，林昌彝，〈甕牖餘談序〉，頁 1：「紫詮向以《弢園文錄》乞為之序。」

[100] 同註95，王韜著，李天綱編校，《弢園文新編》，〈弢園著述總目〉，頁 374：「余文本分內外兩編，內編多言性理學術，辛酉冬間溺於水，一字無存。」

[101] 同註95，王韜著，李天綱編校，《弢園文新編》，〈弢園著述總目〉，記《弢園尺牘續鈔》為 8 卷。

6、《豔史叢鈔》：光緒四年（1878）選校，共 30 卷。包括王韜《海陬冶遊錄》3 卷、《海陬冶遊餘錄》3 卷、《海陬冶遊附錄》1 卷（1860 序）、《花國劇談》2 卷（1878 序）、靉靆軒主《瑤臺小錄》1 卷；皆追已陳之豔跡，採四方名妓之錄；著激昂慷慨之詞，寄世運盛衰之感。可做為清末上海、廣州、香港娼家分布與娼妓活動之社會史料。

7、《老饕贅語》8 卷：據〈弢園著述總目〉，所謂「贅語」，近於詩之流亞，記名士詩文遺事。未刊[102]，今亦未見全本；只殘存於其他著作中，如蔣敦復《芬陀利室詞集》附錄〈麗農山人事實雜錄〉，內容較《瀛壖雜記》、《甕牖餘談》所記蔣劍人事蹟略短，可知此書之性質。

8、《三恨錄》3 卷：〈弢園著述總目〉載，乃〈眉珠盒憶語〉、〈笙村靈夢記〉、〈夢蘅閣鴛鴦誄〉各 1 卷；敘畢生未能忘情的三件憾事，包括妻子楊保艾之死。其中〈眉珠盒憶語〉，1915 年收入上海海左書局刊「虞初廣志」。《淞隱漫錄》卷 5 亦有〈笙村靈夢記〉，此篇傳奇小說與《三恨錄》之組詩不同。

9、《歇浦芳叢志》4 卷：乃王韜重回上海後，將徵逐諸芳，豔談韻事，拔其尤者，萃為一編[103]。

---

[102] 同註 5，王韜，《王弢園尺牘》〈與楊甦補明經〉，頁 54：「其講述四部入之雜家者，則有《老饕贅語》。」
[103] 同註 95，王韜著，李天綱編校，《弢園文新編》，頁 385。

二、史地之書

（一）本國史

1、《瀛壖雜志》：1862 年成於上海，1871 年補序於香港。敘上海之歷史沿革、山川秀麗、風俗好尚、人物往來軼事、文物薈萃，等等。友人蔣復敦、黃懷珍作序，稱此足與顧炎武《天下郡國利病書》媲美。今《上海通史》中關於晚清之資料，多據此書，可證其價值。

2、《甕牖餘談》：光緒元年（1875）出版，共 8 卷。記清末太平天國諸王、西方學術與文明制度、節士、烈女、地方風物，等等。「多就耳聞目見，據實而書，無妄語，亦無溢詞。」[104]所以，縷馨仙史（蔡爾康）〈甕牖餘談序〉，稱此合列強、風土與本國匪亂於一書。卷 7〈洪逆瑣記〉等 9 篇，記太平天國諸王逸事，後收入《滿清野史》五編，題為《弢園筆乘》1 卷。

（二）外國遊記

1、《漫遊隨錄》3 卷：王韜將紀西行之《乘浮漫記》[105]，改寫而成。〈弢園著述總目〉載，原名《漫游隨筆圖說》6 卷。

---

[104] 同註 95，王韜著，李天綱編校，《弢園文新編》，〈附錄—弢園著述總目〉，《甕牖餘談》條，頁 374。

[105] 同註 5，王韜，《王弢園尺牘》〈代上丁中丞書〉，頁 46。又〈與楊甦補明經〉，頁 54：「《乘桴漫記》，則西行紀游之作也。」

2、《扶桑游記》：光緒五年（1879），王韜訪日後撰成。初由栗本鋤雲刻於報知社，書前有重野安繹、中村正直之序，書末有龜谷行、平安西尾、岡千仞等日本友人之跋。但有關日本海防、兵政、軍艦、營壘處，與載酒煙花之事，皆被刪去，使王韜非常不滿。因此〈弢園著述總目〉中稱：「殊不滿鄙臆，尚待重刊。」今本《扶桑游記》，多據明治十二、十三年（1879、1880）報知社印本重刊，如湖南人民出版社之走向世界叢書本、岳麓出版社、小方壺齋輿地叢鈔本，皆是。王韜另有《日本通中國考》，收入清王錫祺輯小方壺齋輿地叢鈔，第 52 冊。

（三）外國史

1、《法國志略》24 卷：1870 年春，王韜自歐洲返回香港，受丁日昌委託，與黃勝撰《地球圖說》，其後再撰《法國圖說》14 卷[106]；前 6 卷改析自《地球圖說》，分別是〈法蘭西總志〉3 卷、〈法京巴黎斯志〉1 卷、〈法蘭西郡邑志〉2 卷。此外，又採自他書與報章者 8 卷：〈法英婚盟和戰紀〉2 卷、〈拿破崙第三用兵記〉2 卷、〈普法戰紀〉3 卷、〈瑣載〉1 卷。

1890 年以 14 卷《法國圖說》為藍本，參考日本岡千仞《法蘭西志》，岡本監輔《萬國史記》、《西國近事滙編》，

---

[106] 王韜著，陳恒、方銀兒評注，《弢園文錄外編》（中州古籍出版社，1998 年 9 月，一版），〈法國圖說序〉，頁 340。

與當時日報的資料而成；分為 24 卷[107]，改稱為《法國志略》。內容介紹法國歷史、地理山川、學術文化、法制職官、經濟器物、科學等；作於普法戰爭之前。有光緒十六年（1890）上海松隱廬刊本。此書收入《新校本清史稿》，卷 146 志 121，藝文 2 史部地理類。學者對此書評價頗高，如忻平：「近代中國人研究法國歷史的質量上乘的開創之作。」[108]

2、《普法戰紀》14 卷：王韜刪訂《法國圖說》後，因熟悉法國掌故，再經張芝軒的提議而撰此[109]。自同治九年（1870）八月載筆，至次年六月六月二十二日[110]，寫完 12 卷；13、14 卷較晚續成。起初連載於香港「華字日報」；後結集為 14 卷本[111]，1886 年增補重訂為 20 卷本[112]。1874 年李光廷曾刪削為《普法戰紀輯要》四卷。1880 年日本陸軍省翻刻，成為瞭解歐洲戰爭必讀之書。此書為王韜聞名最早之書，評價頗高；曾國藩讀後，擬招王韜至幕府[113]。後收入《新校本清史稿》，卷 146 志 121，藝文 2 紀事本末類。

---

[107] 同註 95，王韜著，李天綱編校，《弢園文新編》，〈弢園著述總目〉，頁 382，記載重訂《法國志略》為 12 卷。

[108] 忻平，〈王韜與近代中國的法國史研究〉（上海社會科學院學術季刊，1994 年 1 期），頁 167。

[109] 吳桂龍，〈王韜思想發展探微—讀《普法戰紀》〉：《法國圖志》完成後，由張宗良提議編撰《普法戰紀》，「華字日報」主編陳藹廷、梅籍、何玉群、鄒城等人助撰，由王韜總其成。（上海社科季刊，1988 年第 1 期，頁 169）

[110] 王韜〈普法戰紀前序〉，1873 年，中華印務總局活字排印版，頁 5。

[111] 同註 5，王韜，《王弢園尺牘》〈寄余雲眉內翰〉，頁 47：「普法戰紀十有四卷，已付郵筒。」

[112] 同註 95，王韜著，李天綱編校，《弢園文新編》、〈弢園著述總目〉，頁 373。

[113] 同註 106，王韜著，陳恒、方銀兒評注，《弢園文錄外編》，頁 345。

3、《探地記》：收入清王錫祺輯「小方壺輿地叢鈔」第 63 冊，有 1887 年至 1897 年上海著易堂排印本。

4、《琉球朝貢考》：1 卷，收入《新校本清史稿》，卷 146 志 121，藝文 2 史部地理類。

5、《四溟補乘》36 卷[114]：據〈弢園著述總目〉稱[115]，此為搜羅海外史書而撰，如慕維廉《地理全志》、瑪吉士《地理備考》、魏源《海國圖志》、日本岡本監輔《萬國史記》、丁日昌《海國圖志》等。詳於近而略於遠，對近四十年歐洲國政民情、朝聘盟會、戰爭、中外交涉等，詳加記錄。王韜曾對盛杏蓀表示，此書乃平生精力之所萃；「凡欲知洋務者，一展卷間，即可瞭如指掌」[116]堪稱投時之利器，談今之要帙。

6、《西古史》4 卷、《西事凡》4 卷：《西古史》述西方創世紀之疆域沿革、世代遷移、邦國分合、學術源流、西洋輿圖、掌故等。《西事凡》則彙集西方的遺聞軼事。

王韜介紹西方歷史之書，據〈弢園老民自傳〉，尚有《法蘭西志》8 卷、《俄羅斯志》8 卷、《美利堅志》8 卷。

7、《臺事竊憤錄》3 卷：卷 1 述戰事始末，卷 2 詳述台灣土番風俗，卷 3 採中外論說此事者。約成同治三年（1874）日本襲擊牡丹社，清廷訂約之後；因〈弢園著述總目〉稱：「侵台灣，即滅琉球之漸也。」

關於日本、琉球之文，尚有《琉球朝貢考》1 卷、《琉

---

[114] 王韜〈弢園老民自傳〉記 36 卷，〈弢園著述總目〉，卻寫 120 卷。
[115] 同註 5，王韜，《王弢園尺牘》，〈與楊甦補明經〉，頁 55；〈答伍觀宸郎中〉，頁 58；皆提及此書。
[116] 同註 84，王韜，《弢園尺牘續鈔》，卷 6〈復盛杏蓀觀察〉，頁 2。

球歸向日本辨》1 卷、《日本通中國考》1 卷，分別收入清
王錫祺輯「小方壺輿地叢鈔」第 51、52 冊。

三、經學研究

　　王韜替理雅各助譯五經，故治經頗為用心：「蒙生平用
力所在，為《春秋左氏傳集釋》六十卷，《皇清經解校勘記》
二十四卷，以卷帙繁重，尚待集貲。」[117] 1889 年由上海美
華書局出版「經學輯存六種」。今所見經學相關之書：

　　1、《春秋曆學三種》：即《春秋朔閏日至考》3 卷、
《春秋日食辨正》1 卷、《春秋朔閏表》1 卷。《春秋朔閏
日至考》、《春秋日食辨正》，初由美華書館排印。今中央
研究院傅斯年圖書館，有光緒十五年（1889）隱廬活字排印
本。王韜以「冬至定朔日，依經傳以考閏月，由日食求歲正，
而後《春秋》二百四十二年之日月瞭然如指諸掌上矣。」[118]
此外，湛約翰（John Chalmers）認為此作「可以定古曆之指
歸，決千古之疑案，於春秋二百四十二年中之日月，瞭如指
掌。……此書出，當駕陳泗源而上之。」[119]

　　2、《春秋左氏傳集釋》60 卷、《皇清經解校勘記》24
卷、《國朝經籍志》8 卷：〈弢園著述總目〉未刻書目著錄，
與「春秋曆學三種」，合稱為「弢園經學輯存六種」。《春

---

[117] 同註 5，王韜，《王弢園尺牘》，〈與楊勷甫論經〉，頁 54。又〈與
　　余謙之大令〉，頁 54：「經學諸書，卷帙繁重，無力付梓，容俟異日。」
[118] 同註 95，王韜，〈弢園著述總目〉，未刻書目，《春秋朔閏日至考》
　　三卷條，頁 377。
[119] 同註 3，王韜，《漫遊隨錄》，卷 3〈遊押巴顛〉，頁 141~142。

秋左氏傳集釋》集漢代以來諸家箋注而成，為王韜經學著作中卷帙最繁。《皇清經解校勘記》，論駁諸經學家之說，掊擊前賢特甚。《國朝經籍志》，以數十年的心力，搏採旁稽清代經學名儒之著述；詳述各書精義，或略示著者姓氏目錄，並區別宋學或漢學。

3、《毛詩集釋》《周易集釋》《禮記集釋》：手稿本，未刊。存放於紐約市立圖書館（New York Public Library）[120]。

四、翻譯作品

王韜被稱為：「中國近代第一代以譯述西書為職業的新式知識分子。」[121]助譯東西經典如下：

1、《聖經》：與麥都思合譯，1850 年完成《新約聖經》，1853 年完成《舊約聖經》。

2、《中國經典》、《東方聖書》：1865 年譯成《書經》，1867 至 1870 年譯《詩經》、《左傳》；出版時名為《中國經典》第 3、4、5 卷。而助譯之《易經》、《禮記》，於 1882、1885 年出版時，名為《東方聖書》（The Sacred Books of the East）。

3、「弢園西學輯存六種」：1890 年集刊，淞隱廬校印本。內容有與偉烈亞力（Alexander. Wylie,1815~1887）合譯

---

[120] 同註 15，呂實強，〈王韜〉，頁 145。
[121] 朱維錚、李天綱，〈清學史：王韜與天下一道論〉，收在朱維錚，《求索真文明：晚清學術史論》（上海：古籍出版社，1996 年 12 月，第 1 版），頁 136。

之《西國天學源流》、《重學淺說》、《西學圖說》[122]、《西學原始考》、《泰西著述考》、《華英通商事略》。《西國天學源流》，乃偉烈亞力口譯，王韜以十日寫成。《重學淺說》介紹力學的歷史與分類，是近代中國首部力學專書[123]；曾編入《六合叢談》，收入艾約瑟《重學》。《泰西著述考》述明代中葉以後，利瑪竇等人譯西書之況。

《西學原始考》，源於 1853、1858 年與艾約瑟合譯之《格致新學提綱》，1890 年增補成書：「凡象緯曆數格致機器，有測得新理，或能出精意創造一物者，必紀其始。既成一卷，分附於《中西通》之後。今俱散佚，無從搜覓。因於鉛槧之暇，復為編輯篇帙。」[124]

4、《火器略說》：1862 年丁日昌為李鴻章督造軍械、製鑄炸炮，運至江南以擊太平軍。王韜與黃勝合譯《火器略說》，獻書予丁曰昌，受其讚賞[125]。又有方照軒購二百本，授予各軍營[126]，可見此書在當時之重要性。內容包括煉鐵、造模、置爐、鑽砲、驗藥等法，及測量、空氣阻力等物理。1885 年敦懷書屋刊行，與《操勝要覽》同收入「敦懷堂洋務叢鈔」。後收入《新校本清史稿》卷 147，志 122 藝文 3，子部兵家類。

---

[122] 〈弢園著述總目〉中所載「弢園西學輯存六種」，記《光學圖說》1卷。概先有《光學圖說》，後增飾之，易名為《西學圖說》。

[123] 同註 27，熊月之主編，《上海通史》，第 6 卷，頁 124。

[124] 王韜，〈西學原始考序〉，清光緒十五年（1890），淞隱廬校印本，頁 50。

[125] 王韜，〈火器略說再跋〉，收入沈雲龍主編，《近代中國史料叢刊》（台北：文海出版社，1971 年出版），第 384 冊，頁 741。

[126] 同註 95，王韜，〈弢園著述總目〉所載，《火器略說》條，頁 375。

綜觀王韜之著作，數百首的抒情詩詞，眾多之尺牘、遊記，成為他創作小說時，敘事流暢的基本功；對中外時事、歷史的考察與整理，培養他對事件的史識與見解；而在佐譯時，大量閱讀與整理典籍，成為寫小說時不可或缺乏的知識基礎。

第三節　王韜與小說

一、王韜小說的寫作背景

清代是中國小說創作最繁盛的時代。鴉片戰爭之後，在西方傳教士刊印小說的激盪下，小說更是大量出版。王韜的文言小說，即在東西文化交會的機緣下，應運而生。

（一）民窮財匱盜如毛

王韜一生經歷了鴉片戰爭（1839~1842）、太平天國（1850~1864）、回變（1846~1878）、捻亂（1857~1868）、英法聯軍（1858~1860）、中法戰爭（1883~1885）、甲午戰爭（1894~1895），等內亂外患。其中尤以太平天國之亂，遭通賊之禍，對他創作小說的影響最大。筆記小說集《遯窟讕言》，描寫戰亂下的悲歡離合最多；如卷3〈薊素秋〉：「不意赭寇南下，江浙淪陷，鼙鼓喧天，烽烟遍地，粵人倉皇挈眷還鄉。」又如卷9〈鬼話〉，反映盜賊橫行之狀：「目

今寇氛擾攘，盜跡縱橫，黃巾赤眉，所在皆是。」[127]即在傳奇集《淞隱漫錄》、《淞濱瑣話》中，亦有不少盜賊橫行，民生凋蔽的故事。

王韜曾見上海小刀會起義、太平天國之亂，他認為亂事雖肇因於西方列強之侵略：「亂之所生，根於戎禍之烈也。」（《弢園尺牘》）清廷半籌莫展，更令他憤慨：

> 賊至城下，未嘗加遺一矢。閉關靜坐，束手待斃，萬民憤請，抑止不行。賊入則走，不知所之。堂堂天朝，巍巍天子之大臣，而不能禦此么麼鼠寇。半籌莫展，一死不能，平日之南面臨下，厚自享奉，果何為者耶。[128]

《蘅華館雜錄》〈賊至〉寫道：「賊至城空兵不戰，民窮財匱盜如毛。」[129]動盪不安的時局，改變了許多人的命運，也增加了許多創作小說的素材。例如，寫太平天國淪陷區的景況：「江浙為髮逆竄陷，流民男婦逃之漢口者殊多，無所得食，多願自鬻為人妾媵，貧而無妻者，爭往購之。」[130]

除了對官兵坐以待斃的不滿外，王韜對太后們的垂簾干政，導致朝政日壞，也深表憤慨：「但願殺賊誓報國。……

---

[127] 王韜，《遁窟讕言》（台北：廣文書局，中國近代小說史料續編，第29冊，1986年5月，出版），卷3〈薊素秋〉、卷9〈鬼話〉，頁117、128。

[128] 同註5，王韜，《王韜園尺牘》，〈與冀孝拱上舍〉，頁34。

[129] 王韜，《蘅華館雜錄》，卷3〈賊至〉，清道光咸豐間手稿本，第6冊，頁10。

[130] 同註127，王韜，《遁窟讕言》，卷9〈趙遜之〉，頁137。

蕭孃、呂姥彼何人，若輩徒壞天下事。」[131]借蕭孃、呂姥，隱射紐鈷祿氏、那拉氏之誤國。咸豐十一年七月（1861），文宗卒於熱河，子穆宗載淳嗣位，年僅六歲，東西兩太后紐鈷祿氏、那拉氏垂簾聽政。《淞隱漫錄》卷3〈畢志芸〉：「適皇太后萬壽，献之上方，得邀辰賞，頒賜玉如意、宮緞，生亦晉侍講銜，誠未有之曠典也。」[132]即以畢志芸以太后壽受恩典，以隱喻慈禧太后之寵臣誤國。

　　鴉片戰爭以來，滿清國力日衰，朝政不綱，官兵無法平亂；對時局之憂心，對生命之焦慮，只好將希望寄託於豪俠、奇門遁甲、符籙咒語、幻想奇情之中，王韜小說中的俠客、鬼神、奇術、宗教、愛情故事，因茲生焉。

（二）口岸開放與西學東漸

　　1840 年鴉片戰爭之後，上海等五個通商口岸，不僅基督教東來，許多西方資本主義的商品、娛樂消費，隨之傳入，改變了上海的生活型態。1849 年王韜進入墨海書館，受雇於洋人；1859 年 4 月 19 日，與李善蘭看賽馬，男女士紳擠滿會場，勾欄妓女也紛紛而至[133]。隨著通商口岸的開放，外來人口湧入，男性到沿岸尋找工作機會，起初攜家帶眷者少，間接促動性產業的發展。再加上戰亂之後，許多孤女寡

---

[131] 同註129，王韜，《蘅華館雜錄》，卷2〈聞客譚近事有感〉，頁8。

[132] 王韜，《淞隱漫錄》（台北：廣文書局，影印光緒十年（1884）石印本；1976 年8月，初版），卷3〈畢志芸〉，頁116。

[133] 方行、湯志鈞整理，《王韜日記》（北京：中華書局，1987 年出版），頁 108~109：「士女觀者如堵，……勾欄中乘輿來觀者，紛如也。」

婦，被賣入妓院，或自願到煙花巷中討生活。文人們品花名
第的詩詞，送往迎來的書信；妓女們傾吐身世，與迴蕩在口
岸的街談巷語，都成為狹邪文學的題材。租界區內的傳統文
人，如王韜、蔣敦復、姚燮、龔橙、李善蘭，無不喜歡上妓
院、看戲，做為翻譯生活的調劑。

歷來中國文學的重鎮在北方，通商口岸開放之後，上海
成為近代文學的中心。王韜在上海駐足青樓，與朋友酒樓談
讌，甚至吸食鴉片。然而，也因快速變化的時空背景，使王
韜異於傳統小說家的生活經驗，接觸異國文化，觀察時局變
動下的各色人物。

1843 年倫敦會為了傳教，麥思都在上海設立墨海書館，
用機械鉛印技術，列印傳教冊子與翻譯書籍，西方文化商品
開始大量進入中國。王韜在墨海書館助譯典籍，應是早期接
觸西方印刷與報刊的華人之一。例如，偉烈亞力與王韜合譯
的《重學淺說》，是最早傳入的西方力學書；偉烈亞力與李
善蘭合譯之《代微積拾級》，是首部傳入中土之高等數學；
艾約瑟與李善蘭合譯之《植物》，是首部西方植物學譯書。
西學傳入，不少讀書人轉變思想。如 1882 年康有為到上海
購買西書，盡棄故見；1883 年購萬國公報，學習聲、光、
化、電、重學，及各國史志，融合中西之學。又如 1893 年
譚嗣同於上海認識傅蘭雅，購買廣學會所譯之外國史理、政
治等書，開始吸收西學，啟蒙思想。

王韜搭上此波西學東漸的列車，不僅扮演了翻譯者的角
色，更從純儒轉為西方文化的播傳者。1860 年總理各國事務
衙門設立，開啟中國的洋務運動；1862 年北京設立同文館，

培養翻譯人才。而王韜早已於墨海書館譯書，達十年之久。參與譯書的十三年中，前期譯聖經，後期譯科學書籍。譯經認識基督教思想，受洗為基督徒；譯科技之書，認識西方基礎科學，如天學、光學、力學。所以《淞隱漫錄》中之〈海外美人〉，才能以這些知識為依據，寫出造船遠航的故事。

王韜於此西學東漸之際，展現在小說中的是，異於前代的內容：造船、物理、天文、世界地理、西方音樂與舞蹈、西洋女子、東洋女子，不僅僅只是傳統的神鬼、煙粉、刀劍、福地洞天、地獄、詩情。例如，《淞隱漫錄》卷 3〈薊素秋〉：「有西人舍曰墨海，西人所設印書局也，編竹代垣，栽花築架，略具園圃風景。有玉無玷者，固一時名下士，以家貧，授西人書自給。」[134]故事背景即是墨海書館。

（三）申報館搜刊小說

上海申報館除了對近代報刊小說的興起，有推波助瀾之功；更因徵求小說出版，促動王韜創作三本小說。申報由王韜友人美查（Ernest Major、尊聞閣主人）創辦於 1872 年 4 月 30 日，王韜在香港辦循環日報，與申報關係密切，兩報常常互刊文章；1884 年重回上海後，也擔任申報主筆。《遯窟讕言》因美查之搜求小說而出版，《淞隱漫錄》、《淞濱瑣話》則因申報附刊《點石齋畫報》而成書。晚清小說是報刊的副產品，王韜可說是最早的報人小說家。

---

[134] 同註 132，王韜，《淞隱漫錄》，卷 3〈薊素秋〉，頁 118。

　　申報館自同治十一年（1871），至光緒二十一年（1895），搜集、整理和刊印的小說，共有二百餘種。當時發表於申報者，有鄭文濱《醒睡錄》（1868 自序）、鷗鄉老人《老人夢語》（1875 自序）、1877 年宣鼎（1832~1880）《夜雨秋燈錄》、鄒弢《澆愁集》（1877 自序）、戴蓮芬《鸝砭軒質言》（1879 自序）、見南山人《茶餘談薈》（1879 成書）、1880 年宣鼎《夜雨秋燈錄續錄》、俞樾（1821~1907）《右台仙館筆記》（1880 自序）、百一居士《壺天錄》（1885 年自序）、泖濱野客《野客讕言》（1886 自序），等等。

　　此外，尚有成書較早，申報館予以刊刻者，如：潘綸恩《道聽途說》（1875 筠坪老人序）、長白浩歌子《螢窗異草初編》（1876 梅鶴山人序）、《螢窗異草三編》（1864 許康甫序）、陳庚《笑史》（1841 自序）、吳熾昌（1780~1850 以後）《客窗閑話》（1850 自序，1875 申報館序）、管世灝《影談》（1801 成書）、許秋垞《聞見異辭》（1846 自序）、夏昌祺《雪窗新語》（1875 昭陽白鷗成台跋）、陸長春《香飲樓賓談》（1877 縷馨仙史蔡爾康序），等等。除《香飲樓賓談》收入「申報館叢書續集」外，其餘皆收入「申報館叢書本」，可見申報館促成晚清小說勃興之功。

　　王韜除在申報發表小說外，也為申報引介作品。例如，為《語新》作者錢學綸（1736~1796 以後）作傳[135]；1877 年將沈復《浮生六記》，交由申報館出版。

---

[135] 寧稼雨，《中國文言小說總目提要》（山東：齊魯書社，1996 年 12 月，一版），頁 367。

1891 年申報編輯韓邦慶，受到申報館出版小說的影響，創辦了以登載小說為主的期刊「海上奇書」；由點石齋印行，申報館代售。不僅如此，1895 年 6 月，王韜格致書院的同事傅蘭雅（John Fryer），在申報上刊載〈求著時新小說啟〉：

> 竊以感動人心，變易風俗，莫如小說，推行廣速，傳之不久，輒能家喻戶曉，習氣不難為之一變。今中華積弊，最重大者計有三端：一鴉片、一時文、一纏足。若不設法更改，終非富強之兆。茲欲請中華人士愿本國興盛者，撰著新趣小說，合顯此三事之大害，並祛各弊之妙法，立案演說，結構成編，貫穿為部，使人閱之心為感動，力為革除。……凡撰成者，包好彌封，外填姓名，送至上海三馬路格致書室。……英國儒士傅蘭雅謹啟（光緒二十一年五月初二「申報」）

此次徵文，至光緒二十一年十一月二十九日（1896.1.13），共收 162 部小說，應有促動近代小說之功。例如詹熙《醒世新編》，即受傅蘭雅徵文啟事的引發而作；1897 年春出版前，曾就正於天南遁叟（王韜）。傅蘭雅是格致書院的董事，王韜是格致書院的山長；從兩人的關係，與徵文的行文語氣來看，這篇文稿有可能是王韜代寫。徵文的評審委員中，亦有王韜、蔡爾康等人。

二、王韜小說的淵源

王韜推崇西學天算、醫學、地質、植物學、航海、制作器物、法律之先進[136]。但對文學藝術的看法，則認為世界各國無法與中國相較：

> 英國以天文、地理、電學、火學（熱學）、氣學、光學、化學、重學（力學）、為實學（科學），弗尚詩賦詞章。[137]

> 余觀地球中各國文字，無有備於中國者。餘國僅備音而不能備字，其在六書中，不過諧音一種而已。[138]

由此可知，王韜雖崇西方科學，對傳統文學仍具信心，故仍以筆記傳奇的形式寫作。王韜與小說的關係，可從家學啟蒙、學習歷程、生活經歷、抒發懷抱等方面來看。

（一）家學啟蒙

王韜創作小說的淵源，與母親家教有關：

> 四五歲時，字義都由母親口授，夏夜納涼，述古人節烈事，王韜聽至艱苦處，輒哭失聲。（〈弢園老民自傳〉）

---

[136] 同註5，王韜，《王弢園尺牘》，〈答伍觀宸郎中〉，頁57。
[137] 同註3，王韜，《漫游隨錄》，卷2〈製造精奇〉，頁122。
[138] 同註8，王韜，《甕牖餘談》，卷5〈日本文字〉，頁131。

四、五歲聽節烈故事，到了「八、九歲通說部。」（〈弢園老民自傳〉）十九歲，王韜代父於錦溪辦學，並拜顧惺為師，自此博涉說部稗史。曾與嚴夔濤論野乘祕帙，肯定稗史野乘的怡情價值：「稗史雖與正史背而間有相合，足以擴人見聞。野乘既可怡情，藝譜亦為祕帙。」[139]因此，年少時創作了《雞窗瑣話》，為《遯窟讕言》的前身。

此外，據王韜〈弢園老民自傳〉稱，幼時屢次夢浮屠佛像，靈魂從腦中出竅，至十餘歲止。作夢與離魂的經驗，增加了創造故事的想像力。壯年後，常常作夢並寫下夢境；如《蘅華館雜錄》〈蘅華館日志〉所載：

> 咸豐二年九月十五日，夢一古鏡。
> 咸豐二年九月三日甲戌，是夕夢人變虎。

這些皆應是王韜創作小說時，想像情境、虛構情節的根源之一。

（二）小說為伴

王韜對小說的興趣，即使離鄉背井到上海謀職，遭緝南遯香港，譯書旅居英國之際，亦未間斷。小說成為一解鄉愁的良藥：

> 咸豐二年六月十日，讀施耐庵《水滸傳》胸鬲頗爽。
> （《蘅華館雜錄》〈蘅華館日志〉）

---

[139] 同註5，王韜，《王弢園尺牘》，卷上〈呈嚴夔濤中翰師〉，頁4。

咸豐八年（1858）9月10日壬午，是夕在壬叔處，借
得俞仲華《結水滸傳》來閱，聊以消閑。……9月29
日辛丑，（遊杭州）舟中無事，閱《紅樓夢補》。[140]

又如，《蘅華館館雜錄》〈滬城聞見錄〉，提及咸豐三年（1853）
六月，收到《太平廣記》、《情史》等書；甲子（1864）年
冬，從上海寄來香港的書，則有《古今說海》、《香祖筆記》、
《續墨客揮犀》、《池北偶談》、《世說補》，等等。乙丑
年（1865），又託包茗州從上海帶《廣虞初新志》、《聊齋
志異》、《輟耕錄》、《癸辛雜識》、《劉向列女傳》、《稗
海》、《說郛》、《台灣紀略》、《台灣雜記》、《板橋雜
記》、《冥報錄》、《述異記》、《龍威秘書》、《唐人傳
奇》、《唐宋人小說》，等等。

在香港時所購小說，據〈滬城聞見錄〉所載，有《虞初
新志》、《聊齋志異》、《歸田瑣記》、《剪燈閒話》、《諧
鐸》、《兩般秋雨盦隨筆》、《東都事略》、《野客叢書》、
《閱微草堂筆記》、《池上草堂筆記》、《夜譚隨錄》、《增
補智囊》、《秋燈叢話》、《剪燈新話》、《粵東筆記》、
《堅瓠集》、《耳食錄》、《續耳食錄》、《酉陽雜俎》、
《稗海》、《漢魏叢書》、《夷堅志》，等書[141]。

王韜不僅購買小說，也常向朋友借書來看。如予好友王
紫筌：「足下喜閱稗史，必多異書，賜觀甚幸。」與嚴憶

---

[140] 同註 133，王韜著、方行、湯志鈞整理，《王韜日記》（1858~1860、
1862），頁 21、29。
[141] 同註 129，王韜，《蘅華館雜錄》，第 5 冊，《滬城聞見錄》。

蓀：「近購說部數種，頗長囮聞。足下如有異書，不妨交易觀也」[142]。1867 年託友寄書到英國，書目如李昉《太平廣記》、洪邁《容齋隨筆》、沈括《夢溪筆談》、王楙《野客叢書》等等[143]。大量閱讀歷代小說，使王韜汲取前人的經驗，做為創作時的借鏡。

（三）劇談與觀劇

王韜平時除了勾欄訪豔外，還喜歡與朋友劇談；論天下時局，搜說奇聞異事，閑話小道消息，無形中也累積不少小說素材。例如，《蘅華館雜錄》〈蘅華館日志〉：

> 咸豐二年六月七日，效東坡說鬼，并及閨閣褻狎事。
> 咸豐二年九月三日甲戌，午後至益扶（岳父）齋中劇談良久。
> 咸豐二年九月九日丙辰，剪燈劇談，詼諧談笑，此樂何極乎。
> 咸豐三年三月九日，同壬叔（李善蘭）至玉泉軒劇談，啜茗從譚天下大計。以為天下之壞，始於林少穆焚煙之舉，啟釁邊疆，而又不能臨事決斷。……此粵西賊匪，所以陰蓄異謀，肆然無忌也。

---

[142] 同註 5，王韜，《王弢園尺牘》，卷上〈與王紫詮茂才〉、〈饋酒與嚴憶蓀〉，頁 1。

[143] 同註 129，王韜，《蘅華館雜錄》，第 2 冊，《苕華盧日記》（1849），頁 28。

又《王韜日記》卷一：

> 咸豐八年二月四日（3/18），同小異（管嗣復）茶寮
> 啜茗，劇談賊中情事，并以所著殉難諸君小記相示。
> 咸豐五年三月十六日戊寅，顧慧卿、林永貴來舍劇譚
> 良久。

此外，他還喜歡看戲，不管是在上海、香港，甚至遊英、
日時，往往與朋友觀劇。如《蘅華館雜錄》〈蘅華館日志〉
載，咸豐二年九月至三年二月，分別至葛仙翁祠、城中、浙
紹公所、廓中、天主堂，與孫正齋、李善蘭、陳松亭等友人
看戲。南遊香港，也常到博物院旁的戲院消磨時光。遊法京
巴黎時，王韜對生新靈動的影戲，與舞台的山水、人物、樓
台屋宇，彈指即現，布景逼真，深感驚奇：

> 戲館之尤著名者，曰「提抑達」（theatre），聯座接
> 席，約可容三萬人，非逢慶賞巨典，不能坐客充盈也。
> 其所演劇或稱述古事，或作神仙鬼佛形，奇詭恍惚，
> 不可思議。山水樓閣，雖屬圖繪，而頃刻間千變萬狀，
> 幾於逼真，……英人之旅於法京者，導余往觀，座最
> 居前，視之甚審，目眩神移，嘆未曾有。[144]

1879 年王韜遊日本，新富劇場上演時事劇〈阿傳〉；觀後
寫了〈阿傳曲〉，與小說〈紀日本女子阿傳事〉：

---

[144] 同註3，王韜，《漫遊隨錄》，卷2〈法京觀劇〉，頁87~88。

> 二十日（陽曆六月九日），晨同小西、藤田、栗本往
> 新富劇場觀劇，是日演〈阿傳事跡始末〉。阿傳本農
> 家女，生上野州利根郡下阪村，貌美而性蕩。笄年，
> 偷嫁所歡浪之助，非父母之命也。……（阿傳）被逮
> 至法庭，猶爭辯不屈，幾成疑獄，經三年而後決，蓋
> 在明治十二年一月也。劇場演此時事，以寓懲勸。[145]

又如，在倫敦時曾參觀水晶宮劇院，院內所演多為英國
古事，室宇霎時變易，彈指即現，令他嘖嘖稱奇[146]。《淞隱
漫錄》卷8〈泰西諸戲劇類記〉，記歐洲所見之馬戲、魔術、
雜耍等表演。遊歷觀戲，豐富了創作題材。

（四）交友與漫遊

早年王韜在上海時期所結交的朋友之中，有許多人即充
滿傳奇色彩。例如，蔣敦復、汪燕山、左孟辛、魏盤仲、趙
惠甫、李善蘭、周弢甫、姚燮、龔橙、王耕莘等人：

> 寶山蔣劍人茂才，名敦復，一字純甫。……壬寅之變，
> 避仇為僧，號鐵岸。又慕寄塵之為人，亦號妙塵。……
> 癸丑五月（咸豐三年，1853），亂黨將作難，劍人上
> 書某觀察，言鄉勇、火器二事，切中時弊。[147]
> 庚申之春，蘇垣陷賊。燕山避跡滬上，余一見如舊相

---

[145] 同註72，王韜，《扶桑游記》，卷中，頁233~235。
[146] 同註3，王韜，《漫游隨錄》，卷2〈倫敦小憩〉，頁102。
[147] 同註14，王韜，《瀛壖雜誌》，卷4〈蔣敦復〉，頁128。

識。時獲訂縞紵者，如湘鄉左孟辛、邵陽魏盤仲、陽
湖趙惠甫，皆意氣激昂，高自期許，慨然以澄清天下
為己任。每當酒酣耳熟，擊劍談兵，精悍之色，現于
眉間，惜以時無用之者，咸鬱鬱不得志。[148]

文學家蔣敦復嗜癖鴉片，曾削髮為僧；數學家李善蘭喜流連
勾欄，深陷其中，無法自拔[149]。結拜好友周弢甫，受曾國藩
賞識，稱為奇士。精於音律喜狹邪遊之姚燮，工畫梅花，藏
書萬卷[150]。龔橙能識滿州古文，好諷誦梵書，卻發狂疾而死。
王耕莘為妓一擲千金，終至斷指以戒嫖。友人們奇特的經歷
與個性，豐富了王韜筆下的人物形象與情節構思。

　　王韜友人中不少是小說作家、評點者。例如張文虎與王
韜神交十餘年，太平天國之亂時，避兵上海始見，曾為陳康
祺《郎潛紀聞三筆》作序[151]。雷約軒著有《詩窠筆記》，與
張文虎評點《儒林外史》。姚燮與王韜往還頗密，評點《紅
樓夢》[152]。墨海書館同事郭友松（1822~1889 前後），著有
松江方言小說《玄空經》[153]。同年友許起，著有筆記《珊瑚

[148] 同註 14，王韜，《瀛壖雜誌》，卷 5，頁 147。
[149] 同註 133，王韜著、方行、湯志鈞整理，《王韜日記》，頁 164：「（祝桐君、楊亀門）皆言壬叔（李善蘭）一入迷香洞，溺而不出，深為可憂。……余亦曰：僕亦屢勸之，奈其數則見疏何。」
[150] 王韜與周弢甫、姚燮之交誼，見同註 14，《瀛壖雜誌》，頁 129、243。
[151] 〈郎潛紀聞三筆序〉，收在黃清泉主編，《中國歷代小說序跋輯錄》（湖北；華中師範大學出版社，1989 年 12 月，一版），頁 469~470。
[152] 張文虎、雷約軒、姚燮與王韜之交誼，見同註 14，《瀛壖雜誌》，頁 76、129、130、150~151、162~163。
[153] 王韜與郭友松之交誼，見同註 5，《王弢園尺牘》卷上，〈與張嘯山〉，頁 30。《玄空經》之簡介，見《中國通俗小說總目提要》（北京：中

舌雕談初筆》，光緒十一年（1885）王韜為之校印。女婿錢徵與蔡爾康同撰《屑玉叢談》[154]；蔡爾康為申報館刊刻之《螢窗異草》、《夜雨秋燈錄》撰序。門人鄒弢，著有通俗小說《海上塵天影》一書，評點俞達《青樓夢》[155]。王韜忘年交孫振家，著有《海上繁華夢》、《退醒廬筆記》。顯見王韜在小說創作的道路上，並不寂莫。

王韜不僅喜歡圖書、博物、結交文人學士，亦上青樓妓院，並為上海、香港、東京名花品題。不論是在墨海書館時期，或歐遊旅日時，皆可見與紅粉佳人交往的事蹟；這些風流韻事往往成為他寫作小說的題材。

王韜也喜收集耆舊之談、掌故逸聞，隨手札記地方傳說風物，早年創作《瀛壖雜志》、《甕牖餘談》等書。女婿錢徵曾論王韜：「平居恒手不釋卷，見有時事之可傳者，必摘錄之以備參考。」（〈甕牖餘談跋〉）見聞札錄，同時亦可為小說寫景刻劃、人物之依據。

此外，王韜遠遊英、法、日的經驗，也為創造海外奇航的故事，奠下基礎。例如，《淞隱漫錄》卷 1〈仙人島〉、卷 3〈閔玉叔〉、卷 4〈海外美人〉、卷 8〈海外奇航〉、〈海外壯遊〉、卷 11〈東瀛才女〉、卷 12〈消夏灣〉等篇：

國文聯出版公司，1990 年 2 月，一版），頁 743。

[154] 袁行霈、侯忠義編，《中國文言小說書目》（北京大學出版社，1981 年 11 月，一版），頁 416。

[155] 鄒弢與《海上塵天影》，俞達與《青樓夢》；皆見同註 153，《中國通俗小說總目提要》，頁 754、916。

「（聶瑞圖）生胸襟曠遠，時思作汗漫游。……所攜
舌人四：一英、一法、一俄、一日，以是應對周旋，
毫無窒礙。每遇地方官延往宴會，輒有贈遺，盡皆珍
異，西國婦女所罕見也。……歐洲數十國游歷幾周，
瑞國地雖叢爾，水秀山明，尤所山明。……生居浹洵，
別女登車，擬乘巨舶從倫敦至紐約。方渡太平洋，忽
爾風浪陡作，排山岳，奔雷電，不足以喻其險也。生
強登舵樓，舉首一望，則銀濤萬丈，高涌舶旁，勢若
挾舟而飛，不意豐隆猝過，遂卷生入海中。……」（〈海
外奇航〉）

〈海外奇航〉所述官宴贈禮，即似《漫游隨錄》之記歐遊；
以親遊歐亞為基礎，再加上虛某些構與想像，塑造出聶瑞圖
的奇航之旅。

三、王韜的小說觀

（一）價值──教化與擴聞

王韜重視小說教化社會的功能，認為前代眾多小說能列
入史書，即因其懲勸寄懷之用。小說以鑿空矜奇，曲折情節，
悲歡離合，使市井小民別是非明善惡，重要性足擬政令：

其間神仙怪誕、狐鬼荒唐，直欲賅括八紘，描繪六合冷
閒殫見，鑿空矜奇，曾何足以供實用哉？而所以不遭擯
斥者，亦緣旨寓勸懲意關風化，以善惡為褒貶，以貞淫

為黜陟，俾愚頑易於觀感，婦孺得以奮興，則南董之椠鉛，何異道人之木鐸，斯編所寄，亦猶是耳。」[156]

王韜認為時至近代，西方人的足跡已踏遍地球，沒有見到像《山海經》中的「圓顱方足、戴天而履地者」；也看不到神話傳說中的麒麟、鳳凰、神龍、龜寶，或是南方的五通神與北方的狐精，但小說仍有其存在的必要。即因它能以神仙鬼怪設教，藉故事中的善惡賞罰，以寄懲勸：「聖人以神道設教，不過為下愚人說法。明則有王法，幽則有鬼神，蓋惕之以善惡賞罰之權，以寄其懲勸而已。」〈《淞隱漫錄·自序》）

小說的影響力甚大，小說家所杜撰光怪陸離之事，只要作品夠生動，世俗會深信不疑。王韜在〈西遊記序〉中，即點出小說的影響力：

> 其所述神仙鬼怪，變幻奇詭，光怪陸離，殊出于見見聞聞之外，伯益所不能窮，夷堅所不能志，能于《山海經》錄中，別樹一幟。一若宇宙間自有此種異事，俗語不實，流為丹青，至今膾炙人口。演說者又為之推波助瀾，于是人人心中皆有孫悟空在，世俗無知，至有為之立廟者，而戰鬥勝佛，固明明載於佛經也。不知《齊諧》志怪，多屬寓言；《洞冥》述奇，半皆臆創。莊周昔日以荒唐之詞鳴于楚，鯤鵬變化，椿靈老壽，此等皆是也。[157]

---

[156] 同註127，王韜，〈遯窟讕言自序二〉，頁8。
[157] 王韜，〈新說西游記圖像序〉，收在劉蔭柏編，《西游記研究資料》

1888 年王韜在內亂外患頻仍之際，肯為即將出版的《水滸
傳》、《蕩寇志》寫序，除了因友人邀約，盛情難卻之外；
亦著眼於小說教化人心，針砭風俗之用：

> 夫忠孝廉節之事，千百人教之而未見為功；奸盜詐偽
> 之書，一二人尊之而立萌其禍。風俗與人心相為表
> 裏。……莫厙頑石道人，為風俗人心起見，別具創解，
> 特以石印是書。請名手為繪圖像，書成請序于余。道
> 人曰：「何為我印是書？……今我以《水滸傳》為前
> 導，《結水滸》為後傳，並刊以行世。……兩書並行，
> 自能使詐悍之徒，默化於無；乖戾之氣，潛消於不覺。」
> 余曰：「善。」即以頑石道人言，牟諸簡端，庶使閱
> 是書者，知所警惕云爾。[158]

因此，王韜在許多小說的結尾，仿史傳之體；如《遯窟讕言》
中以「逸史氏曰」，《淞隱漫錄》與《淞濱瑣話》以「天南
遯叟曰」。即為讀者提示主旨，闡明小說的懲勸之意；好小
說以寓意為長，不能空有辭采：「近時新刻數種，筆墨非不
佳，終病詞華多實意少。」[159]

（上海：古籍出版社，1990 年 8 月，一版），頁 567。
[158] 王韜，〈水滸傳序〉，收在馬蹄疾編，《水滸資料彙編》（北京：中
華書局，2004 年 1 月），頁 45。
[159] 同註 5，《王弢園尺牘》，卷上〈與王紫詮茂才〉，頁 6。

（二）作用──遣興抒懷

　　王韜因科考不遂與荒年喪父，謀職於墨海書館；中年遭逢太平天國之禍，離鄉背井，遠走天南，又遊歷歐、日。在香港完成《遯窟讕言》，藉奇情軼事，神異傳奇，遣興抒懷。友人鄒五雲說他「寄意於醇酒美人，托跡於稗官野史。」[160]仿干寶、蘇東坡寫小說以消憂：

> 齊諧志怪，洞冥記幽，干寶搜神，東坡說鬼；文人學士，一時遊戲之筆，每流露於不自覺。長夏無聊，縱筆疾書，藉以消憂。[161]

重回上海後，有感於用世之志荒，處世艱困，故求之於「支離虛誕、杳渺不可究詰之境」；由積極宣傳理念到創作小說，遂有《淞隱漫錄》：

> 蓋今之時，為勢利齷齪諂諛便辟之世界也，固已久矣！毋怪乎余以直遂徑行窮，以坦率處事窮，以肝膽交友窮，以激越論事窮。困極則思通，鬱極則思奮，終於不遇，則惟有入山必深，入林必密而已。誠壹哀痛憔悴，婉篤芬芳，悱側之懷，一寓之於書而已。求之于中國不得，則求之于遐陬絕嶠，異域荒裔；求之于并世之人而不得，則上溯之亙古以前，下極之千載以後；

---

[160] 同註 14，《瀛壖雜志》，光緒元年（1875），鄒五雲跋，頁 9。
[161] 同註 95，王韜，〈弢園著述總目〉，《淞濱閒話》12 卷條，收在錢鍾書主編，《弢園文新編》，頁 383。

求之于同類同體之人而不得，則求之于鬼狐神仙、草木鳥獸。（《淞隱漫錄·自序》）

王韜以屈原、莊周、東方朔為典範，窮於天南，寫《遯窟讕言》；窮於上海，則有《淞隱漫錄》：

昔者屈原窮于左徒，則寄其哀思于美人香草；莊周窮于漆園吏，則荒唐之詞鳴；東方曼倩窮于滑稽，則《十洲》、《洞冥》諸記出焉。余向有《遯窟讕言》，則以窮而遯于天南而作也。今也倦游而知返，小住春申浦上，小築三椽，聊度圖籍，燕巢鷦寄，藉蔽風雨。窮而將死，豈復有心於游戲之言哉？（《淞隱漫錄·自序》）

由此看出，王韜所言「野乘既可怡情，藝譜亦為秘帙。」[162]即認為創作小說具有遣興抒懷的作用。然而，他也承認以小說遣興抒懷，是文士不得已的選擇：

近日時賢筆墨可髣髴《西青》者，推鉢池山農。蓋能駞宕之境，而運其窈渺之思者也。嗚呼！生於世不能少建功業，而徒以空文自傳，至舉其牢騷抑鬱之懷，下寄之於說部，亦可嗟已。[163]

---

[162] 同註5，《王弢園尺牘》，卷上〈呈嚴取濤中翰師〉，頁4。
[163] 王韜，《弢園文錄外編》（上海：古籍出版社，續修四庫全書本），卷9〈重訂西青散記跋〉，頁630。

（三）定義──傳統觀點

王韜看待小說的定義與演進，深受傳統目錄學家與史學家的影響。首先，在小說的定義上；認為凡述奇事、異聞、傳說、人物軼聞之言，皆可視為小說；不管是否為首尾完整的故事，或只是片斷的傳說。因此，不論是筆記集《遯窟讕言》，或傳奇集《淞隱漫錄》《淞濱瑣話》中，皆含無故事情節、人物形象、虛構成份的散文。

其次，史學家認為小說可補史之不足，王韜亦認為小說有增廣見聞的功用；若能「網羅舊聞，參稽軼事，亦當世得失之林也。」[164]「其裨史雖與正史背，而間有相合，足以擴人見聞。」[165]

第三，承史家目錄觀點，王韜認為中國小說之濫觴與發展，始於神話、傳說、寓言、漢人小說：

> 夫荒唐之詞，發端於漆園；怪誕之說，濫觴乎洞冥；虞初九百，早以是鳴；降及後世，抑復工已。（〈淞濱瑣話自序〉）

歷代說部之中，王韜最推崇唐宋小說：

> 足下嗜說部，此推唐宋人為長。[166]
> 山經與記，各專一家，唐宋文人，類以此自傳，韜竊慕之。[167]

---

[164] 同註 5，王韜，《王弢園尺牘》，卷上〈答嚴憶蓀〉，頁 4。
[165] 同註 5，王韜，《王弢園尺牘》，卷上〈呈嚴取濤中翰師〉，頁 4。
[166] 同註 5，王韜，《王弢園尺牘》，卷上〈與王紫詮茂才〉，頁 6。
[167] 同註 5，王韜，《王弢園尺牘》，卷上〈呈嚴取濤中翰師〉，頁 4。

三本小說集中，有不少受提及唐宋傳奇，例如言及蔣防〈霍小玉傳〉者，即有《遯窟讕言》卷4〈凌洛姑〉：「雖薄命如儂，何輸小玉耶？」同卷〈慧兒〉：「此神殆黃衫客之流亞歟，虞山生之負心何殊李十郎耶？」[168]

王韜也涉獵不少明清時期的作品。如明瞿佑《剪燈新話》，陸輯編《古今說海》、商濬輯《古今說海》。清人小說除蒲松齡、紀昀之名作，尚有黃承增輯《廣虞初新志》、褚人獲《堅瓠集》、樂鈞《耳食錄》、和邦額《夜譚隨錄》、沈起鳳《諧鐸》、梁紹壬《兩般秋雨盦隨筆》、王士禎《香祖筆記》《池北偶談》、黃汝琳《世說補》、梁章鉅《歸田瑣記》《浪跡叢談》[169]等書。

唯與正史目錄家不同者，除了文言小說，王韜在晚年也重視通俗小說的價值；如為即將出版之繪圖本《鏡花緣》、《水滸傳》、《蕩寇志》等書作序。在閱讀通俗小說時，更加以鑽研比較。例如，1888 年為《新說西游記圖像》寫序時，考訂了《西游記》的淵源與作者：

> 《西游記》一書，出悟一子手，專在養性修真，煉成內丹，以證大道而登仙籍。……唐三藏元（玄）奘法師取經西域，實有其事。……曾譯《大唐西域記》十二卷，經歷一百三十八國，多述佛典因果之事。今以新、舊《唐書》核之，所序諸國，皆所不載。……後

---

[168] 同註 127，王韜，《遯窟讕言》，頁 59、62。

[169] 同註 133，王韜著、方行、湯志鈞整理，《王韜日記》（1858~1860、1862），頁 21：「咸豐八年（1858）九月八日戊辰，午夜，剪燈讀梁茝林（章鉅）所著《浪跡叢談》。」

世《西游記》之作，并不以此為藍本，所歷諸國，亦
無一同者，即山川道里，亦復各異。……或疑《西游
記》為邱處機真人所作，此實非也。元太祖駐兵印度，
真人往謁之，于行帳記其所經，書與同名，而實則大
相徑庭。以蒲柳仙之淹博，尚且誤二為一，況其它乎？
因序〈西游記真詮〉，而為辨之如此。[170]

可見王韜所看待小說的範疇，並非只侷限在他所擅長的文言
小說而已。上至漢魏，下至清代；小至專家著述，大到叢書
合集的小說，皆涵括其中。

　　然而王韜在創作上，並無跳脫傳統士大夫對通俗小說、
戲曲的觀點；例如，參觀英國戲劇院時，對在中國地位很低
的演員，西方竟設專門學校，深感困惑：「習優是中國浪子
事，乃西國以學童為之，群加贊賞，莫有議其非者，是真不
可解矣。」[171]因此，他只用擅長的文言體寫作，而非白話體。

（四）技巧——虛構造境

　　小說之所以動人，即在於小說家以自己的想像力，虛構
生動的情境，突顯寓意；使讀者身歷其境，產生移情作用，
深受感動。王韜在創作傳奇小說時，非常強調故事的虛構性：

---

[170] 王韜，〈新說西游記圖像序〉，收在劉蔭柏編，《西游記研究資料》
　　（上海：古籍出版社，1990 年 8 月，一版），頁 567。
[171] 同註 3，《漫遊隨錄》，卷 3〈舞蹈盛集〉，頁 157。

今將於諸蟲豸中別闢一世界，構為奇境幻遇，俾傳於
世。非筆足以達之，實從吾一心之所生。自來說鬼之
東坡，談狐之南董，搜神之令升，述仙人之曼倩，非
必有是地、有是事，悉幻焉而已矣。幻由心造，則人
心為最奇也。（〈淞濱瑣話自序〉）

現實中，王韜即生活在自己虛構的大觀園中，例如，曾為居
室命名：夢燕草堂、秋畹廬、茗香寮、華曼精舍、蘅香山館、
屬藥山房、玉魷生樓、溪蒜居、茞蔚莊、蘿藦斗寶、眉珠小
盒、讀書樓、綠筠軒、紅焦亭、迎翠書參、衣雲閣、酕月窗、
墨園、岑芳院、延漁水榭、芙蕖清浴，等等；充滿《紅樓夢》
興味。

而在論小說之寫作技巧時，則提出「筆致、句法、色韻、
聲情」等看法：

古今來說部夥矣，而其筆致之空靈飄忽，句法之錯落
奇詭，色韻俱古，聲情畢真，別開面目，自闢畦町；
雖歷久而常新者，則吾於史悟岡先生《西青散記》，
首屈一指焉。[172]

可惜的是，王韜並沒有詳述這些技法，我們只能從他留下的
三本小說集中去推敲。

---

[172] 同註163，王韜，《弢園文錄外編》，頁630。

第三章　筆記小說集《遯窟讕言》

　　王韜《遯窟讕言》、《淞隱漫錄》、《淞濱瑣話》三部小說集；若以文言小說的文體區分，《遯窟讕言》多短制之筆記小說，《淞隱漫錄》、《淞濱瑣話》則以傳奇小說為主。三書雖為小說集，皆有非小說的雜記、詩文、筆記；此乃歷代文言小說集之共通現象[1]。

第一節　寫作歷程與全書內容

一、成書歷程

　　光緒元年（1875），尊聞閣主人美查所主持的申報館，欲刊行小說。於是王韜將髫年之作《雞窗瑣話》，重新整理；加上在香港十餘年間所寫的小說，合為《遯窟讕言》，由上海申報館出版。雖成書於王韜四十八歲時，全書寫作的時間頗長，從年輕到壯年皆有：

> 重訂《遯窟讕言》十二卷。……少時即有《雞窗瑣話》
> 一書，聊以遣興，青蘿山人許以必傳。嗣後日有所增，

---

[1]　唐代以降之文言小說集，大抵兼有傳奇與筆兩類。唯明代瞿佑《剪燈新話》、李禎《剪燈餘話》，是體制較為整齊的傳奇小說集。

成《遯窟讕言》十二卷，藏諸篋衍。尊聞閣主人知余有說部之作，書來索刊。遂付手民，一時幾於不脛而走。[2]

凡茲短冊所搜羅，悉是髫年之著作。……十年病旅，滯孤轍於羊城。蠻烟瘴雨，都可選材。海市蜃樓，半由歷睹。於是竭搏撦之力，芟燕穢之非，窺奇文於二酉。或訪以瑤華，異偷父之三都，亦彌勞乎藩溷。胥鈔成帙，故紙盈堆。蓋拜庚之日，倦而難勤；秘辛之書，藏之未出。歲乙亥尊聞閣主人有蒐輯說部之志，徵及於余。[3]

同治紀元之歲，余以避兵至粵，寄跡香海。卜居山麓，小樓一楹，僅堪容膝，牓曰天南遯窟，蓋紀實也。凤寡交游，閉門日多。風晨雨夕，一編自怡。時有以文字請者，詼諧詭誕，不名一體。於是竊效干寶之《搜神》，戲學髯蘇之說鬼，燈炧更闌，濡毫暝寫，久之遂如束筍。因并篋中所存髫年之作，釐為十二卷，名曰《遯窟讕言》。[4]

此時他幫助理雅各翻譯儒家經典，佔去大半時間；但為了生活與寄託情志，仍筆耕不輟。在《遯窟讕言》之前，已於香

2　王韜，〈弢園著述總目〉，已刻書目，重訂《遯窟讕言》12 卷條，收在錢鍾書主編，《弢園文新編》（香港：三聯書局，1998 年 7 月，一版），頁375。

3　王韜，《遯窟讕言》，〈遯窟讕言自序一〉（台北：廣文書局，中國近代小說史料續編，第29 冊，1986 年 5 月，出版），頁7。

4　同註3，王韜《遯窟讕言》，〈遯窟讕言自序二〉，頁8。

港完成《普法戰紀》、《漫遊隨錄》、《甕牖餘談》等書，
可見寫作之勤。

因是「於花晨月夕隨意撰寫，脫稿後並不加以修飾。」[5]
故由女婿錢徵在出版前加以整理。即使錢徵謙稱：「亂頭粗
服，亦復正佳，且徵顧何人，而敢為佛頭著糞耶？」[6]在全
書的編次上，應有所取捨：

> 其中如〈傅鸞史〉數則，似已見之別部，本當刪去？
> 既念傳聞之詳略，敘述之異同，亦各有見。[7]

〈傅鸞史〉記太平天國女簿書傅善祥之事；如謝介鶴《金陵
癸甲事略》亦載，錢徵未因此而刪去。據此可知，某些篇目
可能刪去未收。

《遯窟讕言》中之「讕言」，概指受誣而述，故有關太
平天國之事不少。「遯窟」是王韜在港之書房。女婿錢徵曾
述「遯窟」之陳設：

> 屋不甚軒敞，顧後枕山麓，前俯海嶠。估帆番舶，時
> 往來於眉睫間，亦足豁胸臆，破岑寂也。几上書籍鱗
> 次，積約寸許，禿筆數十枝，顛倒橫陳於故紙中。四
> 壁俱嵌以文木櫃，而各有籤記，蓋度以珍函焉。几之
> 旁，又積有束卷，如牛腰然。披閱之則先生平時之著
> 述，大都哲經義者十之四，講詞章者十之二；曠覽古

5　同註3，《遯窟讕言》，錢徵〈遯窟讕言跋二〉，光緒元年（1875）二
　　月，頁2。
6　同註3，錢徵，〈遯窟讕言跋二〉，頁2。
7　同註3，錢徵，〈遯窟讕言跋二〉，頁2。

今，發為偉論者十之三；餘則耳聞目見，信筆直書而已。（〈遯窟讕言跋〉）

《遯窟讕言》出版於光緒元年；非如魯迅《中國小說史略》所言，成於同治元年（1862）[8]。因書中所記，尚有同治十年的故事：

> 卷 3〈趙碧孃〉：同治辛未（十年，1871），趙氏顯像，立廟致祭之請，使疫癘病止。（頁 45）
>
> 卷 4〈汪秀卿〉：庚午年間（同治九年，1870），上海最多火患。（頁 60）
>
> 卷 8〈江西神異〉：同治丁卯（同治六年，1867）七月間事也。（頁 124）

魯迅此說，有可能誤解王韜〈遯窟讕言自序二〉：「同治紀元之歲，余以避兵至粵，寄跡香海。……於是竊效干寶之《搜神》，戲學髯蘇之說鬼。……名曰《遯窟讕言》。」同治元年是王韜南逃香港之時，構築「天南遯窟」之始，而非《遯窟讕言》成書之際。此外，王韜〈遯窟讕言自序〉，與錢徵、梁鷚的跋文，皆寫於光緒元年；《遯窟讕言》完成於光緒元年，應可確定。

然而，書中另有提及光緒三年（1877）的故事：卷 12〈懺紅女史〉：「光緒丁丑（1877），新疆定底，生得保道員。」此篇非言簡意賅的筆記體，而是情節曲折、引詩入文、

8　魯迅《中國小說史略》（台北：谷風出版社），第二十三篇，清之擬晉唐小說及其支流，頁 218。

敘述細膩的傳奇體，風格近於較晚的《淞隱漫錄》。故〈懺
紅女史〉有可能是光緒六年（1880），《遯窟讕言》再版時
增加的篇章。

二、出版之盛

　　光緒元年（1875），王韜將《遯窟讕言》交由申報館刊
印。申報隨即於報上刊登促銷廣告，每本訂價實洋四角。光
緒六年（1880），收入申報館叢書；同年王韜重校修訂，活
字出版於香港印務總局[9]。王韜重刻此書，除了小說已無庫
存，與經濟因素之外；尚因市面已有江西書商盜刻《遯窟讕
言》，易名為《閑談消夏錄》：

> 余於書肆偶見《閒談消夏錄》，一繙閱則全剿襲余之
> 《遯窟讕言》，一字不易；此外則歸安朱梅叔之《埋
> 憂集》。……知為江西書賈所偽託。……去夏（1879）
> 余養疴日本之東京，小住十旬日，與其國之文人勝流，
> 筆談往復。余所刻數種，彼國人皆購而藏之，而深以
> 流傳未廣為憾。群向余乞之。獨《遯窟讕言》一書，
> 不脛而走，早已無存。或勸余重為排印。（王韜〈重
> 刻遯窟讕言書後〉）

《遯窟讕言》遭到盜印，正可說明小說風評甚佳，與暢銷的
程度；有利可圖，書商才會剿竊。友人洪士偉 1880 年亦言
及盜刻一事：

---

[9]　同註 2，王韜著、李天綱編校，《弢園文新編》，〈弢園著述總目〉，
　　重訂《遯窟讕言》12 卷條，頁 375。

> 今坊間有《閒談銷夏錄》一書，全用《遯窟讕言》所
> 載，而雜以他人所著，如朱梅叔之《埋憂集》。並皆
> 連篇鈔撮，一字不更，味混淄澠，利工壟斷，亦可嗤
> 已。」（洪士偉〈遯窟讕言前序〉）

王韜逃亡到香港，靠翻譯與筆耕維生，生活拮据，對作品被
盜印，耿耿於懷。至寫〈淞濱瑣話自序〉時，仍表不滿：「余
向作《遯窟讕言》，見者謬加許可。江西書賈至易名翻版，
藉以射利。」他曾拜託朋友代銷此書：

> 《遯窟讕言》一時游戲筆墨，故不敢以洞清聽。辱承
> 齒錄，謹獻四冊，藉供消遣，如相識中有嗜奇者，不
> 妨代韜作換羊書也。刻書牟利，得毋亦韜蹈俗世恒態，
> 幾藉其貲以付剞劂氏，俾他著述，流傳世間，難為人
> 下酒，亦無所悔。[10]

《遯窟讕言》是王韜改善經濟生活的機會，先前出版的《普
法戰紀》、《漫遊隨錄》、《甕牖餘談》等書，可能都沒有
像這本小說暢銷。

　　1880 年王韜重校修訂之後，一百年間陸續出版者，計
有：光緒二十六年（1900），江南書局刻本。民國 2 年（1913），
上海惜陰書屋石印本。民國 12 年（1923），上海大文書局
重版；民國 24 年（1935），上海大達圖書供應社鉛印本。
民國 76 年（1987），台北廣文書局，收入「中國近代小說

---

[10] 王韜，《王弢園尺牘》（台北：廣文書局），卷下〈與彭訒菴司馬〉，
頁 1。

史料續編」第 29 冊，不分卷。其後，河北人民出版社，於
1991 年以《遯窟讕言—後聊齋之一》之名重刊。

　　值得一提的是，1923 年上海大文書局本；今藏中央研
究院近代史研究所郭廷以圖書館，12 卷 160 篇，6 冊線裝，
內附插圖。書前有 1875 年初版時，梁鵬與錢徵〈跋〉、洪
士偉〈前序〉、黃懷珍〈序〉、王韜〈自序〉；與 1880 年
重校本之〈自序〉、洪士偉〈後序〉，1935 年朱太忙〈序〉。
每卷附陸子常所繪插圖兩幅於卷首。附圖篇目為：卷 1〈天
南遯叟〉〈碧珊小傳〉、卷 2〈鶯紅〉〈劍俠〉、卷 3〈媚
娘〉〈瑤姬〉、卷 4〈芝僊〉〈賈芸生〉、卷 5〈蝶史〉〈魏
生〉、卷 6〈花妖〉〈情史〉、卷 7〈香案吏〉〈粧鬼〉、
卷 8〈尸解〉〈林素芬〉、卷 9〈鬼語〉〈鶴報〉、卷 10〈方
秀姑〉〈馬逢辰〉、卷 11〈范遺民〉〈李甲〉、卷 12〈天
裁〉〈鬼妻〉。附圖篇目未見規律，應是插畫者隨興選擇。

　　本文所據《遯窟讕言》之各篇卷數，乃依大文書局本；
各篇節錄之引文，據廣文書局「中國近代小說史料續編」本。

　　此外，《中國文言小說總目提要》介紹此書為十三卷：

> 各本（1880 申報館、1880 上海活字本、1900 江南書
> 局本、1913 借陰書屋、1935 大達本）或作《遯叟奇
> 談》，均十三卷。……本書內容充實而文筆簡直，為
> 王韜早期小說的成功之作。」[11]

---

[11] 寧稼雨，《中國文言小說總目提要》（山東：齊魯書社，1996 年 12
　　月，一版），頁 363。

然而截至目前，筆者所見之各版，皆為十二卷，沒有十三卷本；且書名無《遁叟奇談》者[12]。

《遯窟讕言》自 1875 年出版之後，亦曾收入其他小說選本中。例如，《螢窗異草》四編選入 37 篇，《續劍俠傳》收 5 篇，《今古奇聞》有 1 篇。《螢窗異草》作者署名長白浩歌子，真實身分不詳。現存最早版本是 1876 年申報館出版[13]，據梅鶴山人〈序〉稱，有人以鈔本見示，聲稱長白浩歌子是尹蘭慶（約 1736~1790）。然而平步青（1832~1896）《霞外捃屑》，指出長白浩歌子是申報館中文人[14]；若平步青所言屬實，則與申報館素有淵源的王韜之作，收入《螢窗異草》四集，亦是合理之事。

收入《螢窗異草》四編卷 1 者有：卷 2〈何氏女〉、〈劍俠〉、〈吳氏〉、〈鎖骨菩薩〉、〈月嬌〉、〈幻遇〉、〈女道士〉、〈女道士〉、〈于蕊史〉、〈仇慕娘〉、〈檸檬水〉、〈卜人受誆〉；與卷 5 之〈周髯〉、〈魏生〉、〈燕尾兒〉、〈神燈〉、〈梁芷香〉、〈瑣瑣〉；卷 6 之〈小蒨〉。收入四編卷 3 者有：卷 1〈貞烈女〉。收入四編卷 4 者：卷 1〈天南遯叟〉、〈韻卿〉、〈碧珊小傳〉、〈鸚媒記〉、〈奇丐〉、〈李酒顛傳〉、〈劇盜〉、〈江遠香〉、〈夢幻〉；卷 2〈朱

---

[12] 陳建生，〈論王韜和他的淞濱瑣話〉（明清小說研究，1991 年第 1 期），頁 206，亦稱《遯窟讕言》又名《遁叟奇談》。

[13] 馮偉民，〈螢窗異草校點後記〉，《螢窗異草》（北京：人民出版社，1990 年 10 月，一版），頁 476。又，李峰，〈也談螢窗異草之成書年代及作者〉（鹽城師範學報，22 卷第 3 期，2002 年 8 月），頁 40。

[14] 平步青，《霞外捃屑》（上海：古籍出版社，1982 年 4 月，新 1 版），卷 6〈螢窗異草初集〉，頁 392。

慧仙〉、〈黑白熊〉、〈李月仙〉、〈媚娘〉、〈珠屏〉、〈蕊仙〉、〈蜂媒〉、〈鏡中人〉、〈攝魂〉等篇。

鄭官應編《續劍俠傳》（1879）[15]，所收《遯窟讕言》5篇，則將篇名更動：〈仇慕娘〉改為〈老僧〉，〈梁芷香〉改為〈俠女子〉，〈諸葛爐〉改為〈相士〉，〈劍俠〉改為〈柳南〉，〈尸解〉改為〈飛劍將軍〉。

此外，光緒十三年（1887）東璧山房主人王寅編《今古奇聞》，卷22〈林蕊香行權計全節〉，即採自《遯窟讕言》卷7〈甯蕊香〉[16]。

三、全書內容

《遯窟讕言》十二卷160篇；其中筆記小說144篇，散文16篇。

（一）16篇散文

16篇散文又可分為傳說、新聞報導、傳記、社論、軼史等文類。其中地方傳說與新聞報導最多。例如，卷2〈鎖骨菩薩〉，敘太平天國之亂後，四川錦雞坊棲雲僧人之傳說。卷6〈賣瘋〉，敘廣東賣瘋之俗，文末提出防治麻瘋病之法：

---

[15] 鄭官應編，《續劍俠傳》，清光緒己卯（1879）香山鄭氏刊本，今藏台北故宮圖書館。

[16] 胡士瑩，《話本小說概論》（北京：中華書局，1980年5月，一版），第十五章清代的說書和擬話本，第三節清人編刊的擬話本敘錄，頁662。又，王寅《奇古奇聞》，收在《古本小說集成》（162~163）（上海：古籍出版社，1992年出版）。

「欲絕其害,當盡收養於園中,使毋他出,傳染必少,而患可漸除矣。」(頁89)可證王韜略知西方醫學。卷5〈神燈〉、卷8〈江西神異〉〈四川神異〉,皆是太平天國之亂時,廟宇顯靈,守護地方的傳說。其中〈江西神異〉,王韜認為城隍顯靈之事,並非神功,而是州守善用敬神心理,使軍民合力守城;顯見他以理性看待民間信仰的力量。

屬於新聞報導者,如卷9〈苗民風俗〉,敘某少年迷路至苗,苗民待之以禮。卷9〈雙尾馬〉,有三則新聞:一是西方人帶著蒙古雙尾馬,在日本、美國、歐洲等地,展示侔利。二是安徽長人詹五,被英商攜往西洋展示。三是倫敦三足馬,享佳秣;上海城隍廟三足羊,則潟跡泥塗。此類筆記採自新聞,例如長人詹五,載於循環日報[17]。又如,卷11〈范遺民〉,報導盲人范逸能強記十七史,設帳為童子師。卷9〈苗民風俗〉則顯示:「恐今之所謂民者,詭詐狡險,有愧此生苗多矣。」讓社會正確看待少數民族。

餘如,卷1〈天南遯叟〉是王韜自傳,可為研究王韜生平之輔助。卷9〈三元宮僧〉、〈李一鳴〉為社論;〈三元宮僧〉論宮僧嫖妓事,王韜認為「何諸君之嚴於責僧,而獨寬於責妓?夫僧不過少數根頭髮耳,其飲食男女,固無殊人乎也?鳩摩羅什一交而生二子,豈無情者哉?……而世乃稱之為聖僧活佛,豈值一噱?」可見王韜看待僧人情慾的角度。〈李一鳴〉,論時人李一鳴媚富家子弟,諷其捧尿壺痰盂之醜態。

---

[17] 見上海申報之轉載,光緒二年三月七日(1876.4.1)1022號,第3頁。吳湘相主編,《申報》(台北:學生書局,中國史學叢書,影印版),頁9665。

（二）小說 144 篇

　　144 篇文言小說，皆以晚清為背景，反映了王韜所處兵燹連天的時代。故事中有貞烈女、賢妻、智女、智尼、妓妾、妒婦、悍婦；才子、無行文人、負心漢、鄉紳惡霸、訟師、淫僧，等等。

　　故事題材有志怪、世情、愛情、歷史、武俠、宗教、公案等七類。其中志怪類最多，有 39 篇；其次是世情 32 篇、愛情 21 篇、歷史 20 篇、武俠 18 篇、宗教 8 篇、公案 6 篇。全書的文體性質，及題材歸屬，詳見附錄三：《遯窟讕言》分析表。

　　每篇小說的篇幅皆不長，從二百多字至一千多字。最短者如卷 6〈柳妖〉，只有二百六十字左右；最長者如卷 11〈孟禪客〉，也不過一千八百多字。篇長不滿千言者，共計百篇；超過千字者，有四十四篇，超過一千五百字者唯四篇。依此可知，全書以筆記體為主，傳奇體為次。

　　整體而言，中國筆記小說自魏晉以降，歷唐宋傳奇之演進，至清代已揉和傳奇之形式。筆記小說如紀昀《閱微草堂筆記》之刻意求簡，傳奇小說如瞿佑《剪燈新話》之體式工整，算是特例。故王韜之筆記體，兼有傳奇體之形式；如以「逸史氏曰」評論，引用詩詞聯句等舖敘。

第二節　主題思想

洪士偉評《遯窟讕言》，乃王韜有所為而作，非如齊諧、虞初為文人游戲之筆：「志荒心苦，同莊周之荒唐。」[18]故有其「憂愁幽思，以導鬱湮而寓勸懲。」[19]《遯窟讕言》勸懲褒貶的主題，有以下五類。

一、太平天國之亂的感發

《遯窟讕言》反映太平天國離亂之事，多達 40 篇。從中可知王韜對洪楊之亂的態度，對魚肉鄉民者的深惡，對無依百姓之同情，與對貞烈女子之表彰。

（一）官軍無策

王韜寫《遯窟讕言》時，仍受清廷通緝，對太平天國之亂的慘烈，記憶猶新。小說中所敘太平天國之亂，呈現出清廷官兵束手無策，主帥棄城而逃；百姓只能坐以待斃，或靠家丁拒賊巷戰，或賴紳民各自為守。例如：

> 卷 1〈傅驚史〉：無何楊洪巨逆，已陷九江，順流東下。金陵素無備，危甚，城中官紳無策扞禦，倉猝閉關。賊因是得以附城下，晝夜攻城。（頁 11）

---

[18] 同註 3，1875 年洪士偉〈遯窟讕言前序〉，頁 3。
[19] 同註 3，1880 年洪士偉〈遯窟讕言後序〉，頁 4。

卷 2〈碧薌〉：無何粵逆順流東下，官民久不見兵革，束手吁嗟，竟無防禦。（頁 25）

卷 3〈趙碧孃〉：時寇氛已將東竄，蘭陵素無備禦，城中官先期逃去，紳民竭力固守。賊圍攻日益急，城卒陷。（頁 45）

卷 5〈巫氏〉：適遭髮匪之亂，縣民結團相抗，村鄉間各出丁壯，人自為守，賊來輒敗。衘之甚。江南之團結鄉民者，力勇勢盛，蓋以溧水金壇為最。縣民自以為足恃，可待官軍之援，不意賊眾日益，四圍並進。（頁 70）

卷 8〈貞烈女〉：城破，馮君猶率家丁拒賊巷戰，短兵相接，斫賊無算。後力竭投刀而蹶，僵臥積尸中。賊意其死，舍之去。」（頁 120）

　　又如卷 6〈范德鄰〉，1860 年金陵淪陷，張帥殉節丹陽時。常州富人范德鄰上書當事，以十萬金供軍需資餉，共守危城。但是隨著戰況愈危，守將何督卻將棄城，郡士管敬伯以身阻攔：「大人一行，此城休矣！」（頁 82）何督麾下兵士，竟然競持刀背，橫斫其首。管敬伯頭破血流，猶攀轎不放；又以鐵椎擊殺，使之暈絕踣地。外城淪陷，官軍散走，百姓閉戶待盡。范德鄰與兩侍兒自殺，唯僕人連升著賊裝收屍。小說以管敬伯與范德鄰之忠守，諷刺何督將等官軍們，不戰而敗。即如王韜曾論清兵「勇於私鬥而怯於公戰，見民如虎，見賊如鼠。」[20]

---

20 王韜，《弢園文錄外編》（上海：古籍出版社，續修四庫全書本，1558

　　然在此離亂之際，有志之士，投筆從戎，加入抗賊行列；例如，卷4〈賈芸生〉：「時浙省皆為盜窟，寇氛尚橫，杭垣陷于賊中，久不得復。生因投入大帥幕，司筆札，磨盾賦詩，上馬草檄，頗以為豪。」（頁51）亦有失去求生者；例如卷2〈碧蘅〉，武昌城破，顧碧蘅與辛啟萼皆陷賊中，辛生無法脫困，思一死以報國，「投繯則結屢解，覓刀自刎則鈍不可入。」（頁25）

　　除了太平天國、捻亂之外，小說亦描述地方盜匪橫行：「目今寇氛擾攘，盜跡縱橫，黃巾赤眉，所在皆是。燕齊豫皖，正當其厄。」[21] 又如卷5〈梁芷香〉，梁芷香與友人在乙卯（1855）冬，路經山東，荒林曠野間，遇紅巾盜賊。卷10〈顧蓮姑〉，則以白蓮教起事時為背景。

　　亂賊四起，官軍疲於奔命，圍捕盜賊時，亦多觀望不前。例如卷10〈少林絕技〉，積案纍纍之悍賊胡大，肆意橫行，某弁遴選一百多位壯勇追緝。逼至絕境，眾人不敢皆先發，某弁叱曰：「汝等真可謂酒囊飯袋者矣。」（頁153）即連壯勇亦無勇。

（二）憐弱撻霸

　　《遯窟讕言》有不少百姓流離失所，骨肉分離的故事；許多無法維生的女子，被迫淪為妾媵、娼妓，或削髮為尼，依寺廟生活。如卷9〈趙遜之〉：「時江浙為髮逆竄陷，流

　　冊），卷12，〈治兵〉，頁674。
[21] 同註3，王韜《遯窟讕言》，卷9〈鬼話〉，頁128。

民男婦逃之漢口者殊多，無所得食，多願自鬻為人妾媵，貧而無妻者，爭往購之。」（頁137）卷11〈瓊仙〉，因粵匪打劫，魏瓊仙被掠賣為妓。卷12〈柔珠〉，江浙之亂，金姬被表戚帶至澳門，表戚死，旅食維艱，貧無所歸，淪落勾欄討生活。

更有被匪徒騙走，或地方惡霸，趁亂打劫，強賣民女。如卷12〈于素靜〉，庚申之亂，于素靜十歲時由女僕帶著逃難，最後被賣到上海妓院。即使祖父曾任官觀察，在赭寇作亂下，也淪落勾欄。或有女子在戰亂中，被匪徒賣為人妾、為娼女；王韜皆於筆觸中，顯現同情之意：

> 卷1〈江楚香〉：昔年城陷之後，倉皇出走。至蕪湖，即為匪人掠賣鬻於吳門娼家。（頁14）
> 卷2〈鶯紅〉：忽寇氛東竄，杭垣遽陷。女全家遘難，惟女獨存，被匪人掠賣為一武人妾。武人由行伍接職總戎，豪鹵不韻，自頂至踵，並無雅骨；而大婦尤奇妒，女雖曲意下之，終不得其懽。（頁16）

戰亂中又有以保衛鄉里抗敵為名，行搜刮民財之實者。例如卷4〈諸葛爐〉，鄉霸陳六奇率無賴數百人成一隊，自請守城。覬覦秦星槎家傳諸葛報時爐，以犒軍報國之名義索金，奪走諸葛爐。賊退之後，竟得五品議敘，列縉紳之士。最後靠相士義助，才使陳六奇歸還諸葛爐。

卷5〈巫氏〉，寫台豹子媚賊為偽鄉官，在巫氏夫被擄後，強娶巫氏，使之投水而死。隨著亂事將平，許多人看情勢抵定，轉為清軍內應。台豹子善鑽營，自不會放過這個機

會,投入曾營為兵役。金陵收復後,隨著隨楚勇偕赴湖北,備歷艱楚,過幾年才敢回鄉。最後台某淪為乞丐,於巫氏殉節處,自溺而死。這個反面人物的故事,反映出天理昭彰報應不爽,讓巫氏的死,得到撫慰。

卷9〈孫藝軒〉也刻劃了欺鄉里者的形象和下場。孫生初拜撫憲刑席唐某為師,假師勢而豐饒;因累師被逐,婢妾盡散。孫一改積習,閉門讀書,人皆敬重,舉於鄉。不久,故態復萌,包糧唆訟。太平天國之亂,應試為偽博士,漁肉鄉里。賊勢漸衰,自知為鄉里不容,殺賊後自刎而死。王韜認為即使曾欺鄉民,然最後知殺賊除罪,猶不失為血性男子。

此外,小說亦寫藉戰亂以詐騙者,如卷9〈石崇後身〉,相士向某翁聲稱知道太平軍首領何祿藏銀地點,誘以購屋,轉手間騙得萬金。相士所言,頗合戰爭情境,故能騙得過富翁:「何祿者,紅匪渠魁也。咸豐四年,佔據佛鎮,舉旗首事,所括掠資財,多不能攜,皆掘地埋貯,是事人多知者,而莫悉其處。」亦可知所掠之民脂民膏,令人咋舌。

(三)表彰貞烈

在太平天國之亂中,最令王韜激賞者是貞烈不屈之女;如卷2〈月嬌〉、卷3〈趙碧孃〉〈朱慧仙〉、卷4〈芝仙〉、卷5〈巫氏〉、卷7〈衛蕊香〉、卷8〈貞烈女〉,等篇皆敘此。許多淪陷區的女子,被搜集到女館中,再分配賊目。例如卷1〈傅鸞史〉,詳述男、女館,與東王楊秀清女薄書之事:

賊區分城中人，設男女二館，女館又分前後左右中軍
為五軍。每軍以一至八，又分八軍，軍設女偽軍帥一，
統女偽百長數十。諸婦女遭其拘禁，無異處狴犴；時
城中婦女數約十萬，傅鸞史亦被錮密室中，求出不得。
適東賊楊秀清有女簿書之命，逼選民女識字者充之，
代己批判。有以傅才女白東賊者，東賊喜甚，徵入偽
府。女知數由前定，揮涕登車，自此日侍東賊左右，
雖繡帳錦衾，無異囚鸞梏鳳矣。東賊寵之專房，而女
亦善逢迎賊意，凡賊中往來文札，均由女手判決。女
手披口誓，流覽迅捷，有不合式者，輒加斥罵；由是賊
中偽官，無不尚文者。但積賊多係廣東西無賴子，目不
識一丁字。女見，每嫚罵之，謂汝曹性豺虎而行狗彘，
天必有時擊汝也。諸積賊怒，讒之於東賊。（頁11）

畢竟，像傅女能因文筆而受特殊禮遇的人，實在是少之又
少。大多數的良家婦女，只有逆來順受，或寧死不屈：

卷2〈月嬌〉：月嬌乃一勾欄中妓女耳，猶且不屑與
賊偶，史志捐生，誓不為賊所污，何其烈與？吾知世
之號為鬚眉男子，有媿於此妓者多矣。至於從容杯酒
之間，親決賊首，談笑自如，尤見其難，謂之烈女子
也，豈過舉哉？（頁23）

卷3〈朱慧仙〉：忽聞粵寇之警，時兩楚鼎沸，三湘
雲擾。武昌適當其衝，顧守備久虛，訓練無素。兼以
承平日久，人不知兵，民間皆以為城不可保，爭思出
避。……嗟呼！賊陷十餘省，所擄婦女不下數十萬，

如九妹者能有幾哉？至某氏以庇九妹之故，殞其軀，則尤士大夫之所難也。（頁33）

卷3〈趙碧孃〉：碧孃一弱女子耳，然其絕意偷生，蓄志殺賊，貞義激烈，豈出古人下哉？……此蓋於王月嬌、朱慧仙外，更添一節烈女子，可謂巾幗有光已。（頁45）

〈月嬌〉述金陵橋北名花王月嬌，在杯酒之間，親決賊首，斫賊後自盡。〈朱慧仙〉寫太平天國陷城時，朱慧仙被選入東王營中，毒殺事泄而死。此事亦見謝介鶴《金陵癸甲紀事略》[22]，敘某百長因隱瞞九妹識字，遭挖眼割乳，剖心而死。又如〈貞烈女〉，周麗貞陷賊營一百八十天，因偽王敬佩其節烈，使之與江北大營的丈夫馮叔衡團聚。又有陳蘭芬以紅砒毒殺群賊後，壯烈犧牲。卷7〈甯蕊香〉，1860年太平天國攻陷吳門之際，蕊香雙親偕歿，唯依舅而居。舅母死，賣身葬妗；葬妗後，投水而死。

戰亂中殉節者，不勝枚舉；王韜仿史家之筆，述贊其事。又如卷4〈芝仙〉：「或疑此必巨閥女子，當城陷不及遠避，賊逼不從，遂至身殉，藉以保全名節，玉碎香消，大可悲悼，惜其姓氏不傳耳。」（頁49）感嘆戰亂殉身之冤魂，連姓名都不存。再如卷7〈無頭女鬼〉，藉李生於廢園中遇女鬼，議論太平天國東王淫亂，金陵女館中，前後所死女子，大抵不下數萬人。

---

[22] 謝介鶴，《金陵癸甲紀事略》（中國史學會主編，中國近代史料叢刊，太平天國資料二，上海人民出版社），〈朱九妹〉，頁663。

從貞烈女子的故事，可知王韜對殉難者之表彰；對太平天國的否定，顯而易見。

（四）失落與慰藉

小說中常描述赭寇之亂，使江南百姓家園殘破，生活困頓之狀：

> 卷 2〈女道士〉：庚辛之間，江南淪陷，洞庭遘難尤慘，珠簾碧瓦，蕩作飛灰，一片歡場，鞠為茂草。（頁 26）
>
> 卷 4〈芝仙〉：時杭垣兩遭兵燹，甫經克復，屋曠人稀，景象極寥落。（頁 48）
>
> 卷 8〈葉芸士〉：忽遭赭寇之變，城陷家破，生父母皆及於難，惟生孑然逸出，所蓄一空，流離失所，幾難存活。迨克復之後，所居屋宇，俱付一炬，僅於瓦礫堆中，結竹為牆，蓋茅成屋，暫作依棲。斯時室如懸磬，貧無立錐，亦無一人過而問者。後所築舍，復燬於火，益復窘困，乃依戚某氏而居，幾至饘粥不繼。（頁 115）
>
> 卷 8〈義烈女子〉：（杭州）自經髮逆之亂，所有湖壖別墅，盡遭兵燹。破瓦頹垣，爭生蔓草。長廊小榭，半付劫灰。（頁 116）

〈葉芸士〉中，一場姻緣，因赭寇而生變，致葉生家破孑然，無法娶妻；李女贈娶銀催娶，反遭誣告而亡。

戰亂使人感到失落與無常，人們無不渴望預知禍亂，避
亂保身；因此小說中有不少描寫預知災禍的奇人故事。例如，
卷 2〈卜人受誑〉，捻匪逼進，卜人平地雷，成為眾人口中
的神算；雖然最後因貪財色，受騙上當，人財兩失。然亦可
知，對未來的不確定感，故求卜者眾，名利雙收，反倒遭歹
徒設計。不僅相士、卜人能預言，小說中亦有不少奇女子，能
預知禍亂。如卷 2〈碧蕕〉，顧碧蕕能預知江浙將陷；卷 11
〈綠芸別傳〉，李綠芸在太平天國之亂時，早一步遠行避難：

> **卷 11〈綠芸別傳〉** 髮逆下竄，蘇臺既陷，鹿邑亦墟，
> 時遷徙死亡者無算。甲子春間，官軍克復省垣，居民
> 始得歸田里，安耕鑿。而女忽偕壻而歸，車馬喧闐，
> 行裝炬赫，前後僕從如雲。翌日即令人購廣廈一區，
> 大興土木，數月間煥然一新，人咸異之。戚族都往賀
> 問，細詢顛末？女乃緬述所遭，聞者始知女有先幾之
> 見，蓋特遠行以避兵難也。（頁 171）

> **卷 4〈攝魂〉**：無何髮逆陷吳門，四出竄擾，松郡各
> 鄉，無不慘罹兵燹，惟上海得無恙。客言皆驗，楊生
> 先期徙去，竟免于禍。（頁 57）

又如卷 11〈孟禪客〉，孟禪客教左麗雲斥婢僕、置田產，
代理家產。太天平國之亂前，孟生帶走錢財，不告而別。等
到庚申春間，金陵淪陷，赭寇南下，左生家產為鄉人所劫，
一物無存。戰事平定，孟生將四年營運所得，全數奉還。這
樣的好事，在現實中發生的機率，微乎其微；故事滿足了倖
存者的渴望，若得貴人相助，家產尚可復還。

　　另一篇卷 11〈相術〉，較有可能發生於現實。男主角陸學海靠著父親所埋黃金，還原財富。太平天國之亂時，僧格林沁出師中伏，陸生屋廬悉毀，投宿廟中。遇相士贈金義助，並預言將富。陸生得父之金後，報相士以千金。

　　財富在戰後可能失而復得，但家庭經歷劇變後，很難破鏡重圓。例如，卷 6〈劉氏婦〉，劉甲十年未知生死，公婆逼迫甲妻改嫁。劉甲歷經困頓返家後，希望與妻續前緣，前妻回絕。因戰亂所導致的家庭崩離，實屬無奈；故王韜在結局評論：

> 或有議婦忍心者，有憐婦之志者。然以理言之，婦固非矣，而又有辭可辨矣。當時死耗已真，家貧難守，其別嫁也，由於翁命。及與後夫相聚，已越十年，一旦相離，心有不忍，亦人之常情也。此等案牘，即經官斷，揆法原情，有甚難處者。家庭之事，有非旁觀之所能置喙者，置之不論可也。（頁 88~89）

　　此外，因戰亂小說中亦反映了，渴求奇人之助，盼奇遇反轉命運；或以豔遇慰藉精神。例如卷 1〈夢幻〉，敘潘明經之豔遇。卷 2〈幻遇〉，霍仲入深山求金石，遇藏帖翁，獲贈善本。卷 4〈蝶夢〉，鄭仲衡夢遇蝶女；同卷〈郭生〉，郭生於途，遇女投懷送抱，皆是。

　　或在小說中表現命定的思想，以求慰藉。例如，卷 1〈韻卿〉，孫韻卿與佛有緣，遁入空門為天定。卷 6〈珊珊〉，薄命妾珊珊墮入風塵，再皈依為尼，皆命定之故。戰爭中突然面對親人死訊或失蹤，小說往往以尸解成仙，安慰親人的

傷痛。如卷5〈瑣瑣〉，李嘯雲在瑣瑣死後，入羅浮山，不知所終。卷 10〈妙塵〉，秦瀛仙得妙塵之助，於庚申間太平天國之亂時，遭砍而無血，人以為尸解。

二、知遇與世用

王韜期於世用之心，不因科考不第，遭誣南逃而改變；隨理雅各旅英譯書時，曾自訴：「余少時亦嘗有志於用世，嗟盛年之不再。憫時事之日非，常欲投筆請纓，荷戈殺賊，以上報國家。用我無人，卒以讒去。蹈海旅粵，惟事讀書，終日弦歌，聲出金石，亦無有心人過而問焉者。」[23]又《王弢園尺牘》卷上〈與醒逋〉：「韜所憾者，生逢亂世，死被惡名，不能早自建立，以身殉國，登陴荷戈，則裹尸以馬革，渡江擊楫，則沈骨以鴟夷，等一死耳，相去遠矣。每念及此，輒裂眥皆揮淚，椎心嘔血也。」[24]懷才而欲積極用世的想法，亦縈繞詩作：

> 遘亂離憂百事灰，生平懷抱幾開？萬言羞學縱橫術，
> 四海誰知經濟才？兄弟友朋皆至性，婦人醇酒有奇
> 哀。湘雲吳樹參差裏，珍重江干報札來。
> 世尚攻文字，時方重將才。楚南兵可用，薊北巇誰開？
> 報國廉頗老，陳書賈誼哀。撫時堪一慟，欲別更徘
> 徊。[25]

---

[23] 王韜，《漫游隨錄》（湖南：人民出版社，1982 年 12 月，一版），卷 2〈倫敦小憩〉，倫敦畫館繪像題詩，頁 100。

[24] 同註 10，王韜，《王弢園尺牘》，卷上〈與醒逋〉，頁 34~35。

[25] 兩首詩皆見《瀛壖雜志》（湖南：岳麓出版社，1988 年 5 月，一版），

> 九萬滄溟擲此身，誰憐海外一逋臣。形容不覺隨年改，
> 面目翻嫌非我真。尚戴頭顱思報國，猶餘肝膽肯輸人。
> 昂藏七尺終何用，空對斜暉獨愴神。[26]

在《遯窟讕言》中，有才無用的感慨，從卷 5〈燕尾兒〉，
表露無遺。燕尾兒向棄紅兒習藝，學成奇技返家後，父母卻
引以為患，唯藩王以微俸用之。不久，隱遁深山。藩王死，
伏地奔喪，淚盡而死。身懷絕技卻無所用世，王韜有無限感
慨：「以彼非常之才，飛走倏忽，出沒如神，而未嘗一日世
用，在世又不能斬佞逆，快恩讎，如黃衫、虯髯故事，而徒
俛首人下，婥婀終身，豈不惜哉！」（頁69）

現實生活中，王韜空有抱負，報國無門；卻能對有才而
落魄之貧士，予以資助：「周白山，字雙庚，號四雪，餘姚
人。詩文奇詭崛特，不作一凡語。工書法，善刻石。……坐
是奇窮，丐食滬濱，……余與壬叔（李善蘭）偶與之談，歎
為異才。招之楊城外，供其饔餐。」[27]毋怪乎鄒五雲曾讚美
王韜是「萬卷讀餘行萬里，英雄氣概大儒才。」[28]

由於王韜有患難相助的豪氣，小說中有許多路見不
平，援手相助之女俠、道俠、劍俠、義俠。如卷 2〈劍俠〉，
吳雲巖曾為柳南償還一飯之金，數年後柳南回贈以萬金、
名姬，使之居廣夏、助大考，垺於王侯。又如卷 4〈慧兒〉，
慧兒遭棄自殺，俠士痛罵虞山生，在雷電交震中，虞生尸

卷 5〈贈左樞詩〉，頁 131。
[26] 同註 23，王韜《漫游隨錄》，卷 2〈倫敦小憩〉，頁 100。
[27] 同註 25，王韜《瀛壖雜志》，卷 4，頁 123。
[28] 同註 25，《瀛壖雜志》，鄒五雲題辭，頁 9。

裂而墮。俠士如〈霍小玉傳〉之黃衫客，教訓負心漢之無情。或如卷4〈諸葛鑪〉之相士，路見不平為秦星槎討回傳家之寶。

　　王韜因各地盜匪橫行，國家無可用之才，而在小說中批評八股舉試：

> 卷9〈某觀察〉：噫文字不能與命爭衡，自古及今，場屋中埋沒多少英雄；若夫躍駿挽強，立功塞外，正男兒事耳，安事尋章摘為哉？（頁141）
>
> 卷2〈碧衕〉：八股之學，殊無所用。習之者病，工之者死。今官吏不得其人，目見紛亂，莫展半籌，皆坐此弊。誠如可用，何不以八股文退賊耶？（頁25）
>
> 卷2〈仇慕娘〉：衛文莊保定人，少讀書甚穎，三年而諸經畢誦，父師俱以遠到期之。及習帖括，竟不能成文。若加督責，則憤然曰：「此等惡劣文字，幾如犬吠驢鳴。乃強使人把卷吟哦，執筆摹傚，甯死不能學也。」（頁29）
>
> 卷4〈翠駝島〉：王黯然良久，意甚不懌，慨然曰：「人無經濟，胸雖藏萬卷無益也。況下習帖括，而嘐嘐然自鳴異耶？我漢家以鄉舉里選之法，甄拔人才，孝悌廉直，炳然與三代同風，循吏多而民俗厚，得人稱獨盛焉。何物豎儒，竟開八股之學，以愚黔首，閑頓英雄？使人束書不觀，此與祖龍一炬，同為斯文之劫。」（頁55）

〈翠駝島〉之鍾生，如王韜之自陳，為人有俠氣，好漫游，思經世濟用。遇漢後裔隱居翠駝島，述鄉舉里選之優，評八股埋沒人才之弊。在王韜政論〈原人〉、〈原才〉中指出，清朝並非無才，而是「取才之法未善，用才之志不專；又患在上之人不能灼知真才。」[29]他認為應「廢時文以實學，略如漢家取士之法，于考試之外，則行鄉舉里選，尚行而不尚才，則士皆以氣節自奮矣。」[30]顯然他的選才理想，無法在現實中達成，只好寄託於虛構的小說世界中。又如〈碧蘅〉中論八股無用，還不如習符籙咒語、用兵行陣之法，還能用來役鬼召神。這些皆是貶抑八取取士的主題。

三、家庭主題

《遯窟讕言》中所描述的婚姻、家庭、男女情感故事，包括妒妻嚴妻與納妾、妻妾相處、嗣續、教養、妻助夫、父助子、妓情、殉情等主題。

（一）妒妻虐妾

現實生活中王韜懼妻之管束，曾為了延續香火而娶妾；因而小說中有不少嚴妻妒婦的故事。例如，卷2〈吳氏〉，燕平齋素喜恬退，淡於名利，不樂仕進，於花天酒國中，跌宕自豪。因妻子約束甚嚴，忽忽不樂，頗似王韜自況。燕妻劉氏奇妒，婚後遣逐姬侍麗婢，只留赤腳婢、長鬚奴供燕生

---

29 同註20，王韜，《弢園文錄外編》，卷1〈原才〉，頁44。
30 同註20，王韜，《弢園文錄外編》，卷1〈原士〉，頁47。

驅使。燕生為求功名，北上京師，途中遇蘇州吳姓母女，納吳女為妾。燕生中舉後，吳氏生二子，不敢認祖歸宗。十餘年後，方得劉氏首肯，接回家中。劉氏無子且老，故能厚待吳氏；延子嗣的喜悅，澆息了年輕時的妒火。

但是許多故事中小妾，就沒有像吳氏那樣幸運，可安養天年，得大妻接納。例如卷7〈三麗人合傳〉之慧珠，因大婦悍妒，抑鬱而死。卷8〈林素芬〉，茶商程研卿隱瞞已婚，娶因寇亂淪落異鄉的林素芬為妾。至程家，林女被程妻妾聯手欺虐，抑鬱作永訣詩。妻妾不僅以針刺虐，又轉賣婢女，霸占衣飾錢財，每日詬罵。程研卿避往他處，不聞不問，讓林女獨自承受，無所依恃。又如卷9〈汪菊仙〉，陸葵士娶妓女汪菊仙為妾，藏置別館。大婦尋來，捽女毀室。當晚汪女留絕命詞後，自縊而亡。或如卷7〈霍翁妾〉，霍翁買婢為妾，妾無子。翁懼妻，命妾改嫁；妾不願再嫁，削髮為尼。

（二）智妻助夫

古典小說中敘男子狹邪之情者多，敘夫妻相處與恩情者少，尤其是對妻子的正面肯定。在《遯窟讕言》中，智妻助夫的故事，倒是不少。例如卷4〈李仙源〉，農婦閔媚娘與訟師李仙源周旋，將丈夫自獄中救出，又能全身而退。卷1〈江遠香〉，江女於太平天國之亂時，毀容隨夫入賊營，勸夫脫離忠王李秀成，盜走印信後，計逃上海。江女求生存之智與勇，勝於曾為團練之夫。

又如，卷8〈姚女〉，陳儒縱情賭博，溺志烟花。姚女下嫁後，卻能使之讀書府試，名列前矛。又以托言歸寧，使之絕跡章臺，不敢再涉入風月場所。王韜評姚女之智：

> 從來妻之諫夫，因成怨偶者多矣。姚女獨以柔情警之，終得勒奔馬于懸崖，收放猿於深檻。蓋始則縱之，俾厭於所既得，終則斬之，使甘其所未獲也，此其中固有術在。嗚呼！姚氏女美貌慧心，固今之賢婦哉？（頁114）

相對於姚女柔勢之計，卷9〈某觀察〉之妻，則反映了一般妻子勸戒丈夫後，夫妻之情銷磨殆盡。某觀察落魄不第時，妻子輒加白眼，冷若冰霜，詞話鋒鍔，形同陌路。觀察因而發奮，投筆請纓，削平邊患，立功沙場。十年後榮歸故里，仍對妻子懷怨，不知妻子激將之苦心。

另又有智妾助夫者，如卷3〈珠屏〉，珠屏以詐賭之計，不僅使姚生戒賭，也為自己贏得贖身錢，換取自由之身，成為姚妾。王韜認為：「珠屏可謂奇慧女子哉！萬金之失，一擲而立復，此固可一而不可再也。捧觴為壽，以戒博為公子勉，既酬母恩，即拔火坑，勇斷不凡，其智更不可及。」（頁38）珠屏之果斷聰穎，可與唐傳奇之李娃，明話本之杜十娘媲美。

（三）智父助子

王韜失怙後，失去人生的導師，養母顧弟，獨立面對人生各種抉擇。然也因之進入墨海書館，接觸西方文化。在《遯窟讕言》，有不少故事，描寫父親指引孩子，看清人世險惡與人情澆薄，使之能回到正途。或許這類的小說，正反映了王韜失怙的遺憾，及渴望得長輩提攜與護翼。

例如，卷 10〈馬逢辰〉，徽商馬逢辰與子山來共同經商，山來迷戀名妓鄭雲仙。父使子佯稱舟覆落魄，受妓家阻詬，雲仙色變；山來看清冷暖，媚情不能動其心。乃歸告父親：

> 今而知人情反覆，世態炎涼。妓之愛我者，圖我財也；行之媚我者，藉我貨以厚彼也。吾知改矣。古人有云：「惟患難乃見友朋。」斯言洵不虛哉？此後吾必當擇人而友矣。（頁 146）

父親巧計教子，勝過傷害親情的辱罵或罰責。又如卷 7〈陳玉如〉，陳玉如跟著叔叔經商，為名妓揮千金，無法自拔。叔父使乞丐喬扮富家子，名妓愛之，繼而惡丐。陳生悔悟，看清妓態，不戀歡場。王韜對妓家迷情，了然於胸：

> 陳某之叔，能於鄭元和事，對而悟出，幻此遊戲，頓使眠花藉柳之情，霎時心淡。旋出迷津，終登覺岸，亦可謂大有作用者矣，宜其富甲一鄉。噫嘻！世之好作冶遊者，非花迷客，乃客自迷。半世癡情，一場笑話。一切勾欄中，當作如是觀。（頁 105）

　　小說中還有父親死後幫助子女的故事。例如卷 11〈相術〉，戰亂之後，子然一身的陸學海，得父親生前所埋三十萬金，而能復家。卷 12〈鵲華〉，林鵲華入山修道的父親，在得道尸解後，還能搭救自己素未謀面的女婿，免受強盜殺害。兩篇亡父助子的小說，或許反映王韜對亡父冥助的期待。

四、社會主題

　　在《遯窟讕言》中的社會主題，有施報與回報、人性的貪婪、警惕社會險惡等。

（一）施與報

　　王韜於太平天國之亂時，曾受傳教士慕維廉與英國領事麥都華的搭救，從上海南逃香港；挫折與困頓中，飽嚐人情冷暖。故《遯窟讕言》中施報與報恩，或作惡受報應的主題亦不少。從卷 4〈鄒苹史〉之贊語，可知世之施恩者，不必望報；然也有受數金之恩，竭力回報的例子，人心仍有其光明的一面：

> 鄒生父以好施傾其家，然諾之間，萬金不吝，而卒之客之負心者紛紛。其使後人獲報者，乃一僅貸數金之窮叟，觀於此可以知世矣。（頁 50）

報恩的小說，例如卷 1〈奇丐〉，施沁泉幫助乞丐，得到善報；卷 9〈瘋女〉，麻瘋女徐氏不忍過瘋，因善念而善報，瘋病痊癒。或如卷 4〈諸葛爐〉中之相士，仗義討回諸葛爐，

不求回報。又如卷 2〈劍俠〉中，柳南報三月飯金之恩，使吳雲巖擁巨室美女。柳南報恩之因：

> 僕挾劍術遊人間，迄少所遇。竊以宇宙之廣，豈無一人知我者？故落拓自放，冀有所得。吳解元遇於衢市，初不相知，遽肯解囊拯急，攜我偕歸，委以諸事，真我鮑叔哉？今解元名立利全，此中得以稍慊，顧僕豈淮陰望報者流哉？亦使後世知我輩中未嘗無人耳。
> （頁 20）

王韜以此論：即使施恩不望報，但世上仍有人能感恩圖報。即如卷 2〈于蕊史〉，于家賑災救人，蕊史遭牢獄之災，即有受恩者回報，使之無罪，又娶妻生子，子孫科甲不絕。卷 9〈趙遜之〉，趙生於戰亂中，即使被人騙娶老嫗，亦奉嫗為母；娶嫗之女，又得家產依居，全因忠厚得善報。

作惡受果報的故事，如卷 3〈瑤姬〉，丁大殺狐子，狐母化作美女，報殺子之仇，奪丁大三子之命。卷 4〈雙影〉，魏豪逼死李雙影，李女索命，魏投水而死。卷 5〈巫氏〉，台豹子趁太平天國之亂，強娶逼死巫氏，後亦於巫女投水處自溺。又如卷 6〈湯大〉，農家婦羅氏與地主私通，事發殺夫，佯稱夫暴亡；十餘日後，婦亦失足而亡。卷 7〈妝鬼〉，施仙根與鄰妻有染，姦情暴發，仙根一貧如洗，鄰婦成廢人，亦報應不爽之主題。這些皆顯現冥冥之中，果報之理，如影隨形，毫髮不爽的主題。

又如卷 11〈竊妻〉，甲乙兩異姓兄弟，甲為書生，乙為商人。乙行商遠行，託家於甲。甲見其妻美，以偽造信件

騙乙妻至福州。乙至福州，巧救妻子；然甲妻因夫不回，琵琶別抱。王韜以此篇評無行文人：

> 異史氏曰：「余嘗謂文人之無行，有甚於負販者，以其積慮之精密也。然入其室而不見其妻，甲之謀人，正甲之為己謀耳，孰謂報施之或爽哉？」（頁165）

負心漢受報應的故事，如卷10〈方秀姑〉，金祥叔負心，致方秀姑自縊，金生受報應而死。又如卷4〈慧兒〉，虞山生負心，慧兒傷心自殺而亡。虞山生夢女來詈，又遭雷神霹死。唯卷6〈情死〉，韓大官詐死，致商女殉情而死；韓受果報而瘋，迎女歸葬而瘋癒，算是受到小小的報應而已。

（二）戒人性之貪

文以載道，好的小說，使人學到教訓，得到警惕，做為行事立身之參考。《遯窟讕言》中刻劃人性之貪婪，包括貪圖美色與錢財。王韜雖出入酒家，卻看透美色，勸人勿深陷其中。例如卷8〈三菩薩小傳〉：

> 我願被惑者，及早回頭。聞名者不須見面，戲成小傳，用告同人。……然其中卻寓箴規，可當作迷津寶筏，勿徒以美麗目之也。（頁118）

卷7〈妝鬼〉，施仙根妻子死後，與鄰婦有染，鄰婦又欲與少年綢繆。為了擺脫施仙根，假扮施之亡妻以嚇，僕人斬劍，鄰婦面具脫落，奸情暴露。婦夫控施，使之一貧如洗，鄰婦

亦成廢人，勸俗意味甚濃。戒色故事，尚有卷2〈卜人受誆〉、卷3〈李月仙〉、卷3〈骷髏〉，等等。

在警惕貪財上，則如戒賭故事。則如前述之卷3〈珠屏〉，李珠屏以六枚皆緋的骰子，贏得萬金，換取自由之身，並使姚生戒賭。珠屏能贏回萬金，全因在骰子上動手腳；十賭九詐，賭者可引以為戒。

（三）警世

《遯窟讕言》中所反映的社會面相，尚有無知致死、無能害民、設局詐騙、巧言拐賣等悲慘故事。例如，卷2〈何氏女〉，何氏夫輕信江湖術士，致妻被道士砍死。卷6〈汪女〉，東臺縣令慘刻無能，使陶生死於獄中，又斥責汪女以私物贈男為無恥，汪女自刎庭前。同樣昏憒無能者，尚有卷8〈葉芸士〉，某邑令辦案無能，枉送三條人命。葉生未婚妻李氏，贈銀催娶。典金質銀，典夥誣為賊，訴於官府。令邑嚴加拷打，葉生死於獄中；李氏殉情，典夥畏罪自盡。

> 異氏史曰：「女子一絲既繫，至死不更，弗以貧而稍易其志；觀其贈銀催娶，詣縣辨誣，一聞壻死，既以身殉，其操行可不謂烈哉？彼典夥齷齪子，固不足責；獨怪某邑令，居然身為民上，曾一捕役之不如，抑何憒憒至此耶？嗚呼！聞某烈女之事者，可以風矣！」
> （頁116）

故事的悲劇成因，除了典夥以貌取人，李翁私心，李女性情
急烈外；令邑的昏憒，更是關鍵。只以人贓俱獲，即認定
有罪，而不採信葉生自訴，亦未傳喚當事人，只聽李父一
面之詞。

　　設局詐騙的故事，不僅現今層出不窮，在《遯窟讕言》
中亦不少。如卷 6〈單料曹操〉，妓戶鴇母設賭局，詐騙浪
蕩子，明察秋毫的邑宰汪君，替寡母討回公道，傳為美談。
以美人計局詐財者，如卷 2〈檸檬水〉〈卜人受誑〉、卷 3
〈二狼〉、卷 9〈美人局〉。〈檸檬水〉中，善占卜之術士，
受美人計騙，錢財與妻妾皆失，終身窮盡；〈美人局〉則是
垂涎鄰妻者，其妻反被騙走。卷 9〈石崇後身〉，某富翁利
令智昏，入相士所設之局，買下東、西兩舖，被騙走萬金。
詐騙者多以財為目的，然亦有如卷 11〈李甲〉，麻瘋婦人
以色誘，欲過瘋予人。

　　婦女輕信巧言而被拐賣的故事，如卷 10〈素馨〉，日
本女子素馨誤信人言，被騙入火坑。卷 11〈豔秋〉，陳豔
秋被舅鄰某甲拐賣至上海、揚州，跳船而逃，幸官船救起；
船主收為養女，最終找到好歸宿。此類故事，反映社會上少
數不肖之徒，為財不擇手段之險惡。

五、奇人奇事

　　除以上四種嚴肅的主題思想之外，《遯窟讕言》還有滿
足讀者好奇心，純粹娛樂大眾，作為茶餘飯後，閒談助興的
小說。例如，卷 1〈李酒顛傳〉之復生，卷 10〈產異〉之奇

孕,卷6〈小蒨〉之離魂,等等。又有夢驗類型的小說,如卷1〈夢幻〉、卷3〈蜂媒〉、卷4〈蝶夢〉、卷6〈夢異〉、卷7〈黃粱夢〉、卷12〈天裁〉等篇。

遇妖、狐、精怪之奇事者,如卷2〈幻遇〉、卷3〈蕊仙〉、卷4〈郭生〉、卷6〈陸祥叔〉〈柳妖〉〈花妖〉〈古琴〉、卷7〈香案吏〉、卷8〈說狐〉、卷9〈菊隱山莊〉,等等。其中,〈柳妖〉以柳條之輕柔,構思柳女之風情;是精怪異類變形中少見者。

遇鬼的靈異故事,如卷3〈媚娘〉〈骷髏〉、卷4〈芝仙〉、卷5〈魏王〉、卷6〈玉姑〉、卷7〈麥司寇〉〈無頭女鬼〉、卷8〈離魂〉、卷9〈鬼話〉〈說鬼三則〉、卷10〈李軍門〉、卷12〈鬼妻〉,等等。其中,〈鬼妻〉為王韜友人吳鶴皋所述。某店夥計郭乙遇簡女,夜來朝去;郭向同事誇耀,當眾抓弄女髮,倏忽不見。郭乙為簡女立牌位,如亡妻之禮。不久,郭乙娶妻,妻畏烈日,不喜見男子,且無娘家人往來。情節離奇,引人遐思。

此外,小說中亦敘煙花女子之奇情。如卷3〈李月仙〉、卷7〈三麗人合傳〉、卷6〈駱芳英〉〈吳淡如〉〈蘇仙〉、卷9〈蘇小麗〉、卷10〈鐵臂張三〉〈張小金〉,等篇,敘煙花女子之才情、深情、贈金、遇人不淑、勇捕劇盜之事。情堅不移者,如卷3〈陸芷卿〉;卷3〈鴛繡〉、卷11〈眉修小傳〉則是為情而死。

　　從四十多篇志奇述異的故事可知，王韜作為一位儒者，雖知「不語怪力亂神」，亦不信神仙之說[31]，卻深知小說的娛樂功能，以及人性嗜奇與好奇的心理，大量寫作此類故事。然也因有妖狐鬼怪穿插其間，引人閱讀，作為教化的藥引子，才能使小說達到潛移默化，教化社會的功用。

第三節　寫作技巧

一、敘事簡潔

　　從中國小說的發展史來看，王韜飽讀歷代說部之書，《遯窟讕言》受歷代筆說小說的影響甚大。全書以言簡意賅的筆法敘事，速寫人物；不重細緻的人物刻劃，不著墨於情節的渲染，每篇小說約在千字以內。唯卷11〈孟禪客〉〈豔秋〉、卷12〈鵲華〉〈懺紅女史〉，篇幅超過1500字，體例趨向傳奇小說；這幾篇是王韜寫作筆法，由筆記體漸趨轉向傳奇體的作品。故《遯窟讕言》之後，《淞隱漫錄》與《淞濱瑣話》皆是傳奇體，反映王韜從筆記體轉向傳奇體的軌跡。即如蔡國梁曾評：「《遯窟讕言》用筆簡實，不似《淞濱瑣話》空泛，亦不若《淞隱漫錄》鋪張，其質樸練達具早期習作的徵象。」[32]

---

[31] 同註3，《遯窟讕言》，卷9〈余仙女〉，頁130：「天下豈有神仙哉？古來妄希作神仙，食氣絕粒。致自戕其生者多矣。」

[32] 王繼權主編，《中國歷代小說辭典》，第四卷，雲南人民出版社，1993年3月，一版，50頁。

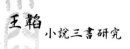

《遯窟讕言》即使敘事簡潔,卻不忽略情節發展的起伏轉折。例如卷8〈鄭仲潔〉,鄭仲潔與王芸芳之愛情悲劇,短短六百餘字,簡而不亂;敘其盟誓、分別、中捷、逼婚、芸芳投江,再錄鄭生惆悵詞七律二首。或如卷2〈女道士〉,不及千字,用筆精省,故事曲折。李秋史隨父任官於洞庭,識女道士巧雲,心生愛戀,助以脫道士籍。太平天國之亂起,秋史任李鴻章麾下,駐兵惠泉山,追獵野鹿,再遇巧雲,靠劍客相助,兩人成婚。

又如,卷1〈劇盜〉,豪俠俞驤衢具神力,幫助十餘位商人,打敗千金鐵椎賊,取回財物。文中寫俞與賊比武過招,簡潔有力:

> 俞奮然負之於肩,甫舉足出門,則一大鐵椎,自上飛下,有如泰山壓頂。俞竭生平伎倆,出腰間雙棍承之,頸赤足蹲,幾為所壓。片時許,椎自飛去。但聞堂上男子曰:「俞君亦大好氣力,今可安然歸矣。」俞竦息不敢出聲,負金偕西客而回,自此不復以力誇於人。(頁12~13)

一句「頸赤足蹲」即能說明俞驤衢逢對手,勢鈞力敵之狀。卷1〈江楚香〉,敘江楚香退盜,亦然:

> 忽車中搴簾叱曰:「鼠輩敢爾!」從容啟鏡奩,取一弓僅數寸許,連發九彈,殺九賊。諸盜錯愕相顧曰:「何得有江老家法?」姬曰:「我固某女也,汝等欲俱死,可前來,否則速去。」李虎躍馬先遁,諸盜皆

> 奔。楊曰：「不料卿一旖旎女子，而具搏虎手段如是，前者輕相汝矣！」（頁8）

楊氏於道中遇劇盜李虎，眾僕瑟縮，唯妾江楚香從容應戰。楊氏以俠著稱，碰到稍具武藝者，吹噓倍至，弗靳齒頰，竟無法看出妾的才華。小說不僅寫出江楚香的神勇，更襯托其深藏不露。同樣是描述武技的小說，如卷10〈少林絕技〉，短短不到五百字，寫悍賊胡大以雙拳兩腳，打敗一百多名壯勇的圍捕；將兵勇所持刀棍打落地，又以拳腳奮踢，造成三死十餘人傷。

王韜在簡潔的筆法中，往往添加了幽默感。例如卷2〈仇慕娘〉，文中寫比武招親的武打場面，傳神又饒富趣味：

> 僧奮拳猱進，女稍偏以避之。僧左女右，僧右女左，騰挪數四。女起一足，適中僧股，顛去尺有咫，呻吟倒地，已不能行。衛趨視之，骨已折矣。女笑曰：「禿奴破戒，宜受此苦。」因請衛角，衛遽飛劍及之。女笑不言，從容向侍婢取劍相迎，縱橫揮霍。頃之，但見寒光萬道，莫辨女影。衛方欲盡技敵之，女忽收劍曰：「君勝我矣。」（頁29）

面對和尚前來挑戰，仇慕娘毫不留情；但見到「體貌瑰偉，豐神清拔」的衛文莊，則趕緊收劍認輸，免得打跑了如意郎君。

又如，卷10〈鐵佛〉，全文不到300字，卻能刻劃勝之不武的智豪形象。俞驤衢有勇力，能以兩指輕移鐵佛，使僧人愧怍無地自容；其後再與僧之師比武，以智折其臂：

（僧師）乃坦腹倚牆，令俞擊之。俞奮力猛進，拳揮拳直擊，如入敗絮，拳陷臍幾不得出。俞大驚，念「我腹若令其手，必當貫革直入矣。」乃以背貼牆，俟其來，聳身離地丈許以避之，則僧臂已洞牆內，乘勢下擊，遂折其臂。僧徒見之，股栗無人色，不敢與校。俞始從容下山歸，每為人述之，而自多其智也。（頁154）

此外，文中引詩文刻劃人物，或敘述情境，往往也以簡筆行文。如卷5〈魏生〉，只以「星月三宵動，人家一望橫。」刻劃魏生自得意滿之狀。又如卷2〈女道士〉之聯句、卷4〈慧兒〉詞二句，卷12〈天裁〉之聯句，皆以簡筆示其才情。唯少數幾篇，引用書信或他人文章，如卷6〈蘇仙〉引某公子之弔文，篇幅佔全文的四分之三，做為蘇仙生平之補充。

二、情節安排

一篇好小說的情節發展，除了曲折有致，尚需在情理之中，意料之外，才能吸引讀者的目光。《遯窟讕言》雖多短篇故事，然王韜在情節安排上，用出人意表的情節構思，吸引讀者目光，這應是此書暢銷的主因。在情節安排上，運用不同的技巧，例如借代傳統小說，轉化情節；結局迷離，增添故事神祕性；結局急收，戛然而止。此外，在寫作手法上，則善用倒敘，交待前情，呈現事件全貌。

（一）情節轉化與創新

王韜善用前代故事，以轉化情節者。如卷3〈珠屏〉，以三千金為假母終養之資，如〈李娃傳〉之自贖。卷3〈蜂媒〉如白行簡之〈三夢記〉，閔逸士、錢生、友人等，同夢見豔遇。自唐以降之離魂故事，多以女子附魂者多，如明瞿祐〈金鳳釵記〉、李禎〈賈雲華還魂記〉；但卷6〈小蒨〉，卻是寫男子蔣紫滄愛上秦小蒨，傷逝後附魂於某生，再續前緣。王韜安排男子附魂之情節，則別出新裁。又如卷7〈無頭女鬼〉、卷9〈鬼話〉，書生遇女鬼於荒園，文中評論太平天國禍國殃民；故事結構雖無新意，但所論太平天國事，卻是王韜切膚之痛。

又如卷7〈黃梁續夢〉，仿唐傳奇〈枕中記〉，以晚清為背景，寫夢中官途亨通。主人公燕湘雲省試不中，途中夢已任清顯之任，因彈劾撫憲屬實，升御史、出使諸邦，年未五十為相，二十年後告老還鄉。夢醒，領悟富貴不過如此。小說的情節構思，沒有創新之處，倒是反映了對國家富強的渴望：夢中出使，宣布國威，天下昇平。某撫憲擅作威福，被彈劾後，褫職遣戍新疆；應是王韜根據晚清某些官吏的作為而寫。

在情節安排的創新上，例如卷2〈何氏女〉，某道士法術不明，妄炫何氏為狐，進而誤殺。結局凸顯法術多妄的主題，有別於傳統狐女故事。卷3〈瑤姬〉，異於魏晉以降志怪小說之豔遇狐女；而敘報殺子之仇的狐母故事。丁大與無賴子烹殺狐子，有瑤姬夜來同居，為之照顧三子，繼而殺子。

又如卷 2〈檸檬水〉；〈卜人受誑〉兩篇，同是為人占卜神算者，卻受美人計誘騙，人財兩失。卷 3〈黑白熊〉，方子敏射中母黑熊後，母熊仍坐哺其子。「俄而黑熊忽將子擲於石上，立身騰躍，大叫而僵。」（頁 35）熊之母愛形象，令人震撼。

又如卷 4〈諸葛鑪〉，太平天國之亂時，陳六奇強索秦星槎家之諸葛鑪；亂平後，陳居然列于縉紳。有相士取陳之髮，令其還鑪：

> 是夜陳睡方醒，聞鐵聲鏗然甚厲，蹶然驚起，見牖有一物穿窗而過，皎若霜雪，與月光孚激射，直達陳寢。陳懼，急以被蒙首，物過觸痛徹心髓。呼僮燭之，見小刀逕尺許，入木五寸，項血淋漓，沾濡牀褥，而髮去其半。顧無一髮留于枕畔者，陳力拔其刀出。就火諦視，覺一片寒光，冷侵肌骨。刀形製極精巧，柄上刻相者名。陳悚然曰：「我固疑此人也。」不敢復寢。達旦，盥漱甫畢，見硯旁有一函甚高，啟之，乃昨夕所失之髮也。有字一行云：「鑪不歸，今夜取汝首矣！」陳愈懼，立攜鑪親送之。（頁 53）

相士以小刀取髮，項血淋漓，竟無一髮留於枕畔，可謂神乎其技。以取髮情節，突顯相士高深莫測。這比安排一場刀光劍影的比劃，更能讓人感受到陳六奇的恐懼與威脅；從平常人的剪髮經驗切入，很容易喚起被剃刀誤傷的記憶，更何況刀還插在陳六奇的脖子上，令人毛骨悚然。

又如，卷 7〈魯生〉，異於一般寫相士之神算或騙術。故事前半部安排主角魯澄軒，在應考途中遇相士贈函，考後啟函與考題吻合，又測中魯父重病，贈以藥方。但是小說後半部，則沒有一件事與函中的預言相符。情節安排很符合算命看相的機率問題，算準與不準的機率，往往各占一半，沒有所謂神準的事。小說安排魯生助人還債，使其免於賣婦的情節，顯示人生際遇難測。

（二）結局安排

《遯窟讕言》中之結局安排，有以下三種傾向。首先，安排主角不知所往，營造迷離恍忽。例如：

卷 2〈碧蘅〉：托言入蜀訪友，不知所終。而是年江浙盡陷於賊，蓋女已先知，故來預告。噫！謂非仙俠之流與？至拯生之後，不示色身，豈已不居人世耶？（頁 26）

卷 2〈女道士〉：女恍然曰：「客固余祖弟子也，聞其出外從師學劍術，一去不復返，已六十餘年，今乃尚在人間耶？豈俠而近於仙歟？」（頁 27）

卷 2〈于蕊史〉：其後子孫科甲不絕，人皆以為行善之報。生年享八十餘而歿，葬之夕，女不知所之。（頁 28）

卷 10〈妙塵〉：庚申春間，髮逆下竄，山左右居民，逃匿一空，生獨留不去。一賊入其室，向生索錢物，生指其首示之，賊怒揮刀斫之，頭落身仆而無點血。

賊驚而走，親友收其骸葬之，人以為尸解云。（頁154）
卷10〈麗鵑〉：癸甲以後，江浙平定，女偕潘旋里。
無何，潘以療疾亡。潘無子，潘氏族人爭嗣攘產；女
遂歸於父家，猶處女也，女後未知所終。（頁156）

〈妙塵〉以太平天國之亂做為故事結局，不點明秦瀛仙是否
已修成，只說人以為尸解，讓讀者想像。

其次，有些故事的結局急收，戛然而止，讓人回味無窮。
如卷7〈白玉嬌〉，孔繼欽力大如牛，師父智恒故以武術後，
囑咐若遇白玉嬌，要亮出師父名號。孔為人保鏢，與某少年
決鬥，降伏為僕。終於遇上白玉嬌，某少年竟是她的表兄，
瑟縮不敢相認。白女輕勝孔繼欽，笑其技劣，即瀟灑離去。
結局展現白玉嬌的技高與率性，不寫孔繼欽的錯愕，使整個
故事的節奏爽朗明快。

第三，某些故事的結局，會以「或曰」的形式，增添小
說的神祕性。如卷3〈鏡中人〉，某女教朱愛軒作詩後，化
作盤龍小鏡。結局安排：「或曰此女蓋青樓之流，山中盲道
士所密眷也，其來也，盲道士遣之，幻為此說耳。」（頁
42）又如，卷4〈賈芸生〉，異於一般豔遇女鬼的故事；蓮
仙最後向賈生吐露，她是人不是鬼，托言鬼魅以試其膽量。
結局出人意表，顯示戰亂下女子求生之智。

此外，《遯窟讕言》中大部份的情節舖陳，皆順事件時
序以述，使人一目瞭然。然有些篇章則善用倒敘，交待前情。
如卷4〈李仙源〉，閔媚娘不僅救夫，又免受訟師李仙源的
騷擾，保全名節。丈夫出獄，罵她薄情；小說才倒敘媚娘請

歌妓阿嬌代己見訟師，以美人計使訟師救夫。又如卷11〈豔秋〉，女主角歷劫歸來後，再補敘被賣、跳船逃生、官船救起、嫁得如意郎君等經過。可知王韜亦著力於變化技巧。

三、人物速寫

王韜善以速描勾勒法，刻劃人物；如強調人物特徵、簡潔對話、譬喻象徵等手法。例如卷6〈柳妖〉，佃丁夜遇三女，與之調笑；女子急逸後，次日見柳樹三株，佃丁所失腰帶，卻在柳樹上。結局只以：「或曰：此柳已百年物，殆久而成精歟？」文中敘柳女並無妖態，只說：「其一腰支纖亞，體格風流，搖曳月中，自度短曲」以呼應其後寫柳樹：「青條披拂，裊娜風前。」簡單勾勒柳女之形象，精簡而饒富趣味。

又如，卷9〈三菩薩小傳〉，引用輕薄子之戲言，描繪四十歲風塵女之姿態，可見王韜風趣幽默的一面：

> 曉起未裝時，拔髮赤足，絕似祖師菩薩。既而引鏡妝成，豔麗奪目，則似觀世音菩薩。泊乎酒闌燈燼，挽手入幃，則可云救命王菩薩矣。（頁118）

對尋歡客而言，難窺歡場女子之素顏，小說卻以祖師菩薩、觀世音菩薩、救命王菩薩，妙喻受其迷惑者，不能看清真相。

其次，以詩筆寫形上。例如卷5〈魏生〉以主角論詩，呈現自大驕傲，無知且後覺的形象。魏生帖括不工，但兩試優等，頗自矜傲。與客論詩帖，高談雄辯，旁若無人。吟試

帖數聯，諸客譁然；生不知客譏誚，仍大言不慚，請再吟制藝。諸客皆擊節，翠帷中笑聲不止，魏生才感到慚怒。或如卷 1〈鸚媒記〉，方瀛仙以鵲橋仙詞回應林雙影：「空階亂葉，閒庭涼露，秋入離愁更苦。獨憑欄角暗傷心，看數到雙星無語，蛛藏小盒，針拈繡線，嬾作兒時情緒，因緣拚已兩飄零，算多此今宵一聚。」（頁 5）以情詩展示詞才。

第三，以人物對比，刻劃形象。例如卷 4〈李仙源〉，巨室潘某與訟師色慾薰心，趁農租與訴訟之危，垂涎農婦閔媚娘之美色。媚娘為搭救丈夫，商請鄰女偽為己，以見訟師李仙源。媚娘以智救夫，保全貞節。其夫出獄後，不知原委，譏罵妻薄情。媚娘回以：

> 一頂綠頭巾，君固願戴耶？渠欲妾獨往，而授密計，詎懷好念。妾思一時之貞，而致夫于難，非計也。因求脫牢繫之災，而遂致帷薄之玷，亦非計也，輾轉圖維，竟得一策，果投所好，訟事得息，則妾亦何負于君哉？（頁 54）

以媚娘之智謀，對比其夫之質僕。

又如，卷 5〈梁芷香〉，梁芷香棄家學武術以習文，與友道經齊境，遇紅巾賊。同行皆懼，梁生獨戰賊而斃其馬。不久，有一女賊，輕勝梁，取財物而去；須臾，自稱為梁父之徒，送還財貨而別。梁生與女賊較量一景，對比女賊之矯健：

> 女子詢梁曰：「爾中誰有手段者，可来前一角優劣。」
> 梁曰：「可」盡其生平伎倆，連發九矢，若貫珠然。
> 女子毫不驚怖，盡以手接，最後一矢，若為不見，
> 待至，略張櫻口以銜之。梁大駭，乃於車中持鐵棍
> 來鬥。女無寸刃，但啟上衣，露一革囊，飛出三寸
> 許匕首，光熒若月，俟過處徑截鐵棍為兩，火星迸
> 注。梁但見匕首在其左右，盤旋欲下，寒凜毫髮，
> 自知不敵。（頁71）

以口接箭，以短刀勝鐵棍，女賊武藝之高超，不言而喻。

　　第四，王韜對人物的勾勒，亦善用點染而不說破的方式。例如卷7〈香案吏〉，楚子羽於僧寺夜讀，豔遇三女後，屋宇無存，荒牆半圮。根據傳統志怪的情節發展，寺僧多芍藥，會讓人以為所遇為花妖，然安排獵戶出現，則隱約暗示所遇為狐仙非花妖。故事中未點明，只讓讀者去玩味。又如卷12〈陸書仙〉，陸書仙善書法，家傳紫芙蓉硯失卻，於骨董舖中購得郭宧寄賣之硯。郭宧女本有紫硯，行經洞庭湖，投硯以息湖波；有白鬚老翁贈紫硯，並稱將有取硯合婚者。果如其言，陸書仙取硯與郭女成親。成婚後，求書者益眾，某中丞又贈以紫、白硯。以硯合姻緣，舖陳故事。文中白鬚老翁似月下老人，亦未明示，予人迷離之感。

四、場景刻劃

　　《遯窟讕言》雖為筆記小說，以精簡之筆觸敘事寫人；然王韜能視其情境之必要，細膩地刻劃場景與氣氛烘托。例

如，卷4〈芝仙〉，眾人於戰後蕭條的荒屋，見斷頭女鬼的恐怖景象；繪聲繪影，令人毛骨竦然，彷彿鬼態如在目前：

> 時桓垣兩遭兵燹，甫經克復，屋曠人稀，景象極寥落。……既入，則見落葉盈階，枯枝窅戶，鳥翎鼠糞，堆積庭隅，蓬蒿塞徑而人長，蟏蛸在室以布網，蕭寂之狀，已足生怖。……清風颯來，頓覺情致幽曠。俄而侍立之人，仰見東樓頭，窗櫺劃然而闢，一少年麗人凭闌望月，俯視諸人，嫣然微笑。旋即將頭取下，置于闌角，於袖中出梳櫛，為之整理。項血漂流，密灑如細雨，一沾人身，冷若霜雪，直欲注入肝脾，眾皆失色奔逸，張亦毛戴而出，迴視屈先生，尚持甌細啜，神色自若。顧諸人雖出，無不齒擊股粟，縠觫之態可掬。（頁48）

其後眾人往尋屈鴻賓，原以為他膽識過人，不料竟在廁所中團伏如蝟，昏然不醒人事。

　　或如卷6〈玉姑〉，呂寶鑑於應舉途中，晚宿荒驛，與楊玉菇談笑。次晨見女子數柩，傾囊改葬。寫荒驛之景亦佳：

> 貪行忘晷，無投宿處，不得已覓一荒驛，驛有廳三楹，暫為棲止，解裝歇馬，令童拂拭塵榻而憩足焉。廳之西一帶皆及肩土牆，古茘老藤，蔓延其間。庭中荒草一叢，落葉滿徑，秋風怒號，景象蕭瑟。牆外茅屋三五椽。雙扉烏鎖，苔痕接於戶限，似久無人啟者。再西則峻嶺深林，無人跡也。生出所攜酒，蕭然獨酌，

藉破牢愁。須臾，一輪當空，萬籟盡息，照入庭階，
皎潔如水。乃起循闌微步，覺風露淒然，山林清寂。
忽聞短牆外有人履落葉聲，茅屋內又似有切切私語
者。（頁76）

又如卷6〈湯大〉，羅氏與地主在杯箸之間，產生姦情的經
過，寫來層層遞進：

杯箸之間，互以眉目傳情，而湯大未知也。後窺湯醉，
益肆無忌，趙佯失箸，俯拾取，因之屈膝跽婦前求歡
焉。婦面赤抵攔，而情已大動，爰附耳低語之曰：此
非下手時也，俟明日吾遣渠他出，汝可獨求，其事必
諧，相好當期白首，何必急於頃刻哉？……趙後蹈隙
必來，其期皆婦所密約，穢聲四播，鄰里皆知，所不
知者，湯大耳。（頁90）

或如卷7〈陳玉如〉，寫妓女同時應付兩位恩客的情狀，甚
為活現：

霞仙即景鬢整衣，含笑出拜，命侍兒治具。頃之酒炙
紛陳，觥籌交錯，微歌索飲，大逞嬌喉。初不記床上
尚有醉客矣。……良久霞仙鬢亂釵橫，衣衫不整，倦
眼朦朧而至，見陳悶坐於房，倒身入懷，作種種嬌羞
之態。（頁105）

又如卷12〈天裁〉，寫主角巧雲之夢境與夢遊：

頃睡房中，有人呼余出外觀牛女渡河，兒不覺隨之行，則月黑沙黃，風尖刺骨，迥非人境。突有一虎至，斑斕可畏。其人拍兒肩曰：「速奔，遲則為其所啖矣。」馳逐數里，足力已殆，而虎猶眈眈於後。其地高山在左，大河在右，兒纖指欲裂，坐於石畔，泣謂其人曰：「甯葬虎腹，不能行矣。」其人乃掖兒強起，負兒於背，至河側擲手中扇，化為一舟。……俄至一處，樓宇三層，金碧巍煥，入其中無數美人，爭相笑問。……今醉初醒也。（頁179）

人在作夢後所記之情境，大約是斷斷續續，場景跳躍且破碎；如唐傳奇〈枕中記〉之類，皆是虛構完整夢境的小說，與真實作夢之情境，並不吻合。然王韜所述之此夢境，比較符合實境。

又如，卷12〈陸書仙〉，骨董舖之女夢至一處：

逶迤從南衖入，則別有一院宇，竹樹扶疏，青翠欲滴。從東向循廊而行，朱欄屈曲，小榭迴環。再入則樓閣三楹，頗極雅麗，繡簾垂地，悄不聞聲。繞之徑過，則紅葉堆階，黃花盈砌，殊有籬落間意。遙聞流水聲潺湲，跡之則小池繞屋，池中蓮葉，僅如錢大，池畔雜植棠梨桃李，有白花如繁星，香韻獨絕。過花棚得一木橋，一帶精舍約十餘椽，一舍額曰枕月盧，雙扉闢焉。既入，則筆牀硯匣，無不畢具，炷香未息，爐篆猶紫，架上牙籤玉軸，觸手如新，几右一硯，銘曰紫芙蓉，拂拭視之，宛然己物。（頁185）

王韜善於寫景記遊，如《漫遊隨錄》即其佳作，小說亦將此
發揮盡致；〈陸書仙〉中所夢之庭園景色，彷彿江南園林之
縮影。

五、真實與虛構

小說之所以為小說，除了敘事性之外，最重要的是虛構
性；作者將現實中各種真實的聲色情感、喜怒哀怨，藉由虛
構的人物、情節、對話、場景等等，以呈現主題思想。因此，
小說雖是虛構的故事，但它所描繪的人生，往往卻是極為真
實。這也是小說吸引人之處，讀者明知虛構；成功的作品，
卻可讓人信以為真。

王韜在《遯窟讕言》中，往往藉人物在太平天國之亂後
的命運，或以某某人所述，強調故事的真實性。例如，卷 8
〈離魂〉敘謝蘭皋離魂始末，故事末交待：「謝生後以庚申
城破殉難，是事係其同鄉魏君所述。」（頁 123）又如卷 1
〈江楚香〉、卷 2〈何氏女〉、卷 3〈掘藏〉、卷〈范德鄰〉，
等十八篇，皆交待故事來源，或見於他人的詩文。詳細篇目，
請參見附錄三《遯窟讕言》分析表中，「詩評出處」部分。

另外，王韜亦在一篇之中，分述兩個主角來突顯主題。
例如卷 8〈貞烈女〉，敘貞節女子周麗貞與陳蘭芬。同卷〈說
狐〉，敘郁氏租屋予狐婆娶媳，郁之幼女與群狐往來，並無
他異，最後還收到梁上賃金。同時又有陳氏租屋予何二姑，
長女也見過二姑，但其子卻日漸消瘦至死，陳家因而凋零。
同樣租屋予狐，結局一悲一喜，增加小說的神秘性與真實性。

有些小說則以「或曰」、「或言」、「或傳」，顯現事件之不同說法，也可做為傳聞之憑據。例如，卷10〈異產〉，錢翠娥新婚夫亡，懷孕生子；產子後，腹仍高，逾年再生一子。鄰里說二子必昌，有好事者，為之載諸縣志。但王韜於結局說：「二子年至四十餘，尚果一衿，迄無所所，而為齊民。」（頁144）一方面顯示懷孕之奇，一方面表現人之命運難料。諸如此類者：

> 卷12〈于素靜〉：或傳女係于姓，某觀察名克裏，字蓮亭。（頁190）
>
> 卷3〈鴛繡〉：或曰：生母死，訪道隱蛾眉云。（頁47）
>
> 卷7〈霍翁妾〉：或言此翁霍姓，如閑名，其妾生長南海村落中，西關巨室表衣也。（頁110）
>
> 卷12〈天裁〉：女後歸某氏，曾述其異於夫。友人韓韻仙茂才，為其夫之至戚也，聞其事，欣然來告，余因記之如此。（頁178）

王韜要創作這麼多的小說，除了據見聞、依小說產生靈感外，他還擅用自己與親人之名物以虛構。例如，卷12〈鵲華〉以泉州、漳州為故事背景，女主角鵲華姓林，其母名琳娘；王韜之繼妻即名林琳，亦泉州人。又如卷3〈媚娘〉：「蘭陵王子九，美姿容，工吟詠，少孤家貧，賴母撫育，十六歲入邑庠，即依戚串家授徒糊日，研田所入，盡以奉母。」（頁36）以己之名為主角。

或如卷12〈懺紅女史〉，倪小韻之居園為紅蕣閣，男主角徐子九與倪翁為忘年交，徐生娶倪翁之女小韻。這是王

韜以自己的某些片斷經驗虛構故事。例如王韜號子九，曾有紅粉知己「紅蘞閣女史」，1854 年有割臂之盟[33]。《蘅華館雜錄》〈蘅華館印譜〉，中有「紅蘞閣女史」；12 卷本《遯窟讕言》，每卷卷首頁下署「紅蘞閣內史校字」；《海陬冶游錄》有「紅蘞閣韻卿內史校字」。「紅蘞閣女史」應該即是孫韻卿，父孫正齋是王韜於墨海書館時期的友人，兩人為忘年交[34]。

　　整體而言，《遯窟讕言》反映晚清內亂外患下的社會縮影，更是王韜處世觀察與理想之寄託：「託於齊諧、虞初者流，寄其慷慨激昂之致。」[35]呈現當時知識份子對國事之觀照。王韜受誣南逃，遯居香江，藉變幻離奇以抒孤憤；實比蒲留仙之託言鬼神，更能反映出時代特徵。小說中有王韜之自覺自悟、懷才不遇、洪揚之痛、八股之譏；屈身天南，託言寓志，無失意士大夫之苛意刺俗。故此書：「清麗芊綿，抗希唐軌」[36]王韜工於言窮，工於處窮。因此，耿蒼齡評《遯窟讕言》：「如初寫黃庭，恰到好處。」[37]可為此書之總評。

---

[33] 王韜，《漫遊隨錄》（湖南人民出版社，1982 年 12 月，一版），卷 1，頁 42：「紅蘞閣女史乃鹿城人，甲寅（1854）夏有割臂之盟，願居妾媵。」

[34] 熊秉純，《王韜研究》（中國文化學院，史學研究所，1979 年碩士論文），頁 163：紅蘞即孫正齋之女韻卿。

[35] 同註 3，黃懷珍，〈遯窟讕言序〉，頁 5。

[36] 同註 3，梁鶚，〈遯窟讕言跋〉，頁 1。

[37] 王韜，《弢園文錄外編》（香港：三聯書局，1998 年 7 月，一版），〈弢園著述總目〉，重訂《遯窟讕言》12 卷條，頁 375。

王韜
小說三書研究

第四章　傳奇小說集《淞隱漫錄》

第一節　創作發表與全書內容

一、寫作動機

王韜 57 歲重回上海後，創作第二本小說集《淞隱漫錄》：

> 今也倦游而知返，小住春申浦上，小築三椽，聊庋圖
> 籍，燕巢鷯寄，藉蔽風雨。窮而將死，豈復有心於游
> 戲之言哉？[1]

所有哀痛憔悴，婉篤芬芳，悱惻之懷，寓之於書；以抒發近
三十年來之牢騷鬱悶[2]。此時他對國內外局勢，人情世事的
看法，已有些許改變。回首過往，他發覺以坦率處事、以肝
膽交友、以激越論事，反深陷絕境。因而在虛構的小說世界
中，述說神鬼狐仙，刻劃域外荒裔，以寄托情志：

---

[1] 王韜，《淞隱漫錄・自序》（台北：廣文書局，筆記五編，據光緒 10
年（1884）石印本影印，1976 年 8 月，初版），頁 2。以下所引《淞
隱漫錄》，皆據此版本；並於引文後，括弧內註明頁數，不另作註。

[2] 錢鍾書主編、朱維錚、李天綱編校，《弢園文新編》（香港：三聯書
局，1998 年 7 月，一版），〈弢園著述總目〉，淞隱漫錄 12 卷條，頁
375。

　　求之于中國不得，則求之于遐陬絕嶠，異域荒裔；求
　　之于并世之人而不得，則上溯之亙古以前，下極之千
　　載以後；求之于同類同體之人而不得，則求之于鬼狐
　　神仙、草木鳥獸。（《淞隱漫錄・自序》）

為了托情寓志，他捨棄了寫實精簡的筆記體，轉而寫虛構性
較強的傳奇體；以游戲之筆，寫憤悱之志：

　　北窗攤飯之暇，抽筆作《淞隱漫錄》二三篇，以游戲
　　之詞，寫憤悱之志。或擬以詼諧玩世，作鎦四之罵人，
　　則吾豈敢總之。嘲諷則有之，詆諆則未也。[3]

　　當然王韜和眾多現代小說家一樣，沒有人不為了生活而
大量寫作。王韜寫小說挹注生活開銷，改善財務狀況，應該
是創作《淞隱漫錄》的最大動力。他曾向友人彭訒盦提及，
希望能代為推銷《遯窟讕言》[4]。尤其《遯窟讕言》的銷路
不錯，更激發他的寫作意願。因此，當點石齋畫報停刊時，
他不禁發出這樣的感嘆：

　　七月杪，《淞隱漫錄》已盈十二卷，主者意將告止。
　　因畫報閱者漸少，月不滿萬五千冊，頗費支持。然韜
　　月中所入，又少佛餅四十枚矣。[5]

---

[3]　王韜，《弢園尺牘續鈔》，卷5〈與陳衷哉方伯〉，光緒15年（1889）
　　排印本，頁14。
[4]　王韜，《王弢園尺牘》（台北：廣文書局，出版），卷下〈與彭訒盦
　　司馬〉，頁50。
[5]　王爾敏、陳善偉編，《近代名人手札真跡：盛宣懷珍藏書牘初編》（香

二、報刊發表與出版

　　據《淞隱漫錄‧自序》：「十有二卷，名之曰《淞隱漫錄》。……光緒十年歲次甲申五月中澣淞北逸民。」[6]自序寫於光緒十年（1884），成書應在此時。然魯迅《中國小說史略》，稱完成於光緒元年（1875）[7]。又忻平《王韜評傳》，載有「清光緒元年（1875 年）廣東刊本，16 卷」一種[8]；截至目前，筆者未見此 16 卷本。是否王韜在香港即寫完此書？搜閱王韜相關論述文集，概無成於光緒元年之可能。因《淞隱漫錄》卷 8〈橋北十七名花譜〉、〈柳橋豔跡記〉，皆述東京名妓與妓街風光，乃 1879 年王韜訪遊日本後所寫。且卷 9〈杞憂生〉，有光緒七年（1881）之故事情節；卷 10〈清溪鏡娘小傳〉、〈二十四花史上〉，皆言及丙戌年（1886）。且其自序言，乃窮於上海春申浦所作；故今之所見十二卷本，成書於 1884 年之後，顯而易見。假使有魯迅所謂光緒元年刊本，或十六卷廣東刊本，亦非今之《淞隱漫錄》十二卷。

　　1884 年王韜應申報尊聞閣主人美查之邀，在吳友如主編之「點石齋畫報」[9]上連載。從 1884 年下半年開始，十天

港：中文大學，1987 年出版），第 8 冊，頁 3382，手札 13 之 2。

6　同註 1，王韜，《淞隱漫錄》，頁 2。

7　魯迅，《中國小說史略》（台灣：谷風出版社），〈第二十二篇清之擬晉唐小說及其支流〉，頁 218。

8　忻平，《王韜評傳》（上海：華東師範大學出版社，1990 年 4 月，一版），頁 245。

9　熊月之主編，《上海通史──晚清文化》（上海：人民出版社，1999年 9 月，一版），第六章，晚清文化，頁 480，484~486：點石齋畫報創刊於 1884 年 5 月 8 日，至 1896 年停刊，為晚清延續最久的畫報。

一期,每期一篇,每篇之前有吳友如、田子琳的插畫;至1887 年底刊登完畢,是中國早期的報刊連載小說。因此,王韜成為李伯元、吳沃澆、曾樸等人,發表報刊小說的先導。

在點石齋畫報連載時,全書應已預劃為十二卷,如《遯窟讕言》之卷數;畫報刊載時,每篇的版式整齊,版心刻有卷次、頁數,每篇皆佔兩葉。由於小說膾炙人口,點石齋別印單行本行世。後來這部書一再被翻刻;王韜〈淞濱瑣話自序〉:「《淞隱漫錄》,重刻行世,至再至三。或題曰《後聊齋圖說》,售者頗眾。」[10]又有易名為《後聊齋志異圖說》、《繪圖後聊齋志異》者,所附圖較原刻本精緻[11]。可見受歡迎的程度,也算得上是當時的暢銷書。

現今流傳較廣的版本,大多以 1884 年上海點石齋石印本為底本,再加以點校或刊印。例如,光緒十三年(1887)、二十九年(1903)點石齋石印本再版。另有 1891 年上海鴻文書局石印本、1894 年上海積山書局石印本、1921 年上海廣華書局石印本,等等。1976 年台北廣文書局,將石印本收入筆記五編;2000 年北京出版社,收入中國文言小說百部經典叢書中。

《淞隱漫錄》除重印外,又有點校本、白話本。例如,在點校本方面,有 1983 年王思宇校點本;1997 年陳志強、

---

[10] 王韜,《淞濱瑣話》(台北:廣文書局,筆記七編,1991 年 12 月),頁 2。

[11] 同註 2,《弢園文新編》,〈弢園著述總目〉,《淞隱漫錄》十二卷條,頁 375。

呂觀仁點校本[12]。在白話譯注本上，則有 1986 年趙福海主編之《白話繪圖後聊齋》；1987 年張志春、劉欣中選《後聊齋志異》；1988 年王彬等譯注《後聊齋志異全譯詳注》；1995 年曹慶霖、錢城一、丁磊譯《白話全本後聊齋志異》[13]；1996 年李曉明等譯《白話後聊齋志異》，等等，可見重新出版與譯注之盛。

　　《淞隱漫錄》12 卷 120 篇，然有些版本增收了《淞濱瑣話》的〈徐麟士〉、〈藥娘〉、〈田荔裳〉、〈畫船紀豔〉等四篇。寧稼雨《中國文言小說總目提要》認為《淞濱瑣話》：

> 其中卷 1〈徐麟士〉、〈藥娘〉、〈田荔裳〉、〈畫船紀豔〉系照搬《淞隱漫錄》而來。後上海鴻文書局和積山書局又用原版縮印，改名《繪圖後聊齋志異》，中縫改為《後聊齋志異圖說》，並補入原本失收四篇。今有 1983 年人民文學出版社校點本，和黑龍江人民出版社全譯詳注本[14]。

筆者認為此四篇，取自後出之《淞濱瑣話》，並非原本失收。因為《淞隱漫錄》12 卷，每卷皆 10 篇，唯獨多出之卷 1、3、

---

[12] 王思宇點校本，收入《中國小說史料叢書》（北京：人民出版社，1983 年 8 月，一版）。陳志強點校本，收入《聊齋系列小說集成》（黑龍江：人民出版社，1997 年 6 月，一版）。

[13] 張志春選譯本，收在《古代筆記小說精華叢書》（花山文藝出版社，1987 年 5 月）。曹慶霖等本，收在《十大文言短篇小說今譯叢書》（上海：古籍出版社，1995 年 12 月）。

[14] 寧稼雨，《中國文言小說總目提要》（山東：齊魯書社，1996 年 12 月，一版），頁 363。

10、12 為 11 篇；應是後刊者將《淞濱瑣話》卷 1 之四篇增入。又〈畫船紀豔〉寫道：「丁亥（1887）四月初旬，天南遯叟作西冷之遊，泛舟於天橋三竺間。」《淞隱漫錄》成書於 1884 年，可見為《淞濱瑣話》之篇目。另外，陳建生〈論王韜和他的淞濱瑣話〉一文[15]，也認為《淞隱漫錄》重印時，才將《淞濱瑣話》中的 4 篇收入。

此外，許多後出點校本，往往刪除卷 9〈黔陽苗妓紀聞〉、〈黔苗風俗紀上〉、〈黔苗風俗紀下〉。例如，陳志強點校之「聊齋系列小說集成本」，刪掉〈黔陽苗妓紀聞〉；王思宇校點之「中國小說史料叢書本」，認為三篇對苗族描寫不當，全部刪去。

不管王韜對少數民族的描述是否失當，此書顯示清末文的民族觀，有其時代意義；即使觀念不正確，也不應刪去。誠實地面對歷史，才可看清人類文明進化的軌跡。刪節古人作品，乃纂改歷史。所謂「盡信書不如無書」，讀者自有辨別是非，與理解時代背景的能力。唯閱讀全本之《淞隱漫錄》，才能客觀看待此書，給予合理評述。本文所引之《淞隱漫錄》，乃據台北廣文書局，影印 1884 年之石印本，篇目完整。

---

[15] 陳建生，《論王韜和他的淞濱瑣話》（明清小說研究，1991 年第 1 期），頁 207。

三、散文十七篇

　　《淞隱漫錄》的內容，除傳奇小說 103 篇以外，另有非小說的散文 17 篇。17 篇之中，王韜所作 11 篇，友人之作 6 篇。內容記仕紳逸事、上海伶優、東京名妓、苗族風俗、歐西雜戲等。因非小說，只在此簡述，以示全書體例。

（一）王韜之作

1、仕紳逸事

　　卷 12〈十鹿九回頭記〉，寫九位雲間（江蘇華亭）人，優游泉石，嘯傲山林，屏脫名利。例如，姚光發於太平天國之亂時，辦團練，出軍餉；亂平，總修縣志。李曾裕於 1885 年黃河決堤時，上萬言書；王承基籌募賑災。王蓉生以謀略保全城民，卻招忌辭官。耿蒼齡建屋以養貞嫠，好宴名流韻士；即是〈十二花神〉、〈三十六鴛鴦譜下〉中，青睞周月琴，贈詩徐蕙珍的雲間莫庵退叟。

2、上海妓優

　　卷 8〈申江十美〉，寫上海名妓陸月舫、王蓮舫、王佩蘭、王雪香、呂翠蘭、胡月娥、吳新卿、張善貞、顧蘭蓀、馬雙珠等人。分別敘其容貌、神韻、才華、身材，與文人韻事。例如，玉魷生（王韜）為王蓮舫題詞；呈現清末妓女、藝人與文人之共生關係：

> 滬上寓公二箋仙人，廣大教主也。管領南部之煙花，
> 平章北里之風月。凡有章臺豔質，曲院名娃，一經其
> 品評者，聲價倍增。幾於才出墨池，便登雪嶺。風流
> 久擅，月旦堪憑。（頁290）

文仿唐裴鉶《傳奇‧文蕭》，吳彩鸞寫《唐韻》，文蕭泄露
天機事；虛構綺園「申江十美」畫冊，以天機不可預泄作結。
彷彿有小說結構，卻無情節起伏與發展，故不稱上是小說。

　卷 10〈十二花神〉，乃續〈申江十美〉之作。託言淞
北玉魷生於芙蓉城中觀群仙榜，竊視十二花神名冊，醒後記
其大略；實寫上海歌妓酒女之才華、容貌，與傾心之恩客。
文中所述尋芳客，皆王韜友人之名號；例如，雲間萸庵退叟
（耿蒼齡）、南溪舊隱（沈毓桂）、縷馨仙史（蔡爾康），
等等。文末王韜也替自己的作品打廣告：

> 生見仙子案旁尚有一冊，錦函玉籤，題曰《歇浦芳叢
> 志》，惜未索觀，故不傳於世。[16]

　卷 11〈名優類志〉，述上海與京師諸伶。前半寫上海
名優天鳳、小梅、榮桂、三多、鳳林、桂林等人；其中有小
家女愛天鳳成痴，以至殉情。後半集好事者品題北京優伶十
人，每人比一花，系以一贊；如第一位蘭卿：

---

[16] 同註1，《淞隱漫錄》，卷10〈十二花神〉，頁396。《歇浦芳叢志》
　　4卷，見王韜〈弢園著述總目〉，未刻書目。同註2，《弢園文新編》，
　　頁385。

一曰蘭卿。隸春桂班。芬芳幽潔，有似蘭花，贊云：
宛宛幽谷，實生狩蘭。仙人采之，游戲雲端。順風翔
步，進止閑安。唇侔鮮櫻，眼暈微瀾。魏女罷縫，楚
妃慚嘆。嫣愁展笑，為眾賓歡。蘭卿豐格娉婷，腰枝
輕亞，逸韻閒情，自然有致，比以王者之香，夫何媿
焉。（頁431）

3、日妓風情

卷8〈橋北十七名花譜〉，述日本東京橋名妓17人，析
為豔、清、麗、穠、逸、蕩、雋、韻、淡、嬌、媚、靜、粹、
妍、常、凡等品。分述才貌與所賞識者，比之於某花；例如
「才藏，麗品比海棠。」〈柳橋豔跡記〉，寫東京妓街風光，
妓分色妓、藝妓，有大妓、小妓之價錢、衣制等級。文中記
王韜1879年訪日時，新橋妓角松、柳橋妓小鐵作陪之事。

卷11〈東瀛才女〉，述謀食上海之日妓小華生、阿中、
阿超、阿朵、阿玉等事。王韜於1882至1883年間，從香港
回到上海時，每有宴會，輒招小華生侍宴。王韜訪日時，阿
朵伴游九日。阿玉在王韜撮合下，嫁畫家碧霏軒主。文末議
論中日妓之異：

天下之至無情者，莫如日本女子。……中國男女之事
多以情，感情之所至，至有貫金石、動人天、感鬼神
而不自知者。日女之薄于情也，在不知貴重其身始。
然其為人客妻，亦有足取者；付以篋笥，畀之管鑰，
而絕無巧偷豪奪之弊，此則中國平康曲院中人所不及
也。嗚呼！風猶之古歟？（頁412）

可見日本特種行業的女子，堅守職業分際，理性不易動真情；不似中國平康曲妓與恩客產生愛情故事。從消費行為來看，王韜倒是肯定日妓有誠信，不會巧取豪奪。

4、雜技與風俗

卷 8〈泰西諸戲劇類記〉，敘歐洲緣繩之戲、馬戲、劇場、魔術。其中寫法國人都比在倫敦高空走繩，極為傳神。都比五歲立志成為特技演員，取曬衣繩、魚索、巨纜練習；1864 年到香港表演，大江上空走繩戲舞，名聞歐美。又敘車利尼馬戲、瓦納魔術師的表演。王韜論中西以技藝謀生計之差異：「如都比，如車利尼，如瓦納，皆以一技之長負盛名，邀厚值。而中國之具此能事者，僅糊其口，救死不贍。噫！何相去懸殊哉！」（頁 308）

卷 9〈黔陽苗妓紀聞〉，寫苗民之飲食、服飾、造蠱、跳月招親、中秋夜抱瓜送門之俗；文附貝青喬（子木）〈跳月歌〉，載男女求偶儀式。卷 9〈黔苗風俗紀〉，分為上下兩篇，上篇寫貴州 43 種苗民之分布、衣飾、婚俗、風俗；下篇記 36 個同種異名的苗民特點。例如，紅苗於五月寅日，夫婦不出不言，以避鬼防厄虎。黑羅羅尚盟誓，白羅羅男逸女勞。牙犵狫女將嫁，折二齒，以免妨害夫家。六額子每三年撿骨洗骨之俗，共洗三次。雖然王韜所描述黔苗風俗，如跳月野合得子、端午造蠱之俗，可能與苗俗不符。若立於漢人視苗人的演進而言，此篇顯現當時漢人對少數民族的觀點，亦有其價值。

（二）王韜編次之作

卷 10〈二十四花史〉（上、下），原為鬗鬙居士《春申感舊詩》，王韜予以重編詩集。內容為同治元年（1862）至光緒十二年（1886）間，上海 24 位妓女與走唱藝人之題詩集；此時王韜遠邁香港，故補二十餘年綺游之憾。上篇有小桂珠、王桂卿、李巧仙、金二寶、張秀寶、王雲卿、褚金福、嚴月琴、李巧玲、邊金寶、胡桂芳、小阿招。下篇有李湘蘭、朱逸卿、陳筱寶、姚婉卿、胡寶玉、顧蘭蓀、朱秀卿、吳新卿、李琴書等人，曾與王韜徵歌侑觴；其中李琴書又見於卷 12〈十二花神〉，顧蘭蓀亦載於卷 11〈三十六鴛鴦譜上〉。下篇並補述 1882 至 1883 年間，王韜與鬗鬙居士相識；重回上海後，兩人停車訪豔，所識大半為鬗鬙居士所知。

卷 11〈三十六鴛鴦譜〉（上、中、下）。原為鬗鬙居士《三十三天雨花詩》，王韜編次注釋改名，析為三卷。三十六位青樓女，每人系以一詩；王韜於詩末補注交往逸事。例如，淞北玉魷生雅愛陸月舫，贈以詩詞，朝夕出刊，遍傳曲巷[17]。又如王韜不識周葆珍，只注曰：「余初未相識，未敢妄注。」[18]大抵可知王韜與友人羅浮山人（鄭觀應）、縷馨仙史（蔡爾康）、霧裏看花客（女婿錢徵）等，雅好此道，往往宴會招妓、贈詩青眛、品題揚名。文中顯見王韜懼妻之實：

---

[17] 同註 1，《淞隱漫錄》，卷 11〈三十六鴛鴦譜上〉，陸月舫條，頁 420。
[18] 同註 1，《淞隱漫錄》，卷 11〈三十六鴛鴦譜上〉，周葆珍條，頁 420。

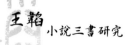

伊園主人新自汴州回，勾留滬上。著意尋芳，苦無一當。適在廣場，聞姬（陳金玉）獨唱南詞，響可遏雲，心焉賞之。暮偕玉魷生走訪其家，極道傾慕。姬亦深知己之感。姬素耳玉魷生，知為名下士。伊園主人戲語姬曰：「王郎詩名，不如懼內之名更著。」姬笑目生曰：「君盍改從我姓？」生詢其由。姬曰：「君家陳季常，非君前輩乎？」合座粲然。（頁426~427）

卷 11〈東部雛伶〉，據頑石道人《歷下游記》，與紫曼陀羅館主所綴近聞，王韜編次而成。內容敘述九位濟南名伶，所屬戲班、所工之曲，亦非小說。

四、傳奇小說一○三篇

《淞隱漫錄》103 篇傳奇小說，篇幅皆二千至二千五百字左右。在情節舖陳與人物刻劃上，與《遯窟讕言》之短制筆記體不同。顯示王韜揮別紀實之筆記小說，致力於創作傳奇小說。

（一）創作來源

《淞隱漫錄》傳奇小說的創作來源，大多來自王韜親身經歷，傳統小說戲曲，其次則是友人所述之傳聞。

1、親身經歷

在親身親歷上，以其所歷之太平天國之亂、妻亡、狹邪宴遊、墨海書館，與國家改革、富國強兵之論等，做為小說

場景、情節發展、刻劃人物的一部分。例如，卷4〈何華珍〉、〈海外美人〉，寫男主角皆喪妻。卷7〈悼紅仙史〉，言及甫里練兵拒賊，管君妻亡，授書滬讀；皆與王韜之生命歷程相似。卷12〈白玉樓〉，寫天南遁叟所撰諸書，因辛巳（1881）冬間火災，而上界趕緊搶救撮取，特為裝潢，分贈仙界。現實生活中，王韜印刷廠於此時遭祝融肆虐。卷7〈沈荔香〉、〈芭蔚山莊〉，寫王韜評申江十美之事。

　　《遯窟讕言》中，王韜運用自己的名、物創作，在《淞隱漫錄》中依然可見。例如卷5〈笙村靈夢記〉〈諸曉屏〉、卷10〈錢蕙蓀〉等篇，有紅蕤閣、紅蕤近稿、紅蕤閣稿等。卷7〈芭蔚山莊〉，在王韜居室名中，亦有芭蔚莊[19]。又如卷8〈華胥生〉，王韜曾有記夢之《華胥實錄》[20]。

　　王韜喜歡狹妓和游宴。狹妓始於十九歲時：「溯自丙午（1846）之秋，余年未冠，勾留白下，尋訪青溪。春藏楊柳人家，人閉枇杷之院，任姬素琴，此中翹楚，既識一面，遂訂同心。」[21]從他的書札、游記、雜記中，皆可見他與上海、香港、廣州、日本東京的名妓的交往。例如《海陬冶游錄》、《花國劇談》、《豔史叢鈔》，采輯四方名妓事蹟：

---

[19] 王韜，《蘅華館日記》（1854~1855）（清道光咸豐間手稿本），頁1，芭蔚莊，王韜居室名。
[20] 王韜著，陳恒、方銀兒評注，《弢園文錄外編》（中州：古籍出版社，1998年9月，一版），卷7〈華胥實錄序〉，頁324。
[21] 王韜，《海陬冶遊錄》（台北：新文豐圖書公司，1989年出版香豔叢書本，收在【叢書集成續編】，第212冊），頁22。

今覽錄中所載，或幼淪樂籍、或長隸教坊、或賺自奸
謀，或誘從惡少；或遇人不淑，逼入青樓；或大婦難
容，遂辭金屋。或良人已逝，甘為逐水之萍。或豪主
相陵，遣作出牆之杏；其始則觀閱受侮，事匪一端，
其終之榮悴升沈，狀尤百出。[22]

文士與妓女的愛情故事，是歷代傳奇小說的普徧主題。因
此，青樓女子之悲慘身世、從良遭遇、文人立花榜，甚至妓
院實況，皆為王韜創作傳奇小說的來源。

取材自王韜歐遊訪日之見聞者。例如卷 1〈紀日本女子
阿傳事〉，1879 年 6 月 9 日，王韜於日本新富劇場所觀之
戲[23]。卷 7〈媚黎小傳〉，述英國女子嫁作中國媳婦；卷 12
〈花蹊女史小傳〉，日本才女跡見瀧摄，善畫、講學興盛之
事。又如卷 8〈海外壯遊〉，男主角西游英國蘇格蘭，見西
方舞會、遊法京與瑞士等。或如卷 4〈海外美人〉，以陸梅
舫集工造船，述華船與西舶之差異，與所訪之日本島、馬達
嶼、地中海、墨面拿等；反映王韜對船隻的觀察[24]，與西行
經驗。卷 3〈閔玉叔〉，述台灣紅毛赤嵌古蹟；王韜雖未到
過台灣，但因岳父林晉謙寄籍台灣，想必不陌生。

由於王韜助譯西方科學的緣故，對天文、算學、西方文
物等，多所知曉，故以此虛構人物與情節；對仍處封閉狀態

---

[22] 同註 21，頁 21，王韜，《海陬冶游錄》，嶺南護落花人〈海陬冶遊錄
序〉。

[23] 王韜，〈阿傳事跡始末〉，《扶桑游記》（湖南：人民出版社，1982
年 12 月，一版），卷中，頁 233~235。

[24] 王韜對造船之觀察，見《瀛壖雜志》（湖南：岳麓出社版，1988 年 5
月，一版），卷 6，第 27、28 則，頁 200。

的中國人而言，應具吸引力。在運用西學上，例如卷7〈媚黎小傳〉，文中有西字日報、算學（幾何代數）、測量彈道、車利尼馬戲等，以述媚黎之才華，與至中土的經歷。卷8〈海底奇境〉，藉主角之口，抒發富國治河、築鐵路等實業之論，與外交見解。又如卷8〈海外壯遊〉，敘西方舞會的情況，應是傳奇小說中最早描述西方舞蹈的作品。這些皆是前人傳奇小說中少有的內容。

　　此外，王韜身處西方掠奪中國文物之際，小說也反映當時收藏古文物之風，與崇古緬古之傾向。王韜曾輯《古今名人畫稿》[25]；友人中有畫家胡公壽，善畫梅花之姚燮[26]。小說中有繪畫、藝術、骨董、金石文字之描述。例如卷1〈貞烈女子〉，項生收藏書畫骨董，周鼎商彝，入手立辨；女主角王秀文之父，使人以西國映像法為女兒繪圖，又讓名流題咏，欲使富室豪門求親。又如卷5〈李珊臣〉、〈葛天民〉，兩篇主角皆善畫人物。卷12〈花蹊女史小傳〉，述日本女畫家迹見瀧攝成名的傳奇故事。1879年王韜在日本長崎，曾見余元眉書房掛其畫；故虛構迹見入夢，求為畫作題詩的情節。卷6〈徐仲英〉，謝生工六法，花卉禽鳥，栩栩如生。餘如卷7〈秦倩娘〉之李蓴秋，喜售古畫；卷7〈苣蔚山莊〉，某女子斜倚胡床，翻閱書冊。可知王韜藉當代好古畫文物之風尚，以創作小說。

25　王韜輯，《古今名人畫稿》（台北：文史哲出版社，影印上海鴻寶齋光緒十七年（1891）石印本，1973年11月）。

26　胡公壽與姚燮之事蹟，皆見於《瀛壖雜誌》卷4，以畫、詩、書得名，又號「橫雲三絕」。姚燮客上海時與王韜往還顧密，工畫，精音律，藏書萬卷，好作狹游。同註24，頁144、129。

除了對美女、繪畫、文物有興趣之外，王韜也曾吸過鴉片，並將它寫入小說中。例如，卷 2〈周貞女〉、卷 3〈陸碧珊〉、卷 6〈胡姬嫣雲小傳〉、卷 7〈返生草〉，等等。王韜吸食鴉片的經歷，清楚寫在日記裏：

> （咸豐八年）九月十九日（1858.10.25）辛卯，上燈時，闓齋來，同往吳氏小室吸片芥二管，欹枕對談，其趣殊永。[27]
>
> （咸豐九年）五月五日（1859.6.5）甲戌，醉飽之後，稍吸一、二管，亦可以祛疾調胃也。[28]
>
> （咸豐九年）五月十日（1859.6.5）乙卯，不能安榻吸片芥，殊敗人意。[29]

這是王韜於上海墨書館譯書時，解決苦悶的消遣。其後是否成癮，或逃至香港後，譯書、辦報、發表政論之餘，是否鴉片相隨，則未有明確記載。但 1885 年日人岡千仞至上海，於《觀光紀游》寫到王韜有毒癮：

> 六月八日，……紫詮數說頭痛，如不勝坐者，恐癮毒。六月九日，聞紫詮近嗜洋煙。十二日七日，……聚豐園與王韜晚餐。（王韜）曰：「喫煙過度為癮，可畏，唯不受他病。」十二月二十三日，王韜戲言：「其死於煙毒，何異死於酒色。」[30]

---

[27] 王韜著，方行、湯志鈞整理，《王韜日記》（1858~1860、1862）（北京：中華書局，1987 年出版），頁 23。

[28] 同註 27，王韜著、湯志鈞整理，《王韜日記》，頁 125。

[29] 同註 27，王韜著、湯志鈞整理，《王韜日記》，頁 125。

[30] 岡千仞（日），《觀光紀游》（台北：文海出版社，1981 年），卷 4

或許王韜晚年宿疾纏身，又再以鴉片解疾。然亦深知鴉片之害，曾有〈禁鴉片〉之論：

> 中國苟欲禁烟，則其權當操之在我。嚴新吸寬舊染，官犯則黜之，兵犯則汰之，士子則不准與試。另編烟籍，自新者除其名，雷屬風行，上行下效。勿法立而弊生，勿始勤而終怠，勿視作具文，使胥吏擾民而飽其囊橐。以實心行實政，將見三十年之後，印度之烟，必不禁而自絕矣，而何必徒望之於英國也。[31]

故小說中以「阿芙蓉膏、片芥」稱鴉片，大多敘主角吞服鴉片自殺之事。如卷2〈周貞女〉，周氏拒嫁徽商，食阿芙蓉膏自殺。卷7〈返生草〉，魏裴紅吞阿芙蓉膏自殺。

2、借鏡前人小說

王韜熟悉魏晉以降之筆記、傳奇、章回與話本小說，故從中借鏡情節、重塑人物。王韜取法前人處，皆明白托出：

> **卷7〈悼紅仙史〉**：我等俱料君循劉晨、阮肇故事，已覓得仙姬，飽餐胡麻飯矣，不然何以迷路也？（頁256）
>
> **卷4〈女俠〉**：計女隱形法顯腹中者，凡六十日，技亦神乎哉！安見紅線、轟隱娘之流，天壤間無之哉？（頁136）

〈滬上日記〉。

[31] 王韜，《弢園文錄外編》（上海：古籍出版社，續修四庫全書本，1558冊），卷4〈禁鴉片〉，頁549。

卷4〈盜女〉：將至海外覓曠土，為扶餘國王矣。（頁
148）

卷5〈白素秋〉：俄見一任生，趨出門外，招白女與
別曰：「我將應虯髯公招，游於十洲三島間矣。五百
年後，重復相見。」（頁168）

卷10〈合記珠琴事〉：輝媚閣主人曰：「余讀〈霍小
玉傳〉，恨李十郎之為人，以為人之無情，何至此極。」
（頁400）

〈劉晨阮肇〉乃魏晉仙境小說之名篇，〈紅線〉、〈聶隱
娘〉、〈虯髯客傳〉、〈霍小玉傳〉皆唐代愛情、武俠傳
奇。此外，卷2〈何蕙仙〉，亦言及唐傳奇之紫綃與紅線。
又如卷6〈王蟾香〉，章志芸迷戀任媚蘭，金盡而被計逐的
情節，與〈李娃傳〉中李娃與姥計逐滎陽生相似。王韜在
描述愛情故事時，多借鏡才子佳人小說，與《紅樓夢》之
筆觸：如男主角之名似優伶，多情似寶玉，婢女眾多。如
卷9〈紅芸別墅〉：

> 諸婢悉屬稚齡，並皆佳妙，中尤以娘娘、婷婷、端端、
> 楚楚為巨擘。日則奔走承奉，夜則抱枕攜衾，皆此輩
> 也。俟生睡后闔扉，則皆散去。（327頁）

可見王韜從歷代小說汲取素材，著意創新的痕跡；因此，全
書之體式和寫法，非模仿自《聊齋志異》。雖然如寧稼雨《中
國文言小說總目提要》論《淞隱漫錄》：

> 本書在藝術上模仿《聊齋志異》，其中不少故情節曲
> 折，語言典雅，能較好表達其記事述情，自抒胸臆之
> 初衷。然也有不少故事與《聊齋志異》貌合神離，往
> 往內容浮泛，語言冗沓，結構也往往重複。此當與其
> 書以連載方式刊出有關。此蓋為後來"舊派"報章小
> 說之濫觴。[32]

又如，張俊《清代小說史》：

> （王韜）三部文言小說集，各十二卷，實是「聊齋型」
> 的殿軍之作。……《漫錄》中的〈藥娘〉、〈林士樾〉，
> 則酷似《聊齋》之〈香玉〉、〈勞山道士〉。[33]

蒲松齡寫小說，從人情世故取素材，再加以細膩刻劃，只是
披著仙精鬼狐的外衣而已；如《聊齋志異》卷 10〈恒娘〉
敘智妻，卷 2〈嬰寧〉刻劃女子之笑。王韜小說則從經歷與
前人作品中，汲取靈感；雖借鏡前代故事，卻極少照搬模仿，
亦有其創意。

　　此外，王韜雖有不少歷史著作，如敘上海軼事之《瀛壖
雜志》，記節士烈女之《甕牖餘談》，談法國掌故之《普法
戰紀》，寫西方世代遷移之《西古史》，與遺聞軼事《西事
凡》等等；卻鮮少以其歷史、掌故、傳說為題材。唯取太平
天國之亂下的貞烈義士事，如卷 4〈亂仙軼事〉、卷 5〈四
奇人合傳〉：

---

32 同註 14，寧稼雨，《中國文言小說總目提要》，頁 363。
33 張俊、沈治鈞，《清代小說史》（浙江：古籍出版社，1997 年 6 月，
　　一版），頁 461。

卷 4〈亂仙軼事〉：采訪事實，言之當道，以請旌表，
此後死者之責也。柳、程皆以一弱女子而能御強暴而
不撓，臨死亡而不懾，鬚眉且愧之矣。嗚呼！豈不足
為巾幗光哉！合並書之，以垂後世。（頁 160）

卷 5〈四奇人合傳〉：前二事何君桂笙告予，欲予為
傳之。駱十八即其從舅氏行也。秋蘭主母，其族嫂也。
故言之特詳。後二事，余聞之毗陵姚君。（頁 176）

即使提及歷史人物，亦只是虛構故事的手段，而非取材或改
編自史實。例如，卷 4〈徐慧仙〉，借梅儷笙夢見伍子胥、
西施、范蠡等降生之事，做為情節發展之暗示。又如卷 7〈窅
娘再世〉，藉李後主之精魂，引出窅娘，並非寫李煜。

3、友人親歷與聽聞

《淞隱漫錄》某些來自王韜友人之體驗與見聞。如卷 5
〈四奇人合傳〉，乃友人何桂笙、姚生所述。卷 6〈胡姬嫣
雲小傳〉，為友人耿蒼齡之經歷。卷 8〈華胥生〉，為主角
鄭夢白自述。卷 10〈丁月卿小傳〉，為 1879 年王韜在日本
時，使館中瘦腰生的故事。

卷 10〈清溪鏡娘小傳〉，友人吳悔庵於丙戌仲冬（1886），
至王韜淞北寄廬中所述。卷 10〈合記珠琴事〉，其事為友
人輝媚閣主人，於丙戌冬杪（1886），自中州到上海，與王
韜剪燭圍爐所敘。卷 11〈吳也仙〉，王韜友人嚴紫緰曾得
吳也仙遺詩，並為詩作序。

（二）寫作筆法與體裁

1、贊語議論

王韜承前代之傳奇筆法，每篇故事首敘主角出身，以第三人稱舖陳事件始末。唯文末贊語評論不多，103 篇中綴以「某某曰」抒論者，不到 10 篇，留予讀者品察題旨。如卷 9〈杞憂生〉、卷 10〈丁月卿校書小傳〉、卷 11〈吳也仙〉，以「天南遯叟曰」；卷 10〈合記珠琴事〉有「輝媚閣主人曰」、卷 12〈花蹊女史小傳〉以「善諷子曰」、卷 12〈玉兒小傳〉有「逸史氏曰」。然有 9 篇以「嗚呼、吁、哉」，闡明感思，為贊語之變體：

> 卷 1〈華璘姑〉：嗚呼！始則蘭摧玉折，終則璧合珠圓。一死一生，其情愈深。鄭生為地下之媒妁，完人間之夫婦，其術則幻，其計則神。彼璘姑者，其將終身鑄金鏤絲，以報鄭生也哉！（頁 4）
>
> 卷 1〈紀日本女子阿傳事〉：嗚呼！如清五郎者，其殆俠而有情者哉！曷可以弗書。（頁 8）
>
> 卷 1〈小雲軼事〉：嗚呼！如小雲者，安得不以一瓣心香奉之哉！（頁 20）
>
> 卷 2〈周貞女〉：嗚呼！心如皦日，悲同穴于何年。……乃世徒講求門第，請旌乞獎，半在閭閻；而茅簷蔀屋則罕聞焉。古今來毅魄貞魂，有不同聲一哭哉！（頁 56）
>
> 卷 4〈女俠〉：計女隱形法顯腹中者，凡六十日，技亦神矣哉！安見紅綫、聶隱娘之流，天壤間無之哉！（頁 136）

卷 4〈亂仙軼事〉：嗚呼！豈不足為巾幗光哉！合書并之，以垂後世。（頁 160）

卷 8〈華胥生〉：吁！幻由心造，魔自境生，於夢何尤哉！（頁 312）

卷 10〈丁月卿小傳〉：嗚呼！庚申之際，此何時哉！滄海橫流，烽煙遍地。豪傑之士，方思以馬革裹屍，死於疆場，豈復有心溺情婉孌，惑志煙花？此生之所以掉首不顧也。（頁 376）

卷 12〈玉兒小傳〉：嗚呼！玉兒傳矣。（頁 476）

2、文備眾體

傳奇小說往往為故事情節發展之需要，或塑造情境氣氛，刻劃人物之才情；而穿插詩詞曲、楹帖、長歌、書信、詩序、弔詞等不同文類。文兼眾體的傳奇筆法，自唐傳奇以降，即為傳奇家所運用。作家抒寫文人間的傳奇軼事，舖敘所作詩文，描寫其創作生活，實屬自然。103 篇傳奇小說中，穿插韻文者有 49 篇；其中七言絕句、律詩、曲有 32 篇，9 篇以楚歌抒情；五言者少，顯見王韜喜以七言寫詩之風格。

《淞隱漫錄》在點石齋畫報發表，所謂畫報即圖繪新聞；新聞報導求真求新，而小說則以虛構故事娛樂大眾。故以「天南遯叟」、「淞北玉魷生」之名，穿插敘事或評論，以強調小說的教化意義與真實性。例如，卷 2〈眉繡二校書合傳〉之淞北玉魷生，為眉君命名，使其聲名大噪；卷 5〈阿憐阿愛〉之天南遁叟，與琴溪公子相遇於日本神戶。顯示事件與人物之實有：

卷 12〈花蹊女史小傳〉：天南遯叟於己卯春，薄游東瀛，道經長崎，詣余元眉中翰署齋，見壁間懸有女史畫，心識之。繼抵神戶小飲，廖樞仙廣文樓中，獲見女史書畫詩詞，堪稱三絕，知女史為日東之矯然特出者。（頁 451）

卷 1〈朱仙〉：或以告天南遯叟曰：「《淞隱漫錄》中有朱君乎？其事不可不誌。」遯叟笑曰：「余與朱君為莫逆交，見其軀幹豐偉，載以肥水牛且慮弗勝，況能跨鶴飛昇哉？世人所傳，吾弗信也。」（頁 36）

故事中突然穿插「遯叟」之言行，雖阻斷情節，卻有敘事跌宕，產生令人莞爾的效果；這是王韜興之所至的遊戲之筆。偶爾也為自己的作品宣傳：

卷 6〈陸月舫〉：今聞下界天南遯叟將其生平著述，盡付剞劂，仙子將取其初印善本，收之別館，特往下方一行。（頁 214）

卷 12〈白玉樓〉：生視其中，亦有近今人著述，而天南遯叟所撰諸書亦在焉，奇詢諸導者。曰：辛巳冬間，香海印局失火，主人立遣丁甲前往攝取，特為裝潢，分貽仙侶。上界頗重視其書，彼世間齷齪子，雙瞳如豆，烏足以知之哉？（頁 467）

3、標題與角色命名

103 篇傳奇小說之題名，大多以主角命名，偶綴以「記、傳、事」等。然有 12 篇標題非故事主角，例如卷 4〈何華

珍〉，前半部以男主角章洛侯的際遇為主，故事結尾何華珍才出現。標題非主角之篇章，另有 11 篇：

> 卷 1〈蓮貞仙子〉──錢萬選。卷 2〈何蕙仙〉──李星史；〈白秋英〉──陸海；〈楊素雯〉──陸仲敏；〈鄭芷仙〉──孫蒜。卷 3〈黎紉秋〉──黎佩春。卷 4〈徐慧仙〉──梅儷笙。卷 5〈白素秋〉──任瑞圖、田碧秋。卷 6〈王蟾香〉──章志芸；〈鞠媚秋〉──蘭畹君。卷 7〈宵娘再世〉──周渭瑛。

故事男主角之名，有女性化傾向，即便是武豪之人亦然。例如，卷 4〈盜女〉，武狀元名陸梅舫；〈李四娘〉之劍客倪蓮迁。卷 7〈鮑琳娘〉中，周幼蓮美而賢，卻能率壯丁與亂賊搏鬥。又如〈金鏡秋〉、〈李珊臣〉、〈徐仲瑛〉、〈沈荔香〉、〈任香初〉、〈駱蓉初〉、〈陶蘭石〉、〈徐笠雲〉、〈燕劍秋〉、〈諸曉屏〉皆為男主角題名；可看出王韜受優伶藝名、才子佳人小說之影響，與現實中陽剛氣之男子名，大異其趣。

　　由於王韜據經驗杜撰故事，甚至某些主角，也用朋友之名；或有不同篇章，主角同名。例如，卷 5〈白素秋〉，男主角任瑞圖；卷 3〈畢志芸〉中，亦有任瑞圖。任瑞圖是王韜在香港時期的友人，1862 年逃往香港時同住：

> 同治元年八月十八日（1862.10.11），申刻抵香港，至中環英華書院，見理雅各。是夕與任瑞圖同宿……八月二十二日（10.15），宿在任君齋中，食在謝清圃家。[34]

---

34 同註 27，《王韜日記》，頁 196。

王韜借友之名以塑造角色，小說中的任瑞圖，一是學問文章冠群彥的秀才，一個則好覽韜鈐，喜習騎射，意氣自雄的少年。或如卷 5〈阿憐阿愛〉有陸月舫，卷 6 也有〈陸月舫〉。現實生活中，王韜所識之陸月舫，乃申江十美之首、〈三十六鴛鴦譜〉之一[35]。他雅愛陸月舫，贈以詩詞；曾介紹給盛宣懷為妾，因月舫後悔而作罷[36]。小說只不過是借名虛構故事，與現實中之陸月舫無關。又如卷 6〈王蟾香〉，敘王蟾香之境遇；卷 5〈諸曉屏〉、卷 7〈月里嫦娥〉中，亦以王蟾香為女主角。〈王蟾香〉中之蟾香似仙妻美眷，協助丈夫章志芸中舉、任官。〈諸曉屏〉中之蟾香，亦為助夫仙妻；〈月里嫦娥〉中之蟾香，則受道俠所助之貞女。

甚至有篇名相同，但故事情節各異者；卷 3 有〈鵑紅女史〉，卷 10 亦有。然兩篇故事不同，所敘女主角之鵑紅亦異；卷 10 為烈女程淑，卷 3 則為才女鵑紅。卷 5〈白素秋〉，近似卷 3〈薊素秋〉。從小說篇名、主角名稱之雷同，與不避友人之名；可見王韜隨興虛構故事，點化人物的痕跡。

（三）題材類型

《淞隱漫錄》103 篇傳奇小說的題材類型，可分為七類：愛情、志怪、武俠、宗教、世情、狹邪、歷史。除狹邪一類，其他六類自唐傳奇以降皆不少。敘述妓女與恩客的故事，過

---

[35] 同註 1，《淞隱漫錄》，卷 8〈申江十美〉，卷 11〈三十六鴛鴦譜〉，頁 291、420。

[36] 同註 5，王爾敏、陳善偉編，《近代名人手札真跡：盛宣懷珍藏書牘初編》，第八冊，頁 3360。

去皆置於愛情或世情小說中，例如唐傳奇〈李娃傳〉，即是代表作。但在王韜的傳奇小說中，則需另從愛情與世情中分出。因為狹邪類與悲歡離合之愛情故事，或抒發跡沒落之世情小說不同；狹邪小說多抒煙花女之生平，與尋芳客之酬唱，並非刻劃情愛。

王韜為了報刊稿酬而寫作，勢必兼顧大多數讀者之所好；一篇故事既抒男女主角之愛情，又涉刑案，或兼俠士義行。例如，卷1〈紀日本女子阿傳事〉，敘阿傳坷坎遭遇，刻劃人情世態；又有阿傳殺吉藏之公案，與魚賈清五郎贈金義助，為她收屍之俠行。若主題在警惕閨閣，則不能列入公案或武俠類，歸於世情類較符合題旨。所以區分小說的題材類型時，亦綜合考量全篇之主旨。

又如《淞隱漫錄》中的愛情、宗教、武俠故事，往往兼有超現實、怪異之情節。如卷1〈貞烈女子〉，穿插復活情節；卷1〈玉簫再世〉，敘復活代死、割股療夫之愛。而古典小說以超自然情節，吸引讀者，是志怪小說的一貫手法。例如，魏晉《列異傳‧談生》，女鬼以枯骨生肉，為談生生子；全篇立意在寫書生奇遇，不是刻劃談生與女鬼的情愛，因此〈談生〉是志怪筆記。因此，區分愛情或志怪題材之關鍵在於：志怪小說寫男女關係，主題述主角奇遇，非關情愛；愛情小說之奇事，為刻劃情感之堅貞。是故，卷5〈葛天民〉、卷6〈徐仲瑛〉，皆兼愛情與神怪，仍歸類為愛情類。又如，卷12〈玉兒小傳〉、卷12〈甘姬小傳〉，雖寓太平天國之歷史事件，然歌頌節烈之寓意甚明，故不列入歷史類中。或

如卷9〈杞憂生〉，寓世情、諷刺、宗教於愛情之中，仍歸之於愛情小說。

準此，卷2〈徐雙芙〉，敘修煉、遁甲、丹訣之宗教故事；雖涉神異，仍置於宗教類，不列入志怪類。卷3〈凌波女史〉，雖有凌波習太陰煉形之術，趺坐而逝；但主旨非述宗教神跡，而述凌波之復活奇事，故歸入志怪類。卷4〈徐慧仙〉，志怪中有愛情、神蹟、夢驗、前世今生等情節，依題旨仍列入志怪小說。

王韜的武俠小說，如卷4〈李四娘〉，兼武俠、神怪與宗教情節。卷2〈廖劍仙〉，廖蘅仙為友人除害，結局以尸解仙去。卷7〈鮑琳娘〉，有神怪、世情、復生等描寫。以上，皆以武俠為主線，即使有志怪、宗教、世情的成分，仍歸為武俠一類。

綜此，《淞隱漫錄》愛情故事最多，共有34篇；志怪傳奇也不少，有28篇；其次則為武俠小說16篇，求仙得道的宗教故事9篇、世情小說7篇、狹邪小說6篇、歷史小說3篇。大抵《淞隱漫錄》之題材傾向，符合魯迅所稱：「狐鬼漸稀，而煙花粉黛之事盛矣。」[37]《淞隱漫錄》各篇之題材屬性，詳見附錄四：《淞隱漫錄》分析表。

---

[37] 魯迅，《中國小說史略》（台灣：谷風出版社），〈第二十二篇清之擬晉唐小說及其支流〉，頁218。

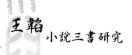
第二節　主題思想

《淞隱漫錄》之小說主題，可歸納為以下六類。

一、救國與世用

《淞隱漫錄》中反映晚清內亂外患的小說，雖比《遯窟讕言》少，卻仍有十五篇；寫太平天國之亂時，百姓流離，家破人亡：

> 卷 7〈悼紅仙史〉：庚申，賭寇亂作，女（潘素五）父母避居村落中。……兄葵生，慷慨有大志，練兵拒賊，前後殺敵無算，賊黨銜之刺骨，糾眾驟至，遂被戕。女先期避去，得免。（頁 254）
>
> 卷 7〈姚雲纖〉：無何，賊竄杭郡，大營潰，蘇常相繼陷，闔境倉皇謀遠徙。甫出城，賊掩至，女全家盡為賊裹脅以去，獨女得脫。女易男子妝束，子身出入城中求父母，卒無音耗，憤甚，誓盡殺賊而後快。（258頁）
>
> 卷 12〈月仙小傳〉：粵逆竄蘇臺，楓江相繼淪陷。……蓋賊於據城後，游騎四出劫掠，所過村集，蹂躪靡遺。劉所居村，亦猝遭寇劫，家人各鳥獸散。（頁 442）
>
> 卷 12〈玉兒小傳〉：旋值賭寇之亂，（金兒）為土著所劫，橐無餘貲，轉徙流離於吳鄉，不得已，仍理舊業，藉糊口。（頁 476）

卷 12〈**甘姬小傳**〉：時赭寇南下，軍事孔亟。……未幾，杭垣陷，壯愍死之，應槐亦殉焉。……姬於是矢志守節，足不逾閾。明年寇平，江浙底定，假母至閩，逼姬返。（頁 479）

《淞隱漫錄》也觸及晚清外患，海彊兵事。例如，卷 1〈朱仙〉、卷 8〈樂仲瞻〉即是，對當軸議款求和，抒發不滿：

卷 1〈**朱仙**〉：適海彊有兵事，當軸者以議欵之說進。（頁 36）

卷 8〈**樂仲瞻**〉：會海彊事起，生（樂仲瞻）請於當道，願糾集同志五百人，拔戟自成一隊，入海燬其艨艟。當道方事羈縻，弗許。及敵以詭計燔我師船，生請盡驅其人於境外，以斷接濟，更獻奇策，牽制其師。當道以和局將成，婉辭之。生由是慷慨感憤，日沉湎於酒。（頁 294）

卷 2〈**眉繡二校書**〉：錢生本貧士，投筆從戎，頗懷遠略。在某當道幕府司筆札。海上軍興，上萬言書。慷慨激昂，悉中窾要。所論戰守各策，皆可坐言起行。當道試之於用，咸有實效。積前後功，保升太守。（頁 72）

卷 7〈**媚黎小傳**〉：當海彊告警，邊境騷然。女謂客曰：「子其行矣，大丈夫立功徼外，正在斯時。余也不才，竊願從君一往，苟不能立靖海氛，甘膺巨罰。」……即附兵舶，赴閩江途中，見有盜舟數艘，方劫掠商船，揚帆疾駛。女以紀限鏡儀測量遠近……

顧卒不能見用于時，落寞而歸。（頁247~248）

樂仲瞻獻策未見用的無奈，王韜亦曾親身領受；錢生策論可試於當道，即是王韜欽慕的理想。太平天國之亂時，王韜勇於獻策當道；遭誣後，南走香港辦報，見強敵之侵擾，更以政論發表國事。因此在傳奇小說中，依然懷抱共赴國難，與救國圖強的理想：

> 卷7〈眉娘再世〉：客笑曰：「江山尚不能保，況乎妾媵之流哉？屬君不過時暫耳，非常也。」（頁243）
> 卷8〈任香初〉：當今用人際，附以婚姻，亦權宜之計也。（頁315~316）
> 卷10〈丁月卿小傳〉：女曰：「上馬殺賊，下馬草檄，此正男兒建功立業之時，以宣力于國家，奚可以兒女子私情廢公事哉？」……嗚呼！庚申之際，此何時哉！滄海橫流，烽煙遍地，豪杰之士，方思以馬革裹尸，死於疆場，豈復有心溺情婉孌，或志煙花？此生之所以掉首而不顧也。（頁376）

又如，卷8〈海底奇境〉，聶瑞圖講求經濟，主張治河興水利、自築鐵路；與王韜之改革主張相符。透過聶瑞圖之反詰：「中華寶物流入外洋，豈法王內廷之珍不能入於吾手哉？」（頁284）顯現受強國劫掠之無奈。

動盪之際，小說也塑造不少救國救難的奇人異士。例如，卷1〈朱仙〉，朱仙於太平天國之亂時，保衛周莊不受侵擾。面對外國以船堅利砲來襲，朱仙以術使敵艦觸礁擱淺，海防

平靜數十年。朱仙以道術護國，雖顯荒誕；卻能滿足百姓解決國難的渴望。卷 4〈女俠〉之程愕仙，一位理想的救國英雄；武技冠群倫，能在敵人腹中隱身六十日，神技殺敵。

　　或如卷 7〈姚雲纖〉，姚女本工琵琶，為擊賊而習劍與隱形術；惜謀刺太平天國偽天王失敗。感嘆姚女無法見用於世，否則可以北儷于戎，南躪于寇。卷 4〈李四娘〉，李四娘能通神顯隱，殺人於百步之外；與劍客倪蓮迂赴邊境剿匪，以神術斬渠魁，使副酋隕首。卷 7〈鮑琳娘〉，周幼蓮率壯丁擊游勇聚黨。雖然頭被砍落，仍以槍擊賊；顧憐影以符水，使之復生，以示為國犧牲，精神不死。卷 8〈任香初〉，寫清兵不如鄉勇；營卒千人，不如邑中丁壯二十人。以上諸篇，顯見王韜於《淞隱漫錄》中，呈現救國與世用之旨。

二、輕八股與官途

　　王韜科舉不第，小說多反映輕視八股帖括、科考功名、官途的思想。王韜在《蘅華館日記》（1854~1855）稱自己是「不官、不隸、不農、不販、不英雄」。所以，故事主角亦多不學八股文，淡於榮利，不樂仕進。例如，卷 2〈何惠仙〉中之李星史，聰穎異常，棄學八股帖括文。即使勉強學習，能相綴成文，旋即棄文。卷 5〈諸曉屏〉中之諸曉屏，性好讀書，淡於進取。卷 8〈海外壯游〉之錢思衍，棄貼括章句之學，懷抱宗愨、終軍之志。只為滿足父親的期望而赴試，每讀己之八股文，汗常浹背，比之如驢鳴牛吠。諸如此類，輕八股與仕宦之描述，尚有：

卷2〈楊素雯〉：（陸仲敏）生平淡於榮利，不求仕進。早歲入邑庠，即棄帖括。性好讀書，奇編秘帙，不憚以重價購置。所藏數萬卷，俱讐校精審可傳。一時藏書之名，與昭文張金吾埒。（頁58）

卷3〈畢志芸〉：畢志芸太倉人，固巨族也。少好讀書，務博涉，不喜為章句學。（頁114）

卷4〈金鏡秋〉：金鏡秋蘭陵世家子，少好讀書，能明大義，不屑為章句之學。塾師授以帖括。笑曰：「此何等文字，乃欲令余俯首下心以求之哉？」由是日從事於詩古文詞。（頁138）

王韜上策、譯書、歐遊、發表政論，與上書徐有壬、曾國藩、李鴻章的膽識；有機會入幕進官場，或入洋務機構任職，但從未應幕府或求官。即便晚年寫信予南北洋大臣，也是為了格致書院的經費。〈與陳衷哉方伯〉：

> 院中經費無多，擬請於南北洋大臣，並海關備兵使者，歲佽二千五百金，聊興西學，冀臻富強。[38]

修書予李鴻章的幕僚盛杏蓀，也是為了書院辦教育：

> 〈與盛杏蓀觀察〉：前日中西諸董事集會議之事，言及去歲閣下曾許歲助千金以資膏火。想見閣下造就子弟，樂育人才……今望者孔殷而施者有待，特令弟裁書奉詢。是日弟亦預議事之列，曾謂閣下設塾之本意，

---

[38] 同註3，《弢園尺牘續鈔》，卷5〈與陳衷哉方伯〉，頁14。

首重電學，苟習之有成，可備他日之用，則即出皆相助，當亦非難。……至於傅相之前，尚乞代為進詞，庶使格致之學，行之益遠，或未必無裨於國是，而可藉以立富強之基也。[39]

〈復盛杏蓀觀察〉：格致書院山長徒有其名，雖鼎比坐擁，而阿堵空呼。惟是長安米貴，居大不易，荷蒙嘉惠，俾得月支鶴俸，以供杖頭所需。黃墟買醉之外，兼可看花曲里，不獨免家食之憂，且可遂閒居之樂矣。[40]

由此可知，王韜不戀宦途，除辦學試藝外；他比較喜歡讀異書，買醉黃墟，閱曲巷名花的閒淡生活。

王韜青年時歷經數次落第，晚年對科考已釋懷；小說中充滿科考入仕不能強求，功名非人生唯一追求的思想：

卷 2〈何蕙仙〉：女曰：「君之功名未也，非甲科中人，何必強求？」（頁 43）

卷 6〈楊秋舫〉：女曰：「君非功名中人，又何必多唅此三場冷飯。」遂令屏棄帖括，專力詩詞。時與生聯吟覓句，互相唱和。鍵關卻埽，不問戶以外事。（頁 240）

卷 5〈李珊臣〉：讀異書，對名花，此樂雖南面王不易也，又何必側身於功名一途哉！（頁 196）

卷 6〈鞠媚秋〉：讀異書，對名花，此樂雖南面王不易也，何必浮沈於宦海哉？（頁 228）

---

39 同註3，《弢園尺牘續鈔》，卷5〈與盛杏蓀觀察〉，頁10。
40 同註3，《弢園尺牘續鈔》，卷6〈復盛杏蓀觀察〉，頁2。

因此，小說中少有主角任官後，意氣風發；而多醒悟宦途，
急流勇退之人：

> 卷3〈凌波女史〉：聞當軸者以僨事去位，遠流荒徼，
> 乃作歸計。……二女俱無所出，生以嗣續為念。……
> 優游林下不復出，每謂友朋曰：「吾視宦途真一孽海
> 也。」（頁100）
>
> 卷4〈何華珍〉：生仕至成都太守，女勸生歸隱曰：
> 「宦海中風波，豈有定哉？君前程止此，久戀雞肋何
> 為？」遂乞病掛冠言旋，優游享林下之福者三十年。
> （頁128）

李景光曾對科考與官途的思想，肯定王韜更勝於蒲松齡[41]。
從《淞隱漫錄》中的文人形象來看，王韜為失意文人，指出
人生道路與價值觀：科考與宦途非貢獻社會的唯一路徑。卷
8〈海底奇境〉，聶瑞圖被某星使拒絕同游後，以己之力，
帶英、法、俄、日翻譯，游歷歐洲十數國。所到之處，日報
先行報導，道旁摘帽致敬者，亙數里；即使代表清廷的外交
官，也無此殊榮。不入仕途，一樣能有所表現。

---

[41] 李景光，〈王韜在中國近代文學史上的地位〉，社會科學輯刊，1997
年第5期，129頁：「比之《聊齋》中那些屢試不中，竟會鬱悶而死，
死後仍念念不忘，借福澤為文章吐氣的人物，無疑具有更為深厚的社
會文化蘊含。那種不加分析地認定，王韜小說的思想性不如《聊齋志
異》的說法，是有失公允的。」

三、仙妻美眷之理想

　　王韜歐遊，行經南洋、地中海，遠至英國；故小說呈現年青人應有開拓海外的探險精神。例如，卷 4〈海外美人〉，陸梅舫自製巨舶，探險海外，充滿勇於冒險海征的豪氣。卷 8〈海外壯遊〉，錢思衍藉由峨眉道士作法，到蘇格蘭埃丁濮喇、法國巴黎、瑞士等歐洲諸國一遊。

　　然王韜的航海冒險故事，與魏晉之寄託仙山福地不同。他認為人間樂土在每個人的心中，不需求於海外仙山。如卷 1〈仙人島〉，老舵工笑崔孟塗欲尋仙人島：「君殆痴矣，今時海舶，皆用西人駕駛往還，皆有定期。所止海島，皆有居人。海外雖汪洋無涯涘，安有一片棄土為仙人所駐足哉？」（頁 16）又如卷 12〈消夏灣〉，高僧與稽仲仙之論海外仙山，實乃王韜之世界觀，地球沒有奇境仙山：

> 有乘槎上人者，日東高僧也，談瀛洲、蓬島、員嶠、方壺之勝，如指諸掌。生（稽仲仙）聞之，掉首弗信，曰：「按之東西兩半球，縱橫九萬里，有土地處即有人類。各君其國，各子其民。舟楫之所往來，商賈之所薈萃，飄輪四達，計日可至。安有奇境仙區，如君所言者哉？即如美洲，在我足下，太平洋海汪洋無際，宜別有大地山河，以足佛經四大洲之數，乃三百年來，未聞覓得一島，探得一地，則他可知矣。」（頁 462）

　　王韜面對真實世界，非常理性，提出許多改革社會的理想。如在《漫游隨錄》中，描述英國女性受教育、女貴於男、

婚嫁自擇、無妾媵等[42]；寫婚姻改革之政論，提倡一夫一妻，反對納妾：

> 教化之原，必自一夫一婦始，所謂理之正、情之至也。……室中既有二婦，則夫之愛憎必有所偏，而婦之心亦遂有今昔之異，怨咨交作，訕謫旋興。大家世族，多有因此而不和者。門庭乖戾，必自此始。……因而知一夫一婦，實天之經也，地之義也，無論貧富，悉當如是。故欲齊家治國平天下，則先自一夫一婦始。[43]
>
> 視婦女為玩好之物，其於天地生人男女並重之說，不大刺謬哉？」[44]

然而小說世界的理想人生，卻是傳統的三妻四妾、仙妻美眷、子孫滿堂；這比較像是王韜內心深處的告白，晚年才會為續子嗣而納妾。

首先，《淞隱漫錄》的女主角大多謫降神女。如卷 12〈月仙小傳〉，月仙為瑤宮第七女。莊生之妻為碧桲仙館侍史。卷 12〈燕劍秋〉之芸仙，如神仙豔冶。卷 6〈徐仲英〉中，敘娶妻條件：「情如媚狐，才如豔鬼，性既風雅，貌又

---

[42] 王韜，《漫遊隨錄》（湖南人民出版社，1982 年 12 月，一版），卷 2〈風俗類志〉，頁 111：「女子與男子同，幼而習誦，凡書畫、曆算、象緯、輿圖、山經、海志、靡不切究窮研，得其精理。中土鬚眉，有愧此裙釵者多矣。國中風俗，女貴于男。婚嫁皆自擇配，夫婦偕老，無妾媵。」

[43] 同註 31，王韜，《弢園文錄外編》，卷 1〈原人〉，頁 42。

[44] 同註 31，王韜，《弢園文錄外編》，卷 1〈原人〉，頁 41。

秀麗。」（頁 210）於是小說所塑造之理想妻子，需才貌兼具、助夫事業、為夫嗣續納妾而不妒：

> 卷 3〈畢志芸〉：女在生家，亦無所異，惟久不得育。因勸生納妾，為嗣續計。（頁 116）
>
> 卷 8〈華胥生〉：梁生之妻妾相得，上章自劾，上笑曰：「此特風流之小過。」（頁 312）
>
> 卷 9〈陳霞仙〉：顧生年四十未有嗣，霞仙勸夫納妾。（頁 344）

又如卷 6〈陸月舫〉，月舫要先生守仙約，成全仙姬與丈夫。〈王蟾香〉，王女使夫登榜，又助以辦案。〈楊秋舫〉，楊氏勸丈夫棄括帖，納造室為嗣續計，既有後代，隨即遠去。賢妻與妾相處融洽，既有子嗣，飄然遠去，成全妾與丈夫；這是現實生活中極少出現的景況，也是王韜無法實現的願望。繼妻林琳為王韜持家，經歷患難，同甘共苦；對她雖有感激之情[45]，然對妻子的管束，不免有些牢騷。予友人許起的書信中，表露無遺：

> 弟少時所好，載酒看花。今雖老矣，興尚未衰。無奈閨中時有勃谿，跬步纏蹜，荊棘便生，尺寸天地，俱加束縛，囚鸞梏鳳，如處牢籠。生人之趣，泯然盡矣。

---

[45] 如〈弢園老民自傳〉：「續妻林氏，……經歷患難中與老民同甘苦。」又，《蘅華館詩錄》（清光緒六年（1880），弢園叢書本），卷 4〈瞥見〉，頁 8：「所娶林家妹，乃汝（楊保艾）之所識。……佐予持家計，頗不憚辛。」

不謂暮年，罹此苦況，弟所以急欲遠至吳門者，為逃
婦難計也。[46]

妻子管束甚嚴，鑑於夫妻恩情，王韜無法改變現狀。所以，
他只能藉小說，雕塑理想。現實中無法隨意載酒看花，透
過故事情節的安排，與人物形象的塑造，得到心理補償與
滿足幻想。如卷 7〈悼紅仙史〉，藉小說對話，述面對妬妻
之無奈：

> 大凡女子之懷嫉妬心者，都從禽獸道中來，妬則必淫，
> 淫則必悍。……因問女曰：「今有絕大才人沈淪醋海
> 汪洋中，備受煩惱，冤孽纏身，日久愈毒，不知如何
> 可得脫離苦趣？」女笑曰：「緣盡則離，孽盡則死，
> 亟須忍受，以當懺悔。否則坑已填而復掘之，永無滿
> 時。」（頁 255）

又如卷 2〈廖劍仙〉，鄰婦辱罵丈夫，丈夫只能屏息戢悚，
不敢出一詞。小說安排廖劍仙為家有悍妻者，出一口氣，教
訓哮聲悍婦。

在傳奇小說世界中，他可以毫無忌憚，安排筆下的主人
公，得仙妻美眷，一妻數妾。《淞隱漫錄》中，男子享齊人
之福的結局，有一妻一妾、一妻二妾、一妻三妾、一妻四妾
等四種情形：

---

[46] 同註 3，《弢園尺牘續鈔》，卷 6〈與許壬瓠主政〉，頁 19。又卷 5〈與
伍稚庸觀察〉，頁 6，亦表示：「載酒看花，不過聊作消遣，而約束已
隨其後。」

一妻一妾：卷 3〈畢志芸〉、卷 5〈白素秋〉、〈蔣麗娟〉、李珊臣、〈葛天民〉；卷 6〈李韻蘭〉、〈陸月舫〉；卷 9〈駱蓉初〉；卷 10〈薊素秋〉；卷 12〈甘姬小傳〉。

一妻二妾：卷 2〈何蕙仙〉、卷 3〈鵑紅女史〉、卷 6〈徐仲瑛〉、卷 7〈秦倩孃〉、〈苣蔚山莊〉。

一妻三妾：卷 1〈蓮貞仙子〉、卷 11〈妙香〉。

一妻四妾：卷 6〈王蟾香〉。

小說反映的美滿人生：「三妻六子，左擁右抱，南面王無此樂也。」[47]與「擁豔姬，住名園，日飲酒賦詩。」[48]實乃落魄書生的理想投射，亦使男性讀者陶醉其中。

　　王韜在〈原人〉述一夫一妻之婚姻，與他冶遊青樓，三妻四妾的小說相左。看似矛盾，可從兩個層面解析。首先，王韜身處傳統父權社會，對無後不孝，三妻四妾的世俗觀，自然無法跳脫。雖曾受洗為基督教徒，但基督教文化，並未深植心中，故甚少提及自己是教徒，更遑論改變風流的本性。現實生活中的王韜，除了妻子懷蘅，尚有一妾：〈與伍稚庸觀察〉中言及：「弟固亦嘗有妾矣，已納十年，未占一索。」[49]雖然認為：「納妾以求子，不如行善以延嗣之為速也。」[50]還是為嗣續而納妾；只是從 1877 年納妾，至 1887 年仍無一子。女婿錢徵曾引王韜之言：「人豈必以兒孫傳世

---

[47] 同註 1，《淞隱漫錄》，卷 7〈秦倩孃〉，頁 252。
[48] 同註 1，《淞隱漫錄》，卷 1〈蓮貞仙子〉，頁 40。
[49] 同註 3，《弢園尺牘續鈔》，卷 5〈與伍稚庸觀察〉，頁 6。
[50] 同註 31，王韜，《弢園文錄外編》，卷 1〈原才〉，頁 42。

哉！余苟得以空文傳世，使五百年後，姓名猶掛人齒頰，則勝一盂麥飯多矣！」[51]王韜以著述彌補無子之憾，文學流芳勝於血緣傳承。

第二，王韜閱讀不少以女性生活、女性才學為內容的小說，如明末清初才子佳人小說《玉蘭香》，與《紅樓夢》等等；深知男性讀者的理想與幻想，因而編織擁豔姬、住名園、飲酒賦詩的迷幻藥，使人陶醉其中。

四、失親之慰藉

1849 年王韜父親因病去世，他開始負擔家計，忍受親友的責難，受雇於墨海書館。第二年九月，結褵僅四載的妻子楊保艾亦卒[52]。1860 年弟利貞過世，年僅二十七[53]；利貞也與王韜一樣，年輕喪偶，結婚未滿三年，即賦弔亡[54]。1862年，母親憂王韜獲罪而去世；遭緝未能親歛，為生平一大憾事[55]。1873 年，王韜姐伯芬，因喉症過逝，年四十九[56]。1878年 10 月，長女苕仙因病去世，王韜不禁感慨：「求子不成反失女，天公待我胡不慈。」[57]回首一生，除太平天國之禍，

---

[51] 錢徵，〈甕牖餘談跋〉（台北：廣文書局，1969 年 1 月，初版），頁 1。

[52] 同註 45，王韜，《蘅華館詩錄》，卷 2〈悲秋曲〉，頁 5~6。

[53] 同註 45，王韜，《蘅華館詩錄》卷 3〈哭舍弟諮卿〉，頁 6~7。

[54] 同註 45，王韜，《蘅華館詩錄》，卷 2〈慰舍弟諮卿悼亡〉，頁 18：「弟婦夏氏柔順知書，娶未三載，遽以疾殞，年僅二十有二。」

[55] 同註 45，王韜，《蘅華館詩錄》，卷 3〈述哀〉，頁 14。

[56] 同註 45，王韜，《蘅華館詩錄》，卷 4〈哭伯姐〉，頁 12~13。

[57] 同註 45，王韜，《蘅華館詩錄》，卷 4〈哭亡女苕仙〉，頁 14~15。

南遯香港之外，最讓他難過的是失親之痛，青年喪父、喪偶，中年喪弟、喪母、喪姐，老年無子又喪女。

其中，愛妻之喪，最為沈痛。光緒三年（1877），王韜在〈浮生六記跋〉中披露：

> 予少時嘗跋其後云：「蓋得美婦非數生修不能，而婦之有才有色者，輒為造物所忌，非寡即夭。……美婦得才人，雖死賢於不死。彼庸庸者即使百年相守，而不必百年已泯然盡矣。造物所以忌之，正造物者所以成之哉？」顧跋後未越一載，遂賦悼亡，若此語為之讖也。（丁丑秋九日中旬）

寫此跋文後，不到一年，結縭四年的妻子夢蘅遽逝。他常在詩文中，流露出：「此情亙古無終極」[58]。妻亡十九年後，仍於英國夢見她[59]。喪妻之痛，轉化投射在小說者亦多；例如：

卷 4〈**海外美人**〉：陸梅舫之妻林氏喪。

卷 4〈**何華珍**〉：章洛侯之妻死。

卷 5〈**尹瑤仙**〉，瞿妻瑤仙年 25 逝。

卷 7〈**悼紅仙史**〉：管君妻亡，授書滬瀆。

卷 11〈**妙香**〉：吳孟材新悼亡。

卷 12〈**玉兒小傳**〉：徐孝廉新賦悼亡。

---

[58] 同註 45，王韜，《蘅華館詩錄》，卷 2〈悲秋曲〉，頁 5~6。
[59] 同註 45，王韜，《蘅華館詩錄》，卷 4〈瞥見〉，頁 8。

因喪親之痛，小說中多復活情節，彌補死別之缺憾。例如卷
7〈鮑琳娘〉，女華佗有返生草、還魂丹之奇術；卷 7〈返
生草〉，以藥草復活。卷 1〈貞烈女子〉，夢游地獄；卷 1
〈玉蕭再世〉，妻代夫死。卷 3〈凌波女史〉，凌女由棺中
復活。卷 5〈馮佩伯〉，陸雪香陷太平天國營中，死後復活
再嫁馮生。

　　小說中對悲歡離合之境遇，王韜皆歸之於天命與天數；
即連太平天國之亂，也歸於天數必經之事。如卷 7〈姚雲纖〉：
「下民遭此大劫，乃天數也。子欲推刃於巨酋，毋乃逆天？」
（頁 259）態度雖消極，然遭此洪流，唯自我慰藉，才有活
下去的動力。這是歷經內亂與外患的清末人，面對時代巨
變，不得不然的解釋。

　　王韜的命定思想，亦表現在姻緣天定、前世今生的愛情
小說中。如卷 5〈白素秋〉之三世姻緣，〈李韻蘭〉的二世
婚姻，〈徐慧仙〉之前世姻緣。姻緣天定者如：卷 5〈蔣麗
娟〉〈葛天民〉、卷 6〈李韻蘭〉、卷 9〈陶蘭石〉、卷 12
〈月仙小傳〉，等等。

五、表彰貞烈

　　《淞隱漫錄》烈女、義民之傳奇故事也不少；美其節操，
垂教後世。如卷 4〈亂仙軼事〉：「柳、程皆一弱女子，而
能御強暴而不撓，臨死亡而不懾，鬚眉且愧之矣。嗚呼！豈
不足為幗光哉？合併書之，以垂後世。」（頁 160）明末柳
翠雲，清兵南下時，自縊松下。庚申之際，營兵欲強暴程季

玉，程氏自縊而死。營兵撤走，程父官微，只求能夠獲得旌
表。可見貞節烈女，死後能受到表揚，對家屬來說，才能撫
平傷痛。又有卷2〈周貞女〉，無人表彰周女，死後草草殯
殮；王韜認為旌獎貞烈，不應分貴賤，貧寒女子之貞魂亦
可貴：

> 嗚呼！心如皦日，悲同穴于何年。……乃世徒講求門
> 第，請旌獎半在閥閱，而茅簷蔀屋則罕焉。古今來毅
> 魄貞魂，有不同聲一哭哉！（頁56）

又如卷5〈馮佩伯〉，藉馮生遇女子夜談，論太平天國偽東
王府之奢侈，與朱慧仙、趙碧孃、王憶香、傅鸞史義不苟生。
陸雪香於十五歲賊陷吳門時，被擄至金陵，因選配入偽府，
仰藥遽死。又有出於宦家的孫紅蕤、李秋瑟等女子，以不屈
從而死。或如卷1〈吳瓊仙〉、〈貞烈女子〉，皆為此類。
　　卷5〈四奇人合傳〉表彰義民、優伶、貞婢、俠妓、繩
妓之事。義民駱十八，揭竿抵禦紅巾，雖被執不屈，紅巾以
禮葬之。貞婢秋蘭，房客非禮，不從；又拒富商為妾，供養
女主人至勞死。情優陳桂軒，感謝鮑孝廉贖身之恩，江浙淪
陷後，偷得路照、贈袍，使鮑孝廉得以離城，刺賊後自殺。
俠妓鄭滿仙，紅巾亂時搭救李生，為免拖累，自縊身亡。
　　卷12〈玉兒小傳〉，以雜耍維生的繩妓玉兒，貌美性
烈，不屈從某公子之強娶，趁表演之際，自刺喉嚨而身亡。
卷8〈任香初〉，雲南土司女龍鸞史嫁與任生，任生為盜賊
所殺，她守節終身。又卷10〈鵑紅女史〉，褚生不屈盜賊，
為賊手刃，程淑亦投河死。

第三節　寫作技巧

　　王韜以小說寄託理想，補償缺憾；為節烈、俠士立傳，或刻劃海外冒險與外國事物。整體而言，《淞隱漫錄》的傳奇小說，迎合通俗娛樂的傾向，甚為明顯。類型混流，變化捏合；在情節構思上，運用傳統小說與戲劇的情節，安排曲折的故事。103 篇傳奇的寫作技巧，在情節安排、場景刻劃、語言風格上，有其特色。

一、情節曲折、結局迷離

　　王枝忠曾評《淞隱漫錄》：「情節都講求跌宕曲折。」[60]確實是王韜傳奇小說的特點。構思情節的方法有三：首先，以傳統小說、戲曲情節為穿關。其次，運用道教、佛教、民間信仰中的神祕因子。最後，則是王韜根據經驗，自創機杼。

　　在取法歷代小說戲曲時，上自魏晉志怪、唐人傳奇，至宋明話本、元明戲曲，皆有借鏡。小說以巧合、信物、懸念設置、夢驗、幻境、試煉、離魂、精怪、異類變形、神術等，構思情節。例如，卷 2〈白秋英〉，揉和〈白蛇傳〉、〈柳毅傳〉，以蛇精與龍神之奇幻，舖陳故事。卷 1〈許玉林匕首〉，匕首斬妖辟邪，最後羽化而逝；似唐代王度〈古鏡記〉。卷 2〈何蕙仙〉，蕙仙有唐紫綃、紅線的影子，以術使盜自縛。卷 4〈女俠〉，女俠程愣仙千里取首級，又化身為劍，

---

[60] 中國大百科全書出版社編輯部，《中國小說百科全書》（北京：中國大百科全書出版社，1993 年 4 月，一版），頁 491。

潛入敵腹中六十日；取自唐袁郊〈紅線〉、裴鉶〈聶隱娘〉之奇術。卷4〈盜女〉，似裴鉶〈崑崙奴〉、杜光庭之〈虬髯客傳〉。

　　卷2〈鄭芷仙〉，阮氏贈玉釵，芷仙遺素帕與玉佩，皆是小說中穿插的信物。卷5〈蔣麗娟〉、〈諸曉屏〉、〈葛天民〉，皆有玉條脫。卷10〈合記珠琴事〉、卷6〈胡姬嫣雲小傳〉，言及唐蔣防〈霍小玉傳〉，與明戔戔居士〈小青傳〉。

　　第二，取道教、民間信仰、佛教的神祕儀式，尤以道教儀式與修煉為多。例如，道教之神仙謫降、扶乩、降鸞、夢示、輪迴、奇門遁甲、太陰煉形、養氣煉形、歸隱、仙去、入山修道，等等。103篇中有49篇，以道士、道書、道術、道山，做為情節之發展、頓挫、轉機、聚焦、急降或結局。

　　小說中的道士、天師、真君，往往是情節推展或急降的關鍵角色。例如，卷1〈貞烈女子〉，羽衣星冠的道士，使王秀文吐金環復活，讓有情人終成眷屬。卷2〈白秋英〉，鶴髮童顏的道士，解救被無賴調戲的白秋英。卷3〈凌波仙子〉，凌波夜夢道士贈赤、白丸，赤丸葆神固體，白丸用以返魂復活。卷4〈胡瓊華〉，胡瓊華教洛凌波長生久視之術，吐納煉養之法後，騰入空中，不知所往。卷6〈徐仲瑛〉，羽士邱真人授三符予徐生，徐妻何洛仙殺道士，波及徐生，轉而賂賄官差，逃至成都。又如卷8〈海外壯遊〉，因娥眉道士作法，使錢思衍游蘇格蘭埃丁濮喇、法國巴黎、瑞士諸國。最後，道士以扇拍生肩膀，使之返鄉。

敘道教修煉、成仙與神仙譎降者，如卷 1〈朱仙〉，有神仙吐納、煉內丹。卷 2〈徐雙芙〉，徐女喜閱奇門遁甲諸書、讖緯占望諸術數，習遁甲諸符咒、五遁訣、辟風符；又有修煉內丹、元神結成嬰兒，尸解、入定的情節。卷 5〈馮佩伯〉，戈綉琴不屈賊而死；死後得太陰煉形之法，列真靈位業圖中。卷 8〈樂仲瞻〉，羽士以黃紙書符，為城隍牒文數十通，鈐以木印，做為路引。卷 9〈紅芸別墅〉，辰煥香讀道書，講吐納導引之法，爐火鉛汞之術，並論內外丹之難易。卷 7〈姚雲纖〉、〈鮑琳娘〉，皆有符篆咒語，燒符降臨的情節。卷 11〈三怪〉，寫民信信仰中之旱魃、僵尸變異、城隍伏妖僧。卷 5〈蔣麗娟〉舖陳民間宗教之扶乩、降鸞、夢示，及佛教輪迴。卷 10〈鶴媒〉，運用道術之唸咒施法，使白鶴為曹織雲作媒，幾經波折，終與綠萼華成佳偶。

小說敘述佛教事物，較道教與民間信仰少，約十二篇左右；大抵以遁入空門為尼、拈香禮佛、因果報應、地獄、寫經、成佛等構思情節。例如，卷 2〈白秋英〉，袁氏姐入峨眉山祝髮為尼。卷 3〈閔玉叔〉，寫《妙法蓮花經》千卷，投之洪波，以寄麥亞蘭。卷 3〈畢志芸〉，畢妻任氏，繡佛經百四十卷，獻為皇太后壽，使畢生晉侍講銜。卷 12〈白玉樓〉，遁叟往忉利第三重天；佛教稱欲界六中天之第二為「忉利三十三天」。

王韜以佛道轉化情節，非為宣傳教義，乃使故事神秘而曲折，以吸引讀者。王韜對天堂地獄、前世今生之說，抱著懷疑的態度：

卷 9〈夢遊地獄〉：夫天堂地獄之說，出於釋氏，為
儒者所不言，然世俗人盛稱之。有自死復甦者，輒為
人津津述之，幾若身親歷而目親睹，雖欲闢之，彼亦
不肯信也。吾以為一切幻境，都由心造。平日具有天
堂地獄之說，在其心中，恐懼欣羨之念，往來不定。
逮乎疾病瞀亂，由其良心自責，於是乎刀山、劍嶺、
焰坑、血湖現於目前，恍同身受。無他，仍其一心之
所發現也，豈真有天堂地獄也哉？（頁 335）

卷 9〈杞憂生〉：凡說部所講前生之事，類皆記憶分
明，述之確鑿；此獨迷離惝恍而不可憑。殆由杞憂生
信，先入之言，一心之所幻歟？（頁 340）

因而在小說中，寫出世俗藉宗教設局詐騙之事。例如卷 4〈仙
谷〉，凸顯俗道藉神祕修煉，以詐騙錢財。主角李碩士少習
歧黃術，喜談服食補採之法；日讀《黃庭》、《內經》諸書，
在煉師超然授予《璇閨祕戲圖》後，墮入所設局詐。直到舅
舅查出真相，李生才恍然大悟，焚棄道籙。又如卷 11〈妙
香〉，妙香等人以尼為掩護，實從事賣春接客的工作。

　　他認為天堂地獄皆由人所虛構，而非真有其事；在小說
中闡述鬼神與神秘宗教，皆為使故事動人而杜撰。

　　第三、王韜以新事物，創發情節；或以前代志怪，複合
創新。例如，卷 4〈海外美人〉，陸梅舫帶美女回鄉，她們
是羅剎國的人工美女，改造容貌後，被賣到遠方。卷 5〈白
素秋〉，小說最後寫少年變換形貌，與任生無異；兩任生同
存，眾莫之辨，喧噪彌甚。晚清時西方外科醫學雖已傳入中

國，然未有如今之美容手術；羅剎美人之美容，應是王韜的科幻情節，如今卻是可以實現的技術。

在複合前代情節以創新上，如卷 8〈樂仲瞻〉，樂生請道士以黃紙書符，為城隍牒文數十通，鈐以木印，做為同行女鬼之路引；這是過去志怪小說中，較少交待的細節。卷 8〈嚴萼仙〉，錢聘侯夢嚴萼仙於太平亂時，吞白丸以暫死，藏紅丸於襟畔。待錢生夢醒，為嚴女掘棺，使之吞紅丸復生，此距死時已二十年。這是王韜以奇夢，結合復活異想。現今科幻電影中亦有此類情節，而醫學上冷凍胚胎的技術，則是近似的概念。卷 7〈秦倩娘〉，李蓴秋對畫中美女求愛，遭繆仲癯戲弄，買通一妓，使李生相信妓女是畫中人，交往後染上性病。直到畫女出現後，才治癒他。局設情節，使畫美相伴的故事，更為曲折。

此外，王韜也善於在結局製造懸念，布置疑線，使小說宕跌：

> 卷 7〈月裏嫦娥〉：先是女在家，日有黃冠來募米。及去，斗中遺一繡花針，瑩滑異常。女愛之，不忍釋手，以作女紅，曲折如志，因此什襲珍藏。逮往龍宮，亦以自隨，竟賴此以完璞保貞，始知為神物。然道士亦非常人哉，其與生所遇者，殆一人歟。（頁 272）
>
> 卷 1〈朱仙〉：忽有一白鶴，自空際下羽衣縧，神態不凡。朱竟乘之，上昇拱手，與眾別。俄頃，冉冉入雲漢，眾咸仰觀，焂忽不見，人以朱得道成仙，白日沖舉。或以告天南遯叟曰：「《淞隱漫錄》中有朱君

乎？其事不可不誌。」遯叟笑曰：「余與朱君為莫逆
交，見其軀幹豐偉，載以肥水牛，且慮弗勝，況能跨
鶴飛升哉？世人所傳，吾弗信也。」（頁 36）

傳奇小說的結局迷離恍忽，予讀者想像空間，103 篇中即有
36 篇如此。例如：

> 卷 6〈楊秋舫〉：此屋為楊駙馬舊宅，久無人居，且
> 屢聞怪異，想君所遇狐妖鬼魅耶？（頁 240）
> 卷 6〈王蓮舫〉：惟蓮舫則不知為何人，是怪是仙，
> 竟莫能測。或曰：即居署樓之狐也。（頁 232）
> 卷 4〈女俠〉：安見紅綫、聶隱娘之流，天壤間無之
> 哉！（頁 136）
> 卷 2〈廖劍仙〉：及歾，有雙劍出自鼻中，直入霄漢
> 而杳，人以為尸解云。（頁 68）
> 卷 5〈白素秋〉：某少年自稱應虯髯公之招，游于十
> 洲三島。言訖即聳身入雲際，冉冉而滅。（頁 168）
> 卷 3〈龔綉鸞〉：丁生徑入峨眉山修道，不知所終。
> （頁 88）

以「不知所終」為結局者，尚有卷 1〈玉簫再世〉、卷 3〈薊素
秋〉，卷 4〈胡瓊華〉、〈金鏡秋〉、〈李四娘〉，卷 7〈眢娘
再世〉、〈鮑琳娘〉，卷 12〈林土樾〉、〈燕劍秋〉，等等。

王韜從《遯窟讕言》的筆記體，轉為《淞隱漫錄》的傳
奇體，以歷代小說戲曲為基礎，穿插佛道民間信仰，使傳奇
小說的故事情節曲折。然因刻意求曲，未以現實生活情境為

基礎，反倒使某些情節不合理，或結尾荒腔走板。如卷1〈許玉林匕首〉，蕭軍門贈刀時：「子善寶之，以建殊功。」與隱道士贈匕首：「日夜佩之，可以遠害全身。」兩位異人的暗示，皆沒有在後續的情節發展中被凸顯；結局竟是許琳與女裸臥血泊中，道人逸去。只交待：「人皆以為生與女皆劍俠之流，游戲人間，借尸解仙去，然疑案終不能明。」（頁12）情節的急降與結局，使故事破綻和疑點甚多，顯然是極不成功的安排。

又如卷3〈畢志芸〉，也是前情與結局不符。畢生得相士三封錦囊，預言娶妻後，富貴雙全。相士料中朱蓉峰之事，雖然畢生娶任女後，獻妻女之刺繡而受賞。畢生病危，打開相士書函，知將不治，家人預備後事。畢生死後，妻妾并杳，人莫知女為何人。第三封錦囊，則是多餘，只預告病危不治，乃情理之中，意料之內；情節安排，不能予人驚奇，效果大打折扣。餘如，卷7〈秦倩娘〉，前半部寫李生痴迷於畫，其友作弄而染性病，情節安排甚佳。後半部加入鏡中三女，使之後三妻六子，又落入才子佳人與狹邪俗套。卷9〈花蹊女史小傳〉中，虛構王韜與女史宴談，論題畫詩，則筴得不夠自然。又如卷9〈陶蘭石〉、卷12〈月仙小傳〉、〈林士樾〉，大抵皆有小疵。

《淞隱漫錄》在情節安排上的缺失，到了《淞濱瑣話》改善許多，技巧較為圓熟。

二、善構場景、情詞動人

王韜在《漫遊隨錄》、《扶桑遊記》中,已展現記遊功力。故其傳奇小說的背景刻劃,細膩傳神;無論靜態風物,或動態場面,都能摹寫生動。在靜景描述上,例如,卷5〈諸曉屏〉,諸曉屏尋訪王蟾香,見一村落:

> 柴門臨水,略彴斜通,約四五家,零星雜處。既過小橋,沿溪而西望,見屋宇甚新整,白堊粉牆上,皆作卍字。窺之則桃李棠梨,群花爭放,東風徐來,香沁鼻觀。生意此必女家第,未敢造次。(190頁)

先寫望遠之景,再敘所窺園中近景;連粉牆圖文,亦交待清楚。又如卷4〈仙谷〉,李碩士進入地震形成的山谷,文中將入幽境之恐懼、驚奇,全然托出:

> 約伴裹糧深入,眾皆以繩縋而下。既及地,路殊平坦。逶迤行數里許,莫能窮其所往。其上祇露天光一線,愈入愈暗。眾漸膽怯,同行十餘人,多有託故而回者,其留者咸謂非秉炬不可。束葦燃脂,蟬聯並進,僅及百數十武,其路更狹。風從穴隙出,火為之滅,於是留者亦棄炬而奔。生愈神王,踴躍向前。……再行,路覺漸寬,逢低處,始則傴僂,繼則匍匐,漸生畏難意。遙見前面髣髴有光,極力趨赴,豁然開朗,別一天地,不禁喜極欲狂。(頁122)

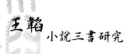

在動景刻劃上，王韜寫得最好的是武打場面。例如卷4〈盜女〉，呂牧劫鑣的場景：

> 生挾彈先驅，眾咸辟易。女子躍馬擬生，劍不及生者寸許。生轉伏馬腹下避其鋒，劍忽折為兩，蓋女（倩珠）從旁發丸救之也。連發九丸，一中女子額，始逸去。生縱身飛立馬背，向空擲槊，二保鑣者皆隕。悉括其輜重。從容遄返。（頁148）

簡單數言，刻劃倩珠解救呂牧；反敗為勝，擊殺保鑣，劫走財貨。或如卷1〈許玉林匕首〉，寫匕首、雙劍為主人出匣而戰：

> 忽有一物從茂林中出，疾若掣電，直奔生前。馬見之，掀前兩蹄，作人立狀。生急取匕首迎之，囊中雙劍，亦長嘯作聲，破匣並出，匕首遽脫手騰空，俱入雲際。須臾，一物下墮，蛇身而犬首，鱗角悉具，毛血淋漓。匕首仍在生手，而雙劍杳矣。（頁11）

又如，卷6〈劍仙聶碧雲〉，碧雲與士人合伏神龍的畫面，次序井然。先敘士人吹簫引龍，碧雲投定水神針鎮水，千百條蜥蜴變為巨蛇飛攻。士人誦經，碧雲以神鏡降魔，神龍詐死，再收入鉢中。卷7〈鮑琳娘〉，周幼蓮帶壯丁追擊亂兵，頸斷，頭隕地之前，仍發槍擊賊。以戰況之激烈，場面之驚險，襯托出周生的勇猛，與視死如歸，保家衛國的豪氣。卷12〈薊素秋〉，敘官軍圍捕湖盜之激戰，亦淋漓盡致。

　　王韜有留連歡場之經驗，故亦善繪勾欄場景。如卷 6〈夜來香〉〈胡姬嫣雲傳〉、卷 7〈沈荔香〉、卷 10〈合記珠琴事〉，皆是。〈夜來香〉中，龔嫗利誘秦阿香墮入風塵的歷程，刻劃細膩：

> 女大哭不欲生，龔嫗撫慰再三。導入房櫳，則帷帳之華，衾褥之麗，生平所未覩。爰啟篋笥，衣以炫服，籠以金釧，謂之曰：「此間來者，皆豪富貴公子。若為所賞識，所擲纏頭，動難計算，金玉錦繡，何患不堆積滿屋也哉？況今日擁潘安，明夕對衛玠，溫柔鄉豔福，安知不為汝所占盡哉？」女聞言，意頗歆動，諸姊妹又來殷勤相勸，以此遂安之。（頁 202）

或寫勾欄女讓尋芳客主動掏錢的伎倆，至為生動，如〈胡姬嫣雲傳〉：

> 姬曲意逢迎，百般獻媚。酒三巡，歌三疊，色授魂與，意專注生。此時之生，神志益復顛倒，幾不自由。宵深燭炧，送客留髡，遂訂好焉。生愛姬刻骨，未匝一月，纏頭之贈不可勝計。勾欄姊妹行中，無不妒形於色，喧傳於外，幾徧一郡。（頁 235）

三、語言風格、含蓄蘊藉

　　王韜傳奇小說語言的含蓄蘊藉，表現在主題、超現實幻想、情慾上；心中之孤憤，在不經意處，輕輕點出。如卷 4〈仙谷〉，主角李碩士一心求仙，誤入道士煉師超然所設之

局，變賣家產供養偽稱天仙之妓女。現實中仙道難求，詐騙之術士則多。術士利用人求仙與好色之心，以邪理哄騙世人。如超然為掩飾姦情，口講手授，自誇得授真訣，並出示〈璇閨秘戲圖〉，講一套坎離變化，水火相濟，虛滿損益的花招。小說安排讓李碩士的舅舅點出破綻：「烏有天仙化人，而下偶凡夫也哉？況既已仙矣，人間阿堵物亦復何用？此必青樓蕩婦，北里淫娼，借此惑君，借以誘汝財耳。」（頁123）李生仍未覺悟，直到舅舅緝獲證據，讓道士自述始末，才恍然大悟；焚棄道籙，復攻帖括，求取功名。若不察小說中隱含的諷刺，會誤以為王韜酷好神仙之道。

又如卷8〈海底奇境〉，聶瑞圖有經世之抱負，論水利治河、築鐵路，與毛遂自薦，被某星使拒絕；皆可見王韜對當權者埋沒人才的不滿。但小說無激切之批判，與情緒性字眼：

> 今北方井田既廢，溝洫不行，水無所蓄，坐令膏腴之壤，置為曠土，甚可惜也。方今東省水發，多成澤國，民歎其魚，當軸者徒事賑恤，而不知以工代賑之法。……今日既行海運，勢甚便捷，河運可不必復。如虞後患，則莫若自築鐵路。……我所以見之者，冀附驥以行耳。彼徒以虛禮是縻，置而弗用，我豈不能自往哉？（頁282）

或在幻設遇狐鬼妖魅時，刻劃人性重於鬼怪之奇。例如卷1〈蓮貞仙子〉，蓮貞仙子兩敗道士，使之伏首認罪；但她的形象卻是嬌姿豔質，儀態萬千。歌聲清徹，脆堪裂帛；作詩

180

和詞，吐屬清新。勸丈夫錢萬選納二妾，置之後房。除了反擊道士，顯示非常人之外，其餘均符合社會所期待的賢淑婉約。或如卷2〈白秋英〉，陸海被白蛇所救，見白秋英在側：

> 忽逢賊劫，生騎在後，聞警驚墜山谷中，馬已齏粉，人尚無恙。惟仰視丹嶂蒼崖，壁立萬仞，末由飛上，自分必餓死窮山，無復他想。日將暮，突見一巨蛇蜿蜒而來，身俱白色，爛然若銀。生懼甚，謂必葬蛇腹矣。行既近，宛轉入跨下，忽蠕蠕動，身亦漸高。生乃悟蛇為救己而來，懼其墜也，兩手據蛇腹，驟然飛昇，陡及雲際，頓聞耳畔若風雨聲。久之，寂然不動，啟眸視之，則女已在側，婢媼環侍。……眾謂白蛇必非常物，當系山神所化，因共焚香頂禮。……女亦并無異人處，惟園中不喜蓄鶴。逢重午，不喜置雄黃於酒中，曰：「其性燥烈，能殺人。」恒喜著白衣，彌增其豔。（頁48）

並未點出她是蛇精；只以喜白衣，不喜鶴與黃雄酒暗示。

　　又如卷2〈鄭芷仙〉〈蕭煙補〉、卷6〈王蓮舫〉三篇，雖明示狐女身份，亦含蓄蘊藉。〈王蓮舫〉至故事結束，仍未托出蓮舫是怪是仙，唯有人指稱她是居署樓狐女而已。〈鄭芷仙〉點出：「客有談狐鬼事者，粉飾多端，妙緒泉湧。」繼而孫蓀遇阮玉雯、芷仙投懷送抱，僅以詩詞麗語寫男女調情。直到最後，一群獵戶逐狐群至，女忽然不見，暗示芷仙為狐仙。〈蕭煙補〉中的狐女，算是比較具體地寫出異類變化。蕭生被邀請參加老翁四女之婚宴後，與紫綃、兩婿同入

京師。直至王邸出獵，紫綃從車中聳飛而出，嗷聲而遁，衣服委地如蛻；所有婢媪、狐婿，皆現狐形竄走，才使人知為狐怪。

另有卷 6〈楊秋舫〉，陳心農遇楊秋舫，其後女逾期不至，有老者曰：「此屋為楊駙馬舊宅，久無人居，且屢聞怪異。想君所遇者，妖狐鬼魅耶？」故事就在陳生瞪目啞言中結束。卷 2〈楊素雯〉、卷 7〈霅娘再世〉，寫主角豔遇之經歷，亦無恐怖氣氛；待事過境遷，方知遇鬼。陸仲敏夜遇楊素雯，次晨，身在荒塚；周渭璜因寒風而醒，身臥荒塚，才踉蹌而歸。

《淞隱漫錄》中不少抒寫風塵女之情愛，王韜對男女情慾場景的處理，仍循傳奇小說婉約之風，點到為止，無露骨之性愛描繪。寧稼雨《中國文言小說總目提要》：「對閨房女子的調侃語，摹寫傳神，維妙維肖。」[61]103 篇傳奇小說中，調情之言，寥寥數語：

> 卷 2〈楊素雯〉：解衣登榻，女宛轉隨人，歡愛臻至。（頁 59）
>
> 卷 2〈鄭芷仙〉：生遂擁之入衾，代解結束，相得甚歡，備極繾綣。（頁 50）
>
> 卷 4〈胡瓊華〉：瓊華醉甚，軟入四肢，羅襦甫解，熱香四流，生擁之而眠，倍極繾綣。天明酒醒，始知墮計。（頁 132）

---

[61] 寧稼雨，《中國文言小說總目提要》（山東：齊魯書社，1996 年 12 月，一版），頁 364。

卷 4〈李四孃〉：偶觸其乳，有若豆蔻含苞，玉峰高
并。正欲騰身而上，忽見帳後火起。（頁 142）

如卷 4〈李四孃〉之描寫，算是較為露骨者；此類之篇章甚
少。唯卷 5〈諸曉屏〉〈阿鄰阿愛〉、卷 7〈宵娘再世〉等
篇，描繪調情，較為大膽：

卷 5〈諸曉屏〉：生（諸曉屏）狎而抱之，置之於膝。
二婢磨鬢摸頰，異常親熱，生不覺心為之動。正擬入
港，女晨妝已竟，遽爾掩至。（頁 191）

卷 7〈宵娘再世〉：絮談既久，漸入諧謔。生探手女
懷，撫摩雙乳。光滑圓綻，迴異尋常。（頁 242）

《淞隱漫錄》反覆運用傳統典故、情節模式，希望符合
當時士大夫閱讀報刊的口味；小說在篇幅長短、可讀性、休
閒性、娛樂性上，能吸引讀者，才能維持報刊營運。王韜辦
過「循環日報」，創設弢園書局；深知通俗而反覆的情節，
最易被讀者接受。因此，因果報應的民間信仰，賢妻美眷的
才子佳人，冥冥神助的奇譚，與往生親人的重逢；滿足了讀
者的好奇、期待與慰藉。

然《淞隱漫錄》中亦不乏，個性鮮明的人物，如博學多
聞的龔綉鸞、樂於助人之鮑琳娘、外國婦女媚棃、願習中華
文字的蘭娜、身懷絕技之倩雲，等等；她們正代表了晚清西
風東漸下的新女性。

第四節　二十二篇佳作

　　《淞隱漫錄》103 篇小說中，稱得上是有特色、有創意的佳作不算太多，茲舉志怪 9 篇、武俠 6 篇、愛情 4 篇，宗教、歷史、世情各 1 篇，共 22 篇，以呈現其特色。

一、志怪九篇

　　全書的志怪故事有 28 篇，佳作共有 9 篇：敘海外奇航之〈閔玉叔〉、〈海外美人〉、〈海底奇境〉等篇；精怪異類之〈鄭芷仙〉、〈蕭補烟〉、〈蛇妖〉等 3 篇；神鬼故事之〈徐雙芙〉、〈朱仙〉、〈楊素雯〉等。

（一）海外奇航

　　卷 3〈閔玉叔〉，漳州閔燕奇因嚮往台灣紅毛赤嵌之古蹟，鹿耳鯤身之遺蹤，與友人渡海遊台。船遇颶風，飄至荒島，遇南宋遺民。島人謝芳蕤，撮合閔生與亞蘭成婚。最後，有偉丈夫送兩人回鄉。

　　這篇小說以台灣的歷史與古蹟為引子，虛構了閔玉叔的海外冒險；故事寫到操舟黑人、西人外婦、碧眼賈胡、檳榔嶼、鼓浪嶼等。寫作靈感應來自王韜岳父林晉謙，寄籍台灣，瞭解往返大陸、台灣之險況。文中敘船遇颶風、海島飄移之情狀，極為生動：

> 不意舟甫出洋，颶風雨大作，檣折帆摧，簸蕩莫定，經三晝夜，擱一荒島。舟師考諸圖經，莫知其處……

> 正疑訝間，島忽移動。頃之，其行漸速，奔濤駭浪，
> 去若激箭。生神魂飛越，罔知所以，但猬伏于巨石下，
> 耳畔惟聞風雜沓聲。久之寂然，啟眸四顧，船人俱杳；
> 惟海水渺茫，與長天而一色。（頁 94）

卷 4〈海外美人〉，敘陸梅舫集工造船，與妻林氏環遊世界。至日本、馬達嶼後，林氏與日本教習師比武敗死，生下未足月之子。陸生將兒子交給廣頟虯髯扶養，又續至意大利、地中海。遇漳州船商，獲贈羅剎國美女真真、素素。有客稱其美乃修飾，裸體則醜，然而陸生娶回中國後，未嘗見醜狀。

文中陸生與舵工敘中西造船之法，可見王韜對傳統造船之自信，與奇幻想像：

> 舵工進言：「與乘華船，不如用西舶；與用夾板，不
> 如購輪舟，如此可繞地球一周，而極天下之大觀矣。」
> 生啞然笑曰：「自西人未入中土，我家已世代航海為
> 業，何必恃雙輪之迅馳，而始能作萬里之環行哉？」
> 爰召巧匠，購堅木，出己意刱造一舟；船身二十八丈，
> 按二十八宿之方位；船底亦用輪軸，依二十四節氣而
> 運行。船之首尾，設有日月五星二氣筩，上下皆用空
> 氣阻力而無藉煤火。駕舟者悉穿八卦道衣。船中俱燃
> 電燈，照耀逾於白晝，人謂自刳木之制興，所造之舟，
> 未有如此之奇幻者也。（頁 154）

日本外島老者敘詹五事：「（明代長人）中一人幹軀瑰偉，彷彿似今之徽州詹五。」詹五身長，西人攜往海外展覽；

詹五的新聞，見於 1876 年 3 月 30 日之申報，選錄自香港循環日報[62]。王韜曾於蘇格蘭北境押巴顛，見到詹五與其妻金福[63]；可見王韜剪裁新聞創作小說的手法。

另外，此篇寫修醜者為美，從頭到腳換膚修形，彷彿今之美容變臉，亦富趣味：

> 若輩皆產於羅剎國中，奇醜異常，無有人過而問者。前十年其國天降男女兩聖人，能修人體，使醜者易而為美。其法先制人皮一具，薄如紙絹，上自耳目口鼻，中至胸乳腰脊，下逮髀股足趾，無一不備。既蒙其體，與真逼肖，至于香溫柔滑，膩理靡顏，雖真者猶有所不及。平日從不去身，惟洗濯時一脫耳。子所見皮相也，若露真形，定當嚇殺修價不貲，錢少者僅得半體，其下依然醜惡。君所得者，實為完體美人，故以全璧呼之。（頁 156）

王韜友人合信、管嗣復，譯有《西醫略論》、《內科新說》、《婦嬰新說》等書，或對西方手術略知一二，以此想像，杜撰故事。相較於蒲松齡〈畫皮〉，妖畫人皮，幻化為少婦；增些科技，少些妖氣。

卷 8〈海底奇境〉，聶瑞圖喜論治河、運輸等事；被某星使拒絕同行後，自己帶英、法、俄、日四國翻譯，西游歐洲數十國。在瑞士遇蘭娜，獲贈法國內府寶物。由倫敦至紐

---

[62] 收在吳湘相主編，《申報》（1876~1879）（台北：學生書局，中國史學叢書），第 15~28 冊，頁 9665。
[63] 同註 42，王韜《漫游隨錄》，卷 3〈游博物院〉，頁 143。

186

約航程中，遇海難，被捲入海中；蘭娜亦因失足落水而重逢。道別龍宮，得辟水珠；船上升後，即是中土。聶生將海底寶物販售於上海，以賑山東災民。

本篇有王韜改革思想與西行經驗的影子。首先，聶瑞圖之論治河、以工代賑、築鐵路，自陳實業改革、基礎建設之方向：

> 方今東省水發多成澤國，民歎其魚，當軸者徒事賑恤，而不知以工代賑之法。與其築堤，不若開河。……今日既行海運，勢甚使捷，河運可不必復，如虞後患，則莫如自築鐵路。（頁282）

其次，聶生「游屐所臨，輒先一日刊諸日報，往往闔境出觀，道旁摘帽致敬者，亙數里，星使無其榮也。」正是王韜在蘇格蘭的寫照[64]。第三，賣法王內廷珍以賑災，彌補中華寶物流入外洋之痛。雖然小說把從倫敦至紐約橫越的海洋，錯將大西洋寫為太平洋；但不妨礙於述遠航之奇，與抒發改革的效果。

（二）精怪異類

卷2〈鄭芷仙〉，孫蓀隨父親任官安慶，租屋而居。中秋夜宴後，有阮玉雯投懷送抱，贈玉釵而別。孫生苦等阮氏十日，毫無音訊，疑為妖夢。半個月後，阮氏姐妹鄭芷仙，

---

[64] 同註42，《漫游隨錄》，卷3〈游博物院〉，頁133：「知余為中國儒者，延往觀試，翌日即以其事列入報章，呼余為學士，一時傳遍都下。」

贈素帕於孫生；孫假借還帕，尋訪鄭家，芷仙再贈玉珮。忽有槍砲迭發之聲，數十獵戶逐來；孫生回視，女子與屋宇俱失，才知鄭、阮皆狐女。孫生驚愕失措，獵戶擁之偕歸。

故事以孫生夜宴誇言，生平從未見鬼，必無狐幻人形之論為開端；發展出狐女情緣，驗證狐能幻作人形。小說一氣呵成，雖為志怪，卻無妖氣；狐女主動調情的場面，迷離而有情味，似仙非狐：

> 甫欲就枕，忽聞窗外有彈指聲，心竊疑之。披衣起，從窗隙中窺之，見倩影亭亭，背立簷下。乃啟門而出，果見一女郎，紫衣翠裙，豐神綽約。詢其年，正碧玉破瓜時候也。月下視之，姿態若仙，其一種風流韻致，出水芙渠，不足比其豔；臨風芍藥，不足喻其嬌。生喜極欲狂，長揖謂女曰：「適從何來，乃至此間？豈姮娥思偶，偷降紅塵耶？」女笑曰：「妾東鄰阮氏女郎也，與君齋祇隔一垣，因夜夜聞君讀書聲，知君為風雅士。今宵月色大佳，君何獨處，得無患岑寂耶？」生曰：「玉趾辱臨，深慰客思。何不入齋小憩，作永夕清談？」於是攜手入室，挑燈絮語。（頁50）

卷2〈蕭補烟〉，則是一篇罕見的狐婿小說。蕭補煙性喜游宴，但不近女色。道經山東，某翁邀請入婚宴。宴畢，翁姪女胡瓊仙侍寢，蕭生大為心動。次日，老翁為兩人主婚。第三天，蕭生與胡氏、翁婿同往京師。行經蘆構橋，某王府出獵，獵犬狂吠不已，女與諸婿化狐而逃，唯蕭生呆立車中。王之侍從指蕭生為妖，同回原地，只見荒園。此後蕭生終身不娶，人稱狐婿。

蕭生由不近女色，到受不了狐女誘惑，成為狐婿，至終身不娶；這是歷來狐妻故事中，別出新裁的一篇。蕭生誤闖狐宅，與狐女主動獻身不同。小說結局安排，使情節急轉直下，描寫生動：

> 行近蘆構橋畔，突遇某王邸出獵，持戟之士，前後馳騁者數百人，皆腰弓臂矢，轟鷹走犬。王所蓄猁狗曰靈獒，猛而善搏。時女車最先行，犬見之，直前奮撲。女亦從車中聳身飛出，嗷聲而遁，衣服委地如蛻。犬迅足逐之，倏忽已杳。頃刻間，群犬吠聲若豹，各車所載婢媼，皆現狐形竄走，三四媷及女亦並逸去。獨生踟躕車上，魂魄喪盡，有若木偶。須臾，靈獒還，血殷然流齒吻，眈眈視生，繞車三匝，並嗅生足。（頁80）

頃刻間，妻子化為狐形，嗷聲而遁，眾狐皆然，蕭生震懾，不知所措。由靈獒所咬的血跡，不知狐妻是否安然脫困，留予讀者想像的空間。

卷 10〈蛇妖〉，訟師褚上舍魚肉鄉民，唯豐順公（丁日昌）敢法辦。褚賄賂守衛，得以逃脫。其後參與地方事物，列于縉紳。某甲為他看守祖墳，貧而無食，褚三子竟偷甲錢。甲索討無門，憤恨而死；甲妻攜幼女，走上絕路。褚於春祭時，棄枯骨於河中。掃墓時有三、四蛇來，褚季子命僕撲殺，焚蛇時，一蛇自火中飛出。其後褚長女被白袷少年所惑，產下蛇身人首之嬰孩，卻被褚踩死。不到一個月，褚之季子遽死。褚之仲子蓉嶼至金陵，迷戀妓女隋珠，臨別贈髮，化為蛇鱗。蓉嶼死前，隋珠告知報一家冤憤。數年後，褚上舍也窮困而死。

本篇藉蛇妖闡明天理昭彰，報應不爽。故事中訟師因參與地方事物，得列縉紳；彷彿今之不肖民代，透過選舉以謀私利，甚至魚肉鄉民。

（三）神鬼異能

卷 2〈徐雙芙〉，徐雙芙得到女尼傳授素書，學五遁訣，能撒豆成兵，剪紙為人。徐女收伏潭中龍，百姓奉若神明；邑令視為妖異將法辦，遂同父親任官，移居他處。雙芙再遇女尼，贈以修煉丹訣。一年後，元神化為嬰兒並尸解。徐女入定，神游太虛寂滅之境，化為男身：16 歲中進士，彈劾不避權貴，人稱骨鯁；又任江西學政收伏神龍，再升兩淮轉運使。女尼暗示急流勇退，使之覺悟三十年富貴，如一場大夢。

此篇故事情節曲折，從習術、收妖、修煉、尸解、化身、復活、領悟，組合許多怪異情節，顯現王韜傳奇小說通俗化的傾向。

卷 1〈朱仙〉，為神怪異人的故事。朱赤文在太平天國之亂時，因身懷異術，亂賊不敢侵犯。其後以仙人金釧，嚇退小偷，使海疆十餘年無事。在眾人見證下，得道成仙。王韜杜撰奇人，盼解國難，拯救百姓之苦。故文末掉弄玄虛：

> 或以告天南遯叟曰：「《淞隱漫錄》中有朱君乎？其事不可不志。」遯叟笑曰：「余與朱君為莫逆交，見其軀幹豐偉，載以肥水牛且慮弗勝，況能跨鶴飛昇哉？世人所傳，吾弗信也。」（頁 36）

現實生活中，王韜友人朱季方，亦身材肥胖。1879 年訪日時，相伴旅遊，並為王韜招日妓阿朵，浴溫泉、登名山，觀大阪博覽會。小說中的朱仙，有可能是王韜根據朱季方而虛構的。

卷 2〈楊素雯〉，陸仲敏至杭州買書，寄宿孤山寺古館。閑步遇一女郎，腳痛難行，帶回館中。次日，女登舟離去，陸生盼能再遇。七夕於舟中見其蹤影，尾隨至涌金城外女宅。女使之與三女郎相見，倚聲填詞，大醉而寐。次日，巨宅無蹤，唯荒塚四、五墳頭，墓碑上書「楊素雯女史墓」，方知遇鬼。20 年後，陸於七夕夢楊素雯，填詞寄意，十日後，無疾而逝。

文中寫女鬼，有濃厚的道家色彩；例如，陸生與女歡會一夜後，「枕簟間恒有異香，經月不散。」散發異香是民間信仰中對得道者的形容，在小說中拿來刻劃女鬼者少。然寫楊素雯腳痛不能行走，乃因追逐白兔所致，又彷彿寫狐女。陸生與三女飲晏填詞，即如歌妓陪酒坐枱，全無鬼性。王韜之煙粉志怪，如煙花女之飲宴調情。

卷 10〈丁月卿校書小傳〉，丁月卿依舅生活，妗曾為勾欄女，有花十姑者以重利說動妗，並誘月卿至京師。庚申之際（1860），瘦腰生欲為她贖身，但價甚高。月卿戒鴉片而病，他細心照料。病癒，贈金珠釵釧予生，願聚三年，然生以兵革滿天下，不敢答應。分離月餘，月卿病篤。有袁豹臣迎娶月卿，因夫之戰功，月卿封一品夫人。

瘦腰生因天下兵革，人心惶惶，不敢對月卿有所承諾；而袁豹臣不僅付出行動，更因平亂而使月卿封為夫人。本篇

有唐傳奇〈李娃傳〉、明代宋懋澄〈負情儂傳〉之痕跡。例如,月卿之封一品夫人,如李娃之封汧國夫人;杜十娘贈金與李甲,月卿則贈金珠予瘦腰生。

二、武俠六篇

《淞隱漫錄》之武俠小說雖只有 16 篇,但佳作有 6 篇:卷 2〈廖劍仙〉、卷 4〈女俠〉、卷 6〈胡姬嫣雲小傳〉、卷 8〈任香初〉、卷 9〈倩雲〉、卷 12〈薊素秋〉。

卷 2〈廖劍仙〉,廖薲仙有俠名,見鄰妻虐夫,代夫殺妻,避罪遠走荒山。有白猿引至深山,與老翁學劍;十年後,通過殺戒與色戒考驗,學成劍道。辭師下山,助友人左子湘,奪回女友與七千金,又收伏兩巨蛇。廖將死之際,晨見白猿;又有雙劍自鼻中出,人以為尸解。廖劍仙容貌平常,身材猥瑣,粥粥若無能,卻有異術;顯示人不可貌相之理。本篇之情節安排,似仿李復言〈杜子春〉之試驗,與蔣防〈霍小玉傳〉之黃衫客所作。

卷 4〈女俠〉,五台山僧教潘叔明定力、劍術,歷一年始成。行經山東道,取綠林豪者首級。不久,為北地鑣客取回鑣金時,遇女俠程楞仙。女俠認出同門劍術,因而還金,與程成婚、教以秘法。有法顯僧欲得程女,潘生赴約,女隱形藏身同往。待潘生與法顯比武時,女化為劍,遁入僧腹中六十餘日,使之腹痛而死。女俠奇術雖酷似袁郊〈紅線〉、裴鉶〈聶隱娘〉,但寫女俠之智勇,先寫男俠潘叔明之精於劍術,再引出女俠之技冠男俠。情節敘述,錯落有致。

卷6〈胡姬嫣雲小傳〉，胡姬嫣雲人稱黑牡丹，貌美善辭令。胡父為縣衙捕役，抽鴉片成癮，入不敷出，只好靠女兒倚門賣笑。萸庵退叟勸胡姬尋找對象，為終身大事打算。富公子任生與胡姬往來，半夜孫二率領十幾位賊人前來，胡姬獨立退賊，任生始知其勇。某晚孫二再來，胡姬背傷目眇，任生不敢與她往來。胡姬往上海治眼疾，遇渤海生，嫁為妾。渤海生之妻病卒，生至為哀痛，胡姬亦抑郁，一慟而絕。

此篇雖寫煙花女之墮入青樓，再嫁為人妾的過程；但全篇實寫女子之技勇，雖巾幗勝於鬚眉百倍。一場力退眾賊的場面，胡姬縱橫揮擊，而任生蟠伏如猬之狀：

> 姬從睡夢中驚醒，賊已入房環立，秉炬若晝，露刃若霜。姬自帳中裸體躍出，叱曰：「勿驚公子，物任爾取。」一賊涎姬之美，并欺其弱，突前抱姬腰。姬手擘之，賊腕斷矣。姬怒曰：「鼠輩何敢爾！不識胡家棒法耶？」遽捫得壓帳木桿橫埽之，賊俱披靡有退志。孫二笑曰：「爾曹素以勇力自詡者，今乃不能敵一弱女子，明晨將何面目見人？」眾聞之，復前。姬持桿縱橫揮擊，悉中賊要害。有蹶而復起者，有匍匐遁走者。（頁235）

胡姬之事應有所據，首先，萸庵退叟即王韜友人耿蒼齡；其次，文末為胡姬吞鴉片而死之傳聞闢謠，與涇川琴溪子祭弔之事。

卷8〈任香初〉，任香初之父守雲南蒙自，消息漸疏，友人唐君贈五百金，助以尋父。生隨營弁行於峻嶺之中，為

土司女龍鸞史所劫。女家求婚，三日後見任父手筆，與女成親。數月後，邊事已定，任生與父相見。某夜強盜來襲，任生與父被擊斃。龍女單騎逃逸，歸集甲士滅賊；報夫之仇後，終身守節。

雖以男主角為篇名，實際乃寫龍女之武勇與貞節。邊境盜賊橫行，任父以智與盜魁合作制敵。文中喻清兵如廢民，營卒千人，不如邑中二十壯丁；時局混亂，唯有自強，方能自保。所敘龍家土司避居山中，良田萬頃，習耕講武，安居樂業二百年，展現渴望避亂的理想。此篇情節曲折，結局安排任生父子斃命，龍女守節，予人無限惋惜。

卷9〈倩雲〉，秦雨衫習少林武功與道術，為人保鏢；京師道上，人聞其名，不敢劫鏢。有盜與之較量，敗走；盜之妹奚倩雲來挑釁，忽又消失。秦生至曠野巨宅，欲刺殺倩雲，卻被識破。秦拜倩雲為師，學百步取首之術。歷經三個月練成，兩人成婚。某日，眾盜劫秦師之女何幼鸞歸，倩雲勸納為妾。王韜藉此抒世用理想與感慨：

> 勇敢如是，惜不正用之以禦四夷，翦強敵，而宣力於國家耳。……自足英雄，一失足即成廢材者，亦復何限？卿何不早自悟哉？（頁348）

雖然故事後半部，流於二女共事一夫的俗套；然敘比武場面，氣氛緊湊：

> 忽見巨彈若卵，自空旋轉而下。生發手中彈橫擊之，彈破其中，火星迸裂，遇風飛撲，斜射生面，鬚髮皆

燃。生縱馬馳避，而盜已至前，遂與之角。……方當兩馬盤旋時，生躍馬出圈外，擲劍擬盜。盜卻中馬首，隕馬仆，而盜亦墮地。（頁346）

　　卷 12〈薊素秋〉，薊素秋由祖母撫養。父親死後，祖母嗣子奪田屋，賣素秋，幸得李嫗幫助，方能脫困。素秋隨李嫗居湖畔，為湖盜所劫。某少年獻計以毒肉包殺犬，與官府合擊群盜。少年與素秋成婚，又娶湖盜中兩內應女子為妾。幾個月之後，素秋輾轉回鄉。

　　此篇可見清末盜賊橫行，打劫官船，金銀貨物堆積如山，以數十艘船運載，還運不完。圍剿湖盜，場面壯濶，生動有致：

　　　舟甫近岸，而盜船亦還船中。捆載纍纍，皆軍門物也。參戎立發鎗擬盜首，餘舟亦轟然環擊，鉛丸如雨墜，盜首以刀撥之，悉墮水中。生躍登盜舟，出袖中鐵椎碎盜首立殞，群盜鳧水而逃。參戎捨舟登陸，握刀督眾，入盜屋。方指揮間，一犬從屋頂躍下，銜其首去。三盜婦從門左奔出，短兵相接，驟若風雨，壯士盡為辟易。一女子舞長劍，白光如匹練，頃刻間但見頭顱亂滾若瓜，生奮然以鐵椎抵之。相持正急，忽兩女子突前，以鐵縆十數丈，其粗若臂，橫截於地，各舉一端曳之，三盜婦顛立斃。生鐵椎下顧，舞劍女子縱橫揮霍，其進益猛，其鋒益銳，劍著鐵縆，悉寸寸斷，兩鐵相擊，火光迸裂。生回視參戎，尸猶僵立不仆。劍光愈逼，退至其側，突見頸血直衝，射注女子面殆

滿。生伺隙猱進，兩女子舉匕首飛擲之，中其目，乃
就擒。是役也，壯士死者逾半，其存者非折足即斷手，
非刵耳即劓鼻，無一完人。（頁472）

不僅敍船戰之壯觀，亦寫鐵椎生、參戎、舞劍女子、三盜婦、
鐵絪兩女之激戰。其中凸顯出參戎之勇，頭斷仍僵立不倒，
以頸血助戰，使鐵椎生與鐵絪女擒拿舞劍女，結束這場戰
役。場面調度，井然有序；殺肅之氣，必勝之心，令人震懾。

三、愛情四篇

《淞隱漫錄》中以愛情小說最多，總共 34 篇，然稱得
上有特色者，唯以下 4 篇。

卷 7〈媚梨小傳〉，媚梨與樂工子約翰相戀，因身分貴
賤不同，父母不允，另聘栗西門。成婚之日，約翰將媚梨情
書交予西門，西門憤而欲殺媚梨，卻轉而舉槍自盡。媚梨即
往中國一遊，航程中嫁華人豐玉田。女善於測量，助商船擊
沈盜舟。約翰知媚梨再嫁，決心追殺。媚梨從西字日報得知
約翰來華，隨身攜帶小槍；觀看車利尼馬戲時，與約翰槍戰
而死。

此篇寫洋人情侶恩怨，洋媳婦習華文、旁通說部之事；
是歷代傳奇小說中罕見的內容。小說中刻劃約翰由愛生恨，
性格剛烈，誓與媚梨玉石俱焚的舉動，可怕之至。王韜根據
歐遊與洋人交往的經歷，加以創作。除此之外，王韜筆下的
媚梨，另有兩人：《漫遊隨錄》記理雅各之女媚梨（Mary

Legge），曾為他導遊名勝[65]；英國旅法導遊壁滿之妹，亦名媚黎[66]。

卷 1〈吳瓊仙〉，吳瓊仙才貌雙全，孫月洲與周玉仲皆來求親，吳父選中孫生，周家銜恨。瓊仙與月洲成婚後，周父偽文構陷，使孫生革去功名，充軍遼陽。吳父因向李甲借貸，無力償債而死，母亦繼歿。李甲欲強娶瓊仙，瓊仙自殺身亡。月洲釋還，半途夢瓊仙贈玉環告別，抵家方知瓊仙貞烈事，於墓旁嘔血而死，里人為之合葬。此篇不僅寫吳女貞烈，更烘托出孫生情深。

卷 2〈馮香妍〉，故事情節曲折。馮香妍與楊生情投意合，但楊生已有婚約，無法結合。楊生為逃婚離家出走，香妍日夜思念。然馮女亦將聘潘生，與婢漱華易裝遁逃。楊生在維揚夢一女子，指引與香妍重聚。香妍扮男裝替楊生納粟入監，楊生高中後與香妍成婚，潘生亦不追究。三年後，楊生審一殺夫疑案，被誣罪之女即維揚夢中人。楊生為她洗刷冤屈後，娶為妾。小說前半部雖落才子佳人俗套，但後半部兩人再遇之情節，則曲折離奇。

---

[65] 同註 42，王韜《漫游隨錄》卷 3，〈暢遊靈園〉，頁 126：「時與偕游者理君雅各、媚梨女士。媚梨即理君第三女公子也，雅嫻繪事，是日攜筆為圖粉本。」另有麥都思之長女瑪梨，同見《漫游隨錄》卷 1〈黃浦帆牆〉，頁 51：「麥君有二女，長曰瑪梨，幼曰亞珊，皆出相見。」這是王韜初入墨海書館時所見之 Mary。

[66] 同註 42，王韜《漫游隨錄》卷 2，〈游觀新院〉，頁 95：「壁滿有妹曰媚黎在法京為女塾師，教女弟子以英國文字，一夕以盛設茶會，特延余往塾中。」

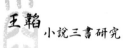

四、宗教、歷史與世情

（一）宗教〈胡瓊華〉

　　宗教故事，大抵以敘宗教異人之修行與神蹟為主；中國傳奇小說史上，宗教故事之佳作不多。卷4〈胡瓊華〉，算是一氣呵成之作。洛凌波與胡瓊華一見如故，成為閨中密友。鄰生鄭蘭史，偶遇瓊華，請梁嫗作媒，新婚之日，瓊華請凌波代嫁，隨即離去。鄭生任官後，曾於井中挖出絳珠。任滿三年，途經山東邳州，至一桃花村，再遇瓊華，請暫回三年。瓊華教凌波長生久視之術，吐納練養之法。凌波以計使瓊華與鄭生同房，天明酒醒，瓊華納絳珠於口中，騰身入空，不知所往。

　　小說著意寫瓊華修煉成仙之堅定，即使因計誘破色戒，仍不為所動。雖然二女共事一夫，純屬王韜個人想像，現實中難以發生；卻可對比瓊華不落凡塵之堅決。以才子佳人的故事結構，轉化為佳人不居紅塵，一心求仙的情節。

（二）歷史〈四奇人合傳〉

　　《淞隱漫錄》中的歷史故事唯3篇，本不如《遯窟讕言》多；卷5〈四奇人合傳〉，可稱得上是佳作。咸豐庚辛年間，太平天國竄至浙江，四位忠義貞烈事蹟。首先是義民駱十八，1861年紹興失守，紅巾搜掠金帛，淫掠婦女。他召集數百位鄉民以抵抗，雖然最後赴義犧牲，但頭斷而不倒，賊人懼怕而禮葬。第二位是貞婢秋蘭，髮逆作亂時，城中人避

居鄉間，欲侵犯而不從；又有巨賈願納為妾，堅決不嫁。秋蘭作女紅以養活主母，終身不嫁。

第三是情優陳桂軒，居某官人邸，常受責打。鮑子金相助，使之脫離官人，可自由招雛伶演劇。太平天國時江浙陷淪陷，陳生偷路照、贈金葉，搭救鮑生出城。賊知此事，前來圍捕，桂軒辱罵賊後自殺。第四為俠妓鄭滿仙，1860 年 3 月，李秀成敗江南大營，堅決與李生訣別，並勉之殺賊報國。賊人入城，滿仙以酒肴款待眾賊，使李生攀城而下，自己縱身跳城而死。

義民、貞婢顯現戰亂中鄉民之可敬，而情優、俠妓呈現都市底層倡優之情操；平日不受人注意，唯在離亂下才顯其節操。王韜寫其言行抉擇，正反映出人性的光輝，與歷史的細節。

（三）世情〈華胥生〉

卷 8〈華胥生〉，鄭夢白性嗜睡，然所夢不復記憶。某僧提示他記下夢境，其後書成《書胥實錄》。曾夢到已為梁氏子，居槐安里，科考名動京師，皇帝主婚大學士董淇之女。擔任江蘇學政，資助孤寒學子。造訪名醫朱青昂，偶遇山中女郎，為嗣續而娶。妾與大婦頗相得，人以此事彈劾，皇上視為風流小過。岳父董淇賄賂公行，梁趁壽宴進言，並捉刀上書自陳，使其脫困。最後，梁生官至卿位，卻以潦倒終老。

鄭生夢中所居為槐安里，王韜應仿唐〈南柯太守傳〉槐安國。夢中塑造一個梁姓巨族出身的學政，肯提攜寒門士，

199

贈金於貧;結局卻是為岳父脫罪,位列公卿,最後潦倒終老。這篇小說看似平淡無奇,故事亦草草結束:「吁!幻由心造,魔自境生,於夢何尤哉!」然能對過去的夢境小說,提出質疑;夢境小說皆是作者的幻想與虛構,非關實夢。文中兩處與王韜境遇相類:王韜亦有記夢境之《華胥實錄》;梁生娶婦十年,未生一子,尋覓小妾為嗣續計,亦王韜之自陳。

綜上所述,可知王韜初試傳奇的作品,大抵用功是有,但不夠細膩。尤其在情節的穿關上,若能加強潤飾,則可免於破綻。雖有豐富人生經驗,可資借鏡,但因作品甚多,不免有許多敘述文字、情節安排、人物形象上的雷同。這些缺點到了寫作《淞濱瑣話》時,改善不少。

第五章　傳奇小說集《淞濱瑣話》

第一節　寫作歷程與全書內容

一、成書經過

　　王韜的第三本小說集為《淞濱瑣話》，又名《淞隱續錄》、《淞濱閑話》[1]。1884 年王韜打算繼《淞隱漫錄》之後，在點石齋畫報連載小說，故初名為《淞隱續錄》。然因畫報銷路不佳停刊，創作一度中斷。光緒十三年（1887）年初，〈淞濱瑣話自序〉先寫完。1888 年冬，應巡撫張朗齋之邀游山東，回到上海後，才完成全書，並易名為《淞濱閑話》[2]。最後出版時，訂名為《淞濱瑣話》。

　　《淞濱瑣話》的寫作時間，應是 1884 年《淞隱漫錄》成書後，至 1893 年之間。因據《淞濱瑣話》卷 12〈瑤台小詠〉：「癸未（1883）識梅雲，因自號夔夔居士，蓋取雲為偏旁。已丑（1889）入都，頗聞孫氏諸賓有大相錯迕者。……庚寅（1890）冬杪，沒于杭垣旅舍。」[3]〈瑤台小詠〉尚提

---

[1]　王韜，〈弢園著述總目〉，《淞濱閑話》12 卷條，收在錢鍾書主編，《弢園文新編》（香港三聯書局，1998 年 7 月，一版），頁 383。

[2]　同註 1，王韜，〈弢園著述總目〉，《淞濱閑話》12 卷條，頁 383。

[3]　王韜，《淞濱瑣話》（湖南，岳麓書社出版，1987 年 5 月，一版），卷 12〈瑤臺小詠〉，頁 368、371。本章所引小說原文，皆據此版本。

及 1890 年，故《淞濱瑣話》應成於 1890 至 1893 年淞隱廬
出版之前。

　　王韜寫此書的最大誘因，應是《遯窟讕言》、《淞隱漫
錄》的銷售頗佳，發表與出版小說的稿費收入，對經濟拮据
的王韜而言，助益不少，才會在〈淞濱瑣話自序〉，又提及
小說被盜版一事：

> 余向作《遯窟讕言》，見者謬加許可。江西書賈至易
> 名翻版，藉以射利。《淞隱漫錄》，重刻行世，至再
> 至三。或題曰《後聊齋圖說》，售者頗眾。

尤其《淞隱漫錄》已先在「點石齋畫報」發表，打響知名度，
銷售頗佳；使《淞濱瑣話》的創作，更有動力。

　　撰寫期間王韜一方面擔任申報主編，辦弢園書局；另一
方面，受到格致書院的邀請，擔任監院，主持院務、募款、
推行季課。在繁忙的辦教育、刊印書籍之餘，減少應酬，致
力寫作，可見他對小說之愛好：

> 倦游歸來，卻掃杜門，謝絕人事，應酬簡寂。生平於
> 品竹彈絲、棋枰曲譜，一無所好。日長多暇，所以把
> 玩昕夕、逍遣歲月者，不過驅使煙墨、供我詼諧而已。
> （〈淞濱瑣話自序〉）

引文後註明頁數，不另作註。

除了藉以消磨時光之外，也因《淞隱漫錄》志怪故事較少：

> 因《淞隱漫錄》所記，涉於人事為多；似於靈狐點鬼、花妖木魅以逮鳥獸蟲魚，篇牘寥寥，未能遍及。今將於諸蟲豸中別闢一世界，構為奇境幻遇，俾傳於世。（〈淞濱瑣話自序〉）

王韜此時已六十歲，人生的悲歡離合，體驗殆盡。因身體健康不佳，常在迷離恍惚中，回憶過往：

> 追思前後所歷，顯顯在目。感恩未報，有怨胥泯，痛知己之云亡，念知音之未寡，則又蹶然以興，涕泗滂集。故茲之所作，亦聊寄我興焉而已，非真有命意之所在也。豈敢謂異類有情，幽途可樂，鳥獸同群，鹿豸與游，而竟掉首人世而不顧也。（〈淞濱瑣話自序〉）

小說幻境中的靈狐點鬼，花妖木魅，是他寄託寓意，「藉以消憂」[4]的場景。

二、發表與出版

《淞濱瑣話》全書 12 卷 68 篇，包括被誤收入《淞隱漫錄》重刊本之〈徐麟士〉、〈藥娘〉、〈田荔裳〉、〈畫船紀豔〉等 4 篇。其中 51 篇曾刊登在點石齋畫報，分成 4 卷，

4　同註 1，王韜，〈弢園著述總目〉，《弢園文新編》，未刻書目，《淞濱閒話》12 卷條，頁 383。

每卷 10 篇，另有 11 篇不分卷；每篇之前，有張志瀛繪圖。原意欲如《淞隱漫錄》分成 12 卷，每卷 10 篇。然畫報停刊後，寫作中斷，後來續作 17 篇。雖然出版時，同樣分成 12 卷，但每卷唯 4 至 7 篇而已。

今所見 68 篇全本版，以光緒十九年（1893）秋九月，淞隱廬出版者為最早。其後另有：宣統三年（1911）上海著易堂石印本。1910~1911 年上海國學扶輪社，香豔叢書本。1918、1934 年上海新文化書社鉛印本。1983 年江蘇廣陵古籍刻印社，收入筆記小說大觀。1978、1985 年台北新興書局，收入筆記小說大觀第一編第 3 冊。1989 年台北新文豐圖書公司，收入叢書集成續編，第 212 冊。1991 年台北廣文書局，收入筆記七編。1995 年江蘇廣陵古籍刻印社，據上海進步書局本出版。

《淞濱瑣話》在校點、標點本方面，有以下數種：1986 年山東齊魯書社，劉文忠校點本，收入「清代筆記小說叢刊」；據光緒癸已（1893）淞隱廬排印本點校，底本是王韜自藏本。1987 年湖南岳麓書社，出版文達三點校本；以光緒癸已（1893）淞隱廬鉛印本為底本，參校宣統三年上海易著堂《繪圖淞濱瑣話》本，及筆記小說大觀本。1996 年重慶出版社，寇英標點本，收入筆記小說精品叢書。1997 年黃開國點評之《續聊齋：淞濱瑣話》，由成都巴蜀書社出版。

本文所依據之版本，以岳麓書社文達三點校本為主，輔以台北廣文書局筆記七編本。

《淞濱瑣話》中某些篇章，亦被收入其他小說選集中。例如，1894 年文運書局之《三續聊齋志異》，收入 49 篇小

說[5]。又如，卷 10〈因循島〉，收入四川巴蜀書社《清代文言小說選譯》。

三、散文十八篇

　　《淞濱瑣話》68 篇，按文章體例來分，有傳奇小說 50 篇[6]，非小說之散文 18 篇。

　　在 18 篇散文中，除卷 5〈龔蔣兩君軼事〉，記友人龔橙、蔣劍人的事蹟傳略外；其餘 17 篇皆介紹各地名妓、名伶，與文人之品題。

（一）龔蔣傳略

　　卷 5〈龔蔣兩君軼事〉，記友人龔橙、蔣劍人軼事。龔橙即龔自珍之孫，博學好綺游，中年不得志，晚年頹唐不振。因擔任英國大使威�瑪翻譯，1860 年英法聯軍攻打天津時，隨同英船，為人所詬。龔橙與妻子分居十幾年，二子前來探視，亦被斥逐。文末附記龔橙之弟念匏，亦難與人處，最後發瘋而死。

　　文學家蔣劍人的事蹟，王韜在《瀛壖雜志》卷 4、卷 5，《甕牖餘談》卷 1，亦有記錄。此篇摘錄蔣劍人於 1853 年避兵王韜家中，所撰之〈草上餘生記〉，以顯其節操；兼述

5　凌宏發，《王韜小說研究》（上海師範大學，2004 年 5 月），頁 16。
6　劉文忠校點，《淞濱瑣話》，後記：「共收五十九篇小說。」（濟南：齊魯書社，1986 年 6 月，初版），頁 359。事實上有許多篇是雜記，沒有故事情節，不能算是小說。

咸豐二年（1853）與蔣劍人認識，1863 年推薦予丁日昌，
擔任幕僚。1867 年卒於上海，1885 年王韜為他刊刻《嘯古
堂詩集》八卷、《芬陀利室詞集》五卷、《詩詞補遺》二卷、
《詞話》三卷。

　　龔、蔣在時人眼中，龔被視為怪物，蔣亦有「怪蟲」之
名[7]；彼此相識，卻不友好。唯王韜能欣賞兩人之長，無視
其怪，成為摯友。

（二）煙花名優

　　17 篇記煙花、優伶之文，分為兩種：一是王韜自撰；
二是友人所寫，王韜摘錄編次。

　　王韜之作，如卷 1〈畫船紀豔〉，敘王韜自杭州溯錢江
而上，遇畫船諸校書，贈以詩詞。文中天南遯叟左擁右抱，
與畫舫女子循杯歡飲的場景，可見王韜陶醉於歡場之狀。

　　卷 7〈談豔〉（上、中、下），述上海歡場名妓、戲伶、
藝人之盛衰。上篇寫花春林、褚金福、王氏四香、李佩玉、
湘雲等人；並述與女婿錢徵（霧裏看花客）等遊宴之事。中
篇記上海戲班各幫，如蘇幫、揚幫、寧幫、湖北幫、江西幫，
與名姝林芝香等十人，再分述其所擅才藝。如鄭雲芝工唱〈滿
江紅〉，兼擅崑曲；王水香能唱大曲，亦工小調。下篇記
1879 年至 1887 年，於上海識孫文玉、朱月琴、朱素貞、陸

---

[7]　王韜，《甕牖餘談》，卷 1〈又記蔣劍人事〉：「狀貌不揚，而性情奇
　　傲，喜詆肆罵人，江淮間人因名之曰怪蟲。」（湖南：岳麓出版社，1988
　　年 5 月，一版），頁 29。

月舫、王蓮舫、王雪香等十九人。卷 7〈記滬上在籍脫籍諸校書〉，寫上海女子陸月舫、朱素貞、顧蘭蓀、王雪香等人脫籍之事。

　　卷 9〈東瀛豔譜〉（上、下），敘 1879 年王韜訪問日本東京時，所遇諸妓。上篇有小萬、小松、阿貞等；下篇有錦北柳橋之妓錦八、小三等人。卷 11〈珠江花舫記〉，記珠江女子善唱詞曲、戲劇，寫曹阿雲、陳阿金、孫阿梅等十九人。卷 12〈滬上詞場竹枝詞〉，敘述上海詞場說書之景況；並以絕句 16 首，述今昔書場之大略。此篇有助於瞭解晚清上海的說書概況。

（三）王韜友人之作

　　王韜將友人品題煙花之文，收入《淞濱瑣話》者，有以下三種。

　　卷 9〈紅豆蔻軒薄幸詩〉（上、中、下），「篝江詞客」所作。上篇寫羅佩珊、寶珠、錦兒、阿娜、翠鳳等人；中篇記荷珠、素卿、小婷、阿素等人；下篇有褚金福、朱五官、丁金寶、李香鄰等人。

　　卷 11〈燕台評春錄〉（上、下），王韜採錄「第九洞天樵者」之作。上篇寫潘愛琴、張韻珊、錢素卿等人；下篇有余素素、張慧卿等人。

　　卷 12〈瑤台小詠〉（上、中、下），「戁戁軒主人」品第優童，贈詩名優之文。上篇記顧曜等 16 人，中篇記梅凌雲等 13 人；下篇記朱素雲等 12 人，與卷上、中重複 6 人，

故三篇所記共 31 位。這些優伶大約 12 歲到 19 歲不等，爨
齉軒主人將男優歸納為七種流風；例如：「公子裼裘，佳人
修竹。手玉同色，智珠孕胸。琪花照世，眾芳皆歆。桃李成
蹊，不言自馨。此一流也。」[8]此篇有助於瞭解晚清優伶生
活，與文人對優伶之月旦品題；故張次輯收入《清代燕都梨
園史料》中。

〈瑤台小詠〉即王韜《豔史叢編》之〈瑤台小錄〉。大
多數研究者亦將〈瑤台小錄〉，視為王韜之作，如張次輯《清
代燕都梨園史料》，即題「長洲王韜譔」。實乃王韜編次爨
齉軒主之文而已。爨齉軒主又有〈二十四花史〉、〈三十六
鴛鴦譜〉，收在《淞隱漫錄》，前章已述。

箐江詞客、第九洞天樵者、爨齉軒主何人[9]？王韜並未詳
述。文中只稱，箐江詞客是王韜 1879 年遊日本東京時所識，
同在新橋、柳橋之間，徵歌侑酒。第九洞天樵者客居燕台（山
東青州），故品評燕台諸妓。爨齉軒主又號花影詞人[10]，工
詩善詞，尤精小學。1882 年與王韜結識，僑寓嶺南，常與
之通信；1890 年冬卒於杭州旅途。大抵在王韜著作中，凡
觸及一同涉足風月的友人，多隱瞞真實身份，以別號稱之；
因此眾多別號，尚待考訂。

---

8 同註3，王韜，《淞濱瑣話》，卷 12〈瑤台小詠〉，頁 352。
9 同註5，凌宏發，《王韜小說研究》，頁 22~24，認為箐江詞客即是第
   九洞天樵者，與〈丁月卿小傳〉中的山陰瘦腰生，都是《扶桑游記》
   中沈梅史的別號。此論尚待考。
10 王韜，《淞隱漫錄》，卷 10〈二十四花史〉（台北：廣文書局，筆記
   五編，據光緒 10 年（1884）石印本影印，1976 年 8 月，初版），頁
   384。

王韜晚年對歡場迎往，煙花女子之軟語，已認清真相：

> 余自道光末季，以迄於今，身歷花叢凡四十年，其間
> 豈無盛衰之感？……嗟乎！四十年夢醒，彌深瘞玉之
> 悲；十里花明，盡是銷金之窟。聊宣一指之偈，以當
> 九迷之詩。[11]
>
> 嗚呼！世間作狹邪游者，身入歡場，托言游戲。而一
> 至溺情惑志，竟視庸姿為昳麗，譽驕性為溫柔，喜蕩
> 逸為風流，美沈默為貞靜；尋常一語，即以為有情，
> 即以為愛我。宛轉相引，遂入彀中。然或有既歸閫內，
> 而愛極生憎、中道棄捐者。不然，閉置閣中，無殊入
> 於牢籠。亦或有彼姝非由真心，不過假以脫累，既出
> 風塵，遂作陌路。[12]

雖然如此，王韜仍與友人，為歡場女子品題炒作，打開知名
度；煙花名優亦渴望藉此途，抬高聲價：

> 滬上名姝，其冠絕一時者，皆邀月旦之評，而登諸花
> 榜。一經品題，聲價十倍，其不得列於榜中者，輒以
> 為憾事。[13]
>
> 君（菁江詞客）至都門，當作詩詞贈余（倪寶）。竭
> 力提倡，俾增聲價，當有風流學士知妾名也。[14]

---

[11] 同註3，王韜，《淞濱瑣話》，卷7〈談豔上〉，頁181、186。

[12] 同註3，王韜，《淞濱瑣話》，卷7〈記滬上在籍脫籍諸校書〉，頁217。

[13] 見王韜，〈海陬冶遊附錄〉，卷中；收在王韜編，《香豔叢書》（台
北：新文豐圖書公司，1989年出版，叢書集成續編，第212冊），20
集卷，頁40。

[14] 同註3，王韜，《淞濱瑣話》，卷9〈紅豆蔻軒薄幸詩中〉，頁260。

因此，才會有眾多品題煙花優伶的作品，成為後來晚清狹邪
小說的題材。

四、傳奇小說五十篇

《淞濱瑣話》50 篇小說皆為傳奇體，每篇約兩千字上
下；唯卷 10〈夢中夢〉五千多字，篇幅較長。雖然王韜於
自序中稱，以奇境幻遇補《淞隱漫錄》志怪之缺；但全書寫
人的故事，仍復不少。

按故事題材來分，宗教故事最多，有 13 篇；其次是愛
情小說 11 篇，世情小說 10 篇，志怪小說 9 篇，歷史小說 2
篇，武俠小說 5 篇。全書文體及題材歸屬，詳見附錄五：《淞
濱瑣話》分析表。

小說中多反映王韜年老多病的心境與生活，故宗教故事
最多；述長生、成仙、夢境、奇航、遠游、入仙境，呈現對
延壽的嚮往。例如，卷 3〈仙井〉，崔仲翔於泉井得一明珠，
食蟠桃，入仙境、閱諸女，作十洲三島游。卷 4〈辛四孃〉
之長生與仙報，卷 5〈袁野賓〉、卷 6〈孫伯龐〉的成仙故
事，皆是。

王韜偶與友人訪豔品第，青樓故事仍為小說普徧的題材。
例如，卷 3〈劉淑芬〉，劉淑芬迷戀妓女嫣雲，終至錢財盡空；
乃好友李善蘭親身見聞之事。然《淞濱瑣話》與《松隱漫錄》
比較，除了名花散記外，以妓女為題材的小說已減少。

重回上海後，太平天國之禍予他的傷痕，仍在《淞濱瑣
話》中，隱隱作痛。例如：

卷 4〈辛四娘〉：「時粵寇肆逆，房屋毀於兵燹，亂世無依，鬻所有，得五千金。避難江北，小住揚州。不一月寇至，復徙粵東。浪迹七千里外，中途遇土匪，行裝被劫，孑然一身。貨身上寒衣，始得抵粵垣。」（頁 89）

卷 6〈水仙子〉：不謂好事多磨，寇氛驟起，長江天塹，竟至不守。賊眾遂直逼城下。生上書當事，謂：「城外不可不置重兵，相與作犄角勢；願率一旅出，與城外賊戰。」當事置弗省。生欲於家鄉招募壯士，自成一隊。（頁 178）

卷 12〈李貞姑下壇自述始末記〉：咸豐庚申（1860），粵賊陷省城。吳生被執，不屈。妾亦被虜，為賊將沈壓寨二日。沈苦逼妾，妾時以吳生心喪佩縞綦，遂托言母服未除，得不辱。每欲自經，而邏守者嚴且眾，不得也。越一年，大兵克復城垣，妾恐以賊黨見殺，亟從錢塘門出，投西子湖作屈大夫矣。」（頁 384）

〈李貞姑下壇自述始末記〉，可見太平天國之亂下，百姓的無奈；既受控於亂賊，又怕亂事平定之後，被官軍誣為賊黨，頗似王韜切身之痛。卷 3〈邱小娟〉，敘粵寇來襲前，邱小娟與樂崇道，先命村人掘塹築砦，設伏殺賊，保全一村。又卷 8〈顧慧仙〉、卷 12〈蕊玉〉，皆以太平天國之亂為背景。此外，卷 3〈真吾煉師〉，則是以蘭州回亂為時代背景。

　　小說篇名以故事主角命名為多，但亦有以非主角命名者，如卷 2〈白瓊仙〉，主角實為寧世基。卷 3〈邱小娟〉

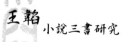
主角為喜武術之樂崇道。王韜以友人、紅粉知己、妓、優之名為人物,如卷8〈顧慧仙〉,似王韜繼妻林冷冷姐夫顧慧卿之名。男主角之名亦有女性化傾向,似優伶藝名;例如,卷3〈劉淑芬〉,淑芬為善擊劍馳馬之俠士。

第二節　主題思想

《淞濱瑣話》的主題思想,有以下四類:為世用與棄仕宦、喪妻痛與擁妻妾、探生死與疑世外、護君王與怨貪官、諷世情與寓教化。

一、為世用與棄仕宦

王韜十九歲科考未中,立下讀書世用之志,至老不移;在《淞濱瑣話》中,常出現博學致用之人。例如,卷5〈袁野賓〉,李雲驤有神童之譽,九歲畢讀群經,旁涉諸史,遍覽諸子百家,靡不通徹,不喜八股之道,如王韜之寫照。又如卷1〈徐麟士〉,徐生除掉巨黿後,致力於學,博通古今;後隨某軍門剿游匪,建功立業。或如:

> 卷5〈樂國紀游〉:人生當壯歲,不能展翮凌霄漢,登玉堂,直入金馬門,置身通顯;便當乘槎泛海,學司馬遷、張騫汗漫游,浮溟渤,升崆峒,尋河源,貫月窟,用以自豪。安能以七尺之軀老死牖下哉!
> (頁124)

　　王韜認為讀書人應做有益於民生，有裨乎國家之事；「以實心行實政，實事程實功。」[15]青年人宜有海外冒險的勇氣，出國遊歷，廣見聞，增見識。「所謂真才者，與國家同體休戚共患難者也。」[16]不能如都下名士空言高論：

> 卷1〈李延庚〉：以應京兆試入都，見集於都下名士，終日惟酒食、游戲、徵逐，放言高論，自負不可一世；及觀其所作，剽竊陳言，短飣雜學，直可投諸溷廁，豈第覆醬瓿而已哉！（頁13）

因此小說中展現了當時有心報國者，藉幕府之職，與上書當事以救國。如卷11〈瑤池仙夢記下〉，西脊山人應李憲之之聘，任其幕僚。卷6〈簫仙〉，楊酴生為筆札幕僚。卷7〈粉城公主〉，余生招任生司筆札；余生鄙其人，推辭不就。卷10〈夢中夢〉，卜元上〈備寇策〉數萬言。

　　王韜的人生理想，表現在年輕時為社會做一番事業；四十歲之後，優游林下。因此，小說多呈現四十隱退的結局。例如，卷2〈金玉蟾〉，金玉蟾勸鄒生罷官回鄉，年約四十。卷4〈辛四娘〉，舒生任官二十年後，急流勇退，年約四十與辛四娘隱居山林。卷4〈徐希淑〉，錢生年未四十，即掛冠歸隱，徜徉西湖以終。卷5〈梅無瑕〉，林彬及第後，歷任清要，亦四十後解組，伉儷倡和，優游林下。

---

[15] 同註3，王韜，《淞濱瑣話》，卷2〈金玉蟾〉，頁52。

[16] 王韜，《弢園文錄外編》（中州古籍出版社，1998年9月，一版），卷1〈原才〉，頁44。

　　王韜在小說中表現為國家社會所用之期許，然對功名得失，經由科舉不第的挫折，與壯年的曲折，則以宿命隨緣視之：

> 卷 1〈徐麟士〉：君雖抱負異才，然非功名中人，歸後不必作出山想矣。今日擁錦寶，對佳麗，載西施一舸以東，豔福亦不淺哉！（頁 8）

> 卷 3〈嚴壽珠〉：壽珠獨勉其勤習帖括，為掄元奪魁計。生笑曰：「卿雅人亦達人，何忽作祿蠹想耶？功名之得失遲早，固有命在。況余非功名中人，豈能強致哉！不過逐隊隨行，吃三場冷飯耳。」（頁 76）

> 卷 10〈徐太史〉：榜發被黜，喪氣而歸。楊不喜，過往漸疏。師曰：「功名遲早，天定勝人；惡有徐某之才，而長貧賤者哉？」（頁 284）

> 卷 10〈瑤池仙夢記下〉：山人自述顛躓場屋，抑塞不遇；群小忌才，肆口騰謗。曰：「不子之慮，而為子幸也。幸不作功名中人，塵根尚淺，仙籍未除。百年富貴，有如朝露，何定欲作黃粱一夢乎？至峨眉謠詠，自古皆然。靈均詞藻，依然與日月爭光也。亦何慮之有！」（頁 349）

因此，王韜雖有心世用，卻不願擔任公職：「曾以指陳洋務為湘鄉曾文正公、合肥相國、豐順丁中丞所賞識，皆欲招致幕下。以禮為羅，然譬諸一鶴翔於寥天，而猶俯受羈靮，竊

弗願也。」[17]即使在英國漫游譯書之際，仍不忘「中原天地正風塵」[18]。內憂外患之際，只思「何人幕府能籌筆，殺賊功成奏凱回。」[19]

二、喪妻痛與擁妻妾

王韜二十七歲時已歷父逝、喪妻、弟亡之痛，尤以年輕喪偶為最。即使王韜初至上海時，常出入風月場所：「余自己酉（1849）杪秋，寄跡斯土，每值賦閒，輒與二三良友，遨遊其間。」[20]在《漫遊隨錄》、《瀛壖雜志》、《花國劇談》等書中，也可看青樓女子的身影；但他最愛的依然是第一任妻子楊保艾[21]。楊氏原字臺芳[22]，婚後改字夢蘅，夫妻感情甚篤。1850 年的夏天，王韜把母親、弟弟、及妻女都接到上海；不到十日，楊氏即亡[23]。楊氏死後，王韜對她的思

---

[17] 王韜，《王弢園尺牘》（台北：廣文書局，1994 年 12 月，初版），〈答伍觀宸郎中〉，頁 57~58。

[18] 王韜，《漫游隨錄》（湖南人民出版社，1982 年 12 月，一版），卷 2〈倫敦小憩〉，倫敦畫館繪像題詩，頁 100。

[19] 王韜，《蘅華館雜錄》（清光緒六年（1880），弢園叢書本），卷 3〈殺賊〉，頁 10。

[20] 同註 13，王韜，《海陬冶遊附錄》，卷上，頁 23。

[21] 王爾敏，〈王韜生活的一面—風流至性〉：「王瀚生平相關女性，有用情最深之少年原配夫人楊夢蘅」（中央研究院近代史研究所集刊，24（上）卷，1995 年 6 月，頁 228。

[22] 同註 17，王韜，《王弢園尺牘》，卷上〈與醒逋〉：「臺芳早謝，墓草垂青。」頁 13。

[23] 同註 17，王韜，《王弢園尺牘》，〈奉顧滌菴師〉「中秋卜築三楹，絜細君偕來斯土，原欲得家庭團聚之樂，而慰旅人寂寞也，不料至未十日，遽更斯變。」頁 12。

念甚篤，例如，在與岳父楊也崚、內兄楊醒逋、老師顧滌菴
的信中，述喪妻之痛：

> 期年之間，蓋棺者再。莊生雖達，不能著齊物之論也。
> 自此以後，看花載酒，俱屬無憀，惟是閉門枯坐，諷
> 佛誦經，以澄心見志而已。[24]
> 欲作莊子之寡情，偏惹荀郎之多恨。愁悰震蕩，幽景
> 荒涼，其將何以自解也。[25]
> 一尊濁酒，持奠細君，短榻香銷，閑窗塵網，刻骨相
> 思，豈有了境，返魂乏術，永無見期。[26]
> 彈琴絃而傷別鵠，折釵股而痛分鸞。每念及之，心脾
> 淒惻。欲作數詩，聊寄哀思，執筆鳴咽，不能成語。[27]
> 空花易萎，吁可悲已，邇來邀遊於書城酒國中，日夕
> 以淚痕洗面，舉天下之樂事，無足以破愁者。一燈對
> 啼，萬籟全集，雖至無情，要難堪此。[28]

王韜悲痛逾絕；朋友勸他續絃，但王韜以「悼亡新賦，玉骨
未寒，何忍遽言此哉。」[29]而回絕。第二年，王韜續絃後，
林琳原字冷冷，亦改字懷蘅[30]，可見對楊氏的思念。

因此，《淞濱瑣話》中常以主角喪妻，做為人生之至痛。

---

[24] 同註17，王韜，《王弢園尺牘》，卷上〈再與醒逋〉，頁11。
[25] 同註17，王韜，《王弢園尺牘》，卷上〈與楊也崚五丈〉，頁11。
[26] 同註17，王韜，《王弢園尺牘》，卷上〈與所親楊丈〉，頁11。
[27] 同註17，王韜，《王弢園尺牘》，卷上〈與醒逋內兄〉，頁11。
[28] 同註17，王韜，《王弢園尺牘》，卷上〈奉顧滌菴師〉，頁12。
[29] 同註17，王韜，《王弢園尺牘》，卷上〈與錢蓮谿茂才〉，頁13。
[30] 王韜，《瀛壖雜志》（湖南：岳麓出版社，1988年5月，一版），卷
4〈林謙晉〉，頁142。

如卷3〈真吾煉師〉，徐叔嘉喪妻，痛不欲生，願出家為道士。卷6〈孫伯箖〉，有「生妻以瘵病逝、生悼亡再賦」。卷8〈顧慧仙〉中李世璜妻喪；乃王韜自身喪妻經驗之投現。

王韜晚年無子，妻子管束又嚴；愛情小說多以主角娶眾多妻妾為結局，應有補現實缺憾的心理。例如卷6〈花妖〉，男主角李子先分別與五位女子成婚；卷6〈畫妖〉，男主角盧思遜娶四妻。愛情小說卷8〈顧慧仙〉，男主角李世璜先後與顧慧仙、孫妍秋、謝珊、阿秀成婚，享擁妻妾之福。而小說中一夫二妻的故事亦不少。例如，卷6〈劍氣珠光傳〉、卷8〈楊蓮史〉、卷8〈梅鶴緣〉、卷10〈玉香〉，等等；皆可見王韜在小說中的寄託。

三、探生死與疑世外

《淞濱瑣話》中充滿長生、降生、仙道的情節與奇人異事；可看出王韜晚年，關注死亡的課題。例如，涉及民間信仰者有24篇，描寫悟道異人者有13篇。其中以道教吐納引導、煉形養氣、燒丹煉汞、符籙咒語、收妖招魂、降仙附身、尸解的情節最多，共有19篇；涉及佛教者有5篇，言及巫術者2篇。

例如，卷1〈倪幼蓉〉，倪女喜道教內丹，講求吐納導引之術，長生久視之方。卷2〈煨芋夢〉，居仲琦慕張道陵之仙術，燒丹煉汞。卷5〈袁野賓〉，李雲驤與袁環娘練導引、胎息、火候抽添之訣，又練飛入雲端的輕功。卷11〈瑤池仙夢記〉、卷12〈李貞姑下壇自述始末記〉兩篇，更是

直接描寫民間道教信仰之儀式。卷 3〈劉淑芬〉，劉生在師父歐冶授以符箓咒語之後：

> 能搓劍如丸，納之口中；復吐之出，則雙劍躍入空際，天矯如龍。能取仇人首級於洞房邃室之中，惟意所欲，雖以銅鐵為牆壁，不能阻也。（頁 63）

《淞濱瑣話》中的眾多宗教情節，反映了清末鬼神信仰；不難理解 1900 年時，山東巡撫毓賢在北京倡言義和團民，神技可用，才會引起八國聯軍。王韜以儒者出身，雖助譯西方聖經，對宗教始終抱持著理性的態度；曾對佛教之說輪迴、地獄，道教神仙，提出質疑：

> 佛氏所云輪迴之說者，謬也。我妻死，我不能為之不娶。琴瑟好合，如故也；閨房宴笑，如故也。而茫茫萬劫，永無相見之期，悠悠廿年，并無入夢之夕。[31]

> 卷 1〈李延庚〉：生怳然若有領悟，曰：「人與鬼既不可合，然則鬼與鬼亦有樂趣乎？」女曰：「既為鬼矣，一切皆空。耳、目、口、鼻、舌、意既無，則聲、色、香、味、觸、法概無所著。惟以生前善惡業，墮死後苦樂趣，容或有之。所謂苦樂，皆由心生。刀山劍嶺，焰坑血湖，不過為下等人說法，非真有之。大聖大賢，極奸巨惡，可以常存。神靈仙佛，精氣不消。時至則滅，或久或暫，總視其功行何如耳。其餘眾生，旋生旋死，忽有忽無，群入於覺海之中，為一氣所鼓

---

[31] 同註 17，王韜，《王弢園尺牘》，卷下〈與友人〉，頁 50。

蕩而已。」（頁 17）

　　卷 2〈煨芋夢〉：道外無仙，心誠則得。……妖由人

興，堅持即息。世上悲歡離合，大抵如此。慎毋謂偶

爾遭逢，不由心召也。」（頁 55、59）

　　然而，晚年王韜面臨老死一關，在小說創作中，亦表露了面對死亡的彷徨，與對延壽、尸解成仙的渴望，或安穩離開人世的期待。例如卷 2〈煨芋夢〉，居仲琦跟著二位羽士，跨鶴朝真，遠離人世。卷 4〈反黃粱〉，徐啟明屏棄一切，隨羽士雲游，不知所終。卷 5〈袁野賓〉，李雲驤與袁環娘修成仙人。卷 6〈孫伯篯〉，孫生受白鶴邀遊仙島後，入室沐浴，易衣而逝。

四、護君王與怨貪官

　　王韜雖曾受清廷通緝，但小說中對清帝沒有怨言。如卷 10〈因循島〉中，諷刺清朝官吏，從省吏、郡守、邑宰、幕客、差役，如狼似虎，吸盡民脂民膏。立朝者聲氣相通，無人敢揭露；若有人不肯附和，大多賦閑。當官時以好面目示人，面對百姓時變為狼相；仁慈的島主，也被狼怪所騙。顯見王韜認為清朝亂象，是清帝被狼輩欺瞞的結果。

　　又如卷 2〈金玉蟾〉，評當時為官者：

卿不觀今時之為仕者乎？民脂民膏，供吾私囊，雖閭

閻之疾若、家國之安危，有所弗恤。但觀其旗旄導前，

騎卒擁後，出則高車駟馬，入則重茵列座，自以為一

世之雄。……時土匪未盡，行旅戒途。歷任當道，皆以粉飾因循，致跳梁者益無忌憚。（頁52、53）

卷7〈粉城公主〉：女叱曰：「汝為大吏，貪黷殃民，試思三尺法可輕恕否？」叟力辯不貪。女笑曰：「某人補某守，汝得萬金。某人補某令，汝得八百金。奏復某員，汝得五百金。即此數端，罪已莫逭。尚狡辯耶？」擲一紙，令自書供。叟顧少年捉刀，女笑曰：「目不識丁，乃為大帥耶？因汝曾籌款賑饑，姑貸一死。貪囊三十萬，暫留於此。」（頁202）

晚清財政困窘，開納粟入官之門，貪官從中侔利；買官者當官之後，極盡豪奪之能事。因此，王韜亦諷大賈、工匠之捐職為官者：

卷2〈金玉蟾〉：賈賤仕貴，奚可相提並論哉！然賈亦有大小，小者不過負販之流，大者席豐履厚，出入車馬，交結官長，頤指氣使，人多仰其鼻息。一旦納粟入官，頭銜有耀，列于縉紳。財多者，指捐某省，即日可以赴任，卿豈可輕視大賈哉？（頁52）

卷7〈粉城公主〉：同鄉余生，以工匠捐職，司山左某局差務，驕吝貪鄙，忍刻寡情。聞生名，招司筆札，生鄙其人，卻不就。（頁198）

大賈豪商席豐履厚，交結長官，頤指氣使；納粟入官，則列于縉紳。工匠當了官，則忍刻寡情。又如卷10〈夢中夢〉，卜元巡視地方，各省大吏皆畏懼其勢，爭獻苞苴；貪黷官員

饋贈女樂，即可免受彈劾。小說以賣爵受賄，傾陷朝忠，強奪民女等事，刻劃清末官場亂象。

五、諷世情與寓教化

《淞濱瑣話》中有警世寓意之主題亦不少，包括賭癮難戒、謹慎毋貪、俗僧醜態、人情澆薄，等等。

例如卷 3〈真吾煉師〉，徐嘉叔喜歡賭博，妻子與兄屢勸不聽，典衣售屋，貧無立錐。妻子忍無可忍回娘家，徐向妻求助，只得髮釵，口出氣言：「我雖窘迫，尚不至以此區區者求汝。」兄長亦痛斥：「我非不愛子，無論祖宗遺產，盡足供汝溫飽，即我年來貸汝者亦不下千金，奈汝到手輒盡何！」最後，靠著兄與真吾煉師抽斷傲筋，才斷指改悟。

卷 5〈樂國紀游〉，安若素至一樂國，國王贈以貪囊，囑以謹慎持之。後來貪囊被小偷盜去，「貪囊誤入人手，漸漸學制。久而大小不等，遂不脛而走，天下傳其術者殊多云。」（頁 128）告誡世人皆有貪囊，若用之則不可救藥。

卷 5〈紀四大和尚〉，諷四俗僧各愛酒、色、財、氣之醜狀，無出家人之自守與修持。卷 8〈柳夫人〉，許翟由嗜賭、狹妓的惡習中，經由嗣母柳夫人的苦心安排，終於浪子回頭，從事正當的營生。

卷 4〈皇甫更生〉，皇甫更生的舅妾與僕私奔，其子家芷舉孝廉，不敢與子相認，羞愧跳水而死。其父以「聖人不喪出母，矧系背逃，與兒恩義已絕。即幸活，亦同覆水。姑念生身，棺斂從厚而已。」教育大眾之寓意甚明：不守婦道

者，親情亦難存續。又如，卷 10〈徐太史〉，落魄書生徐
太史，寄居舅家，受表親欺凌，幾經波折，終於揚眉吐氣。
藉以譏刺人情冷暖，世俗嫌貧愛富之態。

第三節　寫作技巧

《淞濱瑣話》在傳奇小說的寫作技巧上，愈趨成熟。情
節跌宕合理，擅於刻劃場景，人物類型多樣，語言純熟。

一、情節跌宕曲折

王韜歷經《淞隱漫錄》大量創作傳奇小說之後，《淞濱
瑣話》中的情節安排，雖有小疵，但已較為圓熟；除了吸收
前代小說的情節技巧，亦運用傳說、典故、史跡、見聞、時
事的穿關，以舖陳故事。

吸收前人小說以開展情節者；例如，卷 1〈徐麟士〉，
揉和唐傳奇〈昆崙奴〉、〈黃粱夢〉、〈古鏡記〉以成。卷
5〈袁野賓〉，本於《開天遺事》，王仁裕蓄一猿名野賓；
裴鉶《傳奇》中，孫恪與袁氏遇僧化為猿。卷 12〈蕊玉〉，
情節安插游大觀園，顯然受《紅樓夢》影響。卷 8〈柳夫人〉，
敘許翟無所得食，行乞還鄉里，衣破衲，聳肩如寒鷺的形象；
彷彿白行簡〈李娃傳〉，滎陽生行乞於大雪之中。卷 2〈白
瓊仙〉，據潘元紹愛妾七姬墳，安排寧世基於吳門作客，豔
遇數女夜談，點化與白瓊仙一段姻緣。

　　在融合出訪見聞與西方典故上，例如，卷3〈仙井〉，以崔仲翔入仙境，與諸女遊十洲三島。卷10〈因循島〉，以遠遊域外諸島為主線。卷1〈徐麟士〉，寫到「旋至岸盡處，遙望浩淼汪洋，極目無際，殆海也。車經由海中行，水分兩旁若壁立」（頁5）；如摩西之出埃及，走至紅海，水拱立兩旁，開出一條路。

　　卷6〈水仙子〉，寫西方香水之神奇：「辨其味，非酒非水，但覺如醍醐灌頂，直達丹田。……此名安剌水，乃荷蘭國所進，非中土所有也。」[32]又如卷5〈樂國紀游〉，在入貪囊、困窘鄉、坐愁城的情節中，融合劉伶、李白、魔毯（白練）、基督教亞當夏娃之傳說：

> 始入一園，曰樂園，佳木蔥蘢，芳草綠縟，花卉紛繁，綺錯繡交。中有一樹曰「生命樹」，為世人生命根柢所託。始祖亞當、夏娃曾居此園，逍遙自適，絕不知人世間有所謂生老病死離別悲痛者。自食果違命，遂驅之出，由此遂失樂園。（頁126）

　　此外，王韜亦在小說中穿插改革變法，講求科學之政論。如卷3〈嚴壽珠〉，論西方蒸汽引擎帶動輪船、火車之前進：

> 爰僱巨舶，賃輪船，曳之行。雙輪激水，其去如飛。壽珠顧而樂之，詰生曰：「此船之制，為西洋所特創，推原其本，果何自昉歟？」生曰：「聞昔時有以鐵鑊煮水者，水沸熱氣上騰，將蓋掀去。其人因悟熱水之

---

[32] 同註3，王韜，《淞濱瑣話》，卷6〈水仙子〉，頁177。

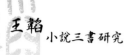

氣，其力甚猛。徜以鐵管傳遞，納入器中，閉不使出，則其力必能使輪自轉。試之果驗。輪艦火車，由是興焉。有此能化遠而為近，其利不慕溥哉！」壽珠曰：「既有輪船，則帆舶可盡廢，妾意中國何不自行製造，乃猶必假手於人哉？」生笑頷之曰：「卿可謂當今之女諸葛，談言微中，識見不凡矣。」（頁76~77）

從對話中以嚴壽珠之識見，與呈現中國應自建輪船的想法。又如卷8〈楊蓮史〉，錢月嬌理勝於術之論：

女欲授以曆算之學，生殊不以為意。曰：「我所欲者，望氣而知休咎，聞聲以卜吉凶，得先趨避耳。」女曰：「我所據者理也，君所求者數也。數不可逃，知之何益？」（頁224）

然因王韜力求情節曲折，有些篇章的情節雷同。例如卷4〈沈蘭芳〉，陸椿齡為相思成疾之沈蘭芳，尋找意中人；與卷12〈蕊玉〉情節相似，馬叔文為蕊玉相思成疾，其母招友人史生密議，偽稱已合婚，叔文喜而病漸癒。〈沈蘭芳〉又與卷4〈辛四娘〉，男主角誤入藥香院的情節雷同。卷3〈邱小娟〉中，繩妓能舞刀承巨甕；卷4〈徐希淑〉，亦有「窄衫縛褲，作北路繩妓裝束」的女俠。或如卷2〈白瓊仙〉，設置數女夜談之情節；卷8〈梅鶴緣〉，金春餘赴京趕考時，亦於蘭若寺見四女子踏月夜談；兩篇的男主角也都娶其中二女為妻。

　　此外，有些故事結局安排倉促，無法前後呼應。如卷 3
〈柳青〉，柳青渡海舟覆溺死，最後又補一句「或謂尸解」；
未將前文之羽士贈雨蓋、囊、灯、屨之懸念，一一收籠，予
人虎頭蛇尾之感。卷 2〈煨芋夢〉，尚未交待鏡照四大洲的
作用，即匆匆以「後約百年，二羽士至，偕居仲琦跨鶴朝真。」
作結。

　　在《瑣話》中，作者偶以「天南遁叟」之名，在情節發
展中做為臨時角色，彷彿戲劇中的路人甲乙，偶然晃過。如
卷 4〈皇甫更生〉，以女之口，說出上海有詞史陸月舫，天
南遁叟最為賞識。或把自己的著作寫入小說中，與前人傳奇
小說之後論不同。如卷 6〈簫仙〉，記王韜《眉珠庵憶語》。
卷 6〈孫伯箎〉，女主角夢境於中，見王韜品評名花之文《海
陬嘉話》〈海內尋芳譜〉。卷 8〈顧慧仙〉，有《紅蕤閣詞》，
與阿秀連舉三子，俱以痘殤；類似王韜之有兄以痘殤。卷
11〈瑤池仙夢記上、下〉，天南遁叟因私窺下界璇閨秘戲，
遂謫人間。

　　然而小說以「天南遁叟」之名評論者，唯有兩篇：卷
5-4〈袁野賓〉，交待前人類似故事；卷 12-6〈李貞姑下壇
自述始末記〉，評李貞姑之貞潔可嘉。可見後期之創作，已
擺脫傳奇小說之傳統模式，隨意創發。

二、擅於刻劃場景

　　傳奇小說家大多以簡筆勾勒故事場景，王韜卻擅用細繪
場景的寫法，引領讀者進入故事情境。他善於描寫的小說場

景有兩類,一類是江南園林,另一類則是奇幻仙境。第一類如卷 1〈藥娘〉之冶春園遺址,卷 2〈魏月波〉之綺園,卷 2〈白瓊仙〉之曲徑池閣,卷 4〈徐希淑〉之廢園,皆是。第二類如卷 2〈煨白芋〉述勞山之仙觀,卷 4〈辛四娘〉之邊仙廬。

　　王韜生於甫里,四處可見江南園林,故善細繪亭臺樓閣,做為情節推展、蘊釀氣氛的場景;茲以〈藥娘〉冶春園為例:

> 鄭筱史,汴人。僦屋維揚為寓公,其居近小金山。後購冶春園遺址,葺而新之,樓臺亭榭,頗有可觀。又復疊石為山,引泉作池;池流曲折,駕以飛橋。東西迴廊周繞,隨地勢高下為參差。最奇者為芍藥圃。圃前有門,扁曰「塵飛不到」;字勢飛舞有逸趣,呂仙降乩筆也。一入門內,便見高峰插天。循徑而上,路殊紆徐。既登絕頂,有亭翼然;倚欄縱眺,全園盡在目中。既達平地,則彌望皆芍藥也。雕欄石磴,環護倍至。中間所植為「金帶圍」,尤稱名種。相距數十武,有樓五楹,極軒爽。樓上藏書數萬卷,緗帙縹函,什襲珍庋,多人間未見本。樓左偏葡萄作架,薜荔為墻,槐榆千章,芭蕉百本。覓路而入,綠蔭森沉。精廬三楹,為閒時憩息所,盛夏居之,幾忘炎燠。(頁 8~9)

可見寫景之細膩,既言花木高峰,又言迴廊樓廬;文筆工整:「葡萄作架,薜荔為墻,槐榆千章,芭蕉百本」。鄭筱史在

泉池迴廊與亭閣間，遍植芍藥，才引出紫芍藥花精謝藥娘、玉蘭花精徐玉娘；先說到藏書數萬樓閣，再寫藥娘論宋板書之言。

　　王韜寫迷離仙境，除以江南園林為依據，又擅用外國所見之建築與物品，塑造奇境，以吸引讀者；例如〈辛四娘〉之道院邃仙廬：

> 正面廳事所臚列者，皆火齊、木難、珊瑚、翡翠。几上供白玉瓶，內有水晶樹，高可七、八尺。盤中夜光珠，大如雞卵；入夕清輝煥發，照耀一室，可不用燈燭。即在日間注視，熊熊然目為之眩。四壁皆古書畫，上懸一匾，曰萬古常新。其旁楹聯，已剝蝕不可辨。由屏後入，復見高屋五楹，雕鏤精巧。兩旁畫廊曲折，直達飛樓。屋後一帶紅牆，現一洞門，其圓若月。洞門以內，瑤草琪花，鳥聲格磔。越重門視之，飛甍畫檻，綺閣文疏。一桁珠帘，垂垂正下，飛花打窗際，人語不聞。庭中李樹一株，雜以西府海棠，紅白爭妍，天然可愛。由晶窗微窺，見其內脂盒粉篋、鏡檻衣笥，無一不具。報時鐘閣閣徐行，正鳴六下。正中設壇紫檀床，繡帷高捲，兩金鉤各垂五色線繐。床前東首，雕沈香繡榻一。榻上一几，置繡履一雙；花樣精工，纖小如瘦笋。（頁 91~92）

七、八尺高的水晶樹、夜光珠、晶窗、報時鐘，皆是王韜歐遊中所見之西洋物品。例如，參觀英國博物院，記所藏寶物：

「奇珍異物，寶玉明珠、火齊木難之屬，悉羅致之。」[33]當中即有火齊、木難。於法京巴黎，見世界博覽會之高樓，「幾凌霄漢，雕檻晶窗，縹緲天外，雖齊雲落星，猶未足喻也。」[34]在倫敦見玻璃巨室之水晶宮，日光照射下，一片精瑩[35]；驚訝於聖保羅大教堂的自鳴鐘，鐘聲洪亮，響徹十餘里[36]。

除了靜態園景之外，王韜的動態場面也寫得好。如卷1〈徐麟士〉，飛劍斬龍一節，簡單幾筆，刻劃徐麟士率軍斬龍的驚心動魄：

> 生飛劍欲斬鼉龍，鼉龍知不敵，急遁去。雌黿吐水以淹生。生以劍揮之，水反倒注，蓋生劍首有辟水珠也。雌黿乃驚而奔，師潰。生率眾軍追之，直搗其巢。鼉龍為追軍所圍，不得脫。生至，斬之，士氣大振。（頁6）

三、語言純熟

（一）韻文的發揮

王韜精通古文、詩詞、曲、賦、尺牘，能記遊、抒情、政論、寫史；以所擅的文體，刻劃人物情思。《淞濱瑣話》

---

[33] 同註18，王韜，《漫游隨錄》，卷3〈游博物院〉，頁134。
[34] 同註18，王韜，《漫游隨錄》，卷2〈游觀新院〉，頁93。
[35] 同註18，王韜，《漫游隨錄》，卷2〈玻璃巨室〉，頁101。
[36] 同註18，王韜，《漫游隨錄》，卷2〈保羅聖堂〉，頁107。

50 篇小說中，有 25 篇以詩詞韻語，配合故事情境，刻劃人物，烘托場景。

在韻文的表現形式上，有時運用首尾完整的詩詞，有時綴以關鍵象徵的詩句。引用全詩者，如卷 2〈金玉蟾〉，鄒萼樓於羈愁潦倒之際，口吟二絕，表現不能為金玉蟾脫籍之無奈：

> 漫嗤孺子竟長貧，到手黃金盡散人。難把惜花心事了，
> 名花無計脫風塵。
> 一心何敢負卿卿，直把相思了此生。填海補天還易事，
> 只愁鑄鐵錯難成。（頁 49）

卷 6〈水仙子〉，引吳中西脊山人秦肤雨之〈南南曲〉。卷 9-4〈朱素芳〉，附〈柳長青〉詞之跋文。又有詩啟與歌行體，如卷 11-4〈記雙烈〉，文中有烈女詩啟一篇、張烈婦歌行一首。

以關鍵詩句，傳達故事情境者，例如卷 1〈李延庚〉，引賞牡丹詩四句：「分香妝閣照，擇圃幾瓶栽」、「樹轉尊前影，花愁景處香」。又如卷 12〈李貞姑下壇自述始末記〉，吳生贈〈斷情詩〉六十三首，唯寫末首之：「江郎剩有生花筆，吳寫當年恨別辭。」卷 6〈劍氣珠光傳〉，以二句七言楹聯：「昂藏玉樹臨風度，拂拭青萍淬水姿。」上句摹薛姓少年之形象，下句切其姓。

在韻文的文類上，包括絕句、律詩、楚辭、短歌、聯楹、詞、曲等各體；句勢上，則有五言、七言、六言之變化，例如卷 2〈煨芋夢〉，運用六言、七言短歌各一首。卷 4〈辛四孃〉、卷 5〈袁野賓〉，各用一首七律題壁詩以明志。卷

4〈沈蘭芬〉，列四首七絕，顯示龍霞姑的才華。卷 6〈蕭仙〉，除了玉簫題兩首七絕以外；又有訴衷情、唐多令、于中好等三闕詞，展現白菊香仙子的情思。卷 4〈反黃粱〉，以兩首楚歌，展現人各有志、報應不爽的思想：

> 天清清兮地寧寧，何世人各有志於飛騰？嗟一朝之挫折兮，遂奇險之頻經。幻境都由心造兮，盍俯視齊烟九點之青？
> 天蒼蒼兮地茫茫，何前因後果之匆忙。嗟報應之不爽兮，歧途趨而正道忘。史三生如一瞬兮，尚未熟吾半勺之黃粱。（頁 116）

在詩歌的內容上，則有抒情詩、題壁詩、敘事曲、棄婦詞，或以議論、摹人、賞花、贈別、降壇、等等。例如卷 1〈李延庚〉之賞花詩；卷 8〈楊蓮史〉之棄婦怨，卷 11〈瑤池仙夢記〉之降壇詩，卷 12〈李貞姑下壇始末記〉之下壇詩、斷情詩。卷 12-7〈陳仲蘧〉之贈別詩。又如卷 8〈羅浮幻迹〉，〈巡檐索笑圖〉之題畫詩：

> 滿池疏影勢橫斜，小立園林手自叉。料得前生修未到，要將清福問梅花。（頁 232）

雖然小說運用大量韻文，卻不會予人累贅，導致結構鬆散；即使引用較多的故事，也不超過全文三分之一，或逸出情節。例如卷 5〈梅無瑕〉，有五絕〈詠月〉詩一首、七絕〈四憶〉詩四首、兩封書信；舖敘之文，與故事情境、主角情思、情節發展，環環相扣。

（二）善用口語

《淞濱瑣話》雖以古文敘述故事，在對話中不避口語、俗語，以表現人物個性與處境：

> 卷 5〈紀四大和尚〉：人或從旁窺之（鐵鑷僧），遽瞋目叱之曰：「咄！汝鼠子，何不縮頭去？其亟歸家，汝妻方伴和尚宿，遲則一頂綠頭巾戴卻矣。」（頁 147）
>
> 卷 4〈皇甫更生〉：叩戶拒不納，但聞室內屬聲斥之曰：「旅途寄迹，一宿即行，誰有精神管他家事！」嫗返命，母子愈訝其不情。（頁 101）

鐵鑷僧之暴吼與粗鄙，從這幾句話中，表露無遺。皇甫更生於旅店遇鄉音，然同鄉竟冷漠以對，不近人情；原來是私奔的舅妾與僕人，作賊心虛，怕人詢問。又如卷 4〈沈蘭芳〉中，老嫗見龍霞姑與沈蘭芳談笑，瞋曰：「我家阿姑冰清玉潔，誰家莽男兒想吃天鵝肉耶？」（頁 96）一邊說還一邊拿竹篙打沈生。

（三）含蓄蘊藉

王韜傳奇雖多豔情，然筆法含蓄；50 篇傳奇唯 3 篇涉及性愛，僅點到為止。例如，卷 1〈田荔裳〉，田荔裳與孫韻史同處一室，分睡上、下床：

> （田生）聞女輾轉反側，久而不眠，問之，曰：「膽怯也。」生曳履下床，徑就女曰：「我來伴卿何如？」微近女側，覺吹氣如蘭，異常馥郁，繼以手探其衾，

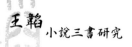
則密裹周身，無隙可入。生強曳焉，女急以雙手持之。
生偶觸玉臂，滑膩如脂，不禁心為大動。既諧繾綣，
翌晨遂留不去。（頁 18~19）

從分床到同睡，只寫情境，不寫情色。又如卷 8〈梅鶴緣〉
應是最露骨的調情描寫：

> 食已，媼撤具入。女微醉，臉泛紅霞，嬌媚益甚。探
> 袖撫摩，清香四溢。避立笑曰：「狂郎何若是無禮？」
> 生益蕩，伏地求歡。女蹴之，生仰首唧其鳳尖。媼忽
> 出，大咤曰：「何為者？老身以客禮尊之，乃引狼入
> 室耶？」女慚而入，媼亦入。（頁 239）

也在老媼乍現中，戛然而止。若連篇極盡調情筆墨，不僅無
法引人遐思，亦令人作嘔；足見王韜敘事言情之功力。

四、仿《聊齋》手

王韜《淞濱瑣語》〈自序〉：「前後三書，凡數十卷。
使蒲君留仙見之，必欣然把臂入林曰：『子突過我矣。《聊
齋》之後，有替人哉！』雖然，余之筆墨，何足及留仙萬一？」
期盼與《聊齋》齊名，受後世肯定。因此前賢對《瑣語》的
評價，皆以模仿《聊齋》論之：

> 本書亦為模仿《聊齋志異》之作，……不少故事能在
> 模仿中寄予新意。卷 2〈煨芋夢〉系仿〈勞山道士〉。
> 卷 4〈沈蘭芬〉有似〈嬰寧〉和〈西湖主〉；同卷〈皇

甫更生〉又與〈嬌娜〉〈青鳳〉相彷彿。[37]

卷 1〈田荔裳〉酷似《聊齋志異》的〈葛巾〉；〈煨
芋夢〉深受〈勞山道士〉的影響；〈沈蘭芬〉有模仿
〈西湖主〉與〈嬰寧〉的痕跡；〈皇甫更生〉有〈嬌
娜〉、〈青鳳〉的影子；〈因循島〉明顯受到〈羅剎
海市〉的影響；但其成就，均達不到《聊齋志異》的
高度。[38]

三部文言小說集，各十二卷，實是「聊齋型」的殿軍
之作。……共收錄三百零三篇。體式和寫法刻意模仿
《聊齋志異》。……《瑣話》中這類篇目尤多。[39]

卷六〈花妖〉，寫四色牡丹婦一書生，頗似《聊齋志
異》中的〈葛巾〉、〈香玉〉；卷七的〈鄒生〉寫書
生與神廟土偶的戀情，深受《聊齋志異》中的〈土地
夫人〉的影響。卷四〈沈蘭芳〉有摹仿〈西湖主〉的
痕跡；卷五〈劉大復〉和卷四〈皇甫更生〉，又可以
看到〈青鳳〉和〈嬌娜〉的影子。卷十的〈因循島〉，
寫一群豺狼占據了大小官職，更是在〈夢狼〉的構思
和立意上有發展。[40]

---

[37] 寧稼雨，《中國文言小說總目提要》（山東：齊魯書社，1996 年 12
月，一版），頁 363。

[38] 劉文忠，《中國古代小說百科全書》（北京：中國大百科全書出版社，
1993 年 4 月，一版），頁 490。

[39] 張俊、沈治鈞，《清代小說史》（浙江：古籍出版社，1997 年 6 月，
一版），頁 461。

[40] 陳建生，〈論王韜和他的淞濱瑣話〉（明清小說研究，1991 年第 1 期），
頁 209~210。

綜整上述《瑣話》與《聊齋》相似篇目：

《淞濱瑣話》	《聊齋誌異》
卷1〈田荔裳〉	卷10〈蒍巾〉
卷2〈煨芋夢〉	卷1〈勞山道士〉
卷4〈沈蘭芬〉	卷2〈嬰寧〉、卷5〈西湖主〉
卷4〈皇甫更生〉、卷5〈劉大復〉	卷1〈嬌娜〉、〈青鳳〉
卷4〈反黃梁〉、卷10〈夢中夢〉	卷8〈夢狼〉
卷6〈花妖〉、〈畫妖〉	卷10〈蒍巾〉、卷11〈香玉〉
卷7〈鄒生〉	卷4〈土地夫人〉
卷10〈因循島〉	卷4〈羅剎海市〉、卷8〈夢狼〉

　　仔細比對所言諸篇，其實相似度不高；即有雷同之處，也非《聊齋》中特有的寫法。例如，〈煨芋夢〉與〈勞山道士〉相似處：在男主角慕道，皆至勞山習道術。但王韜安排羽士煨芋入夢，見織女、月宮等奇遇，以強調求仙之實能；蒲氏則以見師、客、嫦娥對飲，要求速學穿牆法，言學道無速成之理。

　　〈沈蘭芬〉與〈嬰寧〉相似處：男主角相思成疾，由友人代為尋找意中人。〈沈蘭芬〉與〈西湖主〉相似點，唯放生與報恩；然精怪報恩的故事，《聊齋》之前即有。且〈沈蘭芬〉的情節構思，較之〈西湖主〉曲折。

　　〈反黃梁〉、〈夢中夢〉與〈夢狼〉，唯以夢境構思情節相似，主題思想各異；〈反黃梁〉表現漁肉鄉民者之果報，〈夢中夢〉示人生之財、色名利皆空，〈夢狼〉刻劃官吏如

狼虎。夢境小說自六朝以降即有，唐傳奇〈枕中記〉、〈南柯太守傳〉皆為名篇；王韜應非仿《聊齋》而創作，且如〈夢中夢〉之連環套夢的結構，為前代夢境小說所無。

〈皇甫更生〉、〈劉大復〉與〈嬌娜〉、〈青鳳〉相似點，唯故事中有狐女一人；〈皇甫更生〉與〈劉大復〉之狐女，只是配角，出現在小說的後半部，描述不多，形象很簡略；〈嬌娜〉與〈青鳳〉則以狐女為主角。〈葛巾〉、〈香玉〉是《聊齋》名篇，寫牡丹精、耐冬妖與人相戀的故事；表現情之專，可超越物性。王韜〈花妖〉、〈畫妖〉、〈田荔裳〉，則藉精怪寫一夫數妻的願望。

〈土地夫人〉是人神戀的筆記小說，〈鄒生〉是人神戀的傳奇小說；兩篇結局，一悲一喜，主題亦異。〈因循島〉與〈羅刹海市〉同藉由海難，述海外奇島。〈因循島〉意在諷刺官場；〈羅刹海市〉意在奇遇，非批判官場。唯〈夢狼〉藉老翁夢子為官如狼，諷刺天下之官虎吏狼，比比皆是；〈因循島〉則以島吏至幕客皆狼類，譏諷清政府。雖同以狼諷官吏，但兩篇之情節重點不同；〈夢狼〉述貪官遭民怨之果報，〈因循島〉則述官吏媚上官以登階。

經由上述之比較，大抵可看出，王韜受到歷代文言小說的影響，《聊齋志異》只是其中之一而已。細讀《遯窟讕言》、《淞隱漫錄》、《淞濱瑣語》，可發現兩人創作的視角不同。蒲松齡擅長描繪生活中的人情事故，王韜則表現時代動盪下的人物飄泊與追尋。王韜從青年上書、中年策論，至晚年辦學課藝，都展現了關注國事的目標；即便有心模仿《聊齋》，經歷與蒲氏不同，作品自有其個性。

第四節　十四篇佳作

　　王韜經《遯窟讕言》、《淞隱漫錄》的創作，至《淞濱瑣話》時，在小說的情節構思、人物與背景刻劃、主題思想的表現上，技巧比《淞隱漫錄》純熟，全書佳作有以下十四篇。

一、世情七篇

（一）卷4〈皇甫更生〉

　　人物眾多，情節曲折。皇甫更生帶著母親，尋找十餘年未通音訊的舅舅。途中巧遇舅妾與僕私奔而不知，輾轉至舅家，舅已死，唯見表妹若蘭與舅妾之子家芷。不久，皇甫更生與家芷科考皆高捷，更生娶若蘭。因舅顯靈，使家芷再遇母，母投水死，僕人送官究辦。最後，家芷娶一狐女，生一子。

　　在情節安排上，善於設置懸疑，層層遞進。例如皇甫更生於旅舍遇同鄉，殷勤探問，卻遭厲斥：

> 聞隔屋有人，口操鄉音。詢之，係甫出都而攜眷南旋者。更生就見之，與敘桑梓誼，隨問及洞庭王氏。其人聞之，色遽變，若甚倉皇。答曰：「不知，不知。」俄而內有三十歲許婦人，露半面來窺，即呼其人入內，戶遂閉。更生甚疑。出告母頃所見狀，母亦惶惑，令老嫗過隔屋，欲有所咨白。叩戶拒不納，但聞室內厲聲斥之曰：「旅途寄跡，一宿即行，誰有精神管他家

> 事。」嫗返命，母子愈訝其不情。顧以都門漸近，當
> 易得踪耗。且視其人，本齪齪市儈，或不識京中官閣，
> 怪詫而罷。明日詰之店主人，云其人係某宦幹僕，所
> 挈婦人即其繼室。口音似揚州，裝資纍纍，絕無從者，
> 五更乘騾車匆匆行矣。聞之益滋疑怪，乃兼程而進。
> （頁101）

同鄉人口出惡言，不近人情之反目，的確啟人疑竇。隨著故
事發展，其後才揭露舅妾與僕人私奔，巧遇而不識。

　　而家芷面對母親投水死，父親顯靈安慰道：「聖人不喪
出母，矧係背逃，與兒恩義已絕。即幸活，亦同覆水。姑念
生身，棺斂從厚而已。」（頁103）呈現對私奔婦女的觀點。
小說藉狐女與家芷對話，穿插天南遯叟賞識陸月舫，與品評
群芳之事；顯然是王韜遊戲之筆，為品評打廣告。

（二）卷5〈樂國紀游〉

　　此篇融合中西典故，以劉伶、李白、亞當與夏娃，傳說
之貪囊，天方夜譚中之白練魔毯，虛構故事。主角安若素，
生平以漫游為志，搭船遠遊，遇颶風，捲入空際，飄萬里而
墮。橄仙道士以白練，帶往窅鄉。又入愁城，遇樂國大軍來
攻，劉伶、李白在其間。若素被俘至樂國，因能文章，拜為
中大夫。見國中樂園，為亞當、夏娃食禁果之所。又有四美
人相伴，三年之中，樂不可支。某日國王贈無底貪囊、墨寶，
使之回鄉。貪囊、墨寶不敢用，被小偷盜走後，墨寶棄於河，
貪囊使天下人多貪。

除運用典故外，還有許多自創機杼之處，可見王韜之創意。例如，樂國攻打愁城，以水箭使敵軍如痴如醉，不能應戰。愁城人疾首蹙額，視貧為固有；對應於樂國人衣五色衣，趾高氣揚。從愁城至樂國的女子阿珠，由善哭變為善笑。

（三）卷 5〈劉大復〉

故事情節復雜，述一家四代奇事。劉大復受繼母凌虐，父親劉源不勝聒絮遠行。年餘，大復尋找臥病在外的父親，又獲利萬金。大復回鄉後，被繼母誣告入獄，繼母與山西客遠逃。劉父遇妹與外甥女鍾秀，回鄉搭救大復。大復與鍾秀成婚，又迎回繼母。鍾秀苦不育，以弟之子為嗣。子弱冠，有老尼送兒媳。媳生子劉錫，歸寧而去；有胡生者告以報劉源救狐之恩，故送女為媳。

雖以劉大復為主角，但鍾秀才是故事中的靈魂人物，沒有這個能預言的角色，小說將平淡無奇。從劉源遠行之前，欲託付大復與鍾秀之母时，鍾秀直言大復應留家照顧繼母與弟妹；明知繼母會虐待他，亦含笑拈帶，堅稱無妨，予人神祕之感。

（四）卷 5〈紀四大和尚〉

寫四名俗僧情態，微妙微肖，躍然生動。此篇曾收入潘壽康主編《清代傳奇小說》[41]。第一位卓少修，人稱醉和尚，

---

[41] 潘壽康主編，《清代傳奇小說》（台北：河洛圖書出版社，1977 年 12 月，初版），頁 349~358。

師父甫圓寂，即席捲財錢而去，構築酒槽。第二位是王韜家
鄉甫里保聖寺的珂雪禪師，不守清規迷姦民女的淫和尚。里
人懼其勇力，唯綠衣娘以酒色計誘，推入水中除害。小說描
述綠衣娘與眾女追殺珂雪的場景，至為精彩：

> 移舟至巨港，擠之入水。珂雪猶從水中躍起，手攀船
> 舷，舟傾側幾覆。眾急抽刀斫其指，趯趯船板上。一
> 時許，珂雪乃死於水。（頁 145）

第三位是擁資百萬的財和尚雪龕僧。偷錢豪賭，被父母
趕出家門。偶遇羽士，成為靈隱寺方丈之弟子。有李士俊教
以謀利，出庫房錢得利數十萬；又漸通當道，交結官場。方
丈圓寂後，雪龕繼任，鼓勵寺僧謀利，二十年獲資三百萬。
雪龕死後，卻不名一錢。第四位是任意負氣的鐵鑊僧，頭戴
炊具鐵鑊而得名。隨意叱喝旁人，與人暴吼而鬥，遍歷西湖
諸寺，無僧與之談。但能時出隱語，說中人心事。

王韜藉四僧之形貌，以喻修行者應四大皆空，卻貪執於
酒、色、財、氣，極盡諷刺。每個人物的篇幅雖不長，然寥
寥幾筆，即勾勒出人物的形貌，凸顯主題。

（五）卷 8〈柳夫人〉

好賭好色的放蕩子，嗣母使之翻然改悟的故事。許翟五
歲父逝，由母親與伯母柳夫人扶養長大，15 歲好賭敗家，
向惡棍張二虎借貸，逼母償債。母親無奈，幫他完婚後分家，
各自過活。狎友蔡某誘以招妓聚賭，毆妻要錢，翟母憂憤而

卒，妻子亦捲款而逃。妻黨告官，家道中落。許翟走投無路，往求柳夫人，遭到杖逐，憤而遠走。謀生不易，行乞還鄉，再求柳氏。柳氏贈錢，助他娶朱氏成家。朱氏開設米店、當舖，又為之退盜。柳夫人六十大壽，細數前事：娶賢妻、購屋、遷居、掘金設肆、拒盜，皆為許翟深謀遠慮，一手安排。

　　文中寫好賭者欠債無賴之狀，與社會世情冷暖，極為傳神。許翟帶債主回家，以苦肉計脅迫母親，為之還債：

> 西村張二虎，巨棍也。翟嘗署券三百金，不一月罄其橐；又告貸，許倍息以償。前後權子母不下千金，責償甚急。翟授以計，願同回家，向母索。允之，既返，虎出券婉語陳母曰：「息壤在彼，願得璧還。」陳曰：「不肖子所為，誰不知之？前已告眾人：勿與稱貸。乃猶授之以柄耶？家中薄蓄已完，未亡人斷不能填無底壑也。」虎曰：「渠一身外無長物，焉能償？乞夫人垂諒。」陳變色曰：「汝自願借之，向誰取償？」言已，悻悻入內。虎屬聲斥翟曰：「汝急時百般哀求，憐汝，故貨汝。今若此，將成畫餅耶？」翟亦呼曰：「我赤手空拳，汝其若我何？」虎亦怒，奮拳起，曰：「誰不知我虎而冠者？虎不噬人，人乃反欲捋虎鬚、食肉耶？」即解腰間帶，縛翟於柱，曰：「今日欲取汝命！」探刀出衣底，磨庭石，霍霍有聲。僕媼欲來相勸，俱不敢前。陳大驚悸，即令老僕出言，願如數償之。遍搜篋中金畀焉，張乃去。（頁 241~242）

又如，狎友慫恿許翟尋歡，用誘惑、激將之法：

> 忽聞背後有呼其名者，視之，則狎友蔡某也。曰：「聞
> 兄宴爾新婚，不與外人交接。閨房樂趣，固有甚於畫
> 眉者。然未免兒女情長，英雄氣短。」翟笑問何往，
> 蔡笑曰：「君畏娘子軍，何必與聞。」翟固問之，蔡
> 曰：「李喜家昨來一雛，名倩兒。稱為楊州伎魁，貌
> 類天人，酬應極工。論其容貌，實足以領袖群芳。今
> 日趙三已與倩約，買舟招游浦江。我亦往陪。」翟亦
> 識趙，願同往。蔡曰：「君何不畏胭脂虎哉？恐回時
> 向床頭作矮人也。我等必敲牙拔舌矣。」翟固請，曳
> 之偕行。（頁242）

簡單幾句，刻劃損友嘴臉，活靈活現，暢快淋漓。雖然小說
中穿插了仙女助許翟，與亡嗣父相遇的超現實描寫，使情節
落入俗套；整體而言，這篇小說仍然描寫生動，貼近真實的
人性。

（六）卷10〈徐太史〉

　　敘述落魄書生被親戚欺凌，細膩呈現人情冷暖。徐太史
十六歲與母同依親於舅舅楊家。年十八，敏而好學，娶楊家
塾師之女。舅死後，其子琛、珍，盛氣凌人。楊家滿月酒上，
徐氏夫妻被嘲笑冷落，所贈滿月禮，亦被楊家婢女刻薄一番：

> 珍婦婢春蘭尤尖利，共檢賀儀，及公，只銀、佛鎖各
> 一具，春蘭顧女曰：「二姑大費，吾家無需此，何不

將歸買斗粟充飢腸耶？」眾笑之以目。夫人大慚，默不言。比宴內眷，皆婢媼滿前，奔走承奉，女獨無之。公則別設一席，堂上北向，族中幼童數人陪之。堂上拇戰猜謎，興高采烈。母在家，更無邀之者。公逃席先歸，夫人已返。公憪曰：「厚薄如此，令人殊不能平！」女曰：「人情至今日，大抵皆然。患汝不能吐氣耳。」（頁284）

友人舒梅卿贈徐生旅費赴考，然因母喪，考試未成。楊珍夫婦同批打徐子臉頰，逢人詆毀，淺識者相信，忌妒者附和；唯有舒梅卿往來如故，再幫助徐生赴考，推荐予鍾某。徐生於臨清遇沈生，引為知己。徐生又落榜，羞憤自縊。沈生搭救，預言將捷。次日，因皇上不滿新科文章，下令重閱；放榜後，列名第二。次年聯捷，任福建學政。楊琛、珍兄弟，相繼入獄，家道中落；楊琛妻憂死，楊珍妻流為娼妓。

小說寫寄人籬下者，忍氣吞聲，苦恨藏肚的處境；以小孩蠻橫，大人聯手凌人之狀，甚為活現：

喜生偶買小紙鳶，珍子欲之，遣婢至南舍徑取而去。喜往奪。珍婦適之門首，批其頰，罵曰：「小鬼子久住我家屋，一風箏不能捨耶！」喜哭，歸訴母。母不與較。喜哭益急，仍往索。珍至，問故。婦曰：「兒買小風箏，喜生竊去；春蘭取歸，是以哭耳。」珍怒，又批之，破鼻流血滿臂。夫人變色，至不一言，抱兒即歸。（頁285）

（七）卷 10〈因循島〉

　　王韜小說中最有名的一篇諷刺小說，曾收入《清代文言小說選譯》[42]中。項某於閩中任幕僚，返鄉時遇船難，飄到因循島，隨一老叟至其家。老叟講述省吏、郡守、邑宰皆狼類，吸人脂膏；但島主仁慈，為諸狼所矇騙。次日，不告而獨行，被抓到官府，幸遇昔日所救之猿為太守侯冠。入「清政府」門，於官宴上，見數狼穿官服，立化為人，共食肥人。太守推薦項某任縣令幕客，見縣令害民奪田；為升官巴結大吏，使愛妾、幼女伴寢。項某不願留於島中，與海客朱逢同船返鄉。

　　小說寫因循島上滿是貪官污吏，島主卻是仁慈的受矇蔽者；國家敗壞，罪在官吏，而非君王統御無方。這與王韜主張的政治改革，君主立憲制，忠君的思想一致。所寫「清政府」門內，狼族橫行：

> 叟慘然曰：「此地本富厚。三年前，不知何故，忽來狼怪數百群，分占各處。大者為省吏，次者為郡守、為邑宰。所用幕客差役，大半狼類。始到時尚現人身，衣冠亦皆咸肅。未數月，漸露本相，專愛食人脂膏。本處數十鄉，每日輪三十人入署。以利錐刺足，供其呼吸，膏盡釋回。雖不盡至於死，然因是病瘠可憐，更有填溝壑者。」項訝曰：「島主亦狼耶？」曰「非也，主上仁慈。若輩能幻現人形，詭計深謀，遂為所賺。」問：「朝臣何以不知？」曰：「立朝者皆聲氣

---

[42] 王火清譯注，《清代文言小說選譯》（成都：巴蜀書社，1991 年 10 月，一版）。

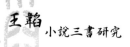

相通，若輩又每歲隱賂多金，遂無人發其覆。況其在官之際，仍以好面目示人。豈知出示臨民，別有變相耶？」……今都院以下，大半同群。其尚有人心不肯附和者，則皆賦閒。（頁297~298）

王韜描繪為官者不言國法與人情天理，只求上有佳名，不妨下無德政，曲意逢迎，酬應百變。更可笑的是，中央官吏巡視地方，德政牌上竟寫著：「粉飾太平，虛行故事；廉嗤楊震，懶學嵇康。」極盡諷刺之能事。三言兩語寫屬令、郎大人之言行，即刻劃出官吏之醜態。

王韜一生關心國事，虛構因循苟且之島，以寄沈痛之思。小說最後以侯冠勸項某：「此邦士宦，大抵皆然。書生眼小於椒，徒自氣苦耳。」呈現知識份子抒鬱自解之道。

二、武俠三篇

（一）卷4〈反黃梁〉

小說描寫細膩，情節安排妥切。身負絕技的徐啟明，擔任保鑣，山東道中擊退劫鑣賊。旅店羽士，贈棗以食。假寐後，夢盜賊推為首領，以仗義為名，恃眾起事，手刃縣宰，劫富室。無賴之徒漸附，聲勢日盛，朝廷征伐而死。死後上刀山，受刑十餘年，又投生為豬。以前被打劫的富翁為飼主，所殺之人王二為屠夫，買肉者皆起事犧牲者。又投生為牛、妓、某家公子，親見妻子自刎之狀，放聲大哭而醒。有所感悟，隨羽士雲游四海，不知所終。

故事結構雖如黃粱一夢，但敘盜賊藉仗義起事，最後卻魚肉鄉民，燒殺擄掠；反映王韜身經太平天國之亂，盜賊為禍鄉里之體驗，寫來傳神。徐啟明遇羽士時，表明有澄清天下之志，欲上馬殺賊，只怕人不肯用而已。然而當權力加身，受眾人擁護時，卻忘了先前的志向；聚眾濫殺無辜，搶奪財貨，反倒成為社會亂源。

此外，小說以簡筆寫清末鑣局，護送物品之險，劫鑣車之狀；反映當時盜賊四起：

> 抵山東境，天已將晚，忽聞林間有鳴鏑聲。徐（啟明）於馬上大呼曰：「眾車且止，劫掠者來矣。」言未畢，矢已及身，徐接之以手，二至三接。急發連弩，前隊數盜已斃轅下，餘眾遂奔。徐回視各人，俱骸觫無人色。（頁111）

（二）卷6〈劍氣珠光傳〉

這是王韜據粵人所敘愛情故事以作，情節構思，頗富懸疑性。隨照乘與白如虹，自幼相識。如虹隨父經商，一別五年。照乘藉赴京考試，尋找如虹；途中遇薛姓富少年，相談投緣，贈以巨資。巧遇白父，如虹因拒婚而返鄉。照乘至京城，寄住薛家，納粟入場；知道如虹未返家，無心再考。照乘至良鄉，帶回白母。如虹扮男裝返鄉，途中誅殺海盜，救廣州南營參戎林大猷之母與妹蘭賓。林兄為妹求婚，才知如虹為女兒身。照乘與如虹成婚，又與蘭賓締婚約；生二子，並任知縣。

全文以男主角追尋情愛為主軸，以女俠奇才為副線。前半部敘隨乘照尋找如虹的過程，敘述流暢生動，情節跌宕；後半部刻劃白如虹之女俠形象，嚴格說來，予人畫蛇添足之感，實為敗筆。

（三）卷7〈粉城公主〉

任生以南洋蛇粉，解救甘叟。幾年後，甘叟為粉城公主尋找蚪蛇粉，以治臂傷，苦尋不得，任生又適時贈蛇粉。任生落第後，遠航散心，遇颶風，飄到一島。起初被山怪擄走，又被眾人帶往一城拘禁。甘叟來，才知此即粉城。曾見公主夜審貪官大吏，以貪吏之腦塗劍，又見公主以鼻吹劍之術。任生從粉城姚婢回鄉，又獲贈巨款。因揮霍錢財，招盜覬覦。姚婢獨自退賊，勸任生修德行義，一躍而失去蹤影。

小說寫任生奇遇，一氣呵成，從以蚪蛇粉救甘叟、巧入粉城，至帶回美人與巨金；首尾一貫，故事推展，節節逼進。粉城公主審貪吏一節，刻劃晚清貪吏賣官，事發後力辯不貪的對話，極為生動：

> 女叱曰：「汝為大吏，貪黷殃民，試思三尺法可輕恕否？」叟力辯不貪。女笑曰：「某人補某守，汝得萬金。某人補某令，汝得八百金。奏復某員，汝得五百金。……目不識丁，乃為大帥耶？因汝曾籌款賑饑，姑貸一死。貪囊三十萬，暫留於此。」（頁292）

三、愛情三篇

（一）卷 2〈金玉蟾〉

小說首尾完整，一氣呵成。故事中的歌妓金玉蟾，有如明代杜十娘之深謀，唐代李娃之封名。王韜藉名妓之識見，述商賈可報國，官吏亦可全身而退。

男主人公鄒萼樓愛上歌妓金玉蟾，阮囊羞澀後，玉蟾請以贖身。鄒生以二百金，與玉蟾之三千金以贖；玉蟾只從妓院，帶走一件破絮襖。兩人從廣東回到閩南漳浦，玉蟾三度從舊衣取出珍寶，助鄒生成富商、納粟得官，施展抱負。鄒生以清廉自持，玉蟾又暗助以避誣彈劾，使之及時引退，安享天年。玉蟾封夫人，生二子。

小說中塑造金玉蟾之智謀形象。父母雙亡，惡叔推入火坑，身陷平康，但出污泥而不染。看出鄒生之才，托付終身；循序漸近，視情況幫助鄒生。珠寶藏於破衣，使生活不虞匱乏；勉勵鄒生報國用世，發揮所長後，功成身退。王韜在此呈現讀書人應以顯揚自期；即使其他官吏粉飾因循，有為者亦可行德政，除莠安良：

> 時土匪未盡，行旅戒途。歷任當道，皆以粉飾因循，致跳梁者益無忌憚。姬謂居官之道，務在除莠安良。因勸生為整頓，雷厲風行；檄飭所屬，緝捕從嚴。未一年，境內大治。（頁53）

王韜正當晚清內憂外患頻仍之秋，雖身經太平天國之禍，對國家前途仍有所期待。現實他中以報刊政論文，期能喚醒有志之士；而在虛構的小說世界中，藉金玉蟾之口以凸顯理念。小說的結局，呈現出真正的愛情，要植基於現實理想，與個人的終極關懷，才能圓滿。

（二）卷5〈梅無瑕〉

故事情節有舒緩處，有緊湊處，峰迴路轉，有別於才子佳人之俗套。林彬寄居舅家，愛上表妹梅無瑕。林彬赴京趕考，梅父另聘尚書公子，無瑕拒婚成疾。待林彬高中而來，尚書逼婚甚急，以悔婚告於官府。正當梅家手足無措之際，尚書涉案，抄家入獄，遂成就兩人姻緣。

小說前半以詩歌、書信，刻劃男女主角傾慕之情。後半則以貴公子之催婚，製造衝突與危機，致情節陡升後，急轉直下。尤其寫豪家率奴逼婚的過程，十分精彩：

> 甫入夜，公子率豪奴數十，持刀杖破關入。明火登樓，搜索殆遍。毀壞器物無數，臨去大言曰：「老烏龜敢出頭，直當打殺，尚書公子不畏人也！」生與舅屏息匿復道得免。天明縣符下，立提舅入署。責賴婚，叱辱備至，拘令獻女始釋。（頁133）

（三）卷12〈蕊玉〉

醫生馬叔文，向道士學琴。道士預言將以妻貴，惟將死於非命。馬生於酬神廟會見蕊玉，相思而成疾。叔文母招友

史生密議，偽稱已代為說親，叔文喜而漸癒。半個月之後，才知友人誆騙之事。恚怒之際，遇蕊玉，遭玉父痛罵，遣媒說親，也被拒絕。太平天國之亂平後，叔文購一舊琴，巧遇藩王，為之彈奏，治癒藩妃。王府樂師新弟子病，叔文往診，與蕊玉重逢。藩王主婚、贈妝奩。馬生捐官，擔任郡守，被仇家刺死，應驗道士預言。

　　小說精彩處在刻劃馬叔文彈琴之境，描繪音樂之悲喜，論琴藝之道。例如三種不同的琴韻聲情：

> 生即取下姬琴，按弦撫軫，彈〈蜀道聞鈴〉之曲。但覺淒風慘雨，幽咽傷心，不啻李三郎銷魂欲絕時也。王擊賞。生遂移宮換羽，轉為清徵之音。始則清風習習，繼則霜角鳴鳴。俄而孤籟起自遙天，有元鶴一雙，破空而下，回翔庭際。彈至入破，則月為之停，雲為之過矣。王大驚異，撫掌叫絕。生曰：「此清徵也。若彈清角，則調急而險，當更進一層。」王曰：「可得而聞乎？」曰：「恐驚貴人，告罪不敢。」固請之，生乃改弦重奏。即聞虎嘯龍吟，自遠而近。未幾，繁聲大起，天黑如冪。有巨鬼數輩，自檐而下，高丈許，目光如炬，若將攫拿。忽霹靂猛催，金蛇亂掣，合殿駭絕。王搖手，即止。生煞尾一聲，離坐而起，則又雲淨天空，壁丹流素。（頁380）

以超現實的手法，塑造音樂的震撼力。王韜於《瀛壖雜志》寫道，住上海北關外時，曾聽笛聲與琴聲，有西婦秦娘善奏：「其聲抑揚高下。頃刻數變，滑如盤走珠，朗如瓶瀉水。雄

壯如鐵騎千數，銀濤萬頃；悲怨幽咽如羈人戍客，嫠婦思女，有不可告人之哀。真可播蕩人神志也。」[43] 兩文對照，可見王韜描寫音樂之功力。

四、志怪〈夢中夢〉

卷 10〈夢中夢〉，全篇五千餘言，是王韜小說中最長的一篇；情節曲折，引人入勝。

主角卜元戰亂後愈貧，設館授徒，妻子劉氏亦賢；然才大心高，不能安困，常苦歎。某日，劉氏煮茶，卜元憑几以待。卜夢已中舉，上〈備寇策〉，受到稱許，皇上授以尚方寶劍。任官後賣爵受賄，強奪民女，得到素霞等姬妾。一日，素霞伴寢，忽有錦衣衛宣聖旨，因十四款罪狀，革職抄家，孑然歸里。因貧而任龜子師，被誣竊妓金釧，失館業。暈倒於祖墳前，忽然來了二個鬼役，押他到地獄受刑，虔誦《金剛經》三年。地獄中，再夢到已投生為神童，十歲任京官。數年後，不敢貪戀富貴，告假歸娶，並請終養。妻美而悍，與妻絕別，往天台山學習道術。師與客對弈，卜元觀局昏睡，又入於第三夢境。夢中參加天試，授泰山司職，掌群狐。有狐女阿鳳甚愛卜，與之成婚。阿鳳姨姊碧雲遇人不淑，雲夫以卜元奪妻，上訴天庭。卜元中巨錐而醒，師與客仍對弈。忽有欽差至，以私逃而廷杖，股骨折而夢覺，身在地獄中。投生為驢，淫心不改，罰作豬；及宰殺，夢醒於素霞懷中。素霞諂媚，即使次姬方氏死諫，仍貪賄縱敵而遭斬。慘哭一

---

[43] 同註30，王韜，《瀛壖雜志》，卷5〈笛聲琴聲〉，頁159。

聲，劉氏拍肩，而茶熟。自此安貧樂天，不作妄想，與妻酌酒吟詩而已。

王韜安排夢中夢，共四層夢境；如《續齊諧記》〈陽羨書生〉之連環套疊。第一夢，等待劉氏煮茶，夢到擔任宰相；第二夢為宰相時，擁素霞，夢入地獄；第三夢，於地獄中夢投生為神童，為試官。第四夢，逃官於天台山觀師與客對弈，夢成泰山仙官。夢醒情節，亦是一夢扣緊一夢。第四夢天帝因奪妻之罪，中巨錐而醒，身在師旁；第三夢皇帝因其逃官，受廷杖骨折而覺，身在獄中。第二夢因身為豬，受宰殺而醒，回臥素霞懷中。第一夢因斬首市曹而覺，回到現實生活。

小說不僅情節曲折，情節安排亦合理妥切；例如作夢時，卜元不忘妻子劉氏。第一夢任某省學差時，擬接妻子赴任，劉不至。第三夢授編修，心念劉氏，打探樂籍，並無其人。人入睡時，實際的作夢情境，往往出現親人入夢，夢境多呈混亂狀態。多數的夢境是片斷、瑣碎、不連續的情景，讓人印象深刻者，往往只是幾個畫面而已。

王韜據夢境以杜撰故事，表達安貧樂天的主題，也非憑空臆造。曾自言：「余自十九歲春間，偶有所感而入夢，無一夕間，至二十二歲夏，乃止不作。曾裒集三年夢中所歷之境，為《華胥實錄》。」[44]當時王韜代替父親館於錦溪，並與老師顧惺學習，博涉群書；其年秋天，應試不中，期以讀書十年，然後為世用；二十歲娶妻生子，二十一歲初至上海，見識西方文化，二十二歲繼承父業，於墨海書館助譯《聖

---

[44] 同註16，王韜，《弢園文錄外編》，卷7〈華胥實錄序〉，頁324

經》。這段期間是他面臨人生重大抉擇的階段，立志、成家、立業，無不需深思。日有所思，夜有所夢，此期間特別會做夢，不難理解。王韜勤奮寫下夢境，為此篇傳奇生動之因。

王韜至創作《淞濱瑣話》時，撰寫傳奇小說的技巧，已較《淞隱漫錄》時成熟；其餘諸篇，雖非整體佳作者，亦有可觀之處。例如卷 10〈玉香〉，道出清代漢軍八旗之家，漢人非位至侍衛提督，不能與旗人嫁娶。回亂金相印之變，齋匪王一清起事，盜財殺人，百姓一日三驚，毓英以智殺匪領苗三喜之事，反映晚清各地盜賊蜂起之狀。

第六章　結論

第一節　題材與主題

　　中國古代小說家的身份、生平大部分很含糊,難以考察與作品的關係;王韜生平較詳,著作等身,有助於研究小說之創作歷程。王韜一生歷經四次轉折,不僅思想漸次改變,生活經驗也愈趨豐富。年少時深受儒家教育,蓄勢待發,志在科舉,走傳統文人都走的老路。科舉不遂,荒年喪父,到墨海書館為傳教士譯書謀生;在上海租界中,與李善蘭、蔣劍人論時劇談,初觸西方知識。壯年遇太平天國之亂,備歷艱辛,南逃香港,又隨理雅各到蘇格蘭譯經;大量接觸西方文化風土,瞭解傳統以外的人文;結束助譯,創辦循環日報,抒寫政論,鼓吹改革。老年重回上海,辦學課藝、寫傳奇小說。藉由想像與虛構,王韜在小說中傳述了史書未能記錄的細微點滴,呈現清末戰亂下的時代一景。處動盪之世,王韜小說有對時局的感傷,與對理想國度的嚮往;流露出護君王與怨貪官,惡八股與棄仕宦,戀青樓與擁妻妾。在小說中投射無法實現的人生理想,高捷中舉,積極入世,為世所用;渴望俠士相助,坐擁賢妻美妾。

　　王韜感情豐富,思想敏銳,好學不倦,能與時而俱進。小說離不開自身的生活經驗,他從熟悉的家鄉風土、上海租

界與香港殖民地取材。雖然如此，在人生的不同階段，與創作歷程上，三本小說集的寫作重心各異其趣。《遯窟讕言》寫奇人奇事；敘太平天國之亂的點滴，家庭問題、社會問題；滿足讀者嗜奇的心理，較少闡發個人哲理與情感。《淞隱漫錄》寫俠士與妓女之奇情；象徵中年的理想與追尋，仙妻美眷之渴望。《淞濱瑣話》寫奇思；顯現晚年的心境，從復生與仙境中，撫慰喪親之痛。

　　綜合來看，三本小說集的題材傾向，仍以志怪小說為大宗，共有 76 篇；這是傳統文言小說家喜愛的題材與實用的手法，不僅用以娛樂讀者，更能在鬼神精怪的角色中，自由發揮遐想與寄託情思。愛情小說有 66 篇，愛情是人類感興趣的活動；王韜的愛情小說多才子佳人、書生與妓女之情。世情小說有 49 篇，多寫社會中負向卑鄙的一面，詐騙、設局、負心、好色、貪賭、缺乏意志的故事。愛情與世情小說佔了四成，呈現王韜在風月場中的閱歷。

　　武俠小說有 39 篇，是王韜小說中寫得較有特色的作品，武打場面，極為生動。胡文彬《中國武俠小說辭典》曾引介 25 篇：《遯窟讕言》6 篇，《淞隱漫錄》16 篇，《淞濱瑣話》6 篇；除〈四奇人合傳〉、〈劉淑芳〉列入歷史與世情小說外，其餘皆列入武俠類。詳細篇目，見附錄六：題材分析表。武俠小說可見王韜寄託俠士，實現社會正義的理想。

　　宗教小說有 30 篇，以所占各書的題材比例而言，《淞濱瑣話》的宗教小說最多；隨著年紀增長，愈來愈關心生命終極的課題。歷史小說 25 篇，多在較早創作的《遯窟讕言》中；以太平天國之亂為核心，抒寫百姓在戰亂之際的悲歡離

合與無奈。公案小說與狹邪小說各六篇，只見於《遯窟讕言》
與《淞隱漫錄》中，王韜沒有偵辦案件的經驗，這些故事來
自於聽聞的社會事件。王韜與風塵女子接觸的經驗不少，然
多轉化為愛情與世情小說，純粹寫狹邪者不多。

　　王韜小說的題材九成是傳統故事，只有一成是王韜接觸
西方的經驗；尤其在《遯窟讕言》的筆記小說中，幾乎都是
古典小說的題材，唯在《淞隱漫錄》、《淞濱瑣話》中有西
洋事物。讀者不必因為九成的傳統故事，認為他沒有創意，
嗤之無進步意涵；或因為幾篇寫外國事物的小說，就溢美為
有走向世界或全球化的企圖。他只是忠實地按自己的人生經
歷，虛構小說而已。小說家無法寫活不含他自己一部分的故
事、人物、理想，因此會將幾個構成他多重人格的部分，具
現在小說中。他把自己當作主角，呈現自我實踐的主題；冥
想成搭救薄命女子的情聖，路見不平拔刀相助的大俠，政治
亂象的評論家，搜尋太平天國軼事的歷史學家。

　　三本小說集中的主題思想，唯一不變的是，渴望為社會
國家所用的人生理想，此乃王韜一生的缺憾；雖有上書言
事，督辦團練的經驗，但始終無法進入國家體制之中，實現
自己的政治理想。小說中闡述變法改革者少，政論作品呈現
在散文中；小說雖有點到為止的論述，如〈海底奇境〉聶瑞
圖之論水利與鐵路，但畢竟是少數。這也可以看出，王韜看
待小說的態度，仍回歸到它的娛樂性與潛移默化上；現實中
的改革議論，不能完全照搬到虛構的小說世界。

　　王韜小說的主題思想，若置於古典小說史來看，有九成
是傳統的主題，抒發書生的落第牢騷、療傷補願，有豔遇炫

奇、天定良緣的幻想，藉由俠士打抱不平、諷戒世貪，贊揚貞烈節操，強化因果報應的必然性，等等；只有一成寄託改革社會的理想。這正反映了王韜所處的時代，西方思潮剛剛湧到，尚未衝擊傳統文化。寫傳統的題材，發揮古典主題，才能為那個時代的讀者所接受。另一方面，幼年的儒家教育與傳說故事對他的影響，遠大於成年後傳教士給予的西方文化。

簡言之，王韜小說反映所處的時代。王韜尊重傳統，瞭解中國小說的題材與主題，以及當時士大夫想看什麼樣的小說。宿命觀、貞烈觀、因果報應、揚善伐惡，都是傳統小說千年未變的主題，也是小說可以存在儒家社會的關鍵。王韜以傳統文言小說描述西方宗教、科學、人文、器用，自然比過去的文言小說，來得豐富。傳統與西方文化的影響，使得王韜的小說，有多樣風貌；但不能說運用傳統是落後，寫西方事物就是進步。

第二節　寫作技巧之演進

王韜的小說敘事形式與修辭技巧，受到傳統文化的影響甚深。三本文言小說集，從筆記體至傳奇體，由數百字之短篇小說至數千字之傳奇小說，由紀錄軼聞到創作虛構，體現古典文言小說從筆記到傳奇的歷程。

《遯窟讕言》多筆記體，千字以內有 69 篇，一千字至一千五百字有 40 篇，超過一千五百字唯 4 篇。筆記小說以

事件為主，敘事簡潔，文字質樸練達，以素描法勾勒人物。歷來文言小說家強調故事真實性的特徵，在王韜的筆記小說中依然存在。然在場景刻劃、氣氛烘托上，舖陳細膩，則顯現王韜著力之處。

做為第一本傳奇小說集，《淞隱漫錄》的表現差強人意。從 103 篇的作品中，可以見到王韜在情節曲折、結局迷離，善構場景、情詞動人，語言含蓄上的表現。雖然有某些不成功的地方，如〈紀日本女子阿傳事〉據真人真事創作，情節交待太簡略。又如〈李四娘〉中，一場大火後，四娘即有劍俠之名，不知為何成名，也未以劍滅火或救人；情節出現斷層，讓人費解。因此，103 篇中僅能勉強挑出 22 篇佳作。

第二本傳奇小說集《淞濱瑣話》，則明顯改善上述缺失，呈現王韜融鑄古典小說的寫作技巧。用純熟的語言，以神異奇情、生死情節、挫折危機、機緣巧合等，使情節跌宕曲折；也續繼發揮刻劃場景的功力，寫活了酒色俗僧、世情冷暖、因循貪官、才子佳人與風塵俠士。50 篇傳奇小說，有 14 篇佳作。其中〈夢中夢〉長達五千餘言，為其力作。

現代人讀文言筆記與傳奇小說，因為沒有文言文的訓練，需要發揮一點想像力，才能理解文言典雅、概括性的修辭傳統。然而熟讀文言文的作家，運用文言的筆法，是再自然也不過的事。幾千年來，文言文一直是很穩定的書寫語言，也使文言小說家有可遵循的模式；後代作家若沒有新奇的故事、巧妙的情節安排、細膩的場景刻劃、敏銳的觀察力，只要題材相似，很容易讓人感到千篇一律。蒲松齡《聊齋誌異》之所以寫得好，因為他有敏銳的生活觀察力，筆下的人

物各個面目不同。王韜小說也遵循著傳統小說家的路子，用典雅的語言去舖陳故事，然而缺乏對不同人物的感受力，所以作品往往在修辭、人物形象、情節安排上重複性高。這樣的重疊性，在言簡意賅的筆記小說《遯窟讕言》中，表現還不明顯；到了傳奇小說《淞隱漫錄》中，近似的寫法則明顯增多。

王韜或許太重視傳奇小說的奇遇幻境，卻忽略了小說的虛構，必需植基於現實經驗與常理；情節發展才能合理，人物形象才夠生動飽滿，故事情境才會感人。小說讓人察覺不出是假造的，就是小說家成功之時。因此，王韜的著力處，反讓某些傳奇小說很造作；甚至予人千篇一律之感。如邱煒萲《客雲廬小說話》曾評：

> 《聊齋志異》，妙在人情、物理、世態上體會入微，各具面目，無一篇一筆重複。即偶爾詼諧，亦是古雅入化。微不足者，筆近纖巧耳。王韜《後聊齋》（《淞隱漫錄》），篇篇一律，自是無味。[1]

蒲松齡寫實境，對周遭的人物有敏銳的觀察力；筆下的人物形象飽滿，面目清晰。王韜對抽象的改革主張有興趣，博覽群書，善用典故；忽略人物細節的描寫，無法賦予人物具體的形貌。

---

[1]　孫遜、孫菊園編，《中國古典小說美學資料滙粹》（上海；古籍出版社，1991 年 5 月，一版），頁 30。

　　或因「生平未嘗屬稿，恒揮毫對客，滂沛千言，忌者或訾其出之太易。」[2]急著要發表出版，沒有仔細斟酌、潤飾、修改的結果，出現模式雷同之弊。遊里勾欄，美化妓女；敘其出身、墮入風塵；恩客同情、穿插詩詞、贖身後為大婦所不容，最後自殺身亡的悲劇，在許多篇中反復出現。因此，傳奇小說有通俗化、模式化的傾向。

　　此外，王韜結合了小說刊行與報章，直接訴諸於閱報的士大夫讀者，與過去小說家之自娛，或流傳於士林之間不同。士大夫有古文閱讀力，有社會影響力，又有閑暇與購買力。王韜深知人性中喜歡的奇人異事、才子佳人、貞烈奇俠、就道成仙、理想國度，連士大夫也不例外。大多數的人看小說是娛樂消遣，不是尋找教誨；一如看流行電影，不會在意通俗情節的重複出現。除非是影評或小說評論者，才會為了學術議題，找出作品的疏漏，做為後世創作之參考。如果王韜沒有寫這麼多傳奇小說，或許通俗化與重複的缺失，就不會被發現。即因如此，我們才能瞭解王韜創作傳奇小說，從生澀到圓熟的過程。

第三節　王韜小說之價值

　　研究與評論小說的工作，除了要分析作品的優缺點，還要指出它對文明演進的貢獻。王韜三本小說集並非全然都是

2　王韜，《弢園老民自傳》（孫邦華選編，（江蘇：人民出版社，1999
　　年3月，一版），〈弢園老民自述〉，頁7。

好作品，很多故事不完美，要挑出缺點很容易。沒有一本小說是十全十美的，許多小說家能在小說史佔有一席之地，也只是作品具有開創之功；或某些片段，具有永恒的價值；或是在歷史上扮演著關鍵性的角色。王韜小說的存在意義，屬於後者；應持平地放在近代史、清代小說史、古典小說史上來衡量。

首先，王韜在近代翻譯經書、改革思想、華人辦報、東西文化交流上，有舉足輕重的地位。小說從傳說、風物、神話、掌故、歷代筆記、傳奇、戲曲，與基督教神話中借鏡；表現了他對傳統文化的固守與自信，對外來文化選擇性的接納，足以代表當時知識份子對西方文化的態度。三本小說集不只是他謀生計的作品，也是人生經驗、思想、情感的轉化。他喜好斗酒、看花逐妓、性格灑脫，即使生活左支右絀，掌管格致書院時，要寫信募款辦學，也不會覺得難為情。小說集引薦友人的作品，為娼優打知名度，亦是率性而行的表徵。從小說集中我們可以看見王韜感性與努力創作的一面，亦有助於解讀與評價王韜的一生。

其次，王韜小說具有時代精神的作品，在清代小說史上，應該受到重視。1840 年之後，鴉片戰爭使得中國打開通商口岸；南京條約之後，西方傳教士與商人東來，東、西文化開始交會震盪。王韜在這樣的時空背景下，承襲文言小說的傳統，創作筆記與傳奇小說。作品中有舊小說的特點，也有當代時空背景下的故事；如太平天國之亂中可歌可泣的故事，西洋文明傳入中國的種種，知識份子對變法改革的期盼。

在晚清小說的轉變歷程上，王韜小說是報刊小說的先聲。《淞隱漫錄》與《淞濱瑣話》承繼唐宋傳奇以來的傳統，每篇二千字左右的的長度，予後來報刊短篇小說建立規範。例如 1904 年「月月小說」，第 14 號徵文啟示，強調徵求短篇小說的字數，每篇約在二三千字；所訂之篇幅與王韜傳奇小說相似，故被稱為近代小說史首位報章小說家：

> 《淞隱漫錄》為舊派報章小說的濫觴。作者也成了近代小說史上第一位報章小說家，在中國古代向代現代小說發展過程中，王韜是承先啟後的人物之一。[3]

在三本小說集中的故事，上海租界、太平天國之亂、西方事物、海外遠遊，正呈現當時中國社會的轉變。因此，王韜小說和眾多申報搜求出版的小說，凸顯鴉片戰爭到戊戌變法之間，小說創作與出版的勃興。每一個文學運動，必經一段時期的蘊釀，待時機成熟，才風起雲湧。許多學者探討晚清小說的勃興，皆從報刊小說論起，實應上溯傳教士東來，刊印教冊、翻譯書籍，影響了如王韜這樣的傳統文人說起。報刊從傳教性質，轉變為商業出版。在報刊連載小說之前，申報館已大量刊印小說；不僅使小說家有出版的機會，也讓編輯們轉而創作小說。王韜在墨海書館譯書，受傳教士辦報的薰陶，從傳統文人轉變為報刊編輯、報社老闆、職業作家。除了王韜，申報編輯韓邦慶、鄒弢、蔡爾康、孫振家亦是如此。

3　蔡國梁，《中國歷代小說辭典》（王繼權主編，雲南人民出版社，1993年 3 月，一版），第四卷，頁 90。

晚清小說的幾種小說題材，可以看出是王韜小說的延伸。例如韓邦慶《海上花列傳》，如《淞隱漫錄》中之狎邪小說；〈因循島〉諷清政府如狼，為李伯元《官場現形記》之縮影；〈羅剎國〉之人體修形，似後來之科幻小說。從王韜小說中，得以考察晚清小說演變的軌跡。

第三，對中國小說史而言，筆記小說與傳奇小說是古典小說中，很重要的一環。王韜小說承繼筆記與傳奇小說的筆法、題材與主題；從三本小說集中，我們可以看見古典小說史的縮影。忽視了三書的重要性，論述中國古典小說的演進，則不能全面而客觀。

自魏晉筆記以降，許多文人皆有筆記的習慣；筆記之中有些是小說，但大部分是散文。至唐人作意好奇，創作傳奇小說以後，許多文言小說家，寫實錄性的筆記小說，也寫虛構性強的傳奇小說。由於傳統上對小說，視為末流小道，作家的創作也很隨興；小說集裏筆記小說與傳奇小說並陳，散文與考證詩文俱入，是古典小說史上的常態。蒲松齡《聊齋誌異》中有筆記小說、傳奇小說、也有散文；如明代瞿佑《剪燈新話》般，工整的傳奇體制，算是特例。這種現象對一般讀者而言，毋需在意；但是對研究中國古典小說者而言，則需審慎考察，才能辨章學術源流。

王韜《遯窟讕言》是筆記小說集，《淞隱漫錄》與《淞濱瑣話》是傳奇小說集，雖然集子皆有散文；但是與《聊齋誌異》之長短不齊，筆記與傳奇混雜相比，顯然有規律多了。這正代表了王韜看出筆記與傳奇小說的差異性，與對傳統小說體例的歸納。分析文言小說的演變，詳辨體例與題材，才

能釐清中國小說史的演進；若把筆記體混同於志怪題材，則不能指陳筆記小說的全貌。王韜博覽說部，所以能看出這個軌跡；顯現他有分析與歸納學術的敏銳度，可惜除了〈西遊記序〉等幾篇序文外，這方面的論述不多。如果他把尋花問柳的時間，轉移在鑽研學術上，可能中國小說學術史的開創者，就不是魯迅與胡適，而是他了。

附錄一　王韜生平事蹟年表

說明：

一、本表共分成兩個部分：第一、王韜生平事蹟。包括王韜
　　的生平事蹟、創作、交友、遊蹤，等等。第二、國內外
　　重大歷史事件，與王韜相關之政治、文化事件。

二、國字之月日，乃陰曆時間；括弧中加註阿拉伯數字之陽
　　曆月日。

三、本表參考資料，以王韜詩、文、尺牘、論著為主；輔以
　　友人相關資料。

西元	干支	帝元	歲	事　　　蹟	國內外大事
1828	戊子	道光八年	1	※十月初四戌時（11.10），生於江蘇省蘇州府城外角直鎮甫里村，名利賓。《漫遊隨錄》，卷1〈鴨沼觀荷〉：「余生甫里，即以唐陸天隨而得名。」 ※祖父王科進，字敬齋，太學生。習端木術，以經商為業。篤厚慎默，見義勇赴，鄉里稱善人。 ※父親王昌桂，字肯堂，一字雲亭，縣增廣生員。9歲時能背誦十三經，有神童之譽。母親朱氏。 ※有兄王春元、王春鎬、王春鏷，俱以痘疾而早逝。有姐王伯芬。（〈弢園老民自傳〉）	◎張格爾之亂，南疆貿易由官方經理。 ◎南美洲烏拉圭脫離西班獨立。

1831	辛卯	道光十一年	4	※好友許起生，友人蔣劍人二十一歲。	
				※四五歲時，字義都由母親口授，夏夜納涼，述古人節烈事，王韜聽至艱苦處，輒哭失聲。〈弢園老民自傳〉：「母親口授《三字經》、《千家詩》、唐宋詩詞。」	◎湖南傜亂，次光亂平。
1834	甲午	道光十四年	7	※弟利貞出生；字叔亨，一字諮卿。	
1835	乙未	道光十五年	8	※〈弢園老民自傳〉：「八、九歲通說部。」	
1836	丙申	道光十六年	9	※隨父親讀書吳村施氏書塾。〈弢園老民自傳〉：「自九歲迄成童，畢讀群經，旁涉諸史，維說無不該貫，一生學業悉基於此。」	◎湖南武岡傜民起兵，巡撫訥爾經額斬首領藍正樽。
1839	己亥	道光十九年	12	※隨父親讀書吳村，一住五年，學問奠基於此。開始學作詩文。〈弢園老民自傳〉：「學作詩文。」（《弢園文錄外編》卷11〈珊瑚舌雕談初集序〉）	◎林則徐至廣州令洋商繳鴉片。宣宗命為兩廣總督。
1840	庚子	道光廿年	13	※〈弢園老民自傳〉：「隨父讀書吳村，始學書信箋禮札。」	◎鴉片戰爭爆發，林則徐被革職。
1841	辛丑	道光廿一年	14	※隨父親讀書吳村，始學作古文。（〈弢園老民自傳〉） ※龔自珍卒，子龔孝拱後為王韜摯友。	◎琦善與英義律訂穿鼻條約。
1842	壬寅	道光廿二年	15	※先隨父讀書於吳村，後回甫里讀書，準備應試。（〈弢園老民自傳〉） ※友人蔣敦復得罪寶山邑令劉光斗，獲罪，削髮為僧。	◎耆英與英使璞鼎查訂南京條約，開放上海等五口通商。
1843	癸卯	道光廿三	16	※秋，赴新陽縣試，考官為楊耕堂，獲其賞識，補博士弟子員。《漫游隨	◎一月，魏源《海國圖志》成

		年		錄》，卷 1〈登山延眺〉:「余十六歲赴鹿城應縣試。」	書。 ◎冬，英倫敦教士麥都思創辦墨海書館於上海。 ◎洪秀全創拜上帝教。
1844	甲辰	道光廿四年	17	※父親離開吳村，返甫里辦學塾，王韜隨父返家就學，與許起、楊醒逋為摯友同學。	◎清廷與美國、法國訂通商條約。
1845	乙巳	道光廿五年	18	※應試昆山，主考官為江蘇學政使張芾，得一等第三名。入縣學，改利賓名為瀚，字懶今。(《甕牖餘談》卷1，〈張小浦中丞師殉難〉)	◎清廷與比利時通商。
1846	丙午	道光廿六年	19	※父親往上海，擔任傳教士聖經助譯。王韜代父館於錦溪辦學，並拜師顧惺；自此博涉群書。 ※秋七月應試金陵，無日不出游；未中舉，絕意科舉。期以讀書十年，然後出世為世用。《漫游隨錄》，卷1〈白下傳書〉:「道光丙午，余年十九，秋七月，以應闈試至金陵。」又《漫游隨錄》卷1〈金陵紀游〉:「余應試至金陵，無日不出游，或蕩槳湖邊，或騎驢山畔，所歷名勝，皆可紀之篇章。」 ※秋，認識任素琴、繆愛香於妓院。(〈海陬冶游錄自序〉)	◎雲南緬寧、陝西渭南回民起兵。 ◎美德克薩斯州脫離墨西哥，爆發美墨戰爭。
1847	丁未	道光廿七年	20	※正月與好友楊醒逋之妹楊保艾結婚，婚後改其名為夢蘅。是冬生一女，字苕仙，名婉。(〈先室楊碩人小傳〉)	◎三月雲南廣州回民起兵，清廷鎮壓。 ◎十月湖南、廣

				※作《畹香僊館遺愁編詩集》，請老師顧惺刪訂詩詞，編成《丁未詩集》2卷，定名為《蘅華館詩錄》。 ※父親到上海譯書謀食。《漫游隨錄》，卷1〈黃浦帆檣〉：「丁未仲夏，先君子飢驅作客，小住滬北。」	西瑤民再起兵。
1848	戊申	道光廿八年	21	※正月，到上海探視在倫敦傳教會工作的父親。始識英國傳教士麥都思，參觀成立於1842年之墨海書館。《漫游隨錄》，卷1〈黃浦帆檣〉：「戊申正月，余以省親來游。……時西士麥都思主持"墨海書館"，以活字板機器印書，竟謂創見，余特往訪之。……與麥君同在一處者，曰美魏茶，曰雒頡，曰慕維廉，曰艾約瑟，咸識中國語言文字。」 ※弟年十五，王韜代父職，教予帖括。（《蘅華館詩錄》，卷3〈哭舍弟諮卿〉）	◎美墨戰爭結束。 ◎法國二月革命，波旁王朝結束，建立第二共和。 ◎維也納民眾暴動，正統時代結束(1815~1848)。
1849	己酉	道光廿九年	22	※上半年任教於家鄉。 ※四月編成《蘅華館詩錄》及〈自序〉。 ※六月父親因病去世於上海。 ※九月到上海，接續父親在墨海書館的工作，助麥都思譯聖經。從此開始接觸西學與基督教文化。《漫游隨錄》卷1〈黃浦帆檣〉：「己酉大水，硯田亦有惡歲。六月先加子見背，余不得已彙筆海上。……余自己酉九月來上海。」 ※完成《苕花廬日志》。 ※在墨海書館的同事有李善蘭、蔣劍人、管小異、郭友松等人。上海時	◎三月葡萄牙強占澳門。 ◎夏，長江中下游大水災。 ◎冬，廣西災荒，飢民遍地。

			期所交之友人尚有姚梅伯、張嘯山、周弢甫、龔孝拱等。 ※秋與友人遊妓藪，並再見任素琴。 （〈海陬冶游錄自序〉）	
1850	庚戌	道光 三十 年	23	※任職墨海書館。輔佐麥都思譯畢《新約聖經》。 ※夏，接母親、妻子與弟弟到上海。因楊家促妻歸，妻子返回故里。不久，王妻重回上海，僅十餘日；九月初，妻子楊保艾謝世。（《弢園尺牘》〈與醒逋書〉、〈奉顧滌庵師書〉；《蘅華館詩錄》，卷2〈悲秋曲〉）	◎清宣宗綿寧卒，文宗嗣位。 ◎洪秀全起兵廣西桂平金田村。 ◎文宗命林則徐為欽差大臣，行至廣東普寧縣卒。
1851	辛亥	咸豐 元年 太平 天國 元年	24	※任職墨海書館。〈與殷萼生上舍書〉：「筆耕收入，歲得二百餘金。」 ※續娶林謙晉之女林琳，原字冷冷，婚後改字懷蘅。（《瀛壖雜誌》，卷4〈林謙晉〉） ※為友人應雨耕遊英記錄，作《瀛海筆記》。 ※春天因稍作綺遊，狂名頓著，已有妓徵歌百篇。（〈海陬冶游錄自序〉） ※九月妻子逝世一週年，作〈悲秋曲〉悼亡妻。（《蘅華館詩錄》卷2） ※仲冬識廣東廖氏姬妾廖寶兒。（《海陬冶游錄》，〈附廖寶兒小記〉）	◎洪秀全立太平天國。封楊秀清、蕭朝貴、馮雲山、韋昌輝、石達開為東西南北翼等王。
1852	壬子	咸豐 二年 太平 天國 二年	25	※任職墨海書館，所譯《新約聖經》出版。李善蘭入墨海書館。 ※七月，病中讀《李義山集》、《蘇長公集》。（《茗鄉寮日記》） ※完成《茗鄉寮日記》。 ※十二月十三，識45歲的蔣敦復於酒	◎洪秀全乘勝入湖南，陷漢陽、武昌。南王、西王戰死 ◎曾國藩丁母憂於湘潭，清廷

				樓。(《淞濱瑣話》卷〈龔蔣兩君〉) ※友人勸其應試,不去。(〈上江翼雲明經師書〉)	命赴長沙招募民兵,是為湘軍。
1853	癸丑	咸豐三年 太平天國三年	26	※任職上海墨海書館。續譯《舊約聖經》,並於今年完成。又與艾約瑟合譯《格致西學提綱》1卷。麥都思與理雅各主編,黃勝撰稿之《遐邇貫珍》問世。 ※二月初七,至鹿城應試。初八考童生,初九補文生歲試。十二日考崑新太屬七學生員,出場甚早。(《衡華館日志》) ※三月十九日,太平軍攻佔金陵。 ※三月寫成《衡華館日志》。 ※六月患疾,閉門養身,寫《海陬冶遊錄》3卷。 ※上海小刀會舉事,王韜於城內,寫成《瀛城聞見錄》。 ※秋,蔣復敦因避太平軍,躲到王韜城北草堂家中,住了二年。又推薦蔣復敦予慕維廉,助譯《英國志》。 ※王韜書成《瀛壖雜志》2卷,蔣復敦作序。 ※結識周弢甫,相見恨晚,結拜為兄弟。(《瀛壖雜志》卷4)	◎正月九江失守,二月洪軍陷南京。太平軍近逼天津,北京大震。 ◎九月上海小刀會起義,歸洪軍。 ◎法國總統路易拿破崙稱帝。稱法蘭西帝國。 ◎日本鎖國時期結束(1635-1853)。
1854	甲寅	咸豐四年 太平天國四年	27	※任職上海墨海書館,所譯《舊約聖經》出版。 ※五月,王韜回故鄉甫里。〈甲寅夏五回里日記〉 ※完成記上海故實之《瀛壖雜志》。 ※閏七月三日(8.26),受洗成為基督徒。其後參與之教會活動甚多,如	◎曾國藩潰敗湘潭,自殺獲救。 ◎英法助土耳其向俄宣戰,史稱克理米亞戰爭。

				八月十日至會堂聽英人說法，廿四日聽說法、受主餐。(《蘅華館雜錄》〈蘅華館日記〉、倫敦會《第六屆傳教大會報告》記錄名冊) ※八月廿六日與麥都思、慕維廉游太湖。《漫游隨錄》卷 1〈莫厘攬勝〉：「咸豐甲寅八月二十六日，天氣新涼。西士麥、慕二君，約同作洞庭之行。」 ※夏識紅蕤閣女史，有割臂之盟，願居妾媵。(《漫游隨錄》，卷 1〈登山延眺〉) ※妻林琳生女王嫻，字櫚仙，瘖不能言。	
1855	乙卯	咸豐 五年 太平 天國 五年	28	※任職上海墨海書館，管小異入館。 ※寫成《蘅花館日記》。 ※春，從兄竹筠、長任去世。 ※夏，與友人蔣敦復、李善蘭、郭友松等，至城隍廟東園飲酒賦詩，作《消夏集》。 ※秋，王韜再參加鄉試未中。(〈與許壬釜書〉) ※七月十七日 (8.29)，吸食鴉片。《蘅華館日記》：「飯後吸片芥一管，則肺腑通靈。予謂片芥一物，偶食則益人，嗜此則受其害。」 ※九月患眼疾。	◎七月淮北捻眾受太平天國冊封。 ◎十月李鴻章克廬州。 ◎十二月雲南回民舉事。
1856	丙辰	咸豐 六年 太平 天國	29	※二月初九，郭嵩燾參訪墨海書館，王韜與李善蘭均見。 ※八月麥都思因病回英國，冬抵倫敦，僅三日而逝。王韜繼留墨海書館。	◎五月向榮攻南京 4 年未成自縊。 ◎八月天太平國內亂。

		六年		※秋末應試鹿城，間道回甫里，停留二日回上海。(《弢園尺牘》，〈與許壬釜〉) ※冬初，左足生疽潰爛。(《王韜園尺牘》，卷上〈寄應雨耕〉) ※蔣敦復與慕維廉合譯《英國志》，初稿成。	◎克理米亞戰爭結束，訂巴黎條約。
1857	丁巳	咸豐七年 太平天國七年	30	※任職上海墨海書館。館中出版中文月刊《六合叢談》，報導宗教、科學、時事，王韜與李善蘭等多助偉烈亞力撰譯。王韜並譯《重學淺說》。 ※四月因足疾回甫里治病，未癒。再回上海，經西人合信以西醫治癒。(《王韜園尺牘》，卷上〈寄應雨耕〉) ※再參加鄉試，未中。《蘅華館詩錄》卷 2〈應試鹿城過馬鞍山下題壁〉：「頭顱三十不成名，竿木逢場悔此行。」 ※結識徐有壬、容閎。	◎七月雲南回民攻昆明，總督恒春自殺。 ◎十月安徽、內鄉捻軍起事，北京戒嚴。 ◎十月劉鶚生(1857~1909)。
1858	戊午	咸豐八年 太平天國八年	31	※任職上海墨海書館，王韜與艾約瑟合譯《格致新學提綱》，書成並出版。王韜《西學原始考》〈自序〉：「韜於咸豐癸丑、戊午兩年偕文西士艾約瑟譯《格致新學提綱》。」 ※二月廿五日(4.8)，母親、弟諮卿及女兒苕仙至。 ※九月廿至廿七日，遊杭州。《漫游隨錄》卷 1〈西冷放棹〉：「余久慕武林山水之勝，塵蹋羈遲，未遑遠涉。咸豐戊午九月二十日，游興忽發，買舟啟行。」 ※徐有壬擔任江蘇巡撫，王韜上書以	◎英國撤除東印度公司(1600-1858)，直接統治印度。 ◎清俄訂愛琿條約。 ◎英法聯艦至天津，北京戒嚴。 ◎香港發行「中外新報」，為最早之中文

				「御戎、弭盜、和戎」等主張，至	日報。
				1859 年共上十餘事，皆蒙優答。（〈弢	
				園老民自傳〉、《弢園尺牘》〈上徐中	
				丞書〉）	
1859	己未	咸豐	32	※任職上海墨海書館，與偉烈亞力合	◎蘇伊士運河開
		九年		譯《泰西通商事略》。	工（--1869）
				※二月二十一日（3.25）參加科考，考	◎法攻越南，陷
		太平		蘇屬八學生員。二十三日（3.27）考	西貢。
		天國		昆新太屬生員，點名殊早，卯刻有	
		九年		題，……草草畢事而出。二十五日	
				考長、元、吳三縣童生。	
				※四月二十九日（5.31）巳刻，岳父林	
				益扶卒。（《王韜日記》）	
				※友人李善蘭投靠徐有壬幕下。賞識	
				王韜的江蘇巡撫徐有壬，在蘇州被	
				太平軍殺害。	
1860	庚申	咸豐	33	※任職上海墨海書館，兼任「孖剌日	◎三月李秀成潰
		十年		報」中文附錄「近事編錄」編輯。	江南大營，4
				※太平軍逼近上海，王韜陪同艾約	月陷蘇州。清
		太平		瑟、楊格非（Griffth John）往蘇州，	廷命曾國藩為
		天國		見忠王李秀成，停留 7 日。	兩江總督。
		十年		※三月序《海陬冶遊錄》于春申浦。	◎上海道吳煦與
				※春識汪燕山，一見如故；又與趙烈	華爾組常勝
				文為文字交。（《瀛壖雜誌》卷 5）	軍。
				※五月，王韜上書江蘇巡撫吳煦，陳	◎七月英法聯軍
				攻賊之法，並為吳煦偵察太平軍之	入北京，再至
				形勢，報告西人與太平軍接觸之始	天津，火燒圓
				末。（《吳煦檔案選編》，〈王瀚上書	明園，九月訂
				吳煦略陳管見〉）	北京條約。
				※六月，王韜為吳煦聯絡各民兵團	◎十二月清廷設
				長，並聯繫英國領事密謀攻防。	總理各國事務
				※七月，（8.22）偕同莊兆麟等，帶自	衙門。

			募勇百餘人，防堵腹里諸村。為吳煦秘結團勇義民，陳常起義，擒賊13人。王韜潛回蘇州吳縣偵察太平軍情，並建議吳煦以反間、內應之計破賊。(《吳煦檔案選編》,〈王瀚上吳煦　〉) ※八月八日，王韜弟利貞過世，年僅二十七。(〈弢園老民自傳〉、《蘅華館詩錄》卷 3〈哭舍弟誥卿〉)	
1861	辛酉	咸豐十一年 太平天國十一年	34	※任職上海墨海書館。 ※二月一日與艾約瑟同游天京（金陵）。 ※三月十一日隨英海軍提督何伯（Hope, James,1808~1881）、參贊巴夏禮（Parkes,1828~1885），經天京直到漢口，見干王洪仁玕、李秀成。《蘅華館日記》:「與英國牧師艾迪謹（約瑟）同作金陵之游。」 ※上書曾國藩，論賊可破之狀。(《重刻曾文正公集序》) ※冬，王韜從上海回太平軍占領的家鄉甫里，滯留三月。 ※冬，性理學術之文《弢園文錄內編》，溺於水，一字無存。(〈弢園著述總目〉)	◎七月文宗卒於熱河，子穆宗載淳嗣位，年僅六歲，紐鈷祿氏、那拉氏垂簾聽政。 ◎清廷命曾國藩統蘇、徽、贛、浙軍務。 ◎美國南北戰爭（1861~1865）。 ◎羅馬尼亞脫離土耳其獨立。
1862	壬戌	同治元年 太平天國十二	35	※正月初四 (2.2)，涉嫌以黃畹蘭卿之名，向太平天國蘇福省逢天義、劉肇鈞上書，遂受通敵之罪名。 ※三月書成《毛詩集釋》30 卷。 ※三月二十七，同治皇帝下令緝拿王韜。 ※四月十五日 (5.18)，王韜潛回墨海	◎二月李鴻章率淮軍克吳江、江陰諸縣。 ◎四月曾國荃克蕪湖進圍南京。 ◎陝西回民任五

| | | 年 | | 書館，閉置一室 135 天。因憂心時局，仿杜牧《罪言》、蘇洵《權書》，撰《甕談》44 篇，冀以拯救時弊。（《弢園文錄外編》卷 12）

※七月二十四日，王韜母憂兒獲罪而去世，王韜受到通緝未能親歛，為生平一大憾事。（《蘅華館詩錄》卷 3〈述哀〉）

※閏八月十一日（10.4），在英人斡旋下離開上海，搭魯納號船經福州（10.7）、廈門，八月十八日（10.11）抵達香港。進入英華書院，佐理雅各譯中國經典。

※改名韜，字仲弢，一字子潛，自號天南遯叟。《漫游隨錄》，卷 1〈黃浦帆檣〉：「余自己酉九月來上海，迄壬戌閏八月，凡十有四年。」（又，卷 1〈香海羈蹤〉）

※十一月底，王韜與黃勝合譯《火器略說》，獻予丁日昌，受其贊賞，欲招王韜往蘇松。

※為好友蔣敦復詩集前 4 卷作序。

※十二月八日（1836.1.26），妻子懷蘅與二女茗仙、稚仙來香港重聚。

※秋，師顧惺亡故。好友周弢甫因疫癘亡。 | 起兵陷渭南。

◎甘肅回民馬化龍起兵金積堡。

◎八月常勝軍華爾中彈死。李鴻章請英法駐軍助攻嘉定。

◎十月曾國荃擊敗李秀成。

◎清廷設北京同文館培養翻譯外交人才。 |
| 1863 | 癸亥 | 同治二年

太平天國十三 | 36 | ※避居香港，續為英傳教士英華書院院長理雅各翻譯中國經典。

※十月游歷廣州 10 天，與湛約翰在香港、廣州等地傳教。《漫游隨錄》，卷 1〈穗石記游〉：「余于癸亥十月，始作羊城之游。……凡游十日，乃 | ◎三月常勝軍美將白齊文劫餉銀投李秀成，江蘇巡撫李鴻章改用英將戈登。 |

275

		年		返棹。」 ※〈弢園老民自傳〉：「同治二三年間，李宮保方次第克復吳中郡縣，老民代粵人某上書宮保，陳善後事宜，并言諏遠情，師長技，自致富強之術，頗蒙採納。」 ※丁日昌向王韜詢問滬上人才，推薦蔣敦復。丁日昌任蘇松太道，蔣敦復遂為其幕下，其後又擔任應敏齋幕下。為蔣敦復詩集後4卷作序。	◎十一月僧格林沁繫潰捻眾。
1864	甲子	同治三年 太平天國十四年	37	※與理雅各譯《尚書》，輯成《毛詩集釋》30卷。 ※開始兼任「孖剌西報」中文附錄「近事編錄」編輯。 ※六月，代友人黃勝上書李鴻章，並附與黃勝合譯之《火器略說》。	◎五月洪秀全卒。六月曾國荃陷南京，縱兵屠殺。八月太平天國亡。 ◎新疆民兵叛變。 ◎香港華字日報創刊。
1865	乙丑	同治四年	38	※與理雅各譯畢《尚書》，稱為《中國經典第三卷》。續譯《詩經》，理雅各參閱王韜《毛詩集釋》30卷。	◎曾國藩任欽差大臣、李鴻章為兩江總督，以淮軍攻捻。 ◎清廷設立江南製造局印書處。 ◎譚嗣同生。
1866	丙寅	同治五年	39	※仍居香港讀書、譯經。結交主張變法維新之友人：容閎、鄭觀應、何啟、胡禮垣等。	◎左宗棠任陝甘總督，擊回變。 ◎捻軍分為東西二捻。

					◎黃崖教匪案。 ◎孫中山生。 ◎吳趼人生。
1867	丁卯	同治 六年	40	※十一月二十日（12.05）受理雅各之邀，動身前往英國。十一月二十七日，途經新加坡。十一月二十九日，登檳榔嶼，經蘇門答臘、馬來西亞。十二月五日，至錫蘭，經亞丁、開羅、義大利。歷經40幾天，抵法國馬賽、里昂，游巴黎後至倫敦。《漫游隨錄》，卷1〈新埠停橈〉：「余至香海，與西儒理君雅各譯十三經。旋理君以事返國，臨行約余往游泰西，佐輯群書。丁卯冬，書來招余，遂行。香海諸君餞余于杏花酒樓，排日為歡。十一月二十日，附公司輪舶啟行，已正展輪。」卷2〈道經法境〉：「自香港啟行，抵法國馬塞里，凡四十餘日。」同卷〈玻璃巨室〉：「余自香港啟行，由新嘉坡而檳榔嶼、而錫蘭、而亞丁而蘇彝士……復歷基改羅，經亞勒山大，渡地中海而泊墨西拿，惜未及登岸。其地多火山，產硫磺。既抵法埠馬塞里，眼界頓開，幾若別一世宙。若里昂、若巴黎、名勝之區，幾不勝紀。逮至倫敦，又似別一洞天。」 ※好友蔣敦復（1808--1867），卒於上海。	◎李鴻章袒護劉銘傳，遺散鮑超霆軍。 ◎12月東捻全覆。 ◎北京設同文館。 ◎日本明治天皇即位，史稱明治維新。 ◎李伯元生（~1906）。
1868	戊辰	同治 七年	41	※在英國助譯中國經典，並撰《春秋左氏集釋》、《春秋朔閏考辨》、《春	◎西捻全軍覆沒。

				秋至朔表》、《春秋日食圖說》。 ※正月由巴黎到倫敦，赴牛津大學演講。 ※五月由蘇格蘭寓居杜拉。 ※七月至蘇格蘭愛丁堡，與理雅各、慕維廉同游博物院。《漫游隨錄》，卷3〈蘇京故宮〉：「余薄游海外將十閱月矣，同治戊辰秋七月至埃丁濮。」 ※長女苕仙在上海嫁給吳興茂才錢徵。（《衍華館詩錄》，卷4〈哭亡女苕仙〉） ※好友李善蘭擔任天文館總教習。	◎五月七日、十三日江蘇巡撫丁日昌禁毀小說、所禁之書有《龍圖公案》、《水滸傳》、《紅樓夢》等二百六十多種。 ◎七月十七日（9.5）萬國公報前身中國教會新報創刊。
1869	己巳	同治八年	42	※仍居蘇格蘭佐理雅各譯《詩經》、《春秋左氏傳》、《易經》、《禮記》等。撰《周易注釋》、《禮記集釋》。 ※春初游蘇格蘭北境，訪湛約翰。《漫遊隨錄》，卷3〈游押巴顛〉：「春初，乃偕理君北游蘇境，先至押巴顛，往訪湛牧師約翰，居其家三日，小作勾留。」 ※冬，游蘇格蘭愛丁堡。（1870.1.5）由杜拉啟程至蘇京，理雅各邀請他於會堂講孔孟之道。《漫遊隨錄》，卷3〈英土歸帆〉：「余旅杜拉兩載有半，久客思歸，倦游知返。……理君雅各已得香海書，促其言旋重主講席，擬于明歲孟春束裝就道。……西曆正月五日，以杜拉起行，薄暮抵蘇京……理君邀余詢會堂，宣講孔孟之道凡兩夕，來聽者男女畢集。……此一役也，蘇京士女無不	◎左宗棠擊甘肅回變，逼金積堡。

				知有孔孟之道者。」 ※道經法國，訪學者儒蓮。 ※與梁鶴巢、陳瑞南等人，倡設東華 　醫院。(《弢園文錄外編》，卷 8〈創 　建東華醫院序〉)	
1870	庚午	同治 九年	43	※二月回到香港，清廷頗知王韜之 　冤。因受丁日昌賞識，南北大臣始 　知有王韜。 ※春初，返回香港後結識張慧卿。 ※受丁日昌委託輯《地球圖說》。 ※完成《法國圖說》14 卷。	◎五月天津民教 　衝突，經曾國 　藩、李鴻章結 　案。 ◎普法戰爭，法 　成立第三共 　和。
1871	辛未	同治 十年	44	※寓居香港助譯經書。譯畢《詩經》。 ※四月二十，撰《瀛壖雜志》〈自序〉。 ※與張宗良合譯《普法戰紀》，六月二 　十二，完成初稿 14 卷。〈弢園老民 　自傳〉：「辛未秋，普法戰事起，七 　閱月而後定，老民綜其前後事實， 　作普法戰紀。」 ※曾國藩閱《普法戰紀》亟稱善，擬 　招至幕府，王韜辭之不往。(《弢園 　文錄外編》，〈重刻曾文正公文集 　序〉)	◎琉球民船飄台 　灣，為牡丹社 　蕃人所殺，死 　五十餘人。
1872	壬申	同治 十一 年	45	※寓居香港助譯經書。譯畢《春秋左 　氏傳》，稱為《中國經典》第五卷。 ※開始擔任《華字日報》主筆，並於 　八月一日（9.3）連載《普法戰紀》。 ※友人（4.30）尊聞閣主美查申報創 　刊。十月（11.11）創「瀛寰瑣記」， 　刊登小說、詩詞、散文等，為最早 　之文學刊物。蔡爾康在申報館主持 　「聚珍版叢書」之印行。	◎曾國藩卒。 ◎雲南回亂底 　定。 ◎上海招商局成 　立。

1873	癸酉	同治十二年	46	※理雅各回英國，擔任牛津大學漢學講座，王韜結束譯書生活。與好友黃勝集資購買英華書院印刷設備，設香港中華印務總局。 ※六月王韜姐伯芬（嫁吳村周氏），因喉症過逝，年49。（〈弢園老民自傳〉、《蘅華館詩錄》卷4〈哭伯姐〉） ※七月排印《普法戰紀》14卷。 ※著成《甕牖餘談》8卷。 ※十二月十八日（1874.2.4），王韜在友人黃勝、伍廷芳、洪士偉、胡禮垣，與女婿錢徵幫助下，創辦了「循環日報」，並藉日報論政。	◎日本廢琉球國王為藩王。 ◎麥都思之子麥華佗，於上海倡議設立「格致書院」。
1874	甲戌	同治十三年	47	※在香港主辦「循環日報」，並發表政論。 ※二月初，李光廷完成《普法戰紀輯要》。 ※三月二十七日（5.12），于申報發表政論〈台灣土蕃考〉。後續發表台灣與琉球之政論：〈琉球歸向日本辨〉、〈琉球入貢日本考〉、〈駁日人言取琉球有十證〉、〈琉事不足辨〉、〈琉球朝貢考〉等。 ※黃懷珍、林慶銓、鄒五雲序《瀛壖雜志》。 ※林樂知將「教會新報」改名為「萬國公報」。 ※馮桂芬亡。	◎三月日將西鄉殺牡丹社酋長，沈葆楨率軍來援，英使威妥瑪調解，與日本訂約。 ◎十二月，穆宗卒，4歲德宗繼位，東西太后垂簾聽政。
1875	乙亥	光緒元年	48	※在香港主辦「循環日報」。於報上發表政論文〈論日本人猝長於用兵〉、〈論高麗宜仇日本〉等。 ※《瀛壖雜志》刊印，有鄒五雲跋。	◎左宗棠督辦新疆軍務。 ◎上海機器局譯西書40餘種。

				※春正月，刊印《遯窟讕言》。（王韜〈遯窟讕言自序〉） ※刊印《甕牖餘談》。 ※美查將王韜《眉珠盦詞鈔》，收入《四溟瑣記》第1卷。	
1876	丙子	光緒二年	49	※在香港主辦「循環日報」。 ※十月編印《弢園尺牘》8卷，並作序。 ※六月二十日，上海格致書院（1876~1913）成立，華蘅芳兼任教習。	◎英商築淞滬鐵路，清廷以28萬5千兩購買，拆毀。 ◎清廷首派留學生至美國。
1877	丁丑	光緒三年	50	※在香港主辦「循環日報」。 ※刊行《四溟補乘》。 ※秋九月中旬撰〈浮生六記跋〉，因楊甦補發現，使美查重新出版《浮生六記》，由王韜作跋。 ※王韜納一妾。《弢園尺牘續鈔》，卷5〈與伍稚庸觀察〉：「弟固亦嘗有妾矣，已納十年，未占一索。」 ※為日本詩人小野伺徵君《湖山詩集》作序。 ※申報館刊行宣鼎《夜雨秋燈錄》8卷115篇。（蔡爾康〈夜雨秋燈序〉）	◎美愛迪生發明留聲機。 ◎申報畫報創刊。
1878	戊寅	光緒四年	51	※十月，長女苕仙因病去世。（《蘅華館詩錄》，卷4〈哭亡女苕仙〉） ※日本陸軍省翻刻《普法戰紀》。 ※秋，匯刻《豔史叢鈔》。 ※九月，撰《海陬冶游錄》附錄3卷、餘錄1卷、《花國劇談》2卷。 ※重刻《弢園尺牘》12卷。	◎左宗棠與部將劉錦棠平定新疆回亂（1864~1878）。 ◎北京聚珍堂初版文康《兒女英雄傳》。
1879	己卯	光緒五年	52	※二月十五日重跋《火器略說》。 ※春間，重回上海、蘇州，於徐潤座	◎日本擄琉球國王尚泰，改其

				上識盛宣懷。 ※閏三月初九（4.23），受寺田望南等之邀，東訪日本。三月十一日夜半抵長崎。三月十二日至理事府見余元眉。始與任職日本參贊的黃遵憲交遊，遊宴幾無虛日。四月初六，王韜歸國，黃遵憲親送。四月初二（5.21），報知社主筆栗本鋤雲來訪。四月初五（5.24），見《清史攬要》作者增田貢。五月二十（6.9），於新富劇場觀〈阿傳事跡始末〉，並作〈阿傳曲〉。七月初六（8.23），文士送行，搭船離開東京。初七至大阪，初八抵神戶，初九至長崎。 ※七月十四日（8.31），船抵上海。重回滬上。登岸蘇州，重回闊別20年後的甫里寓舍。 ※七月，出版黃遵憲《日本雜事詩》。 ※八月初，返回香港。 ※九月初九，至揭陽見丁日昌，並隨方照軒到潮州小住。 ※十二月十五，刊行《扶桑游記》上卷，由栗本鋤雲訓點。	地為沖繩。 ◎北京聚珍堂刊印石玉崑《三俠五義》。
1880	庚辰	光緒六年	53	※仲春後身體多病，入秋患肺炎，冬又有眼疾，兩眼不明。 ※二月循環報館重印黃遵憲《日本雜事詩》。 ※五月仲夏，刊印《蘅華館詩錄》5卷。 ※撰〈弢園老民自傳〉。 ※秋九月下巡，重刊《遯窟讕言》（〈重刻遯窟讕言書後〉）。 ※九月二十九，刊行《扶桑游記》中、	◎歐洲諸國紛紛侵瓜非洲。 ◎天津設立電報學堂。 ◎申報館刊行宣鼎《夜雨秋燈續錄》8卷115篇。（蔡爾康〈夜雨秋燈續

			下卷。	錄序〉〉
1881	辛巳	光緒 七年 54	※春三月，眼疾始瘳。 ※冬，因鄰人失火，印刷廠遭祝融肆 　虐，著述厄於火。《淞隱漫錄》卷12 　〈白玉樓〉。 ※為鄭觀應《易言》作跋，並為他命 　筆名杞憂生。 ※《遁窟讕言》再版。 ※王韜託馬建忠向李鴻章說情，求歸 　故鄉。	◎曾紀澤與俄訂 　伊犁條約。 ◎夏敬渠《野叟 　曝言》活字版 　20冊出版。
1882	壬午	光緒 八年 55	※春，自香港返滬，又至蘇州，四月 　回到睽違21載的故鄉甫里省親，並 　在上海小住一段時間。（《漫游隨 　錄》，卷1〈保聖聽松〉） ※七月中元節前，重回香港。 ※秋冬之交，舊疾復發，到廣州看病。 ※刊印政論文集《弢園文錄外編》。	◎日本與朝鮮訂 　濟物浦條約， 　駐軍漢城。 ◎李鴻章與法簽 　訂天津草約。
1883	癸未	光緒 九年 56	※春，於香港得風痺，舉步維艱，閉 　門養病。 ※四月初返蘇州養病，十一月病愈回 　香港。（《弢園尺牘續鈔》，卷2〈與 　彭筱象觀察〉） ※江西巡撫潘霨傾慕王韜之名，邀王 　韜主持政務，王韜婉拒。 ※作〈擬上當事書〉，言火器、開礦、 　儲才、外交等事。	◎越南嗣德王阮 　洪任卒，阮福 　昇嗣位。 ◎康有為初寫 　〈大同書〉。
1884	甲申	光緒 十年 57	※三月，經由丁日昌、馬建忠、盛宣 　懷等人斡旋，在李鴻章默許下，王 　韜得以重回上海，居淞北寄廬，更 　號淞北逸民，結束23年流亡生活。 ※擔任上海申報主編。 ※擬集資創設弢園書局。（《弢園尺牘	◎八月法軍中將 　孤拔攻馬尾， 　佔領台灣基 　隆、淡水。 ◎劉錦棠任新疆 　省巡撫。

			續鈔》，卷 4〈與溫毅園觀察〉）	
			※五月友人美查創辦《點石齋畫報》 於上海（1884~1896）（旬刊）。	
			※自序《淞隱漫錄》。	
			※十二月二十三日，日本友人岡千仞 來訪。	
			※好友徐壽（1818~1884.9.24）病逝於 格致書院山長任內。	
1885	乙酉	光緒 十一 年	58	※四月在上海創辦木刻活字印書局— —「弢園書局」，刊印自撰及友人之 書。 ※仲春游蘇州，返回甫里省親。（《漫 游隨錄》，卷 1〈保聖聽松〉） ※夏五月回至甫里，並為同年好友許 起《珊瑚舌雕談初集》，作序及校印 袖珍本。 ※校刊蔣敦復《嘯古堂詩集》，包括詩 8 卷、遺集 1 卷、文集。	◎一月法軍陷澎 湖。李鴻章與 法、日訂天 津，放棄越 南、朝鮮宗主 權。
1886	丙戌	光緒 十二 年	59	※秋，受唐景星、傅蘭雅之邀，受聘 為格致書院監院，主持院務。為了 書院運作，向盛宣懷募款。 ※推行季課（1886~1894）徵文，並聘 請洋務官員等出題課卷。 ※重刊增訂《普法戰紀》20 卷。 ※賀伍廷芳納妾，綺游受妻約束。	◎清廷開採黑龍 江漠河金礦。
1887	丁亥	光緒 十三 年	60	※掌格致書院。 ※一月十八日，自序《淞濱瑣話》。 ※春游杭州西湖，返回甫里省親。《漫 游隨錄》，卷 1〈保聖聽松〉：「余自 壬午、乙酉、丁亥三年三度還鄉。」 ※《漫遊隨錄》書成。 ※日本大阪修道館訓點刊行《普法戰	◎興建大沽天津 鐵路，南洋各 島設領事。 ◎曾紀澤發表 「中國先睡後 醒論」。

			紀》※韋廉臣創同文書會於上海，替「萬國公報」撰文。	
1888	戊子	光緒十四年	61	※掌格致書院。 ※年初應日人岸田吟香之請，於滬創玉蘭吟社，參加者 11 人，集於徐園。 ※冬，應山東巡撫張朗齋之邀，游覽山東濟南。	◎慈禧太后建頤和園竣工，動用海軍經費數百萬兩。 ◎英軍入侵西藏。
1889	己丑	光緒十五年	62	※春，自山東回滬，患腸紅症。 ※刊《經學輯存六種》，重陽節又刊《弢園尺牘續鈔》（1881～1889）6 卷。 ※上海松隱廬活版排印《春秋朔閏日至考》3 卷、《春秋日食辨正》1 卷、《春秋朔閏表》。 ※格致書院推行春秋特課（1889～1893）。 ※買地興建城西草堂。 ※「萬國公報」成為「廣學會」的機關報。	◎德宗載湉親政，慈禧仍握實權。 ◎湖廣總督張之洞興建蘆漢鐵路。 ◎俞樾改編《三俠五義》為《七俠五義》。
1890	庚寅	光緒十六年	63	※任申報主筆、掌書院，編《格致書院課藝》。 ※刊《西學輯存》六種：偉烈亞力譯，王韜述《西國天學源流》、《重學淺說》、《華英通商事略》、《西學圖說》、《西學原始考》、《泰西著述考》。 ※上海松隱廬刊《重訂法國志略》24 卷。 ※重訂《蘅華館詩錄》。 ※十月發表論文於萬國公報。 ※友人鬖鬖居士卒。	◎曾紀澤、曾國荃亡。
1891	辛卯	光緒	64	※任申報主筆、任格致書院山長。在	◎康有為〈新學

		十七年	萬國公報上重新發表《弢園文錄外編》之政論文。 ※友人郭蒿燾亡。 ※黃遵憲《人境盧詩草》自序成。	偽經考〉、〈孔子託古改制〉。
1892	壬辰	光緒十八年	65	※居滬北,掌格致書院。 ※二月,友人韓邦慶創辦期刊「海上奇書」,發表個人作品為主;由點石齋印行,申報館代售。	◎兩廣總督李瀚章擊斬三合會首領譚青。
1893	癸巳	光緒十九年	66	※仍任格致書院山長。 ※從滬北遷居上海城內,宅號「城西草堂」。 ※友人鄭觀應《盛世危言》出版。	◎英法承認暹羅獨立,不再向中國朝貢。 ◎張之洞設武昌自強學堂。
1894	甲午	光緒廿年	67	※居滬西,任格致書院山長。 ※盛宣懷於天津辦中西學堂。擔任廣學會徵文策論之評審。 ※二月, 國父孫中山先生欲上書李鴻章,於上海鄭觀應家中見到王韜,王韜為其〈上李傅相書〉潤稿。 ※友人韓邦慶卒(1856--),《海上花列傳》出版。生前與錢忻伯、何桂笙等滬上名士酬唱。	◎中日戰爭爆發。 ◎德宗請那拉太后停修頤和園,那拉大怒。 ◎孫文於檀香山創立興中會。
1895	乙未	光緒廿一年	68	※居滬西,任格致書院山長。 ※五月初二(5.25)傅蘭雅於「申報」、「萬國公報」徵時新小說;王韜參與新小說之評選。 ※九月康有為於北京組強學會,辦「中外紀聞」,南下上海,託鄭觀應邀約王韜。王韜因病未參與。 ※辭去格致書院的職務。 ※十二月八日(1896.1.22),〈致謝綏之函〉,為盛宣懷引介程阿福未成。	◎3月李鴻章與伊藤博文訂馬關條約。 ◎孫文起兵廣州,陸皓東被處死。 ◎林紓《茶花女遺事》出版。

1896	丙申	光緒廿二年	69	※5月，為林樂知《中東戰紀本末》作序，發表於萬國公報。 ※大病一場，伏枕四月。（予盛宣懷手札65之1）	◎那拉太后修圓明園。 ◎譚嗣同「詩界革命」。 ◎梁啟超於上海刊行「時務報」。 ◎嚴復《天演論》出版。 ◎上海租界內查禁淫穢小說。 ◎廣學會出版林樂知《文學興國策》。
1897	丁酉	光緒廿三年	70	※王韜卒於四月二十三日（1897.5.24）。外孫將其靈柩運回故鄉，葬於甫里。王韜唯有兩女，長女王婉適錢徵，早隕。次女王嫻，生不能言。	◎康有為上書請德宗變法維新。 ◎德、俄出兵膠州灣、旅順、大連。 ◎五月李伯元創「遊戲報」，吳趼人撰稿。

附錄二　王韜字號別名出處一覽表

序	字號別名	出　　　處	備　註
1	王蒙	《王弢園尺牘》，卷下〈與楊甦補明經〉：「蒙在今日，豈猶甘與三五少年，……蒙之著述，盡於此矣。」	
2	王韜	《蘅華館詩錄》，卷1題：「長洲王韜仲弢」。	至香港後改名
3	王瀚	上海圖書館藏稿《蘅華館日記》，題「南武王瀚蘭今」。	登科後改名
4	王子九	上海圖書館藏稿《弢園尺牘》，卷6題名：「華鬘居士王韜子九著」。《蘅華館日記》，頁1：「余字蘭儔，號子九。」	
5	王子詮	《弢園文錄外編》，卷5題：「長洲王韜子詮甫」。	至香港後字子詮甫
6	王子潛	《弢園尺牘》，卷7題：「天南遯叟王韜子潛著」。	至香港後改字子潛
7	王无晦	《弢園尺牘》，卷1題：「甫里逸民王韜无晦著」。	趙天儀〈王韜年表〉：「王元晦」疑元為无之誤。
8	王玉魷	王韜刊刻蔣敦復《嘯古堂詩集》，卷8題：「長洲王韜玉魷刊」。	
9	王仲宣	王韜《瀛壖雜記》，卷5宋希軾贈王韜詩：「故人王仲宣，其才素傾倒。一別將月餘，足音何其杳。」	
10	王仲弢	蔣敦復序《瀛壖雜志》：「吾友王仲弢，蘇產而僑于松之上海。」	
11	王仲衡	趙烈文《能靜居日記》（台北：學生書	字

		局，第 1 冊，頁 614）	
12	王利賓	王韜《畹香僊館遺愁編詩集》，題：「甫里王利賓著」	原名
13	王弢園	王韜刊刻蔣敦復《嘯古堂詩集》，卷 4 題：「長洲王韜弢園刊」。《遯窟讕言》〈天南遯叟〉：「弢園為藏修游息之所，讀書之齋曰蘅菴。」	字
14	王紫詮	黃懷珍序《瀛壖雜志》：「吾友王紫詮先生」。《瀛壖雜志》，卷 1：「清長洲王韜紫詮甫」。《扶桑游記》：「長洲王韜紫銓甫著」。	忻平《王韜評傳》：字紫荃。《清人室名別稱字號索引》：字紫荃，頁 481。
15	王紫衲	王韜刊印蔣復敦《芬陀利室詞集》〈目錄〉，題「淞北玉魷生紫衲編刊」。	
16	王嫻今	張靜廬、林松、李松年，〈戊戌變法前後報刊作者字號筆名錄〉，文史第 4 輯，頁 214。	
17	王蘭今	上海圖書館藏稿《蘅華館日記》，題「南武王瀚蘭今」。	
18	王蘭君	《蘅華館日記》，題「甫里邨民王瀚蘭君」。	號
19	王蘭僊	上海圖書館藏稿，《蘅華館日記》，頁 1：「余字蘭僊，號子九。」	
20	王蘭卿	中研院史語所藏《蘅華館雜錄》〈茗薌寮日記〉：「蘭卿先生見之以為何也——獨悟盦主人楊傳識。」	號
21	王蘭瀛	《漫游隨錄》，卷 1〈白門訪豔〉：「余小字蘭瀛也。」	乳名
22	王嬾今	王韜〈弢園老民自傳〉、趙烈文《能靜居日記》。	登科後改字
23	王懶今	王德毅，《清人別名字號索引》，頁 798。	

24	王遯叟	王韜刊刻蔣敦復《嘯古堂詩集》，卷 3 題：「長洲王韜遯叟刊」。	號
25	玉溪生	王韜學館所在地為玉溪。	
26	玉魷生	王韜《蘅華館日記》，頁 1，王韜居室：「玉魷生樓。」	
27	戊子生	中研院史語所藏《蘅華館雜錄》〈蘅華館印譜〉：戊子生。	
28	鑱紅子	上海圖書館藏稿，王韜《蘅華館日記》，頁 1：「余字蘭偓，號子九、……鑱紅子」	鑱：尖銳器具。
29	逸史氏	《火器略說》〈鎗說〉：「逸史氏王韜曰。」	
30	王子不痴	中研院史語所藏《蘅華館雜錄》〈蘅華館印譜〉：王子不痴。	
31	天南遯叟	《淞濱瑣話》〈自序〉：天南遯叟王韜序於滬北淞隱廬。	至香港後自號
32	天南懶叟	《王弢園尺牘》，卷上〈寄吳中楊醒逋〉。	
33	日東詩祖	張靜廬、林松、李松年，〈戊戌變法前後報刊作者字號筆名錄〉，文史第 4 輯，頁 214。 王爾敏、陳善偉編，〈近代名人手札真蹟—盛宣懷珍藏書牘初編〉，手札 11 之 2。	《扶桑游記》卷下：王韜〈小湫村詩鈔序〉，稱小湫村詩別樹一幟，稱其為日東詩祖。頁 299。
34	友畸山人	上海圖書館藏稿，王韜《蘅華館日記》，頁 1：「余字蘭偓，號子九、……友畸山人」。	
35	王瑬山人	中研院史語所藏《蘅華館雜錄》，〈瀛壖雜記〉：「玉瑬山人志」。	
36	申江居士	中研院史語所藏《蘅華館雜錄》，〈蘅華館印譜〉：申江居士。	
37	甫里逸民	《弢園尺牘》卷 1，刊印題名：「逋里逸民王韜無晦著」。	

38	甫里邨民	《蘅華館日記》，題「甫里邨民王瀚蘭君」。	
39	甫里散人	《弢園尺牘續鈔》，卷 4〈上郭筠仙侍郎〉：「韜吳國下士、甫里散人也。」	
40	甫里逋客	《弢園尺牘續鈔》，卷 5〈呈胡雲楣觀察〉：「韜歇浦之賓萌，而甫里之逋客也。」	
41	吳下老饕	《弢園文錄外編》，〈弢園著述總目〉，《老饕贅語》條：「吳下老饕，余昔時取以自號。」	
42	吳國下士	《弢園尺牘續鈔》，卷 4〈上郭筠仙侍郎〉：「韜吳國下士、甫里散人也。」	
43	良臙詞客	上海圖書館藏稿，王韜《蘅華館日記》，頁 1：「余字蘭偓，號子九、……良臙詞客」	
44	沐盦仲弢	《蘅華館詩錄》，〈贈詩〉：江寧何〈相逢行贈沐盦仲弢〉。	
45	弢園主人	《豔史叢鈔》	
46	弢園老民	〈弢園老民自述〉	五十歲之後
47	紅豆詞人	中研院史語所藏《蘅華館雜錄》〈蘅華館印譜〉：紅豆詞人	
48	淞北佚民	王韜用印，國家圖書館所藏善本書印。	
49	淞北逸民	《淞隱漫錄》〈自序〉：「光緒十年歲次甲申五月中浣，淞北逸民王韜自序。」	
50	淞北玉魫生	王韜用印，國家圖書館所藏善本書印。	
51	淞濱逋客	《弢園尺牘》卷 3，刊印題名：「淞濱逋客王韜仲弢著」。	墨海時期
52	泰東詩漁	張靜廬、林松、李松年，〈戊戌變法前後報刊作者字號筆名錄〉，文史第 4 輯，頁 214。	

53	歇浦散人	《弢園尺牘》刊印題名，卷 4「歇浦散人王韜仲弢著」	
54	歇浦賓萌	《弢園尺牘續鈔》，卷 5〈呈胡雲楣觀察〉：「韜歇浦之賓萌，而甫里之逋客也。」	
55	歐西詞客	循環日報	香港政論之號
56	歐西寓公	循環日報	香港政論之號
57	歐西經師	循環日報	香港政論之號
58	華鬘居士	《弢園尺牘》卷 6，刊印題名：「華鬘居士王韜子九著」。	上海圖書館藏稿，王韜《蘅華館日記》，頁 1：「華曼精舍」
59	遯窟廢民	循環日報	香港政論發表之號
60	無晦崇光	張靜廬、林松、李松年，〈戊戌變法前後報刊作者字號筆名錄〉，文史第 4 輯，頁 214。	
61	蔥林居士	上海圖書館藏稿，王韜《蘅華館日記》，頁 1：「余字蘭卿，號子九、……蔥林居士。」	
62	滬北賓萌	《弢園尺牘》，卷 5 刊印題名：「滬北賓萌王韜仲弢著」。	墨海時期之號
63	蘅華山人	中研院史語所藏，《蘅華館雜錄》，〈茗鄉寮日記〉，題「蘅華山人志」。	
64	蘅華館主	22 歲時《蘅華館詩錄》〈自序〉：「蘅華館主識於甫里行素園之南窗。」	號
65	瀛洲釣徒	《弢園尺牘》，卷 2 刊印題名：「瀛洲釣徒王韜仲弢著」。	墨海書館時期
66	懺痴庵主	上海圖書館藏稿，王韜《蘅華館日記》，頁 1：「余字蘭卿，號子九、……懺痴庵主。」	
67	蘪蕪外史	上海圖書館藏稿，王韜《蘅華館日記》，	

		頁 1：「余字蘭倛，號子九、……藻薍外史。」	
68	淞北玉魷生	王韜刊印蔣復敦，《芬陀利室詞集》，〈目錄〉下題「淞北玉魷生紫衲編刊」。	號
69	淞隱廬遯叟	王韜《西學輯存六種》，題「已丑秋淞隱廬遯叟校印」。	
70	眉珠小盒華鬘居士	中研院史語所藏《蘅華館雜錄》〈蘅華館印譜〉：眉珠小盒華鬘居士。	

附錄三　《逕窟讕言》分析表

1、筆記小說與傳奇小說

次	卷	篇　名	題材	背　景	主題	評詩出處	字數
1	1-2	韻卿	宗教	杭州、妙善庵	識人、妓命定	韻卿中表李雲渠述	792
2	1-3	碧珊小傳	世情	羊城、高州之亂	掌握命運		1232
3	1-4	鸚媒記	愛情	揚州、甘泉	鸚為媒	一詞	1078
4	1-5	奇丐	歷史	吳門、髮逆	識才、報恩	逸史氏曰	748
5	1-6	江楚香	武俠	北京當舖	俠女助夫	逸史氏曰 墨林太守述	836
6	1-7	李酒顛傳	志怪	浙江紹興	醉死復生		1012
7	1-8	傅鷥史	歷史	金陵、太平亂	女慧	一書	1012
8	1-9	劇盜	武俠	山中	高手筆出		660
9	1-10	江遠香	歷史	武昌、緒寇	婦勵夫	逸史氏曰	1012
10	1-11	夢幻	志怪	入都逆旅	豔遇	李大賓述	968
11	2-1	鶯紅	歷史	武林、洪寇	戰亂賣女		1100
12	2-2	何氏女	世情	橋里	迷信喪妻	于辛伯記	1056
13	2-3	劍俠	武俠	太倉	俠報恩		1056
14	2-4	吳氏	世情	京城	妬婦、子嗣		968
15	2-6	月嬌	歷史	金陵、緒寇	烈妓斫賊	一歌 逸史氏曰	748
16	2-7	幻遇	志怪	北平碑林	奇遇		880
17	2-8	碧蘅	武俠	武昌、粵逆	八股無用		880
18	2-9	女道士	武俠	江浙、庚辛間	義助	一楹聯	948
19	2-10	于蕊史	武俠	楚省、襄陽	義助		1056

20	2-11	仇慕娘	武俠	保定、西安	八股無用		704
21	2-12	檸檬水	世情	寧波城隍廟	戒色		528
22	2-13	卜人受誑	世情	漢口	戒色	潘雲客述	748
23	3-1	瑤姬	志怪	西樵	狐母復仇		484
24	3-2	朱慧仙	歷史	金陵、洪楊之亂、武昌	烈女殺賊	貝子木弔詩一首	880
25	3-3	黑白熊	武俠	華山熊耳峰	戒獵物		748
26	3-4	李月仙	世情	羊城	戒狹邪		792
27	3-5	媚娘	志怪	蘭陵	豔遇		880
28	3-6	珠屏	世情	杭州	戒賭	逸史氏曰	1012
29	3-7	蕊仙	志怪	順邑	豔遇	七絕一首	880
30	3-8	蜂媒	志怪	西吳卞山	夢蜂女		1056
31	3-9	骷髏	志怪	江東	戒色	逸史氏曰	440
32	3-10	鏡中人	志怪	粵葛嶺村羅浮山	鏡妖		748
33	3-11	掘藏	歷史	太平軍、蘇州	財有定數	潘雲客述	352
34	3-12	二狼	世情	川沙廳	戒色、戒惡		528
35	3-13	趙碧孃	歷史	太平軍、蘭陵、同治七年（1871）	節烈	逸史氏曰	484
36	3-14	陸芷卿	愛情	金陵妙相庵	情堅		528
37	3-15	鴛繡	愛情	杭州、橋李	情堅		1012
38	4-1	芝仙	志怪	太平亂、杭州	節烈		1056
39	4-2	鄒苹史	武俠	長洲、秦	義助、報恩	逸史氏曰	968
40	4-3	蝶夢	志怪	南海、西樵山	豔遇		396
41	4-4	賈芸生	歷史	太平亂、杭	女智		792
42	4-5	諸葛爐	武俠	太平亂、湘陵	義助、惡報		924
43	4-6	李仙源	世情	紹興	妻智		880
44	4-7	翠駝島	志怪	好望角一島	諷八股		748
45	4-8	攝魂	歷史	太平亂、松江	避亂		880
46	4-9	郭生	志怪	瓊州	豔遇		836
47	4-10	淩洛姑	世情	吳江	戒賭		1188
48	4-12	慧兒	愛情	虞山	負心報	二句詞	1100

49	4-13	雙影	世情	吳趨、山左、靈嚴山	節烈	張研孫〈苦李行〉	1044
50	5-1	蝶史瑣紀	愛情	楊州	節烈		440
51	5-2	周聱	歷史	太平亂、武進	諷道學		924
52	5-3	魏生	志怪	南海	諷無賴	一聯楹	1280
53	5-4	燕尾兒	武俠	天津	有技無可用		1100
54	5-6	巫氏	歷史	太平亂、江南湮水蒲塘鄉	果報	逸史氏曰	836
55	5-7	梁芷香	武俠	紅巾賊、武昌	武技保身		616
56	5-8	瑣瑣	宗教	金陵旅舍	仙境		880
57	6-1	李芸	宗教	白門	妓有佛緣		572
58	6-2	陸祥叔	志怪	南海、香港	豔遇		492
59	6-3	小蒨	志怪	金閶	情堅	七絕一首	1144
60	6-4	玉姑	志怪	金陵	豔遇		924
61	6-5	嬌鳳	世情	潯陽	商妾情	黃吉旋〈鳳城曲〉	1100
62	6-6	柳妖	志怪	佛山	豔遇		260
63	6-7	花妖	志怪	洛陽	豔遇		880
64	6-8	珊珊	宗教	羊城	妓修佛	七絕一首	704
65	6-9	范德鄰	歷史	太平亂、常州、庚申春間（1860）	忠僕	吳沐庵述	880
66	6-10	古琴	志怪	杭州	殉琴	一歌	924
67	6-11	情死	志怪	崇明	殉情		352
68	6-12	駱芳英	愛情	丁卯春、羊城	妓情	二詞	484
69	6-13	吳淡如	愛情	澳門	邪狹韻事	七律二首	880
70	6-14	劉氏婦	歷史	太平亂、香山	潘雲客述	一信	1056
71	6-16	湯大	世情	梁溪	殺夫報		836
72	6-17	汪女	公案	東台縣	酷吏	逸史氏曰	572
73	6-18	單料曹操	公案	寧波城北	清官		880
74	6-19	夢異	志怪	杭州	蜂妖、蛇妖		836
75	6-20	蘇仙	愛情	珠江	妓情	祭文	1100

76	7-1	香案吏	志怪	洛陽城南某寺	豔遇	二詩	1012
77	7-2	魯生	世情	京師真武觀	戒迷信		924
78	7-3	三麗人合傳	世情	潮郡畫舫	三妓命運		1012
79	7-4	宵蕊香	歷史	咸豐10年（1860）、髮逆、蘇州、滬	貞節	一律	1232
80	7-5	妝鬼	世情	浙東	戒惡		792
81	7-6	白玉嬌	武俠	山東	高手筆出		968
82	7-7	陳玉如	世情	吳	戒邪遊	逸史氏曰	1188
83	7-8	鍾馗畫像	志怪	蘇州、河南	豔遇	逸史氏曰	924
84	7-9	黃粱續夢	志怪	湘	富貴如夢	逸史氏曰	792
85	7-10	麥司寇	志怪	應試旅舍	豔遇		880
86	7-11	霍翁妾	世情	羊城	妾情		440
87	7-12	無頭女鬼	志怪	太平亂、江寧	賊禍		882
88	8-1	尸解	武俠	太平亂、楚、蘇	為國除賊	程君親見	792
89	8-2	姚女	愛情	羊城	諫夫		924
90	8-3	林素芬	世情	羊城、漢鎮	悍妻妾虐小妾	逸史氏曰	660
91	8-4	葉芸士	公案	賭寇、鹿城、崑山	冤獄	逸史氏曰	924
92	8-5	義烈女子	志怪	髮逆、杭	義烈		748
93	8-6	三菩薩小傳	世情	船家	戒色	朱笠江作小傳	924
94	8-7	玉簡生	愛情	賊亂、楊州	救美	七絕二首	1100
95	8-8	貞烈女	歷史	太平亂、杭	貞烈		880
96	8-9	說狐	志怪	浙江、海寧	狐怪		572
97	8-10	離魂	志怪	太平亂、蘇州	男離魂	魏君述	1012
98	8-13	鄭仲潔	愛情	東莞、白沙	殉情	七律二首	660
99	9-1	鬼語	志怪	汴梁、寇氛	預言成真		836
100	9-2	菊隱山莊	志怪	太平亂、上海、	豔遇		1056

				汴梁			
101	9-5	說鬼三則	志怪	新會、西樵	孝道、善報		968
102	9-7	瘋女	世情	粵	善報		572
103	9-8	蘇小麗	愛情	吳門	彈詞女情波	七絕、七律	484
104	9-9	孫藝軒	武俠	粵賊、太平亂	殺賊贖罪		792
105	9-10	汪菊仙	世情	吳門	妓妾命舛		748
106	9-11	趙遜之	歷史	髮逆、武昌	善報		924
107	9-12	石崇後身	世情	紅匪	戒貪	逸史氏曰	528
108	9-13	美人局	世情	羊城	戒色		792
109	9-14	某觀察	愛情	太平天國之亂	妻助夫		528
110	10-1	產異	志怪		奇孕		616
111	10-2	方秀姑	志怪	鹿城	負心果報		836
112	10-3	馬逢辰	世情	吳門、蘇州	戒邪遊		1144
113	10-4	卓月	世情	泰州旅舍	戒淫		660
114	10-5	蓉隱詞人	公案	上海	神助	逸史氏曰	792
115	10-6	鐵臂張三	公案	京師	誘捕		616
116	10-7	石朝官	世情	蕭山	尼助人		440
117	10-8	李軍門	志怪	泰州旅舍	鬼言成真		880
118	10-9	少林絕技	武俠	羊城	諷軍無能		484
119	10-10	妙塵	宗教	咸豐庚申、髮逆、惠山	神仙相助		880
120	10-11	鐵佛	武俠	海寧峽石鎮	智取		272
121	10-12	麗鵑	宗教	咸豐庚申、泰州	神算		1232
122	10-13	顧蓮姑	歷史	白蓮教亂	婦女命運	于辛伯（源）〈蓮姑曲〉	1056
123	10-14	張小金	愛情	南昌	妓情		528
124	10-15	須天衡	宗教	江浙	禍無可測		275
125	10-16	素馨	世情	滬、日本	拐賣婦女		748
126	11-1	海島	志怪	咸豐五年、香港、舊金山	猿助		396
127	11-2	相術	世情	太平之亂	父助、評科考	魏源姪盤仲述	1100

128	11-4	李甲	世情	香港太平山	戒貪色	逸史氏曰	440
129	11-5	竊妻	世情	廣州、福州	無行文人	逸史氏曰	616
130	11-6	孟禪客	武俠	庚申赭亂、西湖、金陵、魏塘	義助		1864
131	11-7	眉修小傳	愛情	浙、吳	殉情		1056
132	11-8	矍仙小傳	愛情	泰州	妓情	吳沐庵述、一絕	836
133	11-9	綠芸別傳	歷史	太平之亂、泰州、鹿城	遠見		1276
134	11-10	豔秋	世情	滬、楊州	拐賣婦女		1584
135	11-11	瓊仙	愛情	粵匪之亂、重慶	妓情		1320
136	12-1	趙四姑	公案	潮郡	果報		1100
137	12-2	天裁	志怪	蘇州金獅巷	奇遇	韓韻仙述、楹聯	1100
138	12-3	柔珠	愛情	江浙之亂	妓情		528
139	12-5	鬼妻	志怪	二水縣穗垣西關志公巷	豔遇	吳鶴皋述	880
140	12-6	鵲華	宗教	泉州、漳州、山東	父助		1584
141	12-7	陸書仙	愛情	楊州	姻緣巧合		1276
142	12-8	懺紅女史	愛情	吳門金閶、咸光間	情專、勸夫	七律四首	1628
143	12-9	于素靜	歷史	杭州、庚申之亂、滬北	堅貞	自壽詩一章	1100
144	12-10	髻雲	愛情	金陵、湖南湘水	姻緣前定		1100

2、非小說篇目表

次	卷	篇 名	文 類	內 容	字數
1	1-1	天南遯叟	傳記	王韜自傳、二聯詩	880
2	2-5	鎖骨菩薩	傳說	四川錦雞坊傳說。	396
3	4-11	汪秀卿	軼史	同治9年（1870）太平天國之亂軼事	308
4	5-5	神燈	傳說	捻亂時山東曹縣城隍顯靈敗賊神跡	396
5	6-15	賣瘋	傳說	廣東賣瘋習俗。	484
	8-11	江西神異	傳說	江西甯都城隍廟、太公廟顯靈，抵抗髮逆。	836
6	8-12	四川神異	傳說	太平天國之亂時，四川關公、張桓侯廟顯靈退賊神跡。	396
7	8-14	雙珠	傳記	珠江妓細珠、素珠韻事。	484
8	9-3	余仙女	新聞報導	西樵山民女余氏，端坐而逝，鄰人建廟斂財。逸史氏曰	396
9	9-4	苗民風俗	新聞報導	某少年迷路至生苗村，苗民待之以禮。	440
10	9-6	雙尾馬	新聞報導	蒙古雙尾馬、長人詹五，西人展示致千金。	572
11	9-15	三元官僧	社論	評諷三元宮僧與妓往來一事。	484
12	9-16	黃媼	傳說	滬人黃媼助人而成尸解事。	220
13	9-17	李一鳴	社論	論羊城李一鳴諂媚逢迎之醜態。	264
14	9-18	鶴報	新聞報導	冼孝廉使鶴團圓，鶴報之以珊瑚。	250
15	11-3	范遺民	新聞報導	西方口足畫家。盲人范逸誦十七史。逸史氏曰	660
16	12-4	島俗	新聞報導	白菂堰張氏至山東經商，遇風，飄至距近日本某島。	572

附錄四 　《淞隱漫錄》分析表

1、傳奇小說 103 篇

次	卷	篇名	題材	背景	主題	詩、評、出處	字數
1	1-1	華璘姑	愛情	吳門、金陵	情深	七律一首	1742
2	1-2	紀日本女子阿傳事	世情	日本橫濱	戒女性	天南遯叟七古阿傳曲	1534
3	1-3	許玉林匕首	武俠	揚州、峨眉山	物不可恃		1716
4	1-4	仙人島	志怪	泉州、仙島、寇亂	無仙境	一書、七絕二首	2080
5	1-5	小雲軼事	宗教	揚州、緒寇	妓修佛		1924
6	1-6	吳瓊仙	愛情	杭郡、檇李	貞烈		2132
7	1-7	貞烈女子	愛情	金陵鈔庫街	貞烈	七言金環曲	2158
8	1-8	玉簫再世	愛情	魏塘、上海	貞烈		2184
9	1-9	朱仙	志怪	緒寇、蘇、滬、海疆事	禦外侮	天南遯叟一楚歌	2132
10	1-10	蓮貞仙子	志怪	濟南	花妖、四妻		2002
11	2-1	何蕙仙	志怪	濟南、泉州、教匪	異術、三妻		2262
12	2-2	白秋英	志怪	成都、漢臯	猿蛇精		2106
13	2-3	鄭芷仙	志怪	吳興、皖	狐女	七絕二首、一楚歌	2288
14	2-4	周貞女	志怪	蘇州、徽商	貞節		2184
15	2-5	楊素雯	志怪	杭、西湖	人鬼戀	四闋詞	2184
16	2-6	馮香妍	愛情	金閶	夢解冤	七絕二首	2028
17	2-7	廖劍仙	武俠	燕京、九江	除害		2184

18	2-8	眉繡二校書合傳	狹邪	滬		妓事	淞北玉魷生七律八首一歌、二楹聯	2084
19	2-9	徐雙芙	宗教	吳江、濟南		復生		2080
20	2-10	蕭補煙	志怪	杭、盧溝橋		狐女	一歌	2184
21	3-1	陸碧珊	愛情	揚州、鹿城、匪亂		戒亂情	七絕八首絕書一封	2340
22	3-2	龔繡鸞	宗教	豫章、粵西		贖罪		2366
23	3-3	心儂詞史	愛情	吳門、徽商		仙侶		2288
24	3-4	閔玉叔	志怪	檳嶼、漳州		奇航		2522
25	3-5	凌波女史	志怪	蘇州		復生宦途險	七律四句、五律一首	2444
26	3-6	三夢橋	志怪	楚南		夢妻亡		2366
27	3-7	黎紉秋	志怪	維揚		成仙		2392
28	3-8	鵑紅女史	愛情	凌夷、山西潼商道		一夫二妻		2340
29	3-9	畢志芸	愛情	太倉、蘇金獅巷		得妻妾		2288
30	3-10	薊素秋	愛情	滬、墨海書館、赭寇		妻妾相得	一詞	2340
31	4-1	仙谷	世情	河南固始		諷俗道		2288
32	4-2	何華珍	愛情	杭州西湖		妻助夫		2236
33	4-3	胡瓊華	宗教	漢皋、邳州		求仙		2366
34	4-4	女俠	武俠	山東道上		武技神術	一短書	2600
35	4-5	金鏡秋	宗教	蘭陵、閩海、廈門、外寇		謫仙試煉		2184
36	4-6	李四孃	武俠	潯陽江上		除害	一信、一楚歌	2444
37	4-7	盜女	武俠	金陵、山東道上、鄱陽湖		文武合一		2340
38	4-8	徐慧仙	志怪	滬、亂平		神示、夢驗	七絕三首	2496

39	4-9	海外美人	志怪	南洋、日本島	奇航	一楚歌	2158
40	4-10	亂仙逸事	歷史	杭州、溧陽、庚申、髮逆	貞烈	七絕六首 五絕三首	2210
41	5-1	笙村靈夢記	志怪	鹿城、春申浦、赭寇、兵警	情逾死	王笥生 七律四首 七絕五首	2366
42	5-2	白素秋	愛情	揚州	三世緣	七絕四首	2210
43	5-3	阿憐阿愛	狹邪	滬	妓情	天南遯叟、七絕一首	2340
44	5-4	四奇人合傳	歷史	咸豐庚申、髮逆、浙江	義民 貞婢 情優 俠妓	何桂笙、姚生告述	2184
45	5-5	蔣麗娟	愛情	京江、金陵	命定 二妻	七絕一首 一書信	2340
46	5-6	尹瑤仙	愛情	順德	憶亡妻	弔紅玉詞	2184
47	5-7	馮佩伯	志怪	髮逆、金陵、偽東王府	撫慰		2210
48	5-8	諸曉屏	狹邪	濟南、蒙山	豔遇		2392
49	5-9	李珊臣	志怪	漢皋	仙遇 二妻	七絕二首	2340
50	5-10	葛天民	愛情	粵、福州、航難	命定 二妻	一楚歌	2184
51	6-1	夜來香	世情	金陵	果報	十香曲十首	2080
52	6-2	劍仙聶碧雲	武俠	袞州、鄱陽湖、勞山	斬妖除害		2444
53	6-3	徐仲瑛	愛情	漢皋、峨眉山、濟南	三妻	七絕一首 緜詞	2470
54	6-4	陸月舫	愛情	武林、山陰道、漢皋	仙妾 命定	天南遯叟	2288
55	6-5	王蟾香	志怪	金陵、四川、漢皋	鬼媒 四妾		2496

56	6-6	李韻蘭	世情	平湖、漢臯	女才女德	降壇七絕一首、一降書	2496
57	6-7	鞠媚秋	愛情	太湖	才女	七絕五首	2340
58	6-8	王蓮舫	志怪	甫里、亂賊	狐女	七絕四首	2756
59	6-9	胡姬媽雲小傳	狹邪	松郡亭林鎮	妓勇	荑庵退叟七律四首	2444
60	6-10	楊秋舫	志怪	會稽	鬼妻	浣溪沙詞一闋	2496
61	7-1	宵娘再世	志怪	金陵、洪逆	鬼妻		2704
62	7-2	媚黎小傳	愛情	倫敦、香港、漢臯	情殺		2704
63	7-3	秦倩孃	志怪	南豐	鏡畫妖三妻	一楚歌	2600
64	7-4	悼紅仙史	愛情	甫里、庚申赭寇	仙緣悼亡	一楚歌	2496
65	7-5	姚雲纖	武俠	杭、蜀、漢臯、髮逆、齊魯界	女俠殺敵		2600
66	7-6	鮑琳娘	武俠	揚州、賊亂	奇術		2496
67	7-7	返生草	愛情	武昌、吳門、漢臯	復生		2392
68	7-8	月裏嫦娥	武俠	吳門、太湖	除害		2028
69	7-9	沈荔香	狹邪	吳門	狹游	天南遯叟、七絕一首	2184
70	7-10	茝蔚山庄	狹邪	南昌	一妻二妾		2184
71	8-1	海底奇境	志怪	金陵、歐洲、上海	海底奇境	一楚歌	2288
72	8-2	海外壯游	志怪	歐洲、英國	識見		2288
73	8-4	樂仲瞻	志怪	海事、赭寇	女鬼		2288
74	8--5	嚴萼仙	志怪	宜昌、明寇、赭寇	補史復生	酒泉子詞一闋	2236
75	8-8	華胥生	世情	京城	現官場		2184
76	8-9	任香初	武俠	雲南蒙自	俠女情		2210
77	9-1	駱蓉初	武俠	流陽、漢臯	俠妻情		2288
78	9-2	紅芸別墅	宗教	勞山	仙眷		2288
79	9-3	陶蘭石	愛情	吳縣	命定	七律八首	2236

80	9-4	夢遊地獄	宗教	吳門南濠	幻由心生		2080
81	9-5	杞憂生	愛情	道光癸亥（1862）、辛巳（1881）、會稽	迷情命定	五絕二首、七絕十首、天南遯叟曰	2028
82	9-6	陳霞仙	愛情	平湖	妻勸納妾	四闋詞、四對句	2184
83	9-7	倩雲	武俠	武昌	俠女情		2184
84	10-1	鵑紅女史	歷史	成都碧雞坊、山左、匪亂	烈女	七絕六首并序親訪此事	2392
85	10-2	蛇妖	志怪	虞山	果報		2288
86	10-3	錢蕙蓀	愛情	歜浦	殉情	一長書、七絕九首	2600
87	10-4	丁月卿校書小傳	愛情	滬、庚申（1860）	妓情	天南遯叟曰	2600
88	10-5	清溪鏡孃小傳	世情	滬，丙戌（1886）	妓妾命舛	七律五首吳悔庵述之	2496
89	10-8	鶴媒	愛情	赭寇、吳	仙助	一楚歌、七絕一首	2600
90	10-10	合記珠琴事	愛情	山左、丙戌（1886）	納妾	輝媚閣主人曰	2470
91	11-1	吳也仙	愛情	吳中	殉情	七絕三首、一長書、一詩序、天南遯叟曰	2600
92	11-4	妙香	愛情	泰安	二妻		2132
93	11-9	徐笠雲	武俠	湖北	戒衝動		2080
94	11-10	三怪	武俠	山東、衛輝府、太原	除妖		2080
95	12-1	月仙小傳	愛情	吳江、粵逆、癸酉（1873）、富士、伊陽	天緣	七絕一首	2080

96	12-3	花蹊女史小傳	世情	日本東京、明治五年壬申（1872）、己卯（1879）	女畫家	七絕一首、天南遯叟、善諷子曰	2080
97	12-4	林士樾	愛情	燕京	緣盡		2080
98	12-5	燕劍秋	武俠	杭州、勞山、漢臯	修術成仙	七律二首	2080
99	12-6	消夏灣	宗教	漢臯	理想島		2080
100	12-7	白玉樓	宗教	西山	理想國	天南遯叟	2080
101	12-8	薊素秋	武俠	錢塘江、吳江梨花里、盜賊	除賊平亂	七絕一首	2288
102	12-9	玉兒小傳	愛情	京師	烈女	逸史氏曰	2080
103	12-10	甘姬小傳	愛情	趙寇、金閶	貞烈	秦膚雨七言〈甘姬曲〉	2080

2、非小說 17 篇

次	卷	篇名	文類	內　　容	字數
1	8-3	申江十美	雜記	記陸月舫、王蓮舫、王佩蘭、王雪香、呂翠蘭、胡月娥、吳新卿、張善貞、顧蘭蓀、馬雙珠等十人。	2392
2	8-6	橋北十七名花譜	雜記	日本東京橋北名妓17人。	1950
3	8-7	泰西諸戲劇類記	雜記	述歐洲馬戲、劇場、魔術。	2028
4	8-10	柳橋豔跡記	雜記	東京妓街風光。	2132
5	9-8	黔陽苗妓紀聞	雜記	苗女跳月招親之俗，與跳月歌。	2150
6	9-9	黔苗風俗紀（上）	雜記	述貴州苗民28種。	2080
7	9-10	黔苗風俗紀（下）	雜記	述貴州苗民33種。	2080
8	10-6	二十四花史（上）	雜記	彊戁居士記同治元年（1862）至光緒12年（1886）所識名花，王韜編為三卷，上卷：小桂珠、王桂卿、李巧仙、	2470

				金二寶、張秀寶、王雲卿、褚金福、嚴月琴、李巧玲、邊金寶、胡桂芳、小阿招等人。	
9	10-7	二十四花史（下）	雜記	記李湘蘭、朱逸卿、陳筱寶、姚婉卿、周素娥、孫靄青、胡寶玉、顧蘭蓀、朱秀卿、吳秀卿、金如意、陳菊卿、李琴書等人。	2470
10	10-9	十二花神	雜記	記張書玉、吳慧珍、周侶琴、周月琴、王翠芬、李琴書、王蘭香、姚雪鴻、徐蕙珍、王雅卿、吳小紅等人。	2600
11	11-2	東部雛伶	雜記	王韜據頑石道人、紫曼陀館主之作改寫。敘濟南戲班女伶：連熙、閻九、黑妮兒、潘玉兒、娟兒、鳳兒、珠兒等人。	2470
12	11-3	東瀛才女	雜記	記日本女子：小華生、阿中、阿超、阿寶、阿玉等人。	2470
13	11-5	三十六鴛鴦譜（上）	雜記	王韜編次鬈韘居士之作，上卷有鄭桂卿、顧蘭蓀、謝寶韻、孫雅仙、張書玉、王佩蘭、吳慧珍、陸月舫、沈筱寶、呂翠蘭、周葆珍等人。	2392
14	11-6	三十六鴛鴦譜（中）	雜記	記徐潤玉、張惠貞、王玉雯、李韻蘭、張善貞、吳少琴、周侶琴、朱豔卿、胡薇卿、張秀玲、馮蘭初、王蓮舫等人。	2392
15	11-7	三十六鴛鴦譜（下）	雜記	記徐順卿、林佩玉、胡秀林、陳金玉、李星娥、顧香芸、楊香寶、徐蕙珍、周翠娥、張小寶、張蕙仙、左紅玉等人。	2444
16	11-8	名優類志	雜記	上海戲班及名伶十餘人	2600
17	12-2	十鹿九回頭	雜記	九位棄官棲隱者：姚光發、張雲望、李曾裕、胡承、王蓉生、仇炳台、耿蒼齡、顧蓮。	2028

附錄五　《淞濱瑣話》分析表

1、傳奇小說（篇名按廣文版）

序	卷次	篇名	題材	時空背景	主題	韻文評論	字數
1	1-1	徐麟士	武俠	崇明、芝罘、旅順	除妖		2080
2	1-2	藥孃	志怪	維揚	豔遇		2314
3	1-3	李延庚	志怪	北京極樂寺	評士風	詩四句	2269
4	1-4	田荔裳	志怪	洛陽	情摯花精		2470
5	1-6	倪幼蓉	宗教	吳江、峨媚山	夫婦同修		2702
6	2-1	魏月波	世情	檇李	慰妓命姈		2541
7	2-2	白瓊仙	愛情	元末、杭州、吳門、九江	姻緣前定		2441
8	2-3	盧雙月	愛情	浴佛節	孝賢		2414
9	2-4	金玉蟾	愛情	吳門、粵、閩漳浦、湘、黔	助夫、諷政	七絕二首	2675
10	2-5	煨芋夢	宗教	勞山	妖由人興	楚歌一首七絕一首	2757
11	3-1	劉淑芬	世情	揚州	妓騙		2253
12	3-2	柳青	志怪	明末、黃河、山東、芝罘	鬼復仇		2275
13	3-3	仙井	宗教	粵東、西樵山	神仙福地		2179
14	3-4	嚴壽珠	宗教	金陵、杭州	夫隨婦修		2312
15	3-5	真吾鍊師	世情	高郵、蘭州兵變、回逆、	斷指戒賭		2588
16	3-6	邱小娟	武俠	太平亂、潯陽	保鄉抗賊		2361

17	4-1	辛四孃	宗教	杭州、赭寇、粵、珠江	長生、仙報	七律題壁詩一首	2656
18	4-2	沈蘭芬	宗教	巢湖後宅鎮	發跡、仙報	七絕四首	2667
19	4-3	皇甫更生	世情	長江、北京	母貞、孝弟		2646
20	4-4	徐希淑	愛情	杭州	助夫納妾、二妻		2736
21	4-5	反黃梁	武俠	粵西、桂林、山東	果報	楚歌二首	2679
22	5-2	樂國紀游	世情	康城、天台	奇遇、諷貪		2298
23	5-3	梅無瑕	愛情	福建上杭	女貞	五絕詠月詩一首、七絕四憶詩四首、二封書信	2216
24	5-4	袁野賓	宗教	湖南茶陵、洞庭湖、土寇	求仙	七絕題壁詩一首、天南遯叟日	2297
25	5-5	劉大復	世情	浙義烏	報恩		2351
26	5-6	紀四大和尚	世情	江西南昌、甫里保聖寺、浙西木叢林、西湖	諷俗僧		2512
27	6-1	劍氣珠光傳	武俠	廣東	易裝圖存	七言二句粵人述	2612
28	6-2	花妖	志怪	上海西法華鎮	一夫五妻		2481
29	6-3	蕭仙	志怪	楚北、杭州	女鬼	七絕二首三闋詞	2462
30	6-4	畫妖	志怪	潯陽	四妻	三闋詞	2504
31	6-5	孫伯籙	宗教	金陵、莫愁湖、上海	求仙		2492
32	6-6	水仙子	歷史	寇、金陵、杭州	青樓烈女	一曲	2483
33	7-4	粉城公主	武俠	當塗、北海、芝罘	諷貪官		2635
34	7-5	鄒生	志怪	淄川、嶨山	道家尸解、畫中女	寄懷七絕二首、五	2804

						絕一首	
35	8-1	顧慧仙	愛情	道場山下、逆焰	四妻		2485
36	8-2	楊蓮史	愛情	武林、蘭州	二妻	棄婦怨一篇	2413
37	8-3	羅浮幻跡	宗教	廣東	重生、求仙	七絕五首五律一首	2396
38	8-4	梅鶴緣	宗教	普陀山、上海、西湖	仙妻美眷、齊人之福		3195
39	8-5	柳夫人	世情	淮陰	嗣母教子	一歌	3911
40	9-4	朱素芳	愛情	梁溪、申江、芝罘、萊州	才子佳人	羅浮夢賦一聯、如夢令、柳長青并跋、菩薩蠻二首	2476
41	10-1	徐太史	世情	陽江、北京	親戚冷暖	七絕一首	2711
42	10-2	玉香	愛情	荊州、洞庭湖、逆回、齋匪	二妻	七言題畫詩三首	3109
43	10-3	因循島	世情	曲沃、閩中、瓊州	諷官為狼		2395
44	10-4	夢中夢	志怪	交河	南柯一夢	七律催妝詞八首	5662
45	11-4	記雙烈	歷史	歷城	節烈	烈女徵詩啟一篇、張烈婦行一首	2286
46	11-5	瑤池仙夢記上	宗教	粵寇、吳門	姻緣前定	降詩四首七絕六首天南遯叟	2520
47	11-6	瑤池仙夢記下	宗教	粵寇、吳門	姻緣前定	楚歌二首天南遯叟	2545

48	12-5	蕊玉	愛情	燕北、賭寇、京師、大觀園		應驗		2895
49	12-6	李貞姑下壇自述始末記	宗教	慈溪、西湖、1860年粵賊、		貞烈	七絕下壇詩一首、斷情詩二句 天南遯叟日	1157
50	12-7	陳仲蓮	愛情	南海西樵		情真	七絕贈別詩五首	1972

2、非小說篇目表

次	卷	篇名	文類	內　　　　容	字數
1	1-5	畫船紀豔	遊記	自杭州溯錢江，遇畫舫諸女。	2250
2	5-1	龔蔣兩君軼事	傳記	王韜友人龔橙、蔣劍人之生平事蹟。	2350
3	7-1	談豔上	散記	記名上海名花王蘭香等。	2493
4	7-2	談豔中	散記	記上海煙花各幫：蘇幫、揚幫、寧幫、湖北幫、江西幫，與名伶十人。	2649
5	7-3	談豔下	散記	記陸月舫、王蓮舫、王雪香等所識名花。	2766
6	7-6	記滬上在籍脫籍諸校書	散記	寫上海脫籍女子陸月舫、朱素貞、顧蘭蓀、王雪香等人事蹟。	3568
7	9-1	紅豆蔻軒薄幸詩上	散記	友人篝江詞客所作，王韜重加詮次。有羅佩珊、寶珠、錦兒、阿娜、翠鳳等人	2449
8	9-2	紅豆蔻軒薄幸詩中	散記	荷珠、素卿、小婷、阿素等。	2338
9	9-3	紅豆蔻軒薄幸詩下	散記	褚金福、朱五官、丁金寶、李香鄰。	2502
10	9-5	東瀛豔譜上	散記	日本名花小萬、小松、阿貞等。	2686
11	9-6	東瀛豔譜下	散記	錦北柳橋之妓錦八、小三等。	2586

12	11-1	燕台評春錄上	散記	第九洞天樵者作，王韜採錄之。潘愛琴、張韻珊、錢素卿等。	2422
13	11-2	燕台評春錄下	散記	余素素、張慧卿等人。	2476
14	11-3	珠江花舫記	散記	記廣州煙花女子善唱戲。	2347
15	12-1	瑤台小詠上	散記	鬟鬟軒主人所作，記名花16人。	3231
16	12-2	瑤台小詠中	散記	記名花13人	2162
17	12-3	瑤台小詠下	散記	記名花12人	1827
18	12-4	滬上詞場竹枝詞	散記	述上海演說故事之今昔，絕句16首。	1411

附錄六　王韜小說題材分析表

各書題材篇數

類別	志怪	愛情	世情	武俠	宗教	歷史	公案	狹邪	小計
遯窟讕言	39	21	32	18	8	20	6		144
淞隱漫錄	28	34	7	16	9	3		6	103
淞濱瑣話	9	11	10	5	13	2			50
合計	76	66	49	39	30	25	6	6	297

1、志怪小說 76 篇

《遯窟讕言》						
次	卷	篇　名	背　景	主　題	評詩出處	字數
1	1-7	李酒顛傳	浙江紹興	醉死復生		1012
2	1-11	夢幻	入都逆旅	豔遇	李大賓述	968
3	2-7	幻遇	北平碑林	奇遇		880
4	3-1	瑤姬	西樵	狐母復仇		484
5	3-5	媚娘	蘭陵	豔遇		880
6	3-7	蕊仙	順邑	豔遇	七絕一首	880
7	3-8	蜂媒	西吳卞山	夢蜂女		1056
8	3-9	骷髏	江東	妻如骷髏	逸史氏曰	440
9	3-10	鏡中人	粵萬嶺村羅浮山	物有定數		748
10	4-1	芝仙	太平亂、杭州	烈女		1056
11	4-3	蝶夢	南海、西樵山	豔遇		396
12	4-7	翠駝島	好望角一島	諷八股		748
13	4-9	郭生	瓊州	豔遇		836

14	5-3	魏生	南海	諷無賴	一聯楹	1280
15	6-2	陸祥叔	南海、香港	豔遇		492
16	6-3	小蒨	金閶	情堅	七絕一首	1144
17	6-4	玉姑	金陵	豔遇		924
18	6-6	柳妖	佛山	豔遇		264
19	6-7	花妖	洛陽	豔遇		880
20	6-10	古琴	杭州	殉琴	一歌	924
21	6-11	情死	崇明	殉情		352
22	6-19	夢異	杭州	蜂妖、蛇妖		836
23	7-1	香案吏	洛陽城南某寺	豔遇		1012
24	7-8	鍾馗畫像	蘇州、河南	人負狐妻	逸史氏曰	924
25	7-9	黃粱續夢	湘	富貴如夢	逸史氏曰	792
26	7-10	麥司寇	應試旅舍	遂豔遇		880
27	7-12	無頭女鬼	太平亂、江寧	賊禍		882
28	8-5	義烈女子	髮逆、杭	義烈		748
29	8-9	說狐	浙江、海寧	狐怪		572
30	8-10	離魂	太平亂、蘇州	男離魂	魏君述	1012
31	9-1	鬼語	汴梁	預言成真		836
32	9-2	菊隱山莊	太平亂、上海、汴梁	豔遇		1056
33	9-5	說鬼三則	新會、西樵	孝道、善報		968
34	9-1	產異		遺腹子		616
35	10-2	方秀姑	鹿城	負心果報		836
36	10-8	李軍門	泰州旅舍	鬼言成真		880
37	11-1	海島	咸豐五年、香港、舊金山	猴島		396
38	12-2	天裁	蘇州金獅巷	夢遇	韓韻仙述、楹聯	1100
39	12-5	鬼妻	二水縣穗垣西關志公巷	僕娶美妻	吳鶴皋述	880

				《淞隱漫錄》			
40	1-4	仙人島	泉州、仙島、寇亂	仙境	一書、七絕二首	2080
41	1-9	朱仙	赭寇、蘇、滬、海疆事	仙術	天南遯叟一歌	2132
42	1-10	蓮貞仙子	濟南	花妖、四妻		2002
43	2-1	何蕙仙	濟南、京	異術、三妻		2262
44	2-2	白秋英	成都、漢臯	猿蛇精		2106
45	2-3	鄭芷仙	吳興、皖	狐女	七絕二首、一楚歌	2288
46	2-4	周貞女	蘇州、徽商	貞節		2184
47	2-5	楊素雯	杭、西湖	夢驗	四闋詞	2184
48	2-10	蕭補煙	杭、盧溝橋	狐女	一歌	2184
49	3-4	閔玉叔	檳嶼、漳州	奇航		2522
50	3-5	凌波女史	蘇州	復生宦途險	七律四句、五律一首	2444
51	3-6	三夢橋	楚南	夢妻		2366
52	3-7	黎紉秋	維揚	成仙		2392
53	4-8	徐慧仙	滬、亂平	神示、夢驗	七絕三首	2496
54	4-9	海外美人	南洋、日本島	奇航	一歌	2158
55	5-1	笙村靈夢記	鹿城、春申浦	情逾死	玉笥生七律四首七絕五首	2366
56	5-7	馮佩伯	髮逆、金陵、偽東王府	撫慰		2210
57	5-9	李珊臣	漢臯	仙境	七絕二首	2340
58	6-5	王蟾香	金陵、四川、漢臯	鬼媒四妾		2496
59	6-8	王蓮舫	甫里	狐女	七絕四首	2756
60	6-10	楊秋舫	會稽	鬼妻	浣溪沙詞一闋	2496

61	7-1	窅娘再世	金陵、洪逆	遇女鬼		2704
62	7-3	秦倩娘	南豐	鏡妖、畫妖	一楚歌	2600
63	8-1	海底奇境	金陵、歐洲、上海	海底奇境	一楚歌	2288
64	8-2	海外壯游	歐洲、英國	識見		2288
65	8-4	樂仲瞻	海事、褚寇	避世亂		2288
66	8--5	嚴萼仙	西湖、明寇	補史	酒泉子詞一闋	2236
67	10-2	蛇妖	虞山	果報		2288
				《淞濱瑣話》		
68	1-2	藥孃	維揚	豔遇		2314
69	1-3	李延庚	北京極樂寺	諷士人	賞牡丹詩四句	2269
70	1-4	田荔裳	洛陽	情摯花精		2470
71	3-2	柳青	明末、黃河、山東、芝罘	鬼復仇		2275
72	6-2	花妖	上海西法華鎮	一夫五妻		2481
73	6-3	蕭仙	楚北、杭州	女鬼	二詩、三闋詞	2462
74	6-4	畫妖	潯陽	四妻	三闋詞	2504
75	7-5	鄒生	淄川、黌山	道家尸解、畫中女	〈寄杯〉七絕二首、五絕一首	2804
76	10-4	夢中夢	交河	南柯一夢	七律催妝詞八首	5662

2、愛情小說 66 篇

《遯窟讕言》						
次	卷	篇　名	背　景	主　題	評詩出處	字數
1	1-4	鸚媒記	揚州、甘泉	鸚為媒	一詞	1078

2	3-14	陸芷卿	金陵妙相庵	情堅		528
3	3-15	鴛繡	杭州、橋李	情堅		1012
4	4-12	慧兒	虞山	負心報		1100
5	5-1	蝶史瑣紀	楊州	節烈		440
6	6-12	駱芳英	丁卯春、羊城	妓情		484
7	6-13	吳淡如	澳門	邪狹韻事	七律二首	880
8	6-20	蘇仙	珠江	妓情	祭文	1100
9	8-2	姚女	羊城	諫夫		924
10	8-7	玉筍生	賊亂、楊州	救美	七絕二首	1100
11	8-13	鄭仲潔	東莞、白沙	殉情	七律二首	660
12	9-8	蘇小麗	吳門	彈詞女情波	七絕、七律	484
13	9-14	某觀察	太平天國之亂	助夫		528
14	10-14	張小金	南昌	妓情		528
15	11-7	眉修小傳	浙、吳	殉情		1056
16	11-8	夔仙小傳	泰州	妓情	吳沐庵述、一絕	836
17	11-11	瓊仙	粵匪、重慶	妓情		1320
18	12-3	柔珠	江浙之亂	妓情		528
19	12-7	陸書仙	楊州	情緣巧合		1276
20	12-8	懺紅女史	吳門、金閶、咸光之際	情專、勸夫	七律四首	1628
21	12-10	髻雲	金陵、湖南湘水	情緣命定		1100
《淞隱漫錄》						
22	1-1	華璘姑	吳門、金陵	情深	七律一首	1742
23	1-6	吳瓊仙	杭郡、橋李	貞烈	七言金環曲	2132
24	1-7	貞烈女子	金陵鈔庫街	貞烈		2158
25	1-8	玉簫再世	魏塘、上海	貞烈		2184
26	2-6	馮香妍	金閶	夢解冤	七絕二首	2028
27	3-1	陸碧珊	揚州、鹿城	戒亂情	七絕八首 絕書一封	2340
28	3-3	心儂詞史	吳門、徽商	仙侶		2288
29	3-8	鵑紅女史	凌夷、山西潼商	一夫二妻		2340

30	3-9	畢志芸	太倉、蘇金獅巷	得妻妾		2288
31	3-10	薊素秋	滬、蕩溝橋、墨海書館	妻妾相得	一詞	2340
32	4-2	何華珍	杭	妻助夫		2236
33	5-2	白素秋	揚州	三世緣	七絕四首	2210
34	5-5	蔣麗娟	京江、金陵	命定二妻	七絕一首、一書信	2340
35	5-6	尹瑤仙	順德	憶亡妻	弔紅玉詞	2184
36	5-10	葛天民	粵、福州、航難	命定、二妻	一楚歌	2184
37	6-3	徐仲瑛	漢皋、峨眉山	三妻	七絕一首、縣詞	2470
38	6-4	陸月舫	武林、山陰道	命定、仙妾	天南遯叟	2288
39	6-7	鞠媚秋	太湖	才女	七絕五首	2340
40	7-2	媚黎小傳	倫敦、香港	情殺		2704
41	7-4	悼紅仙史	甫里、庚申、赭寇	仙緣、悼亡妻	一楚歌	2496
42	7-7	返生草	武昌、吳門、漢皋	復生		2392
43	9-3	陶蘭石	吳縣	命定	七律八首	2236
44	9-5	杞憂生	道光、同治癸亥、光緒辛巳、會稽	迷情命定	五絕二首七絕十首天南遯叟曰	2028
45	9-6	陳霞仙	平湖	妻勸納妾	四闋詞、四對句	2184
46	10-3	錢蕙蓀	歙浦	殉情	一長書、七絕九首	2600
47	10-4	丁月卿校書小傳	滬、庚申（1860）	妓情	天南遯叟曰	2600
48	10-8	鶴媒	赭寇、吳	仙助	一楚歌、七絕一首	2600
49	10-10	合記珠琴事	山左、丙戌（1886）	納妾	輝媚閣主人曰	2470

50	11-1	吳也仙	吳中	殉情	七絕三首、一長書、一詩序、天南遯叟曰	2600
51	11-4	妙香	泰安	二妻		2132
52	12-1	月仙小傳	吳江、粵逆、癸酉	天緣	七絕一首	2080
53	12-4	林士樾	燕京	緣盡		2080
54	12-9	玉兒小傳	京師	烈女	逸史氏曰	2080
55	12-10	甘姬小傳	赭寇、金閶	貞烈	秦膚雨〈甘姬曲〉	2080
《淞濱瑣話》						
56	2-2	白瓊仙	元末、杭州、吳門、九江	姻緣前定		2441
57	2-3	盧雙月	浴佛節	孝賢		2414
58	2-4	金玉蟾	吳門、粵、閩漳浦、湘、黔	助夫、諷政	七絕二首	2675
59	4-4	徐希淑	杭州	助夫納妾		2736
60	5-3	梅無瑕	福建上杭	女貞	偶詠新月、四憶詩、二信	2216
61	8-1	顧慧仙	道場山下、逆焰	四妻		2485
62	8-2	楊蓮史	武林、蘭州	二妻	〈棄婦怨〉一首	2413
63	9-4	朱素芳	梁溪、申江、芝罘、萊州	才子佳人	羅浮夢賦一聯、如夢令、柳長青幷跋、菩薩蠻二首	2476
64	10-2	玉香	荊州、洞庭湖、逆回、齋匪	二妻	七言題畫詩三首	3109
65	12-5	蕊玉	燕北、赭寇、京師、大觀園	應驗		2895
66	12-7	陳仲蓮	南海西樵	情真	七絕贈別詩五首	1972

3、世情小說 49 篇

《遯窟讕言》					
次	卷	篇　名	背　景	主　題	評詩出處	字數
1	1-3	碧珊小傳	羊城、高州之亂	掌握命運		1232
2	2-2	何氏女	橋里	迷信喪妻	于辛伯記	1056
3	2-4	吳氏	京城	妒婦、子嗣		968
4	2-12	檸檬水	寧波城隍廟	戒色		528
5	2-13	卜人受誑	漢口	戒色	潘雲客述	748
6	3-5	李月仙	羊城	戒狹邪		792
7	3-6	珠屏	杭州	戒賭	逸史氏曰	1012
8	3-12	二狼	川沙廳	戒色、戒惡		528
9	4-6	李仙源	紹興	智妻		880
10	4-10	淩洛姑	吳江	戒賭		1188
11	4-13	雙影	吳趨	節烈		1044
12	6-5	嬌鳳	潯陽	商妾情	黃吉旋〈鳳城曲〉	1100
13	6-16	湯大	梁溪	殺夫報		836
14	7-2	魯生	京師真武觀	戒迷信		924
15	7-3	三麗人合傳	潮郡畫舫	三妓命運		1012
16	7-5	妝鬼	浙東	戒惡		792
17	7-7	陳玉如	吳	戒邪遊	逸史氏曰	1188
18	7-11	霍翁妾	羊城	妾情		440
19	8-3	林素芬	羊城、漢鎮	悍妻妾虐小妾	逸史氏曰	660
20	8-6	三菩薩小傳		戒色	朱笠江作小傳	924
21	9-9	瘋女	粵	善報		572
22	9-10	汪菊仙	吳門	妓妾命舛		748
23	9-12	石崇後身	紅匪	戒貪	逸史氏曰	528
24	9-13	美人局	羊城	戒色		792
25	10-3	馬逢辰	吳門、蘇州	戒邪遊		1144
26	10-4	卓月	泰州旅舍	戒淫		660
27	10-7	石朝官	蕭山	尼助人		440

28	10-16	素馨	滬、日本	拐賣婦女		748
29	11-2	相術	太平之亂	父助、評科考	魏源妊盤仲述	1100
30	11-4	李甲	香港太平山	戒貪色	逸史氏曰	440
31	11-5	竊妻	廣州、福州	無行文人	逸史氏曰	616
32	11-10	艷秋	滬、楊州	拐賣婦女		1584
《淞隱漫錄》						
33	1-2	紀日本女子阿傳事	日本橫濱	戒女性自愛	天南遯叟七古〈阿傳曲〉	1534
34	4-1	仙谷	河南固始	諷俗道		2288
35	6-1	夜來香	金陵	果報	〈十香曲〉十首	2080
36	6-6	李韻蘭	平湖、漢臯	女才、女德	降壇七絕一首一降書	2496
37	8-8	華胥生	京城	官場現象		2184
38	10-5	清溪鏡娘小傳	滬，1886年	妓妾命舛	七律五首吳悔庵述之	2496
39	12-3	花蹊女史小傳	日本東京	才女	一詩、天南遯叟、善諷子曰	2080
《淞濱瑣話》						
40	2-1	魏月波	橋李	慰妓命舛		2541
41	3-1	劉淑芬	揚州	戒色		2253
42	3-5	真吾鍊師	高郵、蘭州兵變、回逆	斷指戒賭		2588
43	4-3	皇甫更生	長江、北京	母貞、孝弟		2646
44	5-2	樂國紀游	康城、天台	奇遇、諷貪		2298
45	5-5	劉大復	浙義烏	報恩		2351
46	5-6	紀四大和尚	江西南昌、甫里保聖寺、浙西木叢林、西湖	諷俗僧		2512
47	8-5	柳夫人	淮陰	嗣母教子	一歌、詞二句	3911
48	10-1	徐太史	陽江、北京	親戚冷暖	七絕一首	2711
49	10-3	因循島	曲沃、閩中、瓊州	諷官為狼		2395

4、武俠小說 39 篇

次	卷	篇 名	背 景	主 題	評詩出處	字數
			《遯窟讕言》			
1	1-6	江楚香	北京當舖	俠女助夫	逸史氏曰 墨林太守述	836
2	1-9	劇盜	山中	高手輩出		660
3	2-3	劍俠	太倉	俠報恩		1056
4	2-8	碧癞	武昌、粵逆	八股無用		880
5	2-9	女道士	江浙、庚辛間	義助	一楹聯	948
6	2-10	于蕊史	楚省、襄陽	義助		1056
7	2-11	仇慕娘	保定、西安	八股無用		704
8	3-3	黑白熊	華山熊耳峰	戒獵物		748
9	4-2	鄒苹史	長洲、秦	義助、報恩	逸史氏曰	968
10	4-5	諸葛爐	太平亂、湘陵	義助、惡報		924
11	5-4	燕尾兒	天津	有技無可用		1100
12	5-7	梁芷香	紅巾賊、武昌	武技保身		616
13	7-6	白玉嬌	山東	高手輩出		968
14	8-1	尸解	太平亂 蘇州、楚	為國除賊	程君親見	792
15	9-9	孫藝軒	粵賊、太平亂	殺賊贖罪		792
16	10-9	少林絕技	羊城	諷官軍無能		484
17	10-11	鐵佛	海寧峽石鎮	智取		264
18	11-6	孟禪客	庚申赭亂、西湖、金陵、魏塘	義助		1864
			《淞隱漫錄》			
19	1-3	許玉林匕首*	揚州、峨眉山	物不可恃		1716
20	2-7	廖劍仙*	燕京、九江	除害		2184
21	4-4	女俠*	山東道上	武技神術	一短書	2600

22	4-6	李四孃*	潯陽江上	除害	一信、一楚歌	2444
23	4-7	盜女*	金陵、山東道上、鄱陽湖	文武兼具		2340
24	6-2	劍仙轟碧雲*	袞州、鄱陽湖	斬妖除害		2444
25	7-5	姚雲纖*	杭、太平天國	俠女殺敵		2600
26	7-6	鮑琳娘	揚州、賊亂	奇術		2496
27	7-8	月裏嫦娥	吳門、太湖	斬妖除害		2028
28	8-9	任香初*	雲南之蒙	俠女情貞		2210
29	9-1	駱蓉初*	流陽、漢臬	仙俠妻 妻妾相得		2288
30	9-7	倩雲*	武昌	俠女技情		2184
31	11-9	徐笠雲*	湖北	戒衝動		2080
32	11-10	三怪*	山東、衛輝府、太原	除害		2080
33	12-5	燕劍秋*	杭州、勞山、漢臬	修術成仙	七律二首	2080
34	12-8	薊素秋*	吳江梨花里	除賊平亂	七絕一首	2288
《淞濱瑣話》						
35	1-1	徐麟士*	崇明、芝罘、旅順	除妖		2080
36	3-6	邱小娟*	太平亂、潯陽	保鄉抗賊		2361
37	4-5	反黃粱	粵西、桂林、山東	果報	歌二首	2679
38	6-1	劍氣珠光傳*	廣東	易裝圖存	七言楹聯二句 粵人述	2612
39	7-4	粉城公主*	當塗、北海、芝罘	諷貪官		2635

*收入胡文彬主編《中國武俠小說辭典》之篇目

5、宗教小說30篇

《遯窟讕言》						
次	卷	篇　名	背　景	主　題	評詩出處	字數
1	1-2	韻卿	杭州、妙善庵	識人、妓命定	韻卿中表李雲渠述	792

2	5-8	瑣瑣	金陵旅舍	仙境		880
3	6-1	李芸	白門	妓有佛緣		572
4	6-8	珊珊	羊城	妓修佛	七絕一首	704
5	10-10	妙塵	咸豐庚申、髮逆、惠山	神仙相助		880
6	10-12	麗鵑	咸豐庚申、泰州	陰陽神術		1232
7	10-15	須天衡	江浙	禍無可測		264
8	12-6	鵲華	泉州、漳州、山東	父助		1584
			《淞隱漫錄》			
9	1-5	小雲軼事	揚州、賭寇	妓修佛		1924
10	2-9	徐雙芙	吳江、濟南	復生		2080
11	3-2	龔繡鸞	豫章、粵西	修道釋懷、贖罪		2366
12	4-3	胡瓊華	漢象、邳州	修道求仙		2366
13	4-5	金鏡秋	蘭陵、閩海	謫仙、試煉		2184
14	9-2	紅芸別墅	勞山	仙妻美眷		2288
15	9-4	夢遊地獄	吳門南濠	幻由心生		2080
16	12-6	消夏灣	漢象	理想島		2080
17	12-7	白玉樓	西山	理想國	天南遯叟	2080
			《淞濱瑣話》			
18	1-6	倪幼蓉	吳江、峨媚山	夫婦同修道		2702
19	2-5	煨芋夢	勞山	妖由人興	楚歌一首 七絕一首	2757
20	3-3	仙井	粵東、西樵山	神仙福地		2179
21	3-4	嚴壽珠	金陵、杭州	夫隨婦修佛		2312
22	4-1	辛四孃	杭州、賭寇、粵、珠江	長生、仙報	七律題壁詩一首	2656
23	4-2	沈蘭芬	巢湖後宅鎮	發跡、仙報	七絕四首	2667
24	5-4	袁野賓	湖南茶陵、洞庭湖、土寇	求仙	七絕題一首 天南遯叟曰	2297

25	6-5	孫伯魔	金陵、莫愁湖、上海	求仙		2492
26	8-3	羅浮幻跡	廣東	重生、求仙	七絕五首 五律一首	2396
27	8-4	梅鶴緣	普陀山、上海、西湖	仙妻美眷、齊人之福		3195
28	11-5	瑤池仙夢記上	粵寇、吳門	姻緣前定	降詩四首 七絕六首 天南遯叟曰	2520
29	11-6	瑤池仙夢記下	粵寇、吳門	姻緣前定	歌二首 天南遯叟	2545
30	12-6	李貞姑下壇自述始末記	慈溪、粵賊、西湖	貞烈	七絕下壇詩一首、斷情詩二句 天南遯叟曰	1157

6、歷史小說 25 篇

遯窟讕言						
次	卷	篇　名	背　景	主　題	評詩出處	字數
1	1-5	奇巧	吳門、髮逆	識才、報恩	逸史氏曰	748
2	1-8	傅鸞史	金陵、太平亂	慧女		1012
3	1-10	江遠香	武昌、楮寇	婦勵夫	逸史氏曰	1012
4	2-1	鴛紅	武林、洪寇	轉賣婦女		1100
5	2-6	月嬌	金陵、楮寇	烈妓斫賊	一歌、逸史氏曰	748
6	3-2	朱慧仙	洪楊亂、武昌	烈女殺賊	貝子木詩一首	880
7	3-11	掘藏	太平軍、蘇州	財有定數	潘雲客述	352
8	3-13	趙碧孃	太平軍、蘭陵	節烈女	逸史氏曰	484
9	4--4	賈芸生	太平亂、杭	智女		792
10	4-8	攝魂	太平亂、松江	避亂		880

11	5-2	周聲	太平亂、武進	諷假道學		924
12	5-6	巫氏	太平亂、江南湮水蒲塘鄉	烈女、果報	逸史氏曰	836
13	6-9	范德鄰	太平亂、常州	殺賊、忠僕		880
14	6-14	劉氏婦	太平亂、香山	家務難斷	一信	1056
15	7-4	甯蕊香	咸豐10年髮逆、蘇洲、滬	貞節	一律詩	1232
16	8-8	貞烈女	太平亂、杭	貞烈		880
17	9-11	趙遯之	髮逆、武昌	婦女命運善報		924
18	10-13	顧蓮姑	白蓮教亂	婦女命運	于辛伯〈蓮姑曲〉	1056
19	11-9	綠芸別傳	太平之亂、泰州、鹿城	遠見		1276
20	12--9	于素靜	杭州、庚申之亂、滬北	堅貞	自壽詩一章	1100
《淞隱漫錄》						
21	4-10	亂仙逸事	杭州、溧陽、庚申髮逆	貞烈	七絕六首五絕三首	2210
22	5-4	四奇人合傳	咸豐庚申、髮逆、浙江	義民、貞婢情優、俠妓	何桂笙、姚生述	2184
23	10-1	鵑紅女史	成都、山左、匪亂	烈女	六絕六首并序親訪此事	2392
《淞濱瑣話》						
24	6-6	水仙子	寇、金陵、杭州	青樓烈女	南南呂一曲	2483
25	11-4	記雙烈	歷城	節烈	烈女詩一首張烈婦行一首	2286

7、公案小說 6 篇

《遯窟讕言》						
次	卷	篇　名	背　景	主　題	評詩出處	字數
1	6-17	汪女	東台縣	酷吏	逸史氏曰	572
2	6-18	單料曹操	寧波城北	清官		880
3	8-4	葉芸士	赭寇、鹿城、崑山	冤獄	逸史氏曰	924
4	10-5	蓉隱詞人	上海	神助	逸史氏曰	792
5	10-6	鐵臂張三	京師	誘捕		616
6	12-1	趙四姑	潮郡	果報		1100

8、狹邪小說 6 篇

《淞隱漫錄》						
次	卷	篇　名	背　景	主　題	評詩出處	字數
1	2-8	眉繡二校書合傳	滬	妓事	淞北玉魷生七律八首一歌、二楹聯	2084
2	5-3	阿憐阿愛	滬	妓情	天南遯叟、七絕一首	2340
3	5-8	諸曉屏	濟南、蒙山	豔遇		2392
4	6-9	胡姬媽雲小傳	松郡亭林鎮	妓勇	芟庵退叟七律四首	2444
5	7-9	沈荔香	吳門	狹游	天南遯叟、七絕一首	2184
6	7-10	苣蔚山庄	南昌	一妻二妾		2184

參考書目

（按作者姓氏筆劃多寡排列）

一、專書部份

（一）王韜著作

1、小說集

王韜，《遯窟讕言》（12 卷），清光緒元年（1875），尊聞閣輯申報館叢書，排印本；藏東京大學。

王韜，《遯窟讕言》（12 卷），清光緒六年（1880），上海重校本、木活字本。

王韜，《閑談消暑錄》（《遯窟讕言》）（12 卷 6 冊），清光緒二十六年（1900），江南書局刻本，。

王韜，《遯窟讕言》（12 卷），上海，大文書局，1923 年出版；藏近史所郭廷以圖書館。

王韜，《遯窟讕言》（不分卷），台北，廣文書局，中國近代小說史料續編，第 29 冊，1987 年 5 月，初版。

王韜，《繪圖後聊齋志異》（12 卷 8 冊），清光緒十七年（1891），上海，鴻文書局石印本。

王韜，《繪圖後聊齋志異》（12 卷 6 冊一函），清光緒二十年（1894），上海，積山書局石印本。

王韜，《繪圖後聊齋志異》（12 卷，6 冊一函），上海，廣華書局石

印本，1921 年出版；藏國家圖書館善本書室。

王韜著，張志春、劉欣中選，《後聊齋志異》，古代筆記小說精華叢書，花山文藝出版社，1987 年 5 月，出版。

王韜，《淞隱漫錄》（12 卷 4 冊），清光緒十年（1884）、十三年（1887）、二十九年（1903），上海點石齋石印本。

王韜，《淞隱漫錄》，台北，廣文書局，筆記五編，據光緒十年（1884）石印本影印，1976 年 8 月，初版。

王韜著、王思宇校點，《淞隱漫錄》，北京人民出版社，中國小說史料叢書，1983 年 8 月，一版。

王韜著、周力校點，《後聊齋志異》，四川，成都巴蜀書社，中國神怪小說大系（文言卷），1991 年，一版。

王韜著、李曉明等譯，《白話後聊齋志異》，西安，三秦出版社，1996 年出版。

王韜著、王彬等譯注，《後聊齋志異全譯詳注》，黑龍江人民出版社，1988 年 7 月，初版。

王韜著、曹慶霖、錢城一、丁磊譯，《白話全本後聊齋志異》，十大文言短篇小說今譯叢書，上海古籍出版社，1995 年 12 月，初版。

王韜著、陳志強、呂觀仁點校，《淞隱漫錄》，黑龍江人民出版社，聊齋系列小說集成，1997 年 6 月，一版。

王韜，《淞隱漫錄》，北京出版社，中國文言小說百部經典 35，2000 年出版。

王韜，《淞濱瑣話》，清光緒十三年（1887），上海，商務印書館，排印本一冊。

王韜，《淞濱瑣話》，香豔叢書，第 12~17 集，上海，國學扶輪社，宣統二~三年（1910~1911），出版。

王韜，《淞濱瑣話》一卷，上海，新文化書社，1934 年出版。

王韜，劉文忠校點，《淞濱瑣話》，清代筆記小說叢刊，濟南，齊魯書社，1986 年 6 月，初版。

王韜，文達三點校，《淞濱瑣話》，湖南長沙，岳麓出版社，1987 年 5 月，一版。

王韜，《淞濱瑣話》，香豔叢書，叢書集成續編，第 212 冊，台北，新文豐圖書公司，1989 年，出版。

王韜，《淞濱瑣話》，台北，廣文書局，筆記七編，1991 年 12 月，初版。

王韜，《淞濱瑣話》，筆記小說大觀，江蘇廣陵古籍刻印社，據上海進步書局本，1995 年，出版。

王韜著、寇英標點，《淞濱瑣話》，筆記小說精品叢書，重慶出版社，1996 年，一版。

王韜著、黃開國點評，《續聊齋：淞濱瑣話》，成都，巴蜀書社，1997 年，出版。

2、日記、尺牘、詩文集

王韜，《蘅華館日記》（1854~1855），收在《蘅華館雜錄》，清道光咸豐間手稿本，第 1 冊，藏於中央研究院傅斯年圖書館善本書室。

王韜，《苕華廬日記》（1849），收在《蘅華館雜錄》，清道光咸豐間手稿本，第 2 冊，藏於中央研究院傅斯年圖書館善本書室。

王韜，《蘅華館日志》（1852~1853），收在《蘅華館雜錄》，清道光咸豐間手稿本，第 3 冊，藏於中央研究院傅斯年圖書館善本書室。

王韜，《茗薌寮日記》（1852），收在《蘅華館雜錄》，清道光咸
　　豐間手稿本，第 4 冊，藏於中央研究院傅斯年圖書館善本書室。

王韜，《滬城聞見錄》（1849），收在《蘅華館雜錄》，清道光咸
　　豐間手稿本，第 5 冊，藏於中央研究院傅斯年圖書館善本書室。

王韜，《蘅華山館雜錄》（1849），收在《蘅華館雜錄》，清道光
　　咸豐間手稿本，第 6 冊，藏於中央研究院傅斯年圖書館善本書室。

王韜著、方行、湯志鈞整理，《王韜日記》（1858~1860、1862），
　　收在《中國近代人物日記叢書》，中華書局，1987 年 7 月，一版。

王韜，《蘅華館日記》（1858~1860），上海古籍版出社，續修四庫
　　全書，第 576 冊，1997 年據上海圖書館藏稿影印，出版。

王韜，《弢園尺牘》（8 卷），收在沈雲龍主編，《近代中國史料叢
　　刊續編》，第 83 輯 1000 冊，台北文海出版社，1983 年 10 月影
　　印本。

王韜，《弢園尺牘》（8 卷），清光緒二年（1876）香港天南遯窟鉛
　　印本，收入李毓澍主編，《近代史料叢書彙編》，第一輯第九種，
　　台北大通書局，1968 年景印本。

王韜，《王弢園尺牘》，台北廣文書局，1994 年 12 月，初版。

王韜，《弢園尺牘續鈔》6 卷，光緒十五年（1889）排印本，中央研
　　究院近史所郭廷以圖書館，縮影資料。

王利賓，《畹香儷館遣愁編詩集》（1 卷 1 冊），道光二十七年（1847）
　　手稿本，藏於中央研究院傅斯年圖書館善本書室。

王韜，《蘅華館詩錄》（5 卷，附存 1 卷，詩評 1 卷，贈詩 1 卷），
　　清光緒六年（1880），弢園叢書本，藏於台灣大學圖書館特藏室。

王韜，《蘅華館詩錄》（6 卷 2 冊），清光緒十六年（1890），弢園
　　叢書本，藏於國家圖書館特藏室。

王韜，《眉珠庵憶語》，收入《虞初廣志》，上海海左書局，1915年，出版。

王韜，《弢園文錄外編》（5 卷），光緒九年（1883），香海排列本，台灣大學總圖特藏室。

王韜，《弢園文錄外編》，上海古籍出版社，續修四庫全書，1558冊，據天津圖書館藏清光緒九年鉛印本影印。

王韜，《弢園文錄外編》（12 卷 6 冊），光緒二十三年（1897），上海淞隱廬刊本，藏於傅斯年圖書館。

王韜著，楚流、書進、鳳雷選注，《弢園文錄外編》（節本），遼寧人民出版社，1994 年 4 月，一版。

王韜著，陳恒、方銀兒評注，《弢園文錄外編》（節本），醒獅叢書，中州古籍出版社，1998 年 9 月，一版。

王韜著，李天綱編校，《弢園文新編》，收入錢鍾書主編，《中國近代學術名著叢書》，香港三聯書局，1998 年 7 月，一版。

王韜著、孫邦華選編，《弢園老民自傳》，江蘇人民出版社，1999年 3 月，一版。

3、筆記

王韜，《瓮牖餘談》12 卷，民國上海文明書局，清代筆記叢刊，排印本。

王韜，《瓮牖餘談》12 卷，台北廣文書局，筆記叢編，1969 年 8 月，初版。

王韜，《弢園筆乘》1 卷，中國野史集成 45，成都，巴蜀書社，據滿清野史五編，1993 年影印出版。

王韜，《弢園筆乘》1 卷，太平天國戰外十一種，清代野史叢書，北

京古籍出版社，1998 年出版。

王韜，《瀛壖雜誌》，收在沈雲龍主編，《近代中國史料叢刊》，第
33 輯 387—388 冊，台北文海出版社，1969 年 8 月，影印本。

王韜，《瀛壖雜志》6 卷，台北，廣文書局，筆記續編，1969 年 9 月，
初版。

王韜，《瀛壖雜志・瓮牖餘談》，湖南岳麓出版社，1988 年 5 月，一
版。

王韜著，沈恒春、楊其民標點，《瀛壖雜志》，收在《上海灘與上海
人》，上海古籍出版社，1989 年 5 月，一版。

王韜，《扶桑游記》，收在沈雲龍主編，《近代中國史料叢刊》，第
62 輯 614 冊，台北文海出版社，1971 年影印本。

王韜，《扶桑游記》，收在王錫麒輯，《小方壺輿地叢鈔》，第 52
冊，據明治 12~13 年（1879~1880）東京報知社印本，出版。

王韜著，陳尚凡、任光亮校點，《漫游隨錄・扶桑游記》，收在鍾叔
河主編，《走向世界叢書》，湖南人民出版社，1982 年 12 月，
一版。

王韜著，王稼句點校，《漫游隨錄圖記》，山東畫報出版社，2004
年 6 月，一版。

王韜，《琉球朝貢考》，收在王錫麒輯，《小方壺輿地叢鈔》，第 51
冊，據光緒十三年（1887），上海著易堂排印本，出版。

王韜，《琉球歸向日本辨》，收在王錫麒輯，《小方壺輿地叢鈔》，
第 51 冊，據光緒十三年（1887），上海著易堂排印本，出版。

王韜，《日本通中國考》，收在王錫麒輯，《小方壺輿地叢鈔》，第
52 冊，據光緒十三年（1887），上海著易堂排印本，出版。

王韜，《探地記》，收在王錫麒輯，《小方壺輿地叢鈔》，第 63 冊，

據光緒十三年（1887），上海著易堂排印本，出版。

王韜，《操勝要覽》，敦懷堂洋務叢鈔 11 種，第 8 冊，光緒元年（1875），敦懷堂書屋刊本。

王韜，《瑤臺小錄》，清代傳記叢刊，第 88 冊，台北明文出版社，1985 年出版。

王韜（淞北玉魷生），《海陬冶游錄》3 卷、附錄 3 卷、餘錄 1 卷，收在弢園主人選校，《豔史叢鈔》，清光緒元年、四年刊行；台北廣文書局，1976 年影印，收入筆記五編。

王韜，《海陬冶遊錄》，香豔叢書本，叢書集成續編，第 212 冊，台北新文豐圖書公司，1989 年出版。

王韜（淞北玉魷生），《花國劇談》2 卷，收在弢園主人選校，豔史叢鈔，清光緒元年、四年刊行，藏於傅斯年圖書館。

王韜，《花國劇談》，香豔叢書本，叢書集成續編，第 212 冊，台北新文豐圖書公司，1989 年，出版。

4、輯譯、序跋

王韜輯、偉烈亞力譯，《西學輯存六種》：《重學淺說》、《西國天學源流》、《西學圖說》、《西學原始考》、《泰西著述考》、《華英通商事略》，淞隱廬校印本，清光緒十五年（1890），出版。

王韜，《普法戰紀》，清同治十二年（1873）7 月，香港中華印務總局，活字排印版，藏於國家圖書館善本書室。

王韜刪纂、曾根嘯雲輯，《法越交兵紀》，近代中國史料叢刊，第 62 輯 615 冊，台北文海出版社，出版。

王韜輯撰，《重訂法國志略》（24 卷），上海淞隱廬，清光緒十六年

（1890），出版。

王韜、黃連權編著，《火器略說》，中國兵書集成，第 48 冊，北京，
　　解放軍出版社，1993 年據弢園叢書本影印。

王韜，《春秋朔閏至日考》，續修四庫全書，第 148 冊，上海古籍出
　　版社，據清光緒十五年（1889）弢園經學輯存本，1998 年出版。

王韜，《春秋日食辨正》，續修四庫全書，第 148 冊，上海古籍出版
　　社，據清光緒十五年（1889）弢園經學輯存本，1998 年出版。

王韜，《春秋朔至表》，續修四庫全書，第 148 冊，上海古籍出版社，
　　據清光緒十五年（1889）弢園經學輯存本，1998 年出版。

王韜編刊、蔣復敦著，《芬陀利室詞集》，咸豐二年（1852 年）初校，
　　光緒十一年（1885）淞隱廬重刊本，台灣大學圖書館特藏室。

王韜編刊、蔣復敦著，《嘯古堂詩集》，光緒十一年（1885）淞隱廬
　　重刊本，台灣大學圖書館特藏室。

王韜輯（序），《古今名人畫稿》，台北文史哲出版社，據上海鴻寶
　　齋光緒十七年（1891）石印本，1973 年 11 月，影印初版。

王韜，〈草木子跋〉，見葉世傑（明），《草木子》，明正德丙子（十
　　一年）葉溥福州刊本，王韜批校並手書題記 5 則，藏於台北故宮
　　博物院。

王韜，〈浮生六記跋〉，見於沈復著、俞平伯點校、傅昌澤注釋，《浮
　　生六記》，北京師範學院出版社，1992 年 11 月，一版。

（二）研究王韜專論

忻平，《王韜評傳》，上海，華東師範大學出版社，1990 年 4 月，
　　一版。

李在光，《王韜維新思想之研究》，國立台灣大學政治學研究所，1980

年 6 月，碩士論文。

李齊芳，《王韜：他的生平、思想、學術與文學成就》，美國，威斯康辛大學，博士論文。

高美芸，《王韜及其史學思想研究》，國立高雄師範大學國文研究所，1998 年 6 月，碩士論文。

高美芸，《王韜對時代的關懷及其尋求的解決之道》，國立高雄師範大學國文研究所，2003 年 6 月，博士論文。

凌宏發，《王韜小說研究》，上海師範大學，2004 年 5 月，碩士論文。

黨月異，《王韜文言小說研究》，山東師範大學，2003 年 10 月，碩士論文。

張志春，《王韜年譜》，百家莊，河北教育出版社，1994 年 11 月，一版。

張海林，《王韜評傳》，南京，南京大學出版社，1993 年 11 月，一版。

莫寧西，《王韜的變法思想研究》，香港大學，中國文學研究所，1981 年碩士論文。

熊秉純，《王韜研究》，中國文化學院，史學研究所，1979 年碩士論文。

姚海奇，《王韜的政治思想》，台北，文鏡文化事業有限公司，1981 年 9 月，出版。

柯文著，雷頤、羅檢秋譯，《在傳統與現代性之間：王韜與晚清改革》，南京市，江蘇人民出版社，1998 年第 1 版。

（三）相關著作

1、文學

王寅，《奇古奇聞》，收在《古本小說集成》（162~163），上海，古籍出版社，1992 年出版。

王火清譯注，《清代文言小說選譯》，成都，巴蜀書社，1991 年 10 月，一版。

王繼權主編，《中國歷代小說辭典》，第四卷，雲南人民出版社，1993 年 3 月，一版。

中國古代小說百科全書編委會，《中國古代小說百科全書》，北京，中國大百科全書出版社，1993 年 4 月，一版。

江蘇省社會科學院明清小說研究中心編，《中國通俗小說總目提要》，北京，中國文聯出版公司，1990 年 2 月，一版

平步青，《霞外捃屑》，上海，古籍出版社，1982 年 4 月，新一版。

吳志達，《中國文言小說史》，山東齊魯書社，1994 年 1 月，一版。

李漢秋、胡益民，《清代小說》，安徽教育出版社，1989 年 3 月，第一版。

李瑞騰，《晚清文學思想論》（1894~1911），台北，漢光文化事業有限公司，1992 年 8 月，二版。

岡千仞（日），《觀光游記》，台北，文海出版社，1981 年出版。

林明德編，《晚清小說研究》，台北，聯經出版社，1988 年 3 月，初版。

林佩慧，《晚清（1840~1911）戲劇小說繫年目及統計分析》，台大圖書館所，1988 年 6 月，碩士論文。

長白浩歌子著、馮偉民校點，《螢窗異草》，北京，人民出版社，1990

年 10 月，一版。

胡士瑩，《話本小說概論》，北京，中華書局，1980 年 5 月，一版。

胡大雷、黃理彪，《鴻溝與超越鴻溝的歷程----中國古代文言短篇小說史》，陝西師範大學出版社，1995 年 2 月，一版。

胡文彬主編，《中國武俠小說辭典》，花山文藝出版社，1992 年 8 月，一版。

范煙橋，《中國小說史》，台北，漢京文化事業有限公司，1983 年 9 月，初版。

侯忠義、劉世林，《中國文言小說史稿》，北京大學出版社，1993 年 2 月，一版。

袁行霈、侯忠義編，《中國文言小說書目》，北京大學出版社，1981 年 11 月，一版。

袁健、鄭榮編著，《晚清小說研究概說》，天津，教育社出版，1987 年 7 月，第一版。

唐富齡，《文言小說高峰的回歸—聊齋志異縱橫研究》，武漢大學出版社，1990 年 7 月，一版。

徐君慧，《中國小說史》，廣西教育出版社，1991 年 12 月，一版。

馬蹄疾編，《水滸資料彙編》，北京，中華書局，2004 年 1 月，出版。

時萌，《晚清小說》，台北，國文天地出版社，1990 年出版。

孫遜、孫菊園編，《中國古典小說美學資料滙粹》，上海古籍出版社，1991 年 5 月，一版。

陳節，《中國人情小說通史》，江蘇教育出版社，1998 年 3 月，一版。

陳燕，《清末民初的文學思潮》（1872~1916），台北，華正書局，1993 年 9 月，初版。

陳玉剛主編，《中國翻譯文學史稿》，北京，中國對外翻譯社，1989
　　年8月，一版。

陳平原，《小說史：理論與實踐》，北京大學出版社，1993年1月，
　　一版。

陳其元，《庸閒齋筆記》，台北，商務印書館，1976年6月，初版。

陳則光，《中國近代文學史》，中山大學出版，1987年3月，出版。

張次溪輯，《清代燕都梨園史料》，北京，中國戲劇出版社，1991
　　年，初版。

張俊、沈治鈞，《清代小說簡史》，遼寧教育出版社，1992年10月，
　　一版。

張俊、沈治鈞，《清代小說史》，中國小說史叢書，浙江古籍出版社，
　　1997年6月，一版。

陸林主編，李澤平選注，《清代筆記小說類編》，黃山書社，1994
　　年6月，一版。

康來新，《晚清小說理論研究》（1839~1911），台北，大安出版社，
　　1990年8月，二版。

楊子堅，《新編中國古代小說史》，南京大學出版社，1990年6月，
　　一版。

黃清泉主編，《中國歷代小說序跋輯錄》，湖北，華中師範大學出版
　　社，1989年12月，一版。

黃錦珠，《晚清小說觀念之轉變》（1895~1911），台北，文史哲出
　　版社，1995年2月，初版。

趙烈文，《能靜居日記》，台北學生書局，據趙氏手稿影印，1964
　　年12月，初版。

鄭觀應編，《續劍俠傳》，清光緒己卯（1879）香山鄭氏刊本，今藏

台北故宮圖書館。

鄒弢，《三借廬筆談》，筆記小說大觀，28 編第 10 冊，台北，新興
　　書局，出版。

鄒弢，《三借廬贅談》，上海，古籍出版社，1995 年，續修四庫全書
　　本，1263 冊。

裘毓麐，《清代軼聞》，中華書局、上海書店，1989 年 3 月，聯合
　　一版。

寧稼雨，《中國文言小說總目提要》，齊魯書社，1996 年 12 月，
　　一版。

潘壽康，《清代傳奇小說》，台北，河洛圖書出版社，1977 年 12 月，
　　初版。

歐陽健，《晚清小說簡史》，遼寧教育出版社，1992 年 10 月，一版。

歐陽健，《晚清小說史》，浙江古籍出版社，中國小說史叢書， 1997
　　年 6 月，一版。

薛洪勣，《傳奇小說史》，浙江古籍出版社，1998 年 12 月，第一版。

賴芳伶，《清末小說與社會政治變遷（1895~1911）》，台北，大安
　　出版社，1994 年 9 月，一版。

魯迅，《中國小說史略》，台灣，谷風出版社，出版。

劉蔭柏編，《西游記研究資料》，上海，古籍出版社，1990 年 8 月，
　　一版。

劉蔭柏，《中國武俠小說史—古代部份》，河北，花山文藝出版社，
　　1992 年 3 月，一版。

韓秋白、顧青，《中國小說史》，台北，文津出版社，1995 年 6 月，
　　初版。

2、史學及其他

小野秀雄著、陳固亭譯，《中外報業史》，台北，正中書局，1984
年7月，台七版。

于醒民，《上海，1862年》，上海人民出版社，1991年3月，一版。

王先謙（清），《東華續錄》，上海古籍出版社，續修四庫全書，379
冊，據上海圖書館藏清刻本影印。

王治心，《中國基督教史綱》，收在沈雲龍主編，近代中國史料叢刊
64輯，台北，文海出版社，出版。

王洪鈞，《新聞理論的中國歷史觀》，台北，遠流出版社，1998年3
月，初版。

王爾敏，《上海格致書院志略》，香港中文大學出版社，1980年，
初版。

王爾敏、陳善偉編，《近代名人手札真跡：盛宣懷珍藏書牘初編》，
香港，中文大學，1987年出版。

太平天國歷史博物館編，《吳煦檔案選編》，江蘇人民出版社，1983
年出版。

戈公振，《中國報學史》，台灣學生書局，1964年9月，再版。

李守孔編，《國民革命史》，紀念國父百年誕辰籌備委員會，1965
年11月，出版。

吳友如主編，《點石齋畫報》（節本）44冊，廣東人民出版社，1983
年影印本。

吳友如主編，《點石齋畫報》（1884~1885），江蘇，廣陵古籍刻印
社，1990年11月，一版。

吳友如著、莊子灣編，《十九世紀中國風情畫》，湖南美術出版社，
1998年7月，一版。

吳天任編著，《清黃公度先生遵憲年譜》，台灣商務印書館，1985年7月，初版。

吳湘相主編，《申報》（1876~1879），中國史學叢書，第15~28冊，台北學生書局，影印出版。

卓南生，《中國近代報業發展史》（1815~1874），台北，正中書局，1998年4月，台初版。

汪榮祖，《晚清變法思想論叢》，台北，聯經出版社，1983年3月，初版。

來新夏，《近三百年來人物年譜知見錄》，上海人民出版社，1983年4月，一版。

金沖、胡繩武，《辛亥革命史稿》，上海人民出版社，1980年7月，一版。

來新夏，《近三百年來人物年譜知見錄》，上海人民出版社，1983年4月，一版。

林友蘭，《香港報業發展史》，台北，學生書局，1974年，出版。

胡寄窗，《中國近代經濟思想史大綱》，中國社會科學出版社，1984年12月，一版。

胡禮忠、戴鞍鋼，《晚清史》，上海古籍出版社，1997年11月，一版。

柯文，《近代中國思想人物論—民族主義》，台北，時報出版社，1980年6月，出版。

郭廷以，《近代中國的變局》，台北，聯經出版社，1987年6月，初版。

馬積高，《清代學術思想的變遷與文學》，湖南出版社，1996年1月，一版。

梁啟超，《清代學術概論》，商務印書館，1947 年 2 月，五版。

夏良才、曾景忠主編，《近代中國人物》，重慶出版社，發行。

陳少白口述、許師慎筆記，《興中會革命史要》，台北，中央文物供應社，1935 年 1 月，出版。

馮自由，《革命逸史》，北京，中華書局，1981 年 6 月，一版。

程之行，《新聞傳播史》，亞太圖書公司，1995 年 3 月，初版。

曾虛白主編，《中國新聞史》，台灣商務印書館，1966 年 4 月，初版。

費行簡，《近代名人小傳》，收入周駿富輯，清代傳記叢刊，202 冊，明文書局，出版。

楊家駱主編，《太平天國文獻彙編》，中國近代史文獻彙編，台北鼎文書局，1973 年 12 月，初版。

熊月之主編，《上海通史—晚清文化》，第六卷，上海人民出版社，1999 年 9 月，一版。

增田涉等著，《歷史與思想》，台北，水牛出版社，1973 年 3 月，七版。

蔡爾康、林樂知編譯，張英宇點、張玄浩校，《李鴻章歷聘歐美記》，湖南人民出版社，1982 年 6 月，一版。

鄭子瑜、實藤惠秀編校，《黃遵憲與日本友人筆談遺稿》，早稻田大學東洋文學研究會出版；收在沈雲龍主編，近代中國史料叢刊 10 輯，台北，文海出版社。

鄭雲山等著，《中國近代名人小傳》，寧波市，浙江人民出版社，1983 第 1 版。

謝介鶴，《金陵癸甲紀事略》，收在中國史學會主編，中國近代史料叢刊，太平天國資料二，上海人民出版社，出版。

賴光臨，《梁啟超與近代報業》，台灣商務印書館，1968 年 4 月，

初版。

賴光臨，《中國新聞傳播史》，台北三民書局，1978 年 10 月，初版。

賴光臨，《中國近代報業與報人》，台灣商務印書館，1980 年 2 月，
　　初版。

羅香林，《香港與中西文化交流》，香港中文大學，1961 年出版。

羅爾綱，《太平天國史叢考》，台北，正中書局，1943 年 8 月，初版。

羅爾綱，《太平天國史考證集》，實踐學社，1951 年 3 月，出版。

蔡冠洛編纂，《清代七百名人傳》，周駿富輯，清代傳記叢刊，第 196
　　冊，臺北，明文書局，1985 年出版。

黎難秋主編，《中國科學翻譯史料》，中國科學技術大學出版社，1996
　　年 9 月，出版。

二、單篇論文

（一）王韜研究

丁曉原，〈論近代報刊政論體之始—「王韜體」〉，廣東社會科學，
　　2000 年第 6 期，頁 140~145。

王雷，〈從追求功名到職業立身—王韜教育經歷與教育思想簡論〉，
　　瀋陽師範學院學報（社會科學版），第 24 卷第 5 期，2000 年 9
　　月，頁 66~69。

王一川，〈中國的「全球化」理論──王韜的「地球合一」說〉，《四
　　川外語學院學報》，第 17 卷第 2 期，2001 年 3 月，頁 1~4、15。

王也揚，〈論王韜的史觀及史學〉，史學理論研究，1993 年第 4 期，
　　頁 70~79。

王守正，〈王韜的「道器說」及對近代中國史前途的認識〉，史學集

刊，1997 年第 2 期，頁 31~34。

王守正，〈西學與中學、傳統與現代—解析王韜歷史變易觀的形成〉，
　　廊坊師範學院學報，第 17 卷第 1 期，2001 年 3 月，頁 56~59。

王晉光，〈王韜——香港作家鼻祖論〉，收在黃維樑主編，《活潑紛
　　繁的香港文學—1999 年香港文學國際研討會論文集》，香港中文
　　大學，2000 年出版，頁 60~73。

王開璽，〈關於王韜上書太平天國之我見——兼與楊其民同志商榷〉，
　　近代史研究，1988 年第 3 期，頁 270~279。

王曉秋，〈王韜日本之遊補論〉，收在林啟彥、黃文江主編《王韜與
　　近代世界》，香港教育圖書公司，2000 年，初版，頁 395~408。

王爾敏，〈王韜課士及其新思潮之啟發〉，東方文化，第 14 卷 2 期，
　　1976 年 6 月，頁 213~234。

王爾敏，〈王韜生活的一面——風流至性〉，中央研究院近代史研究
　　所集刊，24（上）卷，1995 年 6 月，頁 223-264。

王爾敏，〈王韜在近代中國之思想先驅地位〉，收在林啟彥、黃文江
　　主編《王韜與近代世界》，香港教育圖書公司，2000 年，初版，
　　頁 3~34。

王維誠，〈王韜的思想〉，中國近代思想史論文集，上海人民出版社，
　　1958 年出版，頁 36~50。

白瑞華，〈王韜〉，收在恒慕義（A.W.Hummel）主編，《清代名人
　　傳略》（Eminent Chinese of the Ch'ing Period,1944），1943 年出
　　版，第二冊，頁 836。

朱英，〈中國近代最早提出「變法」口號的思想家--王韜〉，史學月
　　刊，1982 年第 6 期，頁 82~83。

朱傳譽，〈辦循環日報的老報人王韜〉，中央日報副刊，1964 年 1

月 30 日。

朱維錚、李天綱，〈清學史：王韜與天下一道論〉，復旦學報（社科版），1995 年 3 期，頁 135~143。

朱維錚、李天綱，〈天下一道論—王韜的弢園文發凡〉，收在朱維錚，《求索真文明：晚清學術史論》，上海古籍出版社，1996 年 12 月，第 1 版，頁 96~113。

朱健華，〈治中以馭外：王韜改良思想的主旨〉，貴州大學學報（社科版），1996 年 1 期，頁 34~38。

朱健華，〈論王韜的外交思想〉，河南師範大學學報（社科版），第 23 卷，1996 年 4 期，頁 29~32。

江沛，〈王韜社會變革意識評析〉，收在林啟彥、黃文江主編《王韜與近代世界》，香港教育圖書公司，2000 年，初版，頁 231~245。

老冠祥，〈王韜與《循環日報》〉，收在林啟彥、黃文江主編《王韜與近代世界》，香港教育圖書公司，2000 年，初版，頁 354~374。

成曉軍、劉蘭肖，〈王韜上書太平天國新議〉，益陽師專學報，第 19 卷，1998 年第 2 期，頁 22~24。

成曉軍、劉蘭肖，〈論王韜西方觀的形成〉，貴州社會科學，1998 年第 5 期（總 155 期，頁 90~95。

成曉軍、劉蘭肖，〈王韜與十九世紀中葉的上海社會〉，江海學刊，1999 年 1 期，頁 147~152。

呂實強，〈王韜〉，收在中華文化復興運動總會、王壽南主編，《中國歷代思想家十八》，臺灣商務印書館，1999 年 8 月，更新版，頁 131~198。

呂實強，〈王韜評傳〉，書和人（國語日報），第 4 冊第 61 期，1967 年 7 月 1 日，頁 1~8。

宋建昃，〈近代中西文化交流中的王韜〉，CHINESE CULTURE RESEARCH（中國文化研究），2001 年夏之卷，頁 68~71。

肖永宏，〈論王韜的世界觀念〉，江海學刊，1996 年 6 期，頁 119~124。

何槐昌、丁紅，〈黃遵憲致王韜（紫詮）信九通〉，華東師範大學學報，1984 年第 4 期，頁 70~74。

李谷城，〈王韜與香港近代報業〉，收在林啟彥、黃文江主編《王韜與近代世界》，香港教育圖書公司，2000 年，初版，頁 337~353。

李志茗，〈避難香港期間的王韜〉，貴州文史叢刊，1999 年第 6 期，頁 72~76。

李志剛，〈從王韜晚年五札探其與李雅各牧師的交往〉，收在林啟彥、黃文江主編《王韜與近代世界》，香港教育圖書公司，2000 年，初版，頁 453~478。

李金強，〈王韜與基督教〉，《王爾敏教授七十華誕暨榮休論文集》，香港，薈珍文 化事業公司，1999 年，頁 185~195。

李書磊，〈重溫王韜〉，前線，1999 年第 4 期，頁 53~54。

李景光，〈王韜到過俄國嗎？〉，社會科學戰線，1986 年第 2 期，頁 144。

李景光，〈王韜究竟卒於何時〉，文學遺產，1986 年第 3 期，頁 114。

李景光，〈近代愛國布衣王韜〉，文史知識，1988 年第 5 期，頁 74~78。

李景光，〈關於王韜二三事〉，遼寧大學學報，1989 年第 1 期，頁 94~95。

李景光，〈關於王韜上書太平天國的幾個問題—兼與楊其民等同志商榷〉，社會科學輯刊（瀋陽），1989 年第 4 期，頁 104~110。

李景光，〈王韜在中國近代文學史上的地位〉，社會科學輯刊，1997 年第 5 期，頁 126~130。

李家園，〈循環日報與王韜〉，收在李家園《香港報業雜談》，香港，三聯書店，1989 年 1 月，初版，頁 13~21。

李齊芳，〈王韜的文學與經學〉，收在林啟彥、黃文江主編《王韜與近代世界》，香港教育圖書公司，2000 年，初版，頁 190~217。

李朝津，〈儒家思想與清末對外關係的再思考——王韜與日本〉，收在林啟彥、黃文江主編《王韜與近代世界》，香港教育圖書公司，2000 年，初版，頁 67~88。

李貌華，〈近代名人在上海〔鍾天緯、王韜、康有為、章太炎、羅素、丁文江、孫傳芳、胡適、徐志摩、魯迅〕〉，歷史月刊，42 卷期，1991 年 7 月，頁 24-31。

邱國盛，〈王韜與瀛壖雜志〉，文史雜志，1999 年第 1 期，頁 61~62。

忻平，〈中國最早提出君主立憲制的是王韜〉，華東師大學報，1983 年第 6 期，頁 92~93。

忻平，〈從王韜的名號觀其坎坷曲折的一生〉，社會科學戰線，1983 年第 3 期，頁 166~167。

忻平，〈王韜與循環日報〉，華東師大學報，1987 年第 6 期，頁 59~64。

忻平，〈王韜與近代中國的法國史研究〉，上海社會科學院學術季刊，1994 年 1 期，頁 166~174。

忻平，〈王韜的史著及其史學理論〉，收在林啟彥、黃文江主編《王韜與近代世界》，香港教育圖書公司，2000 年，初版，頁 148~169。

吳以義，〈王韜研究所提示的中國近代史的複雜性--評忻平「王韜評傳」和柯文「在傳統和現代性之間」〉，新史學，第 11 卷第 2 期，2000 年 6 月，頁 145-166。

吳申元，〈王韜非黃畹考〉，內蒙古大學學報，1982 年第 2 期，頁 67~71。

吳雁南，〈試論王韜的改良主義思想〉，史學月刊，1958 年 4 月號，
頁 17~21。

吳雁南，〈王韜的變法維新思想與心學〉，貴陽師專學報（社科版），
1993 年 3 期，頁 8~13。

吳桂龍，〈王韜思想發展探微─讀《普法戰紀》〉，上海社科季刊，
1988 年第 1 期，頁 168~176。

吳桂龍整理，〈王韜蘅華館日記（咸豐五年七月初一日──八月三十
日）〉（1855.18.13~10.10），史林，1996 年 3 期，頁 53~59。

吳靜山，〈王韜事跡考略〉，收上海通社編，《上海研究資料》，上
海書店出版社，1936 年出版，頁 671~691。

洪深，〈申報總編輯「長毛狀元」王韜考證〉，文學，第 2 卷第 6 號，
1934 年 6 月，頁 1033~1045。

汪林茂，〈王韜〉，收在鄭雲山、趙世培、徐和雍、汪茂林等著，《中
國近代名人小傳》，1983 年一版，頁 165~167。

汪榮祖，〈天南遯叟王韜〉（上），新知雜誌，4 卷 1 期，1974 年 2
月，頁 57~70。

汪榮祖，〈天南遯叟王韜〉（下），新知雜誌，4 卷 2 期，1974 年 4
月，頁 19~28。

汪榮祖，〈王韜與近代中國知識份子〉，收在林啟彥、黃文江主編《王
韜與近代世界》，香港教育圖書公司，2000 年，初版，頁 35~42。

沈定鈞，〈太平天國狀元──王韜及其著述〉，申報 1947 年 7 月 274
日，第 3 張第 9 版。

邵燕婷，〈論王韜的「天下一道」觀〉，寧波大學學報（人文科學版），
15 卷 4 期，2002 年 4 月，頁 78~81。

林斌，〈王韜的生平及著作〉，古今談，67 期，1970 年 10 月，頁 4~6。

林之滿、廖文著，〈遯窟讕言〉，社會科學戰線，1987 年 1 月，頁 314~315。

林啟彥，〈王韜與香港〉，華僑日報，1991 年 1 月 21 日。

林啟彥，〈王韜中西文化觀的演變〉，漢學研究，17:1=33，1999 年 8 月，頁 105-125。

林啟彥，〈王韜的中西文化觀〉，收在林啟彥、黃文江主編《王韜與近代世界》，香港教育圖書公司，2000 年，初版，頁 89~116。

林啟彥，〈王韜的海防思想〉，收在林啟彥、黃文江主編《王韜與近代世界》，香港教育圖書公司，2000 年，初版，頁 264~285。

林國輝、黃文江撰，〈王韜研究述評附研究書目及補篇〉，收在林啟彥、黃文江主編《王韜與近代世界》，香港教育圖書公司，2000 年，初版，頁 491~533。

林國輝，〈王韜的變法理論及其對改革思潮的貢獻〉，淡江史學，第 5 期，1993 年 6 月，頁 203-231。

林國輝，〈十九世紀末上海文人在香港—王韜的香港羈蹤〉，收在林啟彥、黃文江主編《王韜與近代世界》，香港教育圖書公司，2000 年，初版，頁 409~434。

周作人，〈關於王韜〉，收在《周作人先生文集——苦竹雜記》，台北里仁書局，1982 年 6 月，出版，頁 25~29。

周佳榮，〈在香港與王韜會面——中日兩國名士的訪港紀錄〉，收在林啟彥、黃文江主編《王韜與近代世界》，香港教育圖書公司，2000 年，初版，頁 375~394。

周德豐，〈論王韜的改革開放思想〉，天津師範大學學報（社會科學版），2002 年第 3 期，頁 24~29、35。

易惠莉，〈中國近代早期對西方社會進化論的反響——以受傳教士影

響的知識精英為考察對象〉，江蘇社會科學，2002 年第 4 期，頁 174~180。

胡適，〈跋館藏王韜手稿七冊〉，《國立北平圖書館刊》，第 8 卷 3 號，1934 年，頁 1~5。

柏谷，〈柳蔭下的奇人—王韜〉，聯合報副刊，1993 年 4 月 22 日，第 35 版。

馬東玉，〈王韜的變法自強思想〉，光明日報，1983 年 8 月 3 日。

馬藝，〈王韜和普法戰紀〉，歷史教學，1986 年 11 期，頁 44。

徐光摩，〈王韜的卒年〉，上海申報文史週刊，1948 年 3 月 20 日。

高申鵬，〈王韜與傳統思想的變遷〉，貴州社會科學，1993 年第 6 期，頁 94~99。

高伯雨，〈王韜與循環日報〉，大成，1973 年第 1 期，頁 47~53。

席澤宗，〈王韜與自然科學〉，香港大學中文系集刊，1 卷 2 期，1987 年出版，頁 265~272。

許金城，〈申報與楊乃武、王韜〉，收在《民國野史》，台北，文海出版社，出版，頁 130~133。

陳左高，〈王韜及其蘅華館日記未刊稿〉，香港大公報，1981 年 8 月 9 日，第 2 版。

陳玉峰、高仁立，〈王韜與上海格致書院〉，社會科學戰線，1994 年第 5 期，頁 138~142、149。

陳定山，〈太平時代的上海兩個文人〉，暢流，8 卷 1 期，頁 5~7。

陳汝衡，〈王韜和他的文學事業〉，文學遺產，1982 年第 1 期，頁 100~105。

陳建生，〈論王韜和他的淞濱瑣話〉，明清小說研究，1991 年第 1 期，頁 205~217。

陳啟偉，〈誰是我國近代介紹西方哲學的第一人〉，東岳論叢，第 21 卷第 4 期，2000 年 7 月，頁 93~95。

陳啟偉，〈再談王韜和格致書院對西方哲學的介紹〉，東岳論叢，第 22 卷第 5 期，2001 年 9 月，頁 54~57。

陳敬之，〈國父與天南遯叟的一段淵源〉，收入朱傳譽《王韜傳記資料》，第一冊，台北，天一出版社，1979 年 11 月，影印出版，頁 141~143。

陳復興，〈王韜和扶桑遊記〉，社會科學戰線，1981 年第 2 期，293~299 頁。

陳祖聲，〈簡論王韜的辦報思想〉，學習與思考，1981 年第 6 期，22~25 頁。

陳振國撰、簡又文跋，〈長毛狀元王韜〉，逸經，第 33 期，1937 年 7 月，頁 41~45~34。

陳劍流，〈漫談王韜其人其事〉，中央日報，1964 年 7 月 1 日。

張敏，〈晚清新型文化人生活研究—以王韜為例〉，史林，2000 年第 2 期，頁 46~55。

張松祥、周若清，〈王韜西學觀形成的環境及標志〉，洛陽師範學院學報，2002 年第 4 期，頁 88~89、113。

張海林，〈論王韜的教育實踐〉，江海學刊，1997 年 5 期，頁 137~142。

張海林，〈論王韜危機意識和政治改革思想〉，南京師範大學學報（社科版），1993 年 1 期，頁 40~45。

張海林，〈王韜教案觀探析〉，徐州師範學院學報（哲社版），1995 年 4 期，頁 112~116。

張海林，〈王韜的天下觀與改革思想〉，收在林啟彥、黃文江主編《王韜與近代世界》，香港教育圖書公司，2000 年，初版，頁 43~66。

張國霖，〈試論王韜改革科舉的思想〉，貴州社會科學，1995 年 4
　　期，頁 69~105。

張國霖，〈論王韜的西學教育思想〉，山東師範大學學版，1996 年 4
　　期，頁 56~60。

單素玉，〈王韜及其對法國大革命的述評〉，遼寧大學學報，1989
　　年 4 期，頁 38~41。

湯志鈞，〈林樂知與王韜〉，收在《戊戌變法人物傳稿》下編，近代
　　中國史料叢刊續輯，318 冊，台北，文海出版社，1976 年出版，
　　頁 274~275。

商亦流，〈王韜和太平天國的關係〉，春秋，14 卷 2 期，1971 年 2
　　月，頁 10~13。

莊敬之，〈「長毛狀元」王韜事略〉，春秋，18 卷 2 期，1973 年 2
　　月，頁 18~25。

莊練，〈「長毛狀元」王韜〉，古今談，98 期，1973 年，頁 16~23。

莊練，〈第一個在香港辦報的王韜其人〉，藝文誌，93 期，1973 年，
　　頁 13~18。

萬彩霞，〈論王韜人才思想的特點〉，株洲師範高等專科學校學報，
　　第 6 卷第 4 期，2001 年 8 月，頁 39~41。

萬彩霞，〈試論王韜的人才思想〉，安徽教育學院學報，第 19 卷第 4
　　期，2001 年 7 月，頁 36~38。

常寧文，〈中國近代史風雲人物──王韜〉，無錫教育學院學報，第
　　20 卷第 3 期，2000 年 9 月，頁 23~24。

舒習龍，〈王韜法國志略史學思想析論〉，安徽大學學報（哲社版），
　　第 26 卷第 4 期，2002 年 7 月，頁 40~45。

舒習龍，〈時代條件與王韜的史學〉，淮北煤師院學報，第 22 卷第 5

期，2001 年 10 月，頁 87~89。

童元方，〈論王韜在上海的翻譯工作〉，大陸雜誌，101 卷 2 期，2000 年 8 月，49-62 頁。

童元方，〈論王韜在上海的翻譯工作〉，上海科技翻譯，2000 年第 1 期，頁 50~56。

鄧亦兵，〈論王韜與丁日昌〉，史學集刊，1987 年第 3 期，頁 40~45。

黃文江，〈王韜改革思想的源流及主張的內容〉，中國文化月刊，140 期，1991 年 6 月，頁 76-90。

黃文江，〈王韜史著中的現代世界〉，收在林啟彥、黃文江主編《王韜與近代世界》，香港教育圖書公司，2000 年，初版，頁 170~189。

黃焯鈞，〈王韜的政治思想〉，收在林啟彥、黃文江主編《王韜與近代世界》，香港教育圖書公司，2000 年，初版，頁 245~263。

傅美林，〈論王韜的洋務思想〉，歷史教學，1996 年 8 期，頁 12~16。

鄔國義，〈王韜卒年日月考實〉，近代史研究，2004 年第 2 期，頁 186~196。

鄔國義，〈王韜卒年日月再考證〉，華東師範大學學報，36 卷第 5 期，2004 年 9 月，頁 113~116。

夏良才，〈王韜的近代輿論意識和循環日報的創辦〉，歷史研究，1990 年第 2 期，頁 157~168。

夏良才，〈王韜與中西文化交流〉，中國社會科學院近代史研究編輯部，《近代中國人物》第三輯，重慶出版社，1986 年 10 月，一版，頁 77~112。

蔡洛冠，〈王韜〉，收在蔡洛冠編，《清代七百名人傳》，北京，中國書店，出版，第五編，藝事，文學，頁 1806~1807。

葉國洪，〈王韜的辦學思想—變通、致用、通識與解難〉，收在林啟

彥、黃文江主編《王韜與近代世界》，香港教育圖書公司，2000
年，初版，頁 218~230。

楊其民，〈王韜是教徒嗎？〉，史林，1997 年第 3 期，頁 100~101、67。

楊其民，〈王韜上書太平軍考辨〉，近代史研究，1985 年 4 期，頁
241~261。

楊增和，〈王韜漫游隨錄中的異國女性形象〉，零陵師範高等專科學
校學報，第 22 卷第 1 期，2001 年 1 月，頁 67~68。

郭浩帆，〈中國近代小說雜志界說〉，濟南大學學報，第 13 卷第 1
期，2003 年，36~41 頁。

郭國燦，〈近代化的思想遞進—王韜與嚴復之比較〉，收在林啟彥、
黃文江主編《王韜與近代世界》，香港教育圖書公司，2000 年，
初版，頁 286~298。

郭漢民，〈王韜與香港〉，湖南教育學院學報，1997 年第 4 期，頁 1~4。

蔣英豪，〈黃遵憲香港感懷與王韜香港略論〉，中國文化研究所學報，
新第 6 期，1997 年，頁 583~592。

雷頤，〈超越傳統與現代－柯文論王韜與中國晚清改革〉，二十一世
紀，第 16 期，1993 年 4 月，頁 63~67。

管林，〈有所突破，各具特色—評五部中國近代文學史〉，華南師範
大學學報，1996 年第 2 期，頁 43~50。

賴光臨，〈王韜與循環日報〉，報學，3 卷 9 期，1967 年 12 月，頁
52~64。

賴光臨，〈王韜的生平與著述〉，報學，4 卷 3 期，1969 年，頁 102~106。

賴光臨，〈談王韜的翻譯事功〉，報學，7 卷 9 期，1987 年 12 月，
頁 134~135。

賴光臨，〈王韜與循環日報之研究〉，收在賴光臨《中國近代報人與

報業》，上冊，台北，台灣商務印書館 1970 年 月，出版，頁
93~153。

賴秀文，〈王韜對清末變局之省思〉，史學會刊（台灣師範大學），
第 35 期，1991 年 6 月，頁 9~14。

錢大成，〈王韜手批書籍〉，申報 1948 年 7 月 24 日，第 2 張第 8 版。

鞠方安，〈王韜的社會倫理思想探析〉，北京社會科學，1999 年第 2
期，頁 119~124。

顏德如、馬振超，〈王韜：中西經典之間的信使〉，21 世紀，2001
年第 2 期，頁 54~56。

劉虹、于作敏，〈王韜民本思想略論〉，烟臺師範學院學報，21 卷第
4 期，2004 年 12 月，頁 38~42。

劉仁坤，〈王韜民本主義新探〉，學習與探索，1991 年 2 期，頁 135~139。

劉學照，〈論洋務政論家王韜〉，華東師範大學學報，1983 年第 1
期，頁 29~38。

熊秉純，〈王韜志事與生平初探〉，中國歷史學會史學集刊，第 14
期，1982 年，頁 103~127。

趙天儀，〈王韜〉，收在段昌國、王曉波等為撰，《中國前途的探索
者：現代中國思想家》，第二輯，台北，巨人出版社，1978 年
12 月，初版，3~38 頁。

趙意誠，〈王韜考證〉，學風，6 卷 1 期，1936 年 2 月，頁 1~24。

鄭海麟，〈王韜與近代中外文化交流—兼評王韜變法思想的形成與發
展〉，廣州研究，第八期，1986 年，頁 57~62。

剛主，〈天南邂叟之晚年〉，子曰叢刊，第 3 輯，1948 年，頁 22~23。

關學增、郭常英，〈王韜人才思想述論〉，史學月刊，1987 年 4 月，
頁 45~50。

鍾叔河，〈曾經滄海，放眼全球——王韜的海外之游與其思想之發展〉，收在王韜著，陳尚凡、任光亮校點，《漫游隨錄·扶桑游記》，湖南岳麓出版社，1982 年 12 月，一版，頁 5~27。

鍾叔河，〈王韜的海外漫游〉，收在王韜著，陳尚凡、任光亮校點，《漫游隨錄·扶桑游記》，湖南岳麓出版社，1985 年 3 月，一版，頁 11~36。

盧濱玲，〈漫遊東西洋的清朝文人王韜〉，中外文化交流，1997 年第 3 期，頁 52~54。

戴建平，〈王韜科學形象初探〉，江西社會科學，1999 年第 11 期，頁 40~45。

闞家安，〈王韜的日本之行〉，歷史教學，1995 年第 8 期，頁 49~50。

蘇同炳，〈長毛狀元王韜〉，《人物與掌故叢書》，台北，好士出版社，1973 年 12 月，出版，頁 267~296。

羅香林，〈王韜與西士在學術觀摩上之關係〉，史學彙刊，第一期，1968 年，頁 1~8。

羅香林，〈王韜在港與中西文化交流之關係〉，清華學報，新 2 卷 2 期，1961 年 6 月，頁 33~59。

蘇精，〈從英華書院到中華印務總局－近代中文印刷的新局面〉，收在林啟彥、黃文江主編《王韜與近代世界》，香港教育圖書公司，2000 年，初版，頁 299~312。

蘇精，〈王韜的基督教洗禮〉，收在林啟彥、黃文江主編《王韜與近代世界》，香港教育圖書公司，2000 年，初版，頁 435~452。

羅爾綱，〈黃畹考〉，收在羅爾綱《太平天國史叢考》，台北，正中書局，1943 年 8 月，初版，頁 63~90。

羅爾綱，〈王韜手鈔本謝炳《金陵癸甲紀事略》跋〉，收在羅爾綱《太

平天國史料考證集》（下冊），實踐學社，1951 年 3 月，出版，頁 200~215。

黨月異，〈全球觀念下的文化視野—論王韜的文言小說〉，廣西社會科學，2004 年第 2 期，頁 143~146。

謝興堯，〈王韜上書太平天國事跡考〉，北京大學，國學季刊，第 4 卷 1 號，1934 年，頁 31~49。

Cohen,Paul A.著，章殷寧譯，〈王韜對變動世界的體察〉（"Wang Tao's Perspective on a Changing World"），幼獅月刊，第 50 卷第 5 期，1979 年 11 月，62~65 頁；第 50 卷第 6 期、1979 年 12 月，頁 62~67。

Cohen,Paul A.著，熊秉純譯，〈王韜與中國早期的民族主義〉（"Wang Tao's and Incipient Chinese Nationalism"），世界華學季刊，第 1 卷第 4 期，1980 年，頁 85~100。

Chong Key-ray 著、黃天牧譯，〈王韜與孫逸仙〉，中山社會科學譯粹，2 卷 4 期，1987 年 10 月，頁 178~188。

Lauren F. Pfister（費樂仁）著、尹凱榮譯〈王韜與理雅各對新儒家憂患意識回應〉，收在林啟彥、黃文江主編《王韜與近代世界》，香港教育圖書公司，2000 年，初版，頁 117~147。

Natascha Vittinghoff（費南山）著、姜嘉榮譯〈遁窟廢民：香港報業先鋒—王韜〉，收在林啟彥、黃文江主編《王韜與近代世界》，香港教育圖書公司，2000 年，初版，頁 313~336。

西里喜行，〈王韜と循環日報について〉，東洋史研究，第 43 卷第 3 期，1984 年 12 月，頁 76~115。

渡邊琢磨，〈王韜の太平天國への上書問題について〉，近代中國，第 20 卷，1988 年，頁 43~58。

增田涉著、李永熾譯，〈王韜試論〉，大陸雜誌，第 34 卷第 2 期，
　　1967 年，頁 53~57。

（二）相關研究

王人恩，〈森槐南與紅樓夢〉，紅樓夢學刊，2001 年第 4 期，頁 264~281。

王爾敏，〈清季知識份子的中體西用〉，大陸雜誌史學叢書，2 輯 5
　　冊，180~186 頁。

王爾敏，〈薛福成〉，收在中華文化復興運動總會、王壽南主編，《中
　　國歷代思想家》（十八），臺灣商務印書館，1999 年 8 月，更新
　　版一刷，頁 203~251。

王樹槐，〈康有為〉，收在中華文化復興運動總會、王壽南主編，《中
　　國歷代思想家》（十九），臺灣商務印書館，1999 年 8 月，更新
　　版一刷，頁 117~194。

方曉紅，〈試析晚清小說期刊〉，明清小說研究，1999 年第 4 期，頁
　　225~235。

方曉紅，〈晚清小說與報刊媒體發展之關係〉，江海學刊，1998 年 5
　　期（總第 197 期），1998 年 9 月，頁 170~173。

朱文華，〈簡論晚清「新文體」散文〉，復旦學報，1995 年第 3 期，
　　頁 211~216。

何烈，〈曾國藩〉，收在中華文化復興運動總會、王壽南主編，《中
　　國歷代思想家》（十八），臺灣商務印書館，1999 年 8 月，更新
　　版一刷，頁 5~100。

李峰，〈也談螢窗異草之成書年代及作者〉，鹽城師範學報，22 卷第
　　3 期，2002 年 8 月，頁 40。

李斌，〈晚清報刊與文化大眾化〉，貴州社會科學，1996 年第 2 期，

頁 108~112。

李儼,〈李善蘭年譜〉,清華學報,5 卷 1 期,1928 年 6 月,頁 1625~1651。

李金強,〈胡禮垣〉,收在中華文化復興運動總會、王壽南主編,《中國歷代思想家》(十八),臺灣商務印書館,1999 年 8 月,更新版一刷,頁 291~338。

李建祥,〈清末民初的舊派言情小說〉,收在林明德編,《晚清小說研究》,聯經出版社,1988 年 3 月,初版,頁 481~514。

宋暉,〈近代報刊與小說的勃興〉,江西師範大學學報,第 34 卷第 1 期,2001 年 2 月,頁 55~60。

吳波,〈明清小說續書創作論〉,松遼學刊(社會科學版),1996 年第 1 期,頁 28~32。

吳盈靜,〈晚清小說理論的域外發展—以星洲才子邱煒菱為例〉,國立中央大學中國文學系所主編:《第五屆近代中國學術研討會論文集》,中央大學中文系所,1999 年 3 月,初版,65~91 頁。

吳淳邦,〈20 世紀前西方傳教士對晚清小說的影響研究〉,國立中央大學中國文學系所主編,《第五屆近代中國學術研討會論文集》,中央大學中文系所,1999 年 3 月,初版,頁 93~119。

洪萬生,〈王韜日記中的李善蘭〉,科學史通訊,10 期,1992 年 6 月,頁 9~15。

尚智叢,〈1886-1894 年間近代科學在晚清知識分子中的影響—上海格致書院格致類課藝分析〉,清史研究,2001 年 8 月第 3 期,頁 72~82。

林驊,〈聊齋誌異和它的續書—清代文言小說述評之一〉,天津師大學報,1988 年 3 期,頁 83~87。

林載爵,〈譚嗣同〉,收在中華文化復興運動總會、王壽南主編,《中

國歷代思想家》（十八），臺灣商務印書館，1999 年 8 月，更
新版一刷，頁 197~273。

周弘然，〈國父「上李鴻章書」之時代背景〉，近代史研究論集，大
陸雜誌史學叢書，第 2 輯，第 5 冊，頁 175~179。

易惠莉，〈晚清平民知識份子的西學道路—評王韜與沈毓桂西化思想
背景的異同〉，上海社會科學，1991 年 10 期，頁 64~67、63。

武潤婷，〈關於近代小說研究的思考〉，泰安師專學報，第 21 卷第 1
期，1999 年 1 月，頁 12~17。

姜朝暉、張峰，〈近代中國資產階級歷史觀的萌芽〉，濟南大學學報，
第 10 卷第 6 期，2002 年 6 月，頁 57~60。

胡適文存，〈五十年來之中國文學〉，《胡適文存第二集》，遠東圖
書公司，1961 年 10 月，二版，頁 180~261。

袁進，〈試論晚清小說讀者的變化〉，明清小說研究，2001 年第 1
期，頁 18~28。

高玉梅，〈晚清學者對小說續書的批評〉，瀋陽師範學報（社會科學
版），第 25 卷第 6 期，2001 年 11 月，頁 31~35。

馬永強，〈近代報刊文體的演變與新文學〉，晉陽學刊，2000 年第 2
期，頁 55~6 1。

孫會文，〈鄭觀應〉，收在中華文化復興運動總會、王壽南主編，《中
國歷代思想家》（十八），臺灣商務印書館，1999 年 8 月，更新
版一刷，頁 257~287。

夏俊霞，〈晚清士林的香港觀與思想嬗變〉，史學集刊，1998 年第 2
期，頁 32~36、52。

張敏，〈晚清的幕府與官僚制度〉，上海社會科學院學術季刊，1994
年第 1 期，頁 156~165。

張玉法，〈晚清的歷史動向及其與小說發展的關係〉，收在林明德編，
　　《晚清小說研究》，聯經出版社，1988 年 3 月，初版，頁 1~28。

張俊才，〈近代小說總體研究綜述〉，明清小說研究，1991 年第 1
　　期，頁 218~233。

張靜廬、林松、李松年，〈戊戌變法前後報刊作者字號筆名錄〉，文
　　史第四輯，中華書局，1965 年 6 月，一版，頁 213~248。

陸寶千，〈郭嵩燾〉，收在中華文化復興運動總會、王壽南主編，《中
　　國歷代思想家》（十八），臺灣商務印書館，1999 年 8 月，更新
　　版一刷，頁 105~128。

郭廷以，〈近代西洋文化之輸入及其認識〉，大陸雜誌史學叢書，1
　　輯 7 冊，頁 258~270。

郭延禮，〈對中國近代小說的新認識—簡評「新編清末民初小說目
　　錄」〉，文史哲，1998 年第 2 期，頁 98~99。

郭延禮，〈西方文化與近代小說的變革〉，陰山學刊，第 12 卷第 3
　　期，1999 年 9 月，頁 1~7。

楊聯芬，〈晚清小說「現代性」一解〉，中國現代文學研究叢刊，2001
　　年第 4 期，頁 112~124。

管林，〈有所突破，各具特色—評五部中國近代文學史〉，華南師範
　　大學學報，1996 年第 2 期，頁 43~50。

熊月之，〈晚清西學東漸史概論〉，上海社會科學院學術季刊，1995
　　年第 1 期，頁 154~163。

潘建國，〈由申報所刊三則小說徵文啟事看晚清小說觀念的演進〉，
　　明清小說研究，2001 年第 1 期（總第 59 期），頁 43~51。

潘建國，〈小說徵文與晚清小說觀念的演進〉，文學評論，2001 年第
　　6 期，頁 86~94。

歐陽建，〈觀天人之際，察變化之兆——從廣異記看神怪小說的文學价值〉，寧德師專學報（哲學社會科學版），1999 年第 1 期，頁 29~34。

劉永文，〈晚清報刊小說的傳播與發展〉，社會科學輯刊，2003 年第 1 期，頁 174~179。

劉世龍，〈清末上海格致書院和早期改良主義思潮〉，華東師大學報（哲社版），1983 年第 4 期，頁 45~52、84。

劉德隆，〈1872 年—晚清小說的開端〉，東疆學刊，第 20 卷第 1 期，2003 年 1 月，頁 73~79。

賴光臨，〈中國士人報業的特質與精神〉，收在王洪鈞主編，《新聞理論的中國歷史觀》，台北，遠流出版社，1998 年 3 月，初版，頁 233~269。

譚邦和，〈略論清代小說的發展與演變〉，高等函授學報（哲學社會科學版），1996 年第 3 期，頁 19~21、28。

龔鵬程，〈品花記事：清代文人對優伶的態度〉，明清文學國際學術研討會，2000 年 4 月 27 -28 日，頁 1~37。

謝興堯，〈關於「上海在太平天國時代」的史料〉，中國近代史論叢—太平軍，第 1 輯第 4 冊，台北正中書局，出版，頁 170~185。

謝飄雲，〈中國近代散文的多重變奏〉，文史哲，1998 年第 6 期，頁 42~47。

蕭一山，〈李秀成覆英國教士艾約瑟、楊篤信書并跋〉，中國近代史論叢，第 1 輯第 4 冊，台北正中書局，出版，頁 61~67。

澤田瑞穗作、謝碧霞譯，〈晚清小說概觀〉，收在林明德編，《晚清小說研究》，聯經出版社，1988 年 3 月，初版，頁 29~57。

國家圖書館出版品預行編目

王韜小說三書研究 / 游秀雲著. -- 一版. --
臺北市：秀威資訊科技, 2006 [民 95]
　　面；　　公分. - -（語言文學類；AG0048）
參考書目：面
ISBN 978-986-7080-94-3(平裝)

1. (清)王韜 – 作品研究　2. 中國小說 – 作
品研究

857.37　　　　　　　　　　　95018121

語言文學類　AG0048

王韜小說三書研究

作　　者 / 游秀雲
發 行 人 / 宋政坤
執行編輯 / 周沛妤
圖文排版 / 郭雅雯
封面設計 / 羅季芬
數位轉譯 / 徐真玉　沈裕閔
銷售發行 / 林怡君
網路服務 / 徐國晉
出版印製 / 秀威資訊科技股份有限公司
　　　　　台北市內湖區瑞光路 583 巷 25 號 1 樓
　　　　　電話：02-2657-9211　　傳真：02-2657-9106
　　　　　E-mail：service@showwe.com.tw
經 銷 商 / 紅螞蟻圖書有限公司
　　　　　台北市內湖區舊宗路二段 121 巷 28、32 號 4 樓
　　　　　電話：02-2795-3656　　傳真：02-2795-4100
　　　　　http://www.e-redant.com

2006 年 9 月 BOD 一版
定價：440 元

讀 者 回 函 卡

感謝您購買本書，為提升服務品質，煩請填寫以下問卷，收到您的寶貴意見後，我們會仔細收藏記錄並回贈紀念品，謝謝！

1.您購買的書名：＿＿＿＿＿＿＿＿＿＿＿＿＿＿＿＿

2.您從何得知本書的消息？

　　□網路書店　　□部落格　　□資料庫搜尋　　□書訊　　□電子報　　□書店

　　□平面媒體　　□ 朋友推薦　　□網站推薦　□其他＿＿＿＿＿＿

3.您對本書的評價：(請填代號　1.非常滿意 2.滿意 3.尚可 4.再改進)

　　封面設計＿＿＿　版面編排＿＿＿　內容＿＿＿　文/譯筆＿＿＿　價格＿＿＿

4.讀完書後您覺得：

　　□很有收獲　　□有收獲　　□收獲不多　　□沒收獲

5.您會推薦本書給朋友嗎？

　　□會　□不會，為什麼？＿＿＿＿＿＿＿＿＿＿＿＿＿＿＿＿

6.其他寶貴的意見：＿＿＿＿＿＿＿＿＿＿＿＿＿＿＿＿＿

＿＿＿＿＿＿＿＿＿＿＿＿＿＿＿＿＿＿＿＿＿＿＿＿＿＿

＿＿＿＿＿＿＿＿＿＿＿＿＿＿＿＿＿＿＿＿＿＿＿＿＿＿

＿＿＿＿＿＿＿＿＿＿＿＿＿＿＿＿＿＿＿＿＿＿＿＿＿＿

讀者基本資料

姓名：＿＿＿＿＿＿＿＿＿＿　年齡：＿＿＿＿　性別：□女 □男

聯絡電話：＿＿＿＿＿＿＿＿　E-mail：＿＿＿＿＿＿＿＿＿＿

地址：＿＿＿＿＿＿＿＿＿＿＿＿＿＿＿＿＿＿＿＿＿＿＿

學歷：□高中(含)以下　　□高中　　□專科學校　　□大學

　　　□研究所(含)以上 □其他＿＿＿＿＿＿＿＿

職業：□製造業 □金融業 □資訊業 □軍警 □傳播業 □自由業

　　　□服務業 □公務員 □教職　□學生 □其他＿＿＿＿＿＿

(請沿線對摺寄回,謝謝!)

秀威與 BOD

BOD（Books On Demand）是數位出版的大趨勢，秀威資訊率先運用 POD 數位印刷設備來生產書籍，並提供作者全程數位出版服務，致使書籍產銷零庫存，知識傳承不絕版，目前已開闢以下書系：

一、BOD 學術著作—專業論述的閱讀延伸
二、BOD 個人著作—分享生命的心路歷程
三、BOD 旅遊著作—個人深度旅遊文學創作
四、BOD 大陸學者—大陸專業學者學術出版
五、POD 獨家經銷—數位產製的代發行書籍

BOD 秀威網路書店：www.showwe.com.tw
政府出版品網路書店：www.govbooks.com.tw

永不絕版的故事・自己寫・永不休止的音符・自己唱